HENDRIK SENNER

DER TIEFE **SINN** UND DAS **ÄQUIVALENT** DES **HÄNDEWASCHENS**

novum ▟ pro

www.novumverlag.com

IHR

War's Sommer noch oder schon junger Herbst? Kalenderdaten beiseite, war es jedenfalls subtropisch warm, die Natur prangte in zeitlos üppiger Fülle in den ihr noch zugestandenen Bereichen, dazu funkelte die Sonne in tänzerischem Glitzern auf dem träge schwappenden Strom infolge maschineller Verwirbelungen durch zahlreiche Schiffe mit unterschiedlicher, wohl vorwiegend touristischer Funktion. Dazu auch der Verkehrslärm oberhalb der Uferpromenade, der ein Aufkommen idyllischer Empfindungen im Ansatz abwürgte, den irritierten Blick freisetzte über das lautmalende Menschengewimmel zum Schweifen über die imposante Großstadtkulisse aus zeittypischen Bauten von ufersäumenden Villen – unzerstört oder wieder neu errichtet – zu den unvermeidlichen Türmen der Moderne mehr als der Kirchen.

Fortschreitend kehrte die Wahrnehmung auf die unmittelbare Umgebung zurück, vermied absichernd Begegnung, Hindernisse, verhielt bei einer lässig gelagerten menschlichen Gestalt vorübergehend, deren genußmüde geschlossenen Augen möglicherweise durch wahrgenommene Aufmerksamkeit belebt sich an mich hefteten und in meiner Verfolgung den gesamten Organismus gemächlich aus seiner Position löste. Vermeintlich ungezielte Bewegung konkretisierte sich bald in meine Richtung, wobei eine definitive Absicht noch nicht klar erkenntlich, wiewohl aber zu vermuten war. Zeit also noch für prinzipielle Vermeidung. Jedoch wankte die mittelalte, verfilztbärtige, ausgemergelte, äußerlich vernachlässigte Gestalt in abgerissener, dauer- nicht gelegenheitsschmutziger, doch exotischer Kleidung in ungefähr meine Richtung. Ahnungsvoll vermeidungsgewillt beschleunigte ich meine Schritte, damit allerdings eine Beziehungsaufnahme beweisend, wandte meinen

Blick in Abschätzung einer möglichen Begegnung von ihrem an der Promenadenwand gelagerten Bündel über die schwankende Person in meine ursprüngliche Laufrichtung, seine Bewegung im peripheren Blickfeld kontrollierend. Doch nach einer kurzfristigen Verzögerung beschleunigte er seine Schritte und hielt entschlossen gezielt auf mich zu. Bei annähernd gleicher Schrittfolge war eine Begegnung nicht mehr zu vermeiden und entsprechend stand er mir baldigst obstruierend im Wege. Peinlich berührt, gleichsam enttarnt, machte ich ein paar Ausfallschritte, die er richtungsändernd kompensierte. Und jetzt seinen Mund öffnete zu einer schwer verständlichen Sprache bezüglich Nationalität und auch Artikulation, eigenartig jedenfalls, undeutlich, gepreßt leise, fast verlegen. Sie ließ an eine Anomalie des Sprechapparates denken, eine Fehlbildung des Mundes oder des Gaumens, was aber bei flüchtigem Blick auch wegen des Bartes nicht sicher zu erkennen war, warum nicht auch Alkohol oder Drogenwirkung, was immer, jedenfalls brachte er das erwartete Wesentliche zum Ausdruck : Geld, freilich, wie sonst war sein Gestammel zu interpretieren, er fragte allerdings monoton gleichmütig wie nach dem Wochentag, dem Datum, der Uhrzeit oder den Wetteraussichten beispielsweise für morgen, irgendwie höflich. Ich legte seine Frage wie gesagt erwartetermaßen so aus und war entsprechend von vornherein negativ gestimmt, abgesehen davon, daß ich einen Überfall nicht gänzlich ausschließen wollte. Absichernd umklammerte ich meine Geldbörse und sah mich nach Zeugen oder möglichem Beistand um. Aber von seiner Seite kam keine Bedrohung, etwas nachdrücklich scheint's bewegte er eine Innenhandfläche zögernd aus seiner Körpervertikale geringfügig nach vorne, sie leicht und beliebig schwenkend.

Immerhin ließ sein dichter Bart ein relativ offenes Gesicht darunter vermuten, in dem sich seltsam matte Augen vertieften, die einer direkten Begegnung zunächst suchend auszuweichen schienen, dann aber doch zu einer Ausrichtung kamen, wobei eine struppige Haarfülle unwillkürlich eine Augenmaskenvorstellung aufdrängte. Ich trat einen Schritt zurück, um mir einen Eindruck von seinem gesamten Äußeren zu verschaffen, das freilich nur weitgehende Vernachlässigung offenbarte.

Die zögernde Hand war zwischenzeitlich wieder in die Senkrechte zurückgefallen. Ich wußte nicht, wie ich reagieren sollte, stand unschlüssig abwägend, verlor mich in Unbestimmtheit, war daran, meine Individualität dahinzugeben, vergewisserte mich mühsam durch seinen Außenreiz meiner Innerlichkeit und kehrte zur gegenwärtigen Situation zurück. Warum sollte ich seine Passivität unterstützen? Wurde mir mein Geld etwa geschenkt? Gab es nicht genug Möglichkeiten, seinen Lebensunterhalt zu bewerkstelligen bei entsprechender Eigeninitiative? Ich sah ihn jetzt nochmals abschätzend an, er wirkte trotz seines Äußeren nicht unsympathisch und irgendetwas weckte mein Interesse. Es war sicher keine Mitmenschlichkeit, eher seine abgehobene Gleichgültigkeit, sein Gesamteindruck oder einfach die augenblickliche Situation. Ich hielt meine Geldbörse weiter umklammert und fragte ihn, warum er überhaupt und dann ausgerechnet mich anbettelte, ja bettelte, Alter, Gesundheitsstatus, Lebenswille, Sinngebung bei bezweifelt vorausgesetzter diesbezüglicher Ansprechbarkeit, weitere Gemeinplätze. Mit seinen matten pupillengeweiteten Augen musterte er mich nun seinerseits eine Weile und zuckte schließlich mit seinen Schultern.

*Z*uvörderst war wesenlose Alternative: Urexistenz jenseits menschlicher Vorstellungsdimensionen und absolutes Nichts, und die Urexistenz war Energie und die Energie war Materie, Materie und Energie aber formten Schöpfung. Und die Schöpfung war somit Existenz und die Existenz somit Schöpfung. Die Schöpfung aber setzte sich fort, und alle Möglichkeiten sind in ihr und nichts kann sein, was nicht existierte. Die Existenz aber ist unbegreiflich, warum nicht auch sich selbst konträr ? Ihre Abkunft krümme sich also mit jeglicher Interpretation in vorläufiger Fragestellung, die nach Breitengraden, Denkweisen, Mentalität, Traditionen und Vorstellungsvermögen zu jeweils ihrer Zeit bedacht werde, die Existenz als solche sei jedoch über jeden Zweifel erhaben, die Begrifflosigkeit vor einem immerhin möglichen Beginn somit komprimiert, ein hypothetischer Energie-Materiekomplex unvorstellbaren Ausmaßes geballt, der Sonnenmyriaden geborsten, sich zu Systemen strukturiert, mit ihnen Beziehung und Raum geschaffen habe für mähliche Differenzierung. Beliebiges Wuchern zunächst, grenzenloser Fortdrang nach hintaufgezwungener Systematik, Gesetze nach dem Prinzip Versuch und Irrtum, doch jedem Anfang wohnt ein prinzipielles Ende inne, und im Sauseschritt nähern wir uns einer ungefähren Zahl von Jahrhunderttausenden vor unserer Zeit: ecce homo, offiziell sapiens, doch mit Weisheit allein wäre er nicht weit gekommen, treffender astutus: verschlagen, listig, schlau.

Die Wahrscheinlichkeit ist groß, daß er schrie, nachdem er aus dem flüssigwarmen, dunklen, schützenden, mütterlichen Schoß wehrlos nackt in das vergleichsweise technischkühle, trockene grelle Kreißsaallicht vereinzelt worden war, schrie aus mehreren Gründen, wie vorwiegend wegen der befreienden

Weiterung des Brustkorbes und damit der Lunge durch die einströmende Erstluft, wohl auch wegen des Temperaturschocks und des jähen Lichteinfalls nach der vorangehenden völligen entwicklungslangen Dunkelheit, vielleicht auch wegen des traditionellen Routineklapses der diensttuenden Hebamme oder auch als Ausdruck des unbewußt instinktiven Protestes, gezeugt und in diese Welt gedrängt worden zu sein ohne zuvor erforschte Stellungnahme seinerseits als nachheriges Gedankenspiel. Überhaupt der Schrei nur als möglich erachtet, nicht notwendig oder nachweisbar in Ermangelung von Zeitzeugen. Auch fehlte anfänglich ein ideeller Hintergrund, abgesehen davon, daß eine eigenständige Urteilsfähigkeit zu diesem Zeitpunkt bisher nicht nachgewiesen und vernünftigerweise auch nicht vermutet werden kann. Dazu gaben die seinerzeitigen Umstände auch keine Veranlassung, wurde er doch in eine zumindest anzunehmend intakte Familie geboren als Ergebnis wohl einer theoretisch voraussetzbaren Entscheidung.

Da war ich also und in vager Erinnerung hatte alles seine Stimmigkeit etwa der derzeitig essentiellen Umstände: Nahrung, Wärme, Geborgenheit, Unterkunft, Schutz und Zuwendung. Das war – von den natürlichen Bedürfnissen abgesehen – für Momente die absolute Selbstbezüglichkeit, die aber bald aufgebrochen wurde durch den überkommenen klerikalen Vereinnahmungsakt der Taufe, auch hier wieder ohne meine Zustimmung, die freilich auch nicht zu erwarten war.

Und beispielhafte Evolution im Schnelldurchgang, Einfügung in übermittelte Tradition.

Dann nahm alles seinen natürlichen Verlauf: die Ersterfahrung der wunderbaren weiblichen Brust, wenn auch zunächst im belebend ernährenden Sinn, als erste intuitive Sinnesäußerung, und die Entdeckung der eigenen Körperlichkeit mit zunehmendem Verständnis. Tollpatschiges Schlenkern und Zukken der vorderen Extremitäten geriet zur gezielten Bewegung, die begleitende Programmierung zeitigte erste Kontaktaufnahme, die tastende Wahrnehmung der Finger ermöglichte Fassen, Befühlen, Besitzergreifen, mit Hilfe des Mundes als nächste Errungenschaft. Dann erfolgte die eigenständige Veränderung der Körperlage, die Aufrichtung zunächst des Kopfes mit Erweiterung des Gesichtskreises, des Oberkörpers, die erste Benutzung der Gliedmaßen zum Krabbeln, zum Sitzen, Stehen und baldigst zur Fortbewegung in vergleichsweise plumper Gangart. Der folgende Eroberungsdrang entlockte ein begeistertes Krächzen. All das vermerkt, verbunden, kombiniert bei beginnender Fähigkeit des verbalen Ausdrucks, der im weiteren Verlauf allerdings diametrale Anwendung beinhaltete. Doch zunächst: HIC SUM ! Und die Welt bot sich der Eroberung.

Vorerst jedoch kein kreatives Denken, Aufnahme nur, Programmierung, da Eigeninitiative noch unnötig, wurde ich doch ausreichend umsorgt. Doch je mehr Einzelergebnisse sich summierten, desto deutlicher ergaben sich Zusammenhänge und nach vermittelter Benennung und damit Beziehungsaufnahme bahnte sich ein versuchendes Denken an. Ich machte mir einen zugeteilten Namen zu eigen, lernte mich als Individuum zu begreifen, wurde aus Gedanken formendem Organismus zur konkreten Person. Die sich entwickelte, ausreifte, im Spiel er- und begriff mit der Beobachtung, der aufkommenden Frage: was. Hände ausgestreckt: schon frühkindlich vorweggenommen: haben, und dazu die transferierende Namensgebung: Apfel, Ball, Auto, was immer, in nahezu überwältigender Geschwindigkeit, Inbesitznahme auch der eigenen Person. Ich heiße, also existiere ich als Entität, wurde mir meiner selbst bewußt und machte mir ein Grundrecht des Besitzens zu eigen, wenn dies auch etwas später. Umsorgung erfolgte von außen, den Eltern, daher kindliche Sorglosigkeit. Mit dem aufkommenden Gefühl der vorerst hilfsbedürftigen Eigenständigkeit aber noch unbewußte Suche nach führender Gemeinschaft in Form der Kontaktaufnahme mit den körperlich größeren Erwachsenen, Schoß, Arm, Hand, sinnbildliches Streben nach oben, Lokalisation einer außerpersönlichen Zuflucht über mir. Und die fürsorglich traditionelle Ausrichtung auf ein wegweisend Obriges schon einmal.

Freilich: trotz all dem stand spielerisches Lernen im Vordergrund, das Sozialwesen Mensch schloß Freundschaft und entwickelte mit ihr zunehmende Selbständigkeit. Die Zeit raste unbemerkt, im Freund fand ich Gemeinsamkeit der langsam andrängenden Fragen, fühlte mich nur jung, stark, frei, warf mich übermütig in einen Gedankenstrudel, der mich abenteuerlich voranriß, rauschender, turbulenter, ja lustvoller schäumte, bis er dann unversehens versiegte. Hart schlug ich auf, strandete bei einem Wort: warum, ohne spezifischen Anlaß. Einfache Neugier? Damit aber überkam mich die Schwellenahnung einer prinzipiellen Begrenzung.

Das schloß Unmittelbares zunächst aus, Weiterführendes lag noch in weiter Ferne, war im Grunde nur Neugier, Wißbegierde, gedankliches Tummeln, Jugendsturm, Raumaustastung, Versuch einer Stellungnahme in einer zu entdeckenden Umwelt, indem ich die Bedeutung der Relationen herauszufinden trachtete. Das war gewiß mit einer unbändigen Lebenslust verbunden, obwohl die Nächte vereinzelt nicht zu kompensierende aufflackernde Gedankeneinsamkeit beinhalteten. Die ich zu übertünchen vermochte durch Verlängerung meiner tageszeitlichen Unternehmungen.

Dafür aber häuften die angeordneten Ruhepausen umso häufiger vielfällige Fragestellungen an, die in selbstschützender kindlicher Naivität dem Lebensalter zugeschrieben wurden. Er wollte seinem Unverständnis vorauseilen, lehnte sich gegen die noch nicht relevante Zeit auf: im Spiegel eines der Badezimmer zeichnete er die rätselhaft erscheinende Erwachsenenwelt nach durch Furchung seiner glatten Jugendstirn, Verschmälerung seiner Augen zu dieser geheimnisvollen Nachdenklichkeit, die immer wieder einen ehrfürchtigen Schauer in ihm wachgerufen hatte. Und wenn er mit seinen Grimassen zufrieden war, mußte er über sein läppisches Bemühen lachen. Doch manchmal gelang es ihm, Aufmerksamkeit zu erregen, was ihn unbeschreiblich aufwertete, wenn seine Mimik in seinem theatralischen Sinn verstanden wurde. Es ist nichts, winkte er dann resigniert ab, lächelte gequält, wie er es vor dem Spiegel geübt hatte und war stolz auf seine schauspielerische Leistung. Eine Glaubwürdigkeit dieser Schau war wohl auf sein Bangen um deren Erfolg zurückzuführen. War da aber etwa doch schon mehr dahinter?

So kam das Gymnasium keineswegs ungelegen. Zwar vergrößerte es die mählich aufkommende Verwirrung, obwohl oder gerade weil es eine gewisse Systematik in seine Denkweise einbrachte, die er mit seinem Freund spielerisch erprobte. Nachmittage und zunehmend Abende verbrachten sie in ihrer Freizeit erst mit körperlichen Aktivitäten und dann auch mit Diskussionen, die immer ausgedehnter wurden. Schlüsse waren zumeist aussichtslos, ihre Welt aber stand festgefügt, noch vierdimensional ordentlich, deshalb dazumal fraglos. Die Existenz gründete aus sich selbst und aus gefühlter Zugehörigkeit fügten sie sich vorbehaltlos in die empfundene Allgültigkeit zum Beispiel des Wetters, der Jahreszeit, der Stunde, die ablief aber identisch wiederkehrte ohne registrierte Vergangenheit, was ihnen eine verbindende Sicherheit gab. Allein der Gedanke an diese Freundschaft machte ihn weihevoll schaudern, erweckten diese Augenblicke doch eine unbekannte Ahnung.

Eines Tages, erstmalig müde des Spiels, des ergebnislosen Redens, einer gemeinsamen Unschlüssigkeit bei erschrockener Unfähigkeit der Trennung, stand der Freund nach einer kindlichen Endlosigkeit auf, ging zu einem Grammophon, hantierte daran herum, schnitt eine sich aufdrängende Frage ab mit einem Lächeln und einem Finger vor dem Mund, ließ die Jalousie herunter, setzte sich mit Körperkontakt neben mich. Ich spürte seine Nähe, seine wachsame Gespanntheit, seine reglose Hingabe, und versank dann meinerseits in traumhaft heitere Gedankenferne. Irgendwann war das, damals, daß ich erstmals Musik hörte, Ablenkungsmöglichkeiten aufgezeigt wurden, Widrigkeiten verblassten. Ein unbeschreibliches, bis dann nie erlebtes Glücksgefühl durchströmte mich, ich vergaß Gegenwart und Eigensein, war Klangkörper, Tonalität und entwand mich unversehens der körperlichen Schwere. Es dauerte nach den letzten Klängen eine träumerische Ewigkeit, bis ich mich wieder zurechtfand, zögernd meine vertränten Augen der wohligen Dämmerung öffnete, gleichsam berauscht war, und langsam nur verebbte mein Hochgefühl, in dem ich den Freund stürmisch umarmte.

Strandete bei dem Wort warum, das immer mehr, wie Grundrauschen, bis dahin klar scheinende Realitäten in Frage stellte. Der stabile Grund, auf dem er sich bisher in gemächlicher Gangart fortbewegt hatte, wurde klüftig, erwärmte sich stetig und zwang ihn zu rascheren, raumgreifenden Schritten, zu Sprüngen zuweilen, um jählings aufklaffende Tiefen zu überbrücken. Und passend kam da der Tanzkurs, der die Schrittfolge musikalisch ausrichtete. Auch die körperliche Nähe zu dem anderen Geschlecht, die plötzlich auftretende Fremdheit, das instinktiv empfundene Anderssein.

Die zunächst verlegene, dann bewußt besitzergreifende Umarmung, der Drehschwindel, die Ausgelassenheit, der jugendliche Überschwang, all das war neu, aufregend, motivierend. Und doch stieß das warum immer wieder durch, er verfiel öfters in stumpfsinnig negierende Niedergeschlagenheit, aus der ihn keiner der Schulkameraden herausholen konnte. Nur seinem Freund gelang es häufig. Wenn er auch mit diesem in den meisten Fällen zu keiner Problemlösung kam, führten die gemeinsamen ausgelassenen Aktivitäten doch zu einer Erschöpfungspause und nach kurzer Erholung oft in das ersehnte Zauberreich der Musik.

Sommerferien dann, Fragenpause, keine obstrusen Vermutungen, kein Zweifeln, Grübeln, seltene Niedergeschlagenheit, dafür Fülle, Schönheit, Leichtigkeit auf bereitschaftsbeliebigen Abruf. Jugend, die sich zukunftsgewandt einem verantwortungsgichtigen Zugriff entzog, Augenblicke, deren Kreisempfindung alle Fragen schon in ihrer Stellung beantwortet vermeinte, Erschöpfung ruhte nach vollbrachter Zeugung, Geborgenheit bot der schwellenden Frucht: die heranreifte zu umfassender Geltung.

Kein Zufall, daß die Geburt in diesen Sommer fiel, der das Land in übermächtiger Wucht vereinnahmte: strotzende Reife blinzele Erwartung, Sattheit schmatzendes Schwappen tändele Abgrenzung, lockendes Balzen imitiere Erfüllung, Mutwillen breite zeitlose Orgie, Leuchtkäfer funkeln im scheidenden Licht.

Dazu die duftschweren Nächte der Freundschaft, euphorische Heiterkeit, noch geschlechtslose Zuneigung: Freund, Mensch! Es ging ja doch zeitweise ohne Zweifel. Mensch, weiteres verschluckt in gänzlich unpassendem Jungengekicher, Bestätigungseilen, Hastkeuchen. Und vor allem die anderen Nächte, Götterdämmerung, Ahnungsscheu, glückliche Akzeptanz der Vorgabeneinsicht, Weltbrüderschaft, Möglichkeitsphantasie, Tränen gar elysäischer Liebe. Pathos dehne jugendliche Behältnisgrenzen, schäume über zu hehrem Gesang: Dank Götter Dank! Pubertäres Empfinden eben.

Welch kindlicher Geniestreich: Kompetenzzuordnung an eine Institution außerhalb, die spielerisch notwendig die eigenen Fähigkeiten überbietet, vollkommen sicherheitshalber, die menschlichen Eigenschaften in toto perfektioniert: Menschgott? Die Konsequenz war ihm in dieser Ausgelassenheit nicht gewärtig, er fühlte sich nur frei, verantwortungslos, außenbestimmt, er unterwarf sich damit willig der eigenen Kreation.

Und zurück zu besagtem Sommer, zu den hysterisch anmutenden fünf Minuten: spieleinleitendes Tändeln, Kräftefreisetzung, Offenbarung unzähliger Möglichkeiten, abrundendes Gefühl der Erstmaligkeit, nachträgliches Wissen um Glück. Doch rasch gingen die Ferien zu Ende, die Sonne strahlte intensiv, Jugend und Endfurcht äußerten sich in kräftezehrendem Übermut, der zu ersatzbedürftigem Flüssigkeitsverlust führte. Die Suche nach Trinkbarem endete im Weinkeller, die überlegungsschwankende Hand glitt glutpulsend über die Flaschen, Erfahrungsdrang, Neugier und Durst stillten bekannte Warnung. Schon die Farbeffekte der teilentleerten Flasche gegen das sinkende Licht des einbrechenden Abends! Der Gong zur Abendvesper leitete unsere unsicheren Schritte gegen den Olymp.

Unser Zustand nun setzte sich über jede gezielte Reaktion hinweg, die ohnehin im Augenblick nichts hätte ändern können: noch dürfte unsere Stimmung so ungewichtig heiter gewesen sein wie unsere gewissenslinkischen Vertuschungsversuche der Alkoholerstwirkung, unser Lachen so ansteckend arglos. Doch distanzierende Kälte lähmte den Höhenflug, einsetzende Ebbe versiegte im Schlick. Holla, nur der Alkohol?

Als er seinen Freund nach dessen Haus begleitete, schüttelte ihn aufmerkende Verbitterung, ihre Schritte wurden zögernder, sinnloser. Augenkontakt suchend erheischte er stillschweigende Zustimmung.

Der Freund nickte verständnisvoll. Zum nächsten Lokal war es nicht weit, sie tranken mehrere verschiedene Sorten Alkohol, verschlossen, erwartend. Allmählich zwar lockerten sich ihre Zungen wieder, sie redeten Unsinn, kicherten. Es war anders als zuvor, gewollt, schief im Beginn, erzwungen. Irgendetwas bedrückte, umklammerte, engte ein. Je mehr sie tranken um die vorgespürte Leichtigkeit wieder zu erreichen, desto offensichtlicher wurde der Versuch.

Schließlich und endlich setzte die angestrebte und erwartete Wirkung ein, löste mit ihnen die ganze Umgebung aus der zuvor eingetretenen Starre, warf ein Glücksrad an. Doch sie waren trunken schwerfällig, blieben zurück, folgten der Drehung nur widerwillig mit flackernder Sicht. Als er zahlen wollte fiel ihm das Geld aus der tollpatschigen Hand. Er lachte, während die Bedienung hinter einem Schleierbausch hämisch mimte, feixend buckelte um das Geld aufzuheben, an überlangem Arm mit Wechselgeld klimperte. Als der Stuhl, beim Versuch aufzustehen, nach hinten gestoßen zu kippen drohte, fing sie ihn auf, bot stützenden Arm und er wurde hinausgezogen in die Peripherie verschwimmender Lichtkreise, die vom aufwallenden Dunkel her zerplatzten.

Was dann kam, fühlten sie dann doch noch wahrscheinlich als glücksartigen Zustand, fühlten, weil der entsprechende Stromfluß im neblig abgestumpften Gehirn unterschwellig nicht mehr das Großhirn erreichte. War es etwa Schöpferpause, Lückenbuße oder einfache Denkhemmung?

Was also dann kam, empfanden sie immerhin als Glück, nicht so sehr wegen der Pause, mehr wohl aus erstmalig chemisch-psychischem Erleben, das ihm zumindest rückblendend Vertuschungsmöglichkeiten aufzeigte. Auch sein Alleinsein hatte er völlig vergessen, als sie sich lustvoll in die Arme stürzten und unsichere Tanzschritte unternehmend pures Vergnügen in der Gemeinschaft sicherten. Imaginär zwar war die Musik, hatte aber mit jeglicher Eigenschaft auch Billigkeit verloren, erklang tonlos rhythmisierend: komm! Und so leicht wie die Drehung die Welt, zeit- und sinnloser Kreis. Zusammen.

Irgendwann stellte sich dann die prinzipielle Frage wieder, unergründlich, jedenfalls lächerlich: ein Stolpern, Schwinden des Gleichgewichts, Scherz, Zufall. Wie auch immer, der Kreis entlädt plötzlich konträre Abgänge, Gehupe vielleicht, Empörung – und die Frage nach dem Warum zwischen den Würgeanfällen.

Dazu kam die Pubertät. Da hatte er sich erwartungsgemäß auf seine hinteren Extremitäten erhoben, wahllos zunächst, zunehmend gezielter um sich gegriffen, aufgenommen mit Händen und dem vergleichsweise riesigen Vorderhirn, untersucht, sortiert, verstanden, eingeordnet, sich angeeignet: Herr. Da hatte er sein Herrentum schon einem zeitweilig aufscheuenden Unverständnis dahin gegeben, es interimistischen Göttern zugeschrieben, die den Rücken freihalten sollten beim weiteren Vordringen, Auffang sein bei allfälligem Rückschlag.

Da setzte endgültig die Pubertät ein, innersekretorische Drüsen vollendeten das vorläufige Mutationsprodukt Mensch. Nichts mehr von Provisorien, Verschiebungen, Phantastereien, vorwitzig drängte sich die Frage nach dem Warum in den Vordergrund, noch allerdings auch der Optimismus, sie beantworten zu können, eine vibrierende Angst zugleich vor zu vorzeitiger Aufgabe. Die Schule noch freilich. Sie half allzu willfährig ab- und zu überdecken, vorwiegend, wenn sie auch teilweise Vorschub leistete.

Und Ferien wieder, der Freund.

Der Unterschied war offensichtlich, seltener wurden ihre Treffen, zufälliger die gemeinsamen Ergebnislosigkeiten, die er gerade jetzt eigentlich sehr gebraucht hätte. Verdacht griff auch prompt weit über das Ziel hinaus, rekelte sich masochistisch in weit hergeholten Vermutungen.

„Freund" eines Tages, nach gemeinsam durchlebtem Nachmittag, als lauernde Angst dessen Bedeutung wieder einmal begreifen machte, „Freund, was ist los mit dir?"

Und „Ja" mit bereits abwesendem Nicken, das mir noch unbegreiflich blieb, „ich muß jetzt gehen".

„Mußt du ?"

Natürlich mußte der Freund, es blieb ihm keine Wahl, er bewies es wenig später mit Weltentdeckerstolz, vielleicht auch wegen schlechten Gewissens bezüglich der bisher ausschließenden Freundschaft, womit er allerdings meine Bindungszweifel nachhaltig anregte. Wie konnte er ? Nach Besinnungsintervall zu Erwartendes. Und weiter ?

„Schön" ein anderes und zum ersten Mal gegen meine Zunge „schön, gratuliere, aber zwischen uns bleibt doch alles beim alten?"

Die Ausschließlichkeit war aufgehoben, in die klaffende Lükke drängte keimende Eifersucht.

„Klar doch" winkte er Abschied.

Die Ferien waren vorbei, die Schulroutine war zeitfüllender Alltag, sein tragisch anmutendes, eklatantes Einzelgängertum allerdings keine bloße Spielerei mehr. Beim nächtlichen Versuch einzuschlafen vergaß er sich im Abklopfen, was die Disharmonie in keiner Weise aufhob, nur eben zeitweilig anhielt. Allzu bald freilich artete der Spielversuch zu unerwartet häßlichem Ernst aus, sein fingiertes Orchester nahm die Unfähigkeit seines Phantasiedirigenten rasch wahr, mehr zu tun als nur ständig abzuklopfen, entzog sich seiner Leitung und lärmte fröhlich in den Tag hinein, was dann so klang, als ob der Tonarm mit seiner Nadel Rillen übersprang und schließlich zentripetal über sie kratzte, ohne irgendwann auszuklicken. Das hob seine Stimmung nicht eben gerade, verschlechterte sie eher bis zur schlaflosen Unerträglichkeit. Sein schulischer Leistungsabfall wurde allerseits als pubertäre Störung abgetan. Pubertäre Störung ja freilich.

Der Freund aber war in jeder Hinsicht weit weg, dessen Anliegen fraglos, seines zunehmend dringlicher, wenn auch die einzuschlagende Richtung sich ihrer nicht gänzlich sicher war.

Lag es an der plötzlich intensiv empfundenen Scheu vor dem anderen Geschlecht, jeglicher Unvorstellbarkeit einer andersartigen Beziehung, gar an der derzeitigen zweifelbedingten Unsicherheit, der darin begründeten Klammerung an verstehende sympathische Kumpanei? Oder war es einfach das ungelenke Erwachen aus pansexuellem Urdasein? Jedenfalls spürte er eine beginnende Entfremdung, verweigerte Einsicht, reagierte mit kindlichem Trotz: dann eben nicht!

Dringender als je zuvor tastete er nach einem Halt, verfiel in angelesenes Pathos, erinnerte sich seiner Musik. Weil ihm allerdings das menschliche Wesen aufdämmerte, ließ er darüber ganz außer Acht, daß die Idee auch nur eine seiner Äußerungsmöglichkeiten ist, nahm sie als ursprünglich, verschwor sich ihr. Und wieder: komm, schwarzgerillte Plastik willfähriger Abstraktion. Hier glaubte er, seine Zweifel noch aussetzen, seine Instinkte befriedigen: Liebe, Sehnsucht, Selbstbestimmung, weiter, weiter, den Effekt potenzieren zu können dadurch, daß er die gesamte Umwelt ausschloß – erhabenes Gefühlsbewußtsein der Singularität – das Licht löschte, erwartende Passivität rückprobte, sich bisher erfahrener Erfüllung öffnete.

Nicht immer verlief die Aufführung in seinem Sinn. Dann rutschte er haltlos die Frequenzdifferenzen entlang, schlug an nach Amplituden und Schwingungsverhältnis, drängte auf ein Ende, unfähig den Tonarm abzunehmen, erstarb in Masochismus, der ihm die Zähren verweigerte, die er so gerne hätte rinnen lassen. Ersatzweise vertiefte er sich in Dunkelheit, klimperte rachsüchtig gleichsam die ganze Gefühlsskala ab, bis er erstmals erschrocken mit dem Tod liebäugelte. Liebäugelte theoretisch, weil er ihn nicht ernsthaft in Betracht zog, was eine selbsterhaltende Feigheit und eine aufkommende Versäumnisfurcht schon gründlichst ausschloß, doch konnte er sich an ausgemalten Folgen in schwärmerischster Weise ergötzen, selbstkritischer Hinweis darauf, daß die Depression noch nicht lebensbedrohlich war, wiewohl nicht zu gering zu schätzen. Das Ich zuerst: Freund Tod, löse mich aus diesen verfluchten Zweifeln, bette mich in Allmutter Nacht, gib Schlafvergessen, Ruheschönheit, fort so. Dann die

Anderen, Stetsseienden, Wunschnegierten doch Notgewärtigen: ei über ihre vorausgesetzte Erschütterung, ihr verständliches Weh, ihre Selbstanklage. Anderes wollte er sich nicht vorstellen, paßte nicht in seine weihevoll schauerliche Premiere.

Applaudierendes Kreisirren daraufhin in vermeintlicher Unabsehbarkeit, hoffnungsblindes Tapsen um einen postulierten, traditionsbeigegebenen Fixpunkt: Gott, mit erhaltungssichernd erklammertem Arbeitsgestänge, dessen glaubensfrische Elastizität allerdings nun den möglichkeitserweiternden Spielraum eröffnet, der zusammen mit Wachstumsveränderungen die Traditionsbinde einer schimmernden Ahnung verschiebt.

Geblendet schrak er zusammen, kauerte in lähmender Unsicherheit, versuchte sich in lockender Ergebnislosigkeit. Und Anfang wieder, zeitäffend jugendliches Neubemühen: zwar weiß ich im Grunde nichts, doch bin ich schon einmal.

Immerhin war er schon einmal, daraus Folgerndes konnte, wenn überhaupt, nur zu erklären sein innerhalb eben dieses Seins. Das nicht anzuzweifeln war, doch zu hinterfragen: Woher kam es? Weshalb kam es? Wozu kam es? Was also war der Sinn? Der Sinn wieder, Kreis! Welch menschliche Denkart!

Doch was meint Sinn? Neugier? Begutachtung? Bewertung? Ursachenforschung? Selbstbezügliches Ursprungsdenken, aus menschlicher Unvorstellbarkeit eines wertneutralen Soseins? Ursprungssuche also, wiederum versuchserkenntlich, beispielsweise resultierend in einem Gott der Schule, der Religion, des Orientierungsdranges? War der Sinn etwa Menschenprodukt? Eine logische Konsequenz dieser flüchtigen Gedanken ergab sich noch nicht.

Aber alles verschwamm, entzog sich der näheren Betrachtung. Er wurde sich plötzlich seiner unbedarften Jugend bewußt, suchte Hilfe bei Älteren, Eltern, Lehrern die doch auch einmal jung waren, vor derselben Problematik gestanden haben, damit fertiggeworden sein mußten wie auch immer, da sie ja diesbezüglich konfliktfrei zu leben schienen. Keine Hilfe? Kein Verständnis? Eine übermenschliche Entität?

Ihn verlangte nach Licht, nachdem es jählings so schaurig fahl geworden war. Die erst kürzlich aufgestellte Weltenordnung entpuppte sich als undefinierbares Chaos, jegliche Beziehung verlor sich im Ausweglosen, Existenz zersplitterte in Unsagbarkeit, zögernd tastende Hand ahnte unerreichbare Nähe, Bewegung spottete ihrer Ziellosigkeit, vergebliches Drängen ermüdete, Resignation schien Trumpf: doch ein Gott? Nach bisheriger allseitiger Indoktrination kam er nicht auf die Idee, ihn anzuzweifeln, ging von seiner prinzipiellen Existenz aus, ertrotzte jedoch Näheres.

Buch der Bücher, wohl älteste Literatur, interessant im alten Teil, doch wenig erbaulich: am Anfang eine Männlichkeit namens Gott, egozentrisch, geltungs-, rach- und herrschsüchtig, mörderisch grausam, eigenwillig, eitel, parteiisch, launisch und eifersüchtig, dazu vorstellungsweise allmächtig, kurz: eine Sammlung schlechtmenschlicher Eigenschaften, personifiziert in einem Namensgott, nachgerade Beweis von dessen Schöpfung durch den Menschen. Wo war doch aber der Unterschied zwischen dem Christengott und der antiken Götterwelt? Im Grunde wurde deren Vielzahl mit all ihren menschlichen Schwächen nur vereinzelt, und das praktizierende Menschentum zur Theorie zurückgenommen. Auch die Zeugung von Götterabkömmlingen mit Menschenfrauen war eine vielgeübte Tätigkeit, und Hierarchie findet sich beiderseits.Aber sie alle lebten, während Er einfach nur sein und richten sollte. Roch das nicht allzusehr nach Menschenwerk? Und wo blieb seine angebliche Liebe, die sein mit irdischer Weiblichkeit gezeugter, selbstredend männlicher Nachkomme zu verbreiten suchte? Hier antikgriechisch anmutender physiologischer Zeugungsakt: Drittelgott, Menschin, Nachwuchs, allerdings klerikalparthenogenetisch verklärt im Sinne einer sogenannten unbefleckten Empfängnis, und damit frei von der Erbsünde. Ein Wunder! Zwanglos glaubwürdig aber nur für Wundergläubige, die von Kindheit an entsprechend indoktriniert wurden. Warum sei das erste Menschenpaar in initio ohne Erbsünde und wann hat es diese im Zusammenhang mit einer symbolischen Vertreibung begangen? Verbotener Obstgenuß? Festzuhalten jedenfalls: Sexualität klerikal gleichbedeutend mit Sünde; essentiell aber verbunden mit dem Fortbestand der Menschheit, ist die Frau damit Urheberin dieser Sünde, die Sünde per se, sagt die Kurie und schiebt ihr den schwarzen Peter zu, heißt sie den Sündenbock oder klassisch Pandora, deren Büchse alle Übel der Welt enthielt – aber auch die Hoffnung, die die Kurie listig täuschend verkündet, allerdings mit allen wohlbekannten ungeheuerlichen Konsequenzen. Doch halt, eine singuläre revolutionäre Papsteinsicht im 13. Jahrhundert: „Geschlechtsverkehr und die Befriedigung der Naturtriebe ist so wenig ein Vergehen wie Händewaschen," und : „Paradies und Hölle gibt es nur in dieser Welt, nicht im Jenseits: wer gesund, reich und glücklich ist, hat das Paradies auf Erden."[1] Paradies also ein Zustand?

Dann aber wird der zarten Weiblichkeit der grobe Klotz unter die nackten Füße geschoben, den Frühling, dieses Paradies mit diversen Früchten versetzt zu haben, die unter einem göttlich sinnfreien Verbot gestanden haben sollen, ungeachtet ihrer Nahrhaftigkeit. Oben vergessene Willkür? Verbot als Eingeständnis der begrenzten Erkenntnismöglichkeit? Mit Strafandrohung beim Versuch, gewisse Grenzen zu überschreiten! Und kam es auch sofort zum Verlust der kindlichen Naivität beim Eintritt in das Erwachsenenalter, sprich zur Vertreibung aus erwähntem Paradies der Denkart? Dann wurden erstaunlicherweise Milliarden unter unsäglichen Bedingungen aus zwei Einzelwesen, folgenreiche Inzucht, gar mit dem Brudermörder? Erklärung für die prinzipielle Schlechtigkeit? Oder Folge des Apfelverzehrs? Nur sinnbildlich freilich!

Fragwürdig auch: wurde der Gottessohn nicht auch gezeugt? Ist der Erzeuger, ein Gott in persona, oder in Form eines DrittelGeistes, dann nicht auch erbsündig? Oder hängt die Sündhaftigkeit wieder einmal vom Akteur ab, kann eine sündfreie Handlung des einen einem anderen als Sünde angerechnet werden? Ist diese sündhafte Tätigkeit unter konstruierten Umständen gar Pflicht? Besteht da ein göttlicher Vorbehalt? Quod licet Jovi non licet bovi? Das autokratische Prinzip?

---

1 (Bonifatius VIII) siehe auch Seite 187

Dem Kaiser was des Kaisers und Gott, was Gottes ist, obwohl angeblich nur Gott das Recht habe, Geld von seinem Volk einzuziehen, und so bedient er sich der Priesterschaft, die dies allzu gerne für ihn tut, denn man stelle sich alternativ vor, wie er mit Sammelbüchse auf Erden wandelt! Ob die Priester es aber auch an ihn weitergeben? Und was tut ein Gott dann mit dem Geld?

In kompletter Verwirrung wandte er sich an den Pfaffen, H.H., selbsttitulierter Hochwürdiger Herr! Der mußte ja endlich Bescheid wissen, Klarheit schaffen können, wer, wenn nicht der, nannte er sich doch Verwalter, Stellvertreter gar in diesem irdischen Jammertal. Er wußte nicht, zwar, stieß dagegen umso grundlegender, einer für alle, ihre Ideologie macht sie notwendigerweise gleich, vielleicht mit persönlichen Variablen.

„Mein Sohn, du darfst nicht alles in der Schrift wörtlich nehmen, neben den vielen historischen Fakten, und es werden immer mehr wissenschaftlich bestätigt, steht manches Bildnis nur für den einfachen menschlichen Geist, letztendlich aber unterliegen wir alle dem göttlichen Willen und seiner unendlichen Weisheit. Und der müssen, nein dürfen wir blind vertrauen. Dieser rückhaltlose Glaube führt uns unweigerlich zur Seligkeit. Und die Kirche weist uns den richtigen Weg. Der Herrgott aber ist von jeher unbegreiflich."

So oder so ähnlich focht er den Strauß für seine Kurie, und nicht kamen Zweifel oder auch nur Zaudern bezüglich der Selbstanmaßung zum Ausdruck.

Aber nicht auch ging er ein auf ihr durchwegs irdisches Prunkgehabe und Lastergebahren ohne mindeste Rücksicht auf das Befinden ihrer Klientel, nicht auf die angemaßte gottgleiche Stellung des nach menschlichen Regeln bestimmten Oberpriestermenschen mit dem absoluten Autoritätsanspruch auf Unfehlbarkeit, nicht auf das perfektionierte Angstregime via Teufel, Erbsünde, jüngstes Gericht, Fegefeuer, ewige Verdammnis, genüsslich ausgemalte künftige Höllenqualen, die sie, die Kirche, mit ihrer Inquisition mit Hunderttausenden wenn nicht mehr unschuldigen Brandopfern nach unvorstellbarer Folterung im Hexenwahn irdisch vorwegnahm, nicht auf die ausschließende Inbesitznahme eines der Basistriebe, der Sexualität, ohne freilich eigene Enthaltsamkeit, und damit auf die optimale Lenkbarkeit ihrer Anhänger, bei gleichzeitiger Schuldzuweisung an die Frau, symbolisch die listige Schlange, die dem Gläubigen ein prinzipiell schlechtes Gewissen und Schuldbewußtsein einbläuen soll, nicht auf das Prinzip jeglicher Enthaltsamkeit, selbst und vor allem der Lebensfreude: ora et labora, nichts sonst, im Hinblick auf eine behauptete, wohl eher rein rhetorische Entlohnung in welcher Form auch immer in einem vorgegaukelten Jenseits, der bekannte, allerdings ungedeckte Pfaffenscheck, und wo wäre dann der Himmel, in dem ER thront und in den die subalternen Frömmler aufgenommen zu werden ersehnen. In unserem Sonnensystem, in der Milchstraße, wo im All? Steht nicht die ausnahmslose Leidensmimik der christlichen Figuren, nicht nur der Märtyrer, ihre Trübsal, ihre De-Mut bedeutungsverwandt mit Mut-Losigkeit bezeichnend für ihre Imaginationszweifel? Nicht einmal ein Wehmutslächeln. „Nicht dazu sind wir beisammen, um schallendes Gelächter anzuschlagen, sondern um zu seufzen, und mit diesem Seufzen werden wir uns den Himmel erwerben."[2]

Aber ein ging er auf die unbedingte Notwendigkeit all dieser Machenschaften, um die letztlich eingeschüchterten Schäfchen nach teuflischer Läuterung in verkrüppelter oder eingeäscherter Form in den Kreis irgendwelcher Seligen oder gar Heiligen gnädig aufnehmen zu können. Nichts da von postulierter Liebe, weder mental noch viel weniger körperlich, stattdessen eherne, unbarmherzige Zucht, auch durch die klerikale Reglementierung letzterer. Erklecklicher Sadismus in Reinform? In der sicheren Gewißheit einer mittlerweile allerdings bröckelnden Vormachtstellung.

Er blieb zum Beispiel die Antwort schuldig auf die gezielte Frage, wieso ein angeblich allmächtiger Gott es nötig habe, sich bei der Durchsetzung seiner egozentrischen Interessen ausgerechnet menschlicher Mittlerrolle zu bedienen bei einem grenzenlosen All mit unzählbaren Gestirnen und ebensolchen, nicht

---

2 (Johannes Chrysostomus, um 400 unserer Zeit)

auszuschließenden, weiteren Subalternen. Er blieb noch die Antwort schuldig auf viele andere meiner Fragen mit dem Hinweis auf seinen, des Gottes unerforschlichen Ratschluß, und, und, und. So sabberte er noch eine Weile vor sich hin, ohne auf seinen Zuhörer zu achten, der schon länger abgeschaltet hatte, nur aus Höflichkeit, aber auch wegen einer gewissen Lähmung noch verweilte, aber dann wurde dem schlecht.

Sein Enthaltsamkeitskompensationswanst schon pervertierte das Aufplustern glaubhaft zur unerwünschten Vaterschaftsanmaßung, seine Fingerwürste verdrehten Kompetenz beim vierdimensionalen Psalmodieren, Sprachkadaver verpesteten seinen hinfälligen Gedankenkompost – o sancta eloquentia – Phrasen schlitterten haltlos im Speichelöl der Autokratie, das die Unstimmigkeiten, die Widersprüche aneinander vorbeigleiten lassen, die Ungereimtheiten wohlklingender, den Einlauf schlüpfriger machen sollte. Aber glaubte er selber wirklich, wovon er palaverte? Oder waren es nur Worthülsen, die er loyal getrimmt von sich gab? Kitzelte ihn das Bewußtsein seiner hintergründig angemaßten psychologisch-politischen Machtposition? Wie auch immer! Mein Erwartungseifer konnte nach mühselig überwundenem Schock nicht umhin, die offensichtliche Lächerlichkeit wahrzunehmen, Frivolitätsdicke in anerzogener Höflichkeit abzutragen. Dann aber sprang Enttäuschungswut aufbegehrend in eine Verschnaufbresche, bahnte sich Fluchtweg aus geifernder Widerwärtigkeit mit einem Klerikalscheck in harter Pfaffenwährung: Vergelte es Gott. Das hatte ich begriffen und das war der definitive Beginn der inneren Abwendung von der Kirche, die äußere mußte noch warten bis zur Matura wegen sonst drohender Komplikationen.

Blieb also auch der Pfaffe nicht mehr, der die Situation immerhin nicht sexuell ausgenützt hatte, war ich diesbezüglich schon zu alt oder zu kritisch selbstbewußt wegen meiner Fragestellung? War er etwa einer der nicht sextollen Kleriker, die es ja zweifellos auch gab? Blieb also keiner mehr, der mir aus meiner Notlage half. Ich fiel auf mich selbst zurück, ohne zu bemerken, daß dieser lösungsverzweifelnde Schritt die bislang doch noch erträgliche Tanzmusik zum wohlfeilen Tingeltangel ausgeleiert hatte. Umso deutlicher spürte ich, wie intensivierte Drehung mich aus der labilen Gleichgewichtszone entgegenwirkender Kräfte in eine unstrukturierte Haltlosigkeit zentrifugierte. Das wars dann wohl. Verzweifelnd suchte er Anschluß, Verständnis, Mitgefühl bei den Vielen, vergewisserte sich dadurch aber lediglich seines Alleinseins. Zwar war wohl jeder allein, merkte es aber nie oder nur zeitweise und ging dann oder auch prophylaktisch Gesellschaft ein. Sein Freund war derzeit unerreichbar, die Welt Parkett für den initiierenden Eingangsreigen, Schallkörper nach durchmessener Verwirrung für den gräßlichen, zugestanden nur noch bisweilen vernommenen, doch nichtsdestoweniger schauerlichen Schlußchor der Verlassenheit, nachdem er zunächst den einzelnen Instrumenten gesteigerte Aufmerksamkeit zuwandte, ihr Thema in pianissimo abgenommen, sie zusammengeführt, sie herausgelockt hatte aus solitärer Zurückhaltung, sie vereint hatte im tragenden gravitätischen Crescendo zum dann dröhnenden Schlußakkord: allein. Da half dann auch kein beschwichtigendes Abwinken, der Zusammenklang zersplitterte in Einzelsequenzen, die der Leitung spotteten, sich zur kreischenden Disharmonie steigerten, ihr Thema bis zum Entsetzen variierten: allein. Ihn lärmend übertönten, in hoffnungstrotzige Selbstenge drängten. Schrecken peitschte eitrige Gedanken aus modriger Lähmung, gerann sie mit Weltenfluch zu schwärendem Behältnis, aus dem sich Verzweiflung geifernd gebiert.

Verwirrt erwachte er aus der Abwesenheit, hatte einen schalen Geschmack im Mund, eine konfuse Erinnerung an Ungefähres, war kläglich angeschlagen, hätschelte seinen brausenden Kopf mit lindernder Apathie, spielte nebenbei am Radio, dämmerte gemächlich in pulsendes Zwielicht hinein.

Und noch einmal offerierte er ein aufnahmedürstendes Brachfeld in absoluter Passivität, das auch behutsam in Beschlag genommen wurde: ein Konzert in sanft tröstender Entkrampfung, sehnender Abgeschiedenheit. Ecce deus! Linderung der Geburtsbeschwerden des homo sapiens, dämonisches Zögern zu der zu erwartenden Niederkunft, Zartheit lechzendes Öffnungsstreben, Schwermut lichtende Menschentäußerung, olympisches Vergessen. Oder auch fäulnissüße Erheiterung, traumleichte Lösung von bindungsschwerer Materie, urseiendes Einheitsgefühl, manisch schweifende Geisterahnung, fülletrunkener Lichtkinderreigen, allliebende Freudentränen. Ohnmacht gar des Teilbewußtseins, irdische Zerbrechlichkeit an den Klippen des Seins? Erkenntnisfeuchte Dämmerung glitt leichthin hinüber in albtraumfreien Schlummer.

So empfand er es damals, erdentrückt. Doch zurück zur Realität: der Schule. Sei ihr nichts abgesprochen von ihrer möglichen Effektivität, aber kann sie denn mehr lehren als Gerten zu brechen zum Distelnköpfen da, wo ein prometheischer Instinkt dazu treibt, Murmeln zu spielen mit Sonnensystemen, brechen nicht aber den Eigensinn sich jugendtoll darin zu üben. Nein, die Schule nicht, die Jugend allein ist Motor der Progression, in welcher Richtung auch immer. Sie muß erst mobil Neues erstreben, wo Vorhandenes statisch verteidigt wird.

Was also bedeutete die Schule ihm letztlich? Er wähnte sich befähigt, setzte eifrig Spuren, in deren Verfolgung bis zu einer sich immer offensichtlicher darstellenden Ausweglosigkeit es ihn in ein Labyrinth verschlug, das zunehmend abdrängte von zeitnaher Realität. Was auch ein verängstigter Einhalteversuch nicht änderte in Form von erneut gesuchtem Anschluß, wahlweise trotzigem, Gedanken verdrängendem Pauken, Trinkgelagen. Eine Gelegenheit schien allerdings verpaßt, Gesellschaft widersprüchlich unerwünscht, nicht zu reden von den Nächten, in denen er sich schlaflos zu disharmonischem Getöse wälzte.

Sinnbildlicher Kreis, den er in bewußt schüchterner Erstmaligkeit durchmaß. Alkohol intensivierte die Drehung zeitweise, wobei der Schwindel sich allerdings wenig vergab. Nach oftmaliger Prellerfahrung verlangsamte er seine Anläufe und begann, nach dem Warum des Warum zu fragen. Der Gejagte versicherte sich seines Jägers, und folgerichtig zeitigten alle erfindlichen Antworten in ein und demselben umschriebenen Raum: dem evolutionär explosionsartig vergrößerten Vorderhirn. Und wenn sie zeitigten, hatte er einen Anschluß gefunden, eine Rechtfertigung für die Matura als Voraussetzung für ein Studium, das ihm einen Weg bahnen könnte zur Lösung seiner Probleme. Naivität hatte ein Hauptproblem feinsinnig dahingestellt, Aufschub damit, der zwischenzeitliches Übungsklären zuließ. Scheinsicherheit bemühte sich denn um Aktualitäten, zum Beispiel um eine pubertätsdringliche hintergründige Kausalität. Unbestreitbar logisch nach menschlichem Ermessen, zu kindlich einfach, anerzogen plausibel. Ergebnis vorheriger Kapitulation? Und die Nachfahren übernahmen kritiklos, mit gelegentlichem Aufstoßen vielleicht. Sei diese Kausalität zeitlos denkbar, aber doch nicht ebenso verpflichtend.

Götter als Breitenfiguren? In summa: Unverstandene Existenz als greifbare Personifizierung, unverstanden, weil mit dem Verstand nicht faßbar, leichthin zu handhaben freilich mit vertraulicher Benennung: und Dominanz wieder dank der Götterkrücke.

Ein wenig mehr angemessene Bescheidenheit, und das angemaßte Verständnis erweist sich als Trugbild. In Rückverfolgung des Kreises stellten sich die verschiedenen Götter möglicherweise als Interessensphären der klerikalen Klasse dar; aber warum zwingend ein Gott? Wissensinterim oder gar Sinn?

Der Brief war kurz, er kündigte seinen Besuch an, den Besuch des Freundes, schreckte mich gleichsam auf, ich hatte ihn in meiner gegenwärtigen Situation ganz vergessen, umso mehr, als dieser in ganz anderen Sphären zu weilen schien, unsere augenblicklichen Interessen diametral auseinander lagen und er wohl kaum bereit war, auf meine Probleme einzugehen. So rührte mich diese Ankündigung nicht sonderlich. Ich war sosehr in meinen Zweifeln verfangen, daß mich auch die Verkörperung einer verblassenden Idee nicht weiter aufrüttelte. Oder doch? Rührte mich dieses Stückchen Papier etwa doch? Blaubekannter Gedankenbeweis, der meine Vorstellung vom Alleinsein fragwürdig machte. Da war doch, nein? Sollte er erstmal kommen.

Daß er seine Freundin mitbrachte, wertete er in jeder Hinsicht positiv, sie hatten sich beide momentan wenig zu sagen, hingen aneinander wohl mehr aus der verdrängten Erinnerung an die pansexuelle Veranlagung. Die Kindheit lag nach dem ersten Erwachen nun doch schon als im Nachhinein mißempfundener Abschnitt hinter ihm, den er melancholisch als solchen beendet zu wissen vorzog, die unmittelbare Gegenwart war zu jung um Gesprächstoff zu bieten.

Stand also die Freundin im Vordergrund. Eine landläufige Beschreibung lasse erkennen, daß sie ihm gefiel, womit den Äußerlichkeiten genüge getan sei, da diese sowieso rein subjektiv zu nehmen sind, gibt es doch keine allgemein gültige Schönheit, gewisse Grundsätze dafür vielleicht. Und nach ihrem Verhalten ihm gegenüber zu urteilen, stieß er auf offensichtliche Gegensympathie, die sich in Andeutungen, und nach längerem Beisammensein in zunächst verhohlenen und dann offenen Beteuerungen äußerte. Die Exposition sei damit erbracht, der weitere Besuchsverlauf mit seinen Nebensächlichkeiten der Kürze halber mit einem mehr oder weniger netten Tanzabend abgeschlossen. Das schön daß ihr daward diktierte seine ehrliche Überzeugung.

Die sich opportunistisch von sich stahl. Ahnungsverspielt einen Götterball erhaschte, völlig der Gelegenheit vergaß. HoHo wie sich das in williger Unterwerfung erging, HoHo wie es ihm nach dieser Entlastung erging: nektarberauschte Rückkehr zum anfänglichen Streben. Das das Mädchen meinte, das wohl meistens das männlich unbegreiflich Andere meint.

Sommer dann, Dämmer zwischen Versuch und Nacht, Wiegenlied der Selbsterhaltung. Oder auch Winter nun, orgienfahle Erschöpfungspause: „Now the winter of our discontent was made beautiful summer by the sun". Irgendeine Sonne egalisiere die Jahreszeit, verewige Empfindung bis zum Widerruf, streiche Purpur über blaumüde Raumempfindung, in der zeitenbeschwörender, vermeintlich unverbindlicher Gesang bauschig verhallt. Einleitung und Variation des aufklingenden Themas, dessen Neuartigkeit ihn zunehmend fesselte, vollkommener in sich selbst katalysierendem Drängen nach sinnzeichnender Ausrichtung, die sich bahnt aus sturmchaotischem Streunen, instinktiv beibehalten in jeder Dimension.

Sommer also, Unternehmung zu dritt bei pubertäts- und erziehungsmangelnder Fähigkeit, die Kontaktschwelle zum anderen Geschlecht, hier zur Freundesfreundin, zu überwinden, eine Anderwelt zu betreten, aus vorgeschützter Freundschaftsfairness, aus Schüchternheit eher, durch üppige, mehr oder weniger nutzbare Vegetation, durch unterschiedlichen Luft- oder Flüssigkeitsreibungsschall, durch Witterungs- oder Sonnenstandsgegebenheiten, durch versuchsweise, umstandsbestärkte Annäherungsversuche zum Tanze endlich wieder, auf des Freundes lösungserleichternden Vorschlag hin. Die zugedachte Begleitrolle würde schon ihre Möglichkeiten offenbaren, schrieb vorerst entdeckungssorgendes Zögern vor.

„Ein ganz zünftiges Künstlerlokal, wirklich"

„Wenn du wirklich meinst."

Nur nicht zu lange das Zögern, nicht zu lange auch die Nebenrolle, die ihn allein in den Fond des Wagens platzierte. Immerhin konnte er die Außenlichter fasziniert verfolgen, die sich während der Fahrt in plastischer Nachbildung über ihr Profil in fließendem Farbwechselspiel schlängelten, wobei er die nachschöpfungskribbelnde Hand fast gewaltsam zurückhalten mußte in vorläufiger Anerkennung der Gegebenheit.

Zu spät? Doch fing der Drang sich selbst, schweifte suchend über zugewandte erwünschte, erdachte Melancholie, erfaßte ein Scheinwesen, das er formte um zu sich zu finden, ein Bild von sich zu entwerfen aus ihr. Dümmliche Angst freilich vertröstete auf später. Mögliches später: die Minuten der Parkplatzsuche.

„Du"

Hier bot der Trost ein jetzt. Später war schließlich Zukunft, zu spät Vergangenheit, heute das Gestern von morgen. War nicht jetzt Gegenwart? Vermeintliche Imagination des Jetzt, Geschichte im Werden. Wie auch immer: jetzt war nicht später.

„Wir werden auch tanzen?" mühsam hervorgebracht, Schluckschwierigkeiten bei trockenem Mund infolge Zielstrebigkeitseifer.

Die Pendeltür würgte Schwadenlärm, der mit den Stufen sich mehrte bis zu einem sich seiner Bedeutung ersichtlich bewußten Pinguins, dessen Asthma wohl herrührte von der Rauchgeschwängerten feuchtheißen Atmosphäre. Das fiebrige Gewühl zehrte vermutlich aus anderen als aus Überraschungsgründen an seinen Nerven, wenn überhaupt noch.

Des Freundes nonchalante Aufforderung, für Plätze zu sorgen, dieweil er sich gleich mit seiner Freundin ins Gewimmel stürzte, las er mehr von dessen Munde ab als sie zu hören. Ein abschätzend willfähriger Blick des Pinguins erheischte Auftrag mit zugeneigtem Ohr im chaotisch jugendlichen Getöse: „für drei Personen? Laß sehen." Er erhob sich zu seiner stattlichen Größe auf seine Zehenspitzen, überflog die rhythmisch epileptoide Massenbewegung, deutete wortlos in eine Richtung und zog sich eilfertig zum Eingang zurück. Mühsam machte er den Freund aus und winkte in Richtung des zugewiesenen Platzes, dann drängte er sich durch stoßendes Menschenknäuel dorthin.

Schwimme ich denn. Nehmen wir einstweilen den Fluß, irgendeinen, jedenfalls sei er zu kalt, der Fluß, trotz wärmender Bewegung zurück zum Ufer, wo sie sitze, mich beobachtend erwarte, das müßte sie schon, wie ja auch ich mich ihr entgegen sehne, wenn auch in hoffnungszweifelndem Zögern, bis ich mich tatsächlich schwer atmend an ihrer Seite niederlassen kann.

Da liegen wir dann, am gelegenheitserkorenen Fluß, der Freund sei vergessen, lassen ungewagte Worte schaudernd überrauschen, steigern uns fiebrig zu forderndem Drängen, zumindest meinerseits, und ich ermanne vergewissernde Berührung, empfinde dabei Elektrizität und aufschießende Glut, ringe um ichbezogene Augenblicksstellung, scheuche den ablenkungsträgen Olymp zum Vergleich.

„Gottschwester Demeter, bist du es wirklich?"

Sie sei es nicht, fühle sie, verpasse das rollenfremde Stichwort, breche das unerwartet angepeilte Liebesgestammel durch befremdendes Schweigen ab, entziehe dem vorgesehenen Dialog seine Voraussetzung, mir den Mut, auf der somit offensichtlich gewordenen Sinnlosigkeit weiter zu bestehen. Wieder der Sinn, wenn auch in Negierung.

„Träumt unser Kleiner?"

Kleiner, genau: so würde er seinem vage angepeilten Ziel nicht näher kommen. Die allgemeine Lautstärke hatte phasenweise nachgelassen, gerade so viel, daß Wortfetzen, Lachen, Stühlerücken, Gläserklirren die Geräuschdifferenz vernehmbar ausfüllen konnten. Und dahinein zwängte sich ihre Frage, enteilte in Geflissenheit, Rhetorik, die die Bewußseinsschwelle kaum überschritten hatte.

Sie schwitzten, freuten sich anpassend geräuschvoll, allgemein wohl über diese Art der Gemütsäußerung, versuchten sie nach Erdenklichkeit, ohne vorgegebenen Zwang, Wozu auch freilich? Wäre der denn immer eine Bedingung jedweden Ausdrucks der Existenz?

Sein verlegenes Lachen, geäußert, stellte sich zur freien Verfügung. Sie modellierten sich reagierende Heiterkeit, er nachbezüglichen Unwillen, obwohl das Lachen als solches seine phylogenetische Eigenheit bewahrte. Um davon abzurücken etwa eine sachliche Unverbindlichkeit oder vielleicht die zielberichtigende Wiederholung. Sei sie immerhin teilrichtig wenigstens verstanden: Aufforderung zum Tanze, Vollständigkeit erscheine allerseits irrelevant, zumal das Gedränge auf dem Tanzboden jede Näherungsinitiative ohnehin im Ansatz vereitelte.

Ventilatoren kämpften mit mäßigem Erfolg gegen die stickige Luft an, wirbelten aber Kühle in jeweils begrenztem Bereich.

Individualität versuchte sich im Vergleich, mühte sich gegebenenfalls in Gemeinplätzen, Nebensächlichkeiten, die den ohnehin irrenden Blick endlich gar vereinnahmten. Was nicht weiter auffiel, völlig unverbindliche Anfrage, Engagement vorbehaltlich des schadlosen Rücktritts. Schließlich verpflichteten Belanglosigkeiten nicht unbedingt. Und ein noch so gewichtig gestikulierender Arm verschwindet mit der nächsten Drehung aus dem Gesichtsfeld der Maßgabe.

„Und danke auch"

Eine nächste Möglichkeit: Ich sei also gelegentlich mit ihr zusammen ohne den Freund, unter welchen Umständen auch immer. Unsere Beziehung sei freundschaftlich neutral wegen der schon längeren passiven Bekanntschaft, die die natürliche Scheu vor dem anderen Geschlecht in diesem Fall vorwegnehme, die Begegnung somit zunächst einfach nur erfreulich. Doch dann entwickele sich aus anfänglich arglosen Tändeleien, die sie jugendlich lebhaft aufgreife, im Zeitverlauf die eher neugierige Frage nach ihrem Verhältnis zu meinem Freund, ohne Hintergedanken oder gezielte Absicht. Ihre daraufhin plötzliche, argwöhnisch empfundene Zurückhaltung aber bewirke in mir einen persönlichen Einbezug, der in behutsamem Vorgehen Klarheit suche. Und ich frage mich, was ich für sie, erwäge, was sie möglicherweise für mich fühle – und jählings schlage die unverbindliche Heiterkeit nun doch um in fiebrige Zitterattacken.

Zum Beispiel.

Erstaunt aufmerkend lege sie daraufhin ihre Hand beruhigend auf meinen Arm und nähere ihren Kopf forschend dem meinen. Es könnte weiter stillbleiben jetzt, Mutmaßungen im anderen Blick sich zu bestätigen suchen, bei Zwielicht oder welchen Lichtverhältnissen immer. Hände könnten sachte eine Gegenseitigkeit ergründen wollen, unabhängig von der Tageszeit. Was denn plötzlich mit mir los sei, flüstere sie eventuell fürsorglich und nähere ihr Gesicht dem meinen weiter mit schwerlich zu eruierender Absicht. Wollte sie mir in die Augen sehen, meine Mimik studieren, sich gar zu einem vage erhofften Kusse anbieten? Die verführerische Situation offenbare jedenfalls eine Tendenz, die ich nachdrängend beizubehalten strebe.

Aber wir waren ja beim Tanzen.

Ohrenbetäubend lärmende, stampfende Tonalität, stickig gelatinierte Luft, die fast zum Kauen animierte, Rhythmus als Vorschlag, willig dreingegebener Individualismus, wenn auch zeitweilig nur, aber selbst dann noch in sich ruhende Zweisamkeit nach instinktiv drängendem Rückstreben zu der evolutionär vorgegebenen Geschlechtseinheit, die ihre einstmalige Spaltung gelegenheitlich vortrieb ins hintangesetzte Bewußtsein. Ich verstand mein Streben, bat um einen weiteren Tanz, der mir auch für später zugesagt wurde unter beliebigen Voraussetzungen, na später halt, mit schelmischem Seitenblick.

Aufgegriffenes später, weil es irgendwann doch in aller Regel statthat, natürlicherweise: doch erstmaliges Schlittern im

Moment auf hauchdünner Eisdecke bequemlichkeitsgefrorener Unwägbarkeiten, vergessensblindes Dämmern zum hoffnungsverneinten Einbruch. Erwuchs einem moralischen Imperativ Zustimmung, damals? Der schelmische Seitenblick freilich stieß voll ins Gewärtige, Musik?

Beim Tanzen also wieder, der Rhythmus ändere sich laufend, entsprechend der Tanzstil, so auch die Tages-, Uhr- oder Jahreszeit, wie auch die Umstände, Schizophrenie des erwartenden Aufschubs.

Ich sei mir selbst nicht im klaren über die augenblickliche Situation und entsprechend über mein weiteres Vorgehen. Die Kopfnähe erleichtere schließlich die verbale Übermittlung, die sich aus zögernder Überlegung zum entschlossenen Geständnis steigere: ich glaube, ich habe mich in dich verliebt. Soweit Scheindämmer und Diskolärm das leichthin ermöglichten. Befremdetes Zurückweichen: glaubst du oder hast du, rückfrage sie mit unerwartet abwehrbereitem, vermeintlich spöttischem Unterton nach einer Abwägungsspanne, wohl um Zeit zu gewinnen im sichtlichen Bemühen, die Äußerung zu verarbeiten. Immerhin keine prinzipiell negative Reaktion, was mich ermutige zu beteuern, daß ich wohl habe, womit eine Problematik ausgesprochen sei, die einer Lösung dringend bedürfe.

Meiner wirklichen Haltung unsicher warte ich auf ihre weitere Auslassung, die den Fortschritt meines Unternehmens begründe. Und dann bemerke sie tatsächlich, wenn auch zögernd, daß zwar auch ich ihr nicht gleichgültig sei, doch daß das ja keine zwingenden Konsequenzen haben müsse. Ich nehme die Bresche wahr und dränge voran: ob sie sich denn auch ein Verhältnis mit mir vorstellen könne, rein theoretisch.

Ein flotter Dreier etwa, wäre es das, was ich mir vorstellte, ihr etwas anstößiger Kommentar: müßte da nicht ihr Freund, respektive mein Freund, also unser Freund zustimmen? Abgesehen davon …

Die fehlende Vorwegskizzierung des weiteren Gedankenganges nun erkläre mit einer offenheitsüberraschten Verblüffung den unterbrochenen Redefluß, und nach hastiger Überlegung spiele sie aufkeimende Entrüstung: wie nun? ob ich denn nicht an meine Freundschaft dächte? was ich von Treue, Ehrlichkeit, Liebe hielte? Wie ich reagieren würde, hätte ich eine Freundin, die mein Freund anbaggerte? Aber sie habe es ganz allgemein nicht so mit Doppelrollen und sei darüber hinaus eine schlechte Schauspielerin.

Affektiertes Konjunktivieren, doch erwähnte Ehrlichkeit und Liebe wären argumentative Stichworte, die die drohend außer Kontrolle zu geraten scheinende Situation in meinem Sinne rette. Liebe, betone ich, müsse nicht unbedingt ausschließen, sondern könne sich durchaus auch mehrheitlich zuteilen, schließlich sei die menschliche Gefühlswelt nicht so engherzig. Und habe sie mir nicht durch Verhalten und sogar expressis verbis zu verstehen gegeben, daß ich ihr nicht gleichgültig sei? Es müsse ja nicht gleich die große Liebe sein, aber diese sei damit nicht letztlich ausgeschlossen, könne ja noch werden. Und außerdem sei sie ja nicht Irgend Jemandes Eigentum, sondern eine selbstbestimmte junge Frau, die sich ihr Leben nach eigener Vorstellung zu führen trauen sollte. Und müsse sie denn – jetzt ihrem – Freund irgend etwas vorenthalten? Ohnehin illusorische Einmaligkeit? Sei sie nicht großmütig zuwendungsfähig? Gar kleinherzig? In dieser Richtung.

Ich habe mein Vorhaben soweit vorangetrieben, daß ich es ernsthaft zu Ende bringen mußte. Ich erhoffte mir Ersterleben, Ablenkung, Abwegung beim Götterlauf, die ich zu diesem Zeitpunkt so dringend suchte. Und bot sich hier nicht eine zwingend erstmalige Möglichkeit der zumindest vorübergehenden Entzweiflung?

Immerhin könnte ich sie verunsichert haben, was sie mit einer Ichweißnichtgebärde andeute, und was ich eilfertig vertiefe.

Zum Thema Ehrlichkeit: wäre Verschweigen eine Lüge, was den Freund, und was sie angehe: wäre sie nicht sich selbst gegenüber ehrlich, wenn sie ihren doch wohl vorhandenen Gefühlen mir gegenüber nachgäbe? Würde sie sich nicht etwas vorenthalten? Halt! bei ansetzender Gegenrede, sie solle mich ausreden lassen: habe sie diese Situation nicht mit herbeigeführt? Sollte ich mich derart täuschen? Wäre ihre so genannte Doppelrolle nicht die wirkliche Ehrlichkeit? Habe sie etwa Angst davor? Aber lassen wir das! Nur echte Spontaneität rechtfertige sich selbst. Und jetzt sie.

Was ich mir davon verspräche? Wäre sie nicht bloß ein Abenteuer? Eine Beute vielleicht des erwachenden Triebes? Und wie sollte das dann weitergehen? Ob ich sie denn wirklich lieben würde?

Weitergehen, weitergehen. Sei Zukunftsspekulation ein vielseitiges Vorsehen, aber doch kein Fortgang. Und die in sich zeitlose Begegnung erfordere doch keine Rechenschaft. Ich befinde mich jetzt definitiv in einer Zwangslage und suche einen Ausweg bei aufkommenden Zweifeln. War es im Grunde mehr als das in diesem Fall deutlich erleichterte Streben nach sexueller Befriedigung? Wog ein doch wohl kurzfristiges Erlebnis die zumindest theoretisch längere Freundschaft auf? Denn die stand zweifelsohne auf dem Spiel, wenn das Techtel-Mechtel ans Licht kam, und damit war jedenfalls zu rechnen. Wäre es letztlich nicht tatsächlich ihr aufgeworfenes Abenteuer? Sollte ich etwa doch mehr in ihr sehen als Freundesfreundin? Gar leichthin zu eroberndes Sexualobjekt, wie ihre letzten Äußerungen interpretiert werden könnten? Bei stillschweigendem Vorsatz der zeitlichen Begrenzung, vordergründige Liebelei ohne jegliches Konsequenzdenken? Suggerierte Polyamorie?

Imaginärer Sommerversuch, Versuchszeit der Werbung. Unentschlossenheit vielleicht, beschwichtigendes Achselflirten andrerseits. Und dann transferiere eine aufgreifend erheiternde Scherzhaftigkeit die erwünschte Vorstellung in Denkbarkeit, woraufhin allerdings ein ganzer Fragenkomplex sich doch absichernd zur Diskussion stelle, vorrangig das folgende Verhalten dem Freund gegenüber, gesetzt, es bestünde eine zwingende Bedingtheit die bei entsprechendem Unwillen freilich leicht zu übergehen wäre, im weiteren die Wertigkeit überhaupt.

Aber auch überlegungsverzögertes Innehalten mit überlieferten Äußerungsformen, das jählings zu williger Bereitschaft mutiere. Der anbrechende Morgen jedoch zeichne ein gänzlich unterschiedliches Bild nach durchlebter Wunschvorstellung, das fahle Licht spreize ihre Haarfülle über das zerknautschte Kissen, unter der ihr plötzlich fremd erscheinendes Gesicht fast störend hervorsteche. Die Stimmung beiderseits sei auf einem Tiefpunkt. Wars das? Und jetzt doch mögliche Konsequenzen.

Wieweit fühlte ich mich fremdbestimmt? Ordnete meine aufflackernde Vernunft leichthin dem drängenden Instinkt unter? Verfiel zwistbedingt in angelesene homerische Gesinnungsart in altgriechisch tragischer Wesensverwandschaft.

Dank, Götter, Dank für die profunde Wahrheit,
die ihr mir kritisch wägend eingeflößt
Meß ich ihr, schätzend, Eigenschaften zu
so scheint sie wenig schön, allein an Tropfen
find ich Gelegenheit mich zu gewöhnen,
so daß am Ende gar danach ich dürste.
Der erste Tropfen fiel, noch unerfahrn
riß er mir eine eiterschwere Wunde
durch Liebeswahn, der jählings unaufhaltsam
in arglos reine Denkungsart sich drängt
Ich dacht mir einen Freund, der all das war,
was kindlich hehres Pathos sich ersehnte,
und lebt mich froh in die Erfüllung ein,
nichtahnend um die bitter schwere Rolle,
die ich mir zugeschrieben für den Tag,
an dem die holde Kypris weiblich listig
in ewig neuem Reiz sich ihm genaht,
Ersehntes zart zu Wirklichkeiten trennend,
mit liebend leichter Hand an meiner Statt
die holde Weiblichkeit zuvörderst setzte.
Zwar wehrt ich mich zunächst, wie konnt` ich anders
auf schwanken Klippen über schwarzem Abgrund,
bis heitere Begegnung Brücke schlug
zu jener blind gehaßten Wirklichkeit,
die bei genauerer Betrachtung freilich
den Unterschied zum Traum in Frage stellte.
Allein der Schlummer währte allzu kurz,

und draus erwachend nahte Themis sich,
furchtbare Göttin der Gerechtigkeit,
Tribut zu fordern. Götter! setzt ihr euch,
des blöden Spieles müde, nun zurück?
gespannt zu sehen, wie es weitergeht?
Da seht euch vor, es geht auch ohne euch!
Nachdem ihr eure Rolle freigestellt,
ertrotz ich mir den Lauf auf den Olymp
zu füllen ohne Dank, was Leere gähnt.
nun denn! ich nehm die Freiheit der Entscheidung
und nicht ziel ich auf Objektivität.
Es sei! für mich! gilt's doch alleine mir.
Laßt sehn: hier wär der Freund, da seine Freundin,
dazwischen dränge ich, als grober Keil
für sie, für mich im Streben nach Erfüllung,
notwendig spaltend, was nicht ich verbunden,
was dann ich auch nicht wieder binden kann
als trennendes Moment, auch nicht an mich.
auf jeden Fall bleibt eine Trennung.

Sei's drum, aber der hellenophile Pentameter ist ein verlockend passendes Versmaß, das eine Tragödie so recht zum Ausdruck bringen kann. Doch geht es bei dieser Denkweise eher um das assoziierende Metrum als um eine prosaische Entscheidung. An die er sich obendrein nur sehr schwer würde halten können. Er dächte besser an seine Musik, hörte sie vielleicht sogar, was ihn Unannehmlichkeiten vergessen lassen könnte, vielleicht.

Interessant: die Götterdämmerung. Freilich, die Zeit des Spielens war unwiderruflich zu Ende gegangen, eine Autorität tat not. Doch sammle sie sich erst noch für ihren Auftritt, er führe mittlerweile eine Gelegenheit herbei, mit seinem Freunde unter vier Augen zu sprechen.

Worüber doch?

„Zigarette?"

Organisatorisch hatte er es sich leicht gemacht, trotz oder gerade wegen der inzwischen beginnenden Entfremdung. Obwohl es schon dämmerig war, entzündete er kein Licht, weil es sich im Bedarfsfalle anonym ungehemmter reden ließ. Er hatte für Alkohol gesorgt, für Zigaretten, das Radio zerstreute angenehm. Umso mehr, als er das Thema vorstellbar lieber vermieden hätte. Er würde keinesfalls davon anfangen, eher vieles daran setzen, es feige zu meiden. Wollte er doch sowieso das ganze beenden. Aus der Sicht des unmittelbar Betroffenen sieht alles natürlich ganz anders aus. Und bekanntlich macht dich nicht heiß, was du nicht weißt.

Wovon wollte ich also sprechen?

Ich wußte es plötzlich nicht mehr, prostete ihm zu, Feigheit hatte Brisanz entschärft.

„Worauf trinken wir denn?"

„Im Zweifelsfall auf unsere Freundin"

Außerachtgelassener Plural interpretierte Zweideutigkeit zuerst, dann befreite Ausgelassenheit in schäkernder Bestätigung.

Die Situation schien gerettet, der Kelch vorüber, ein Grund lebhaft aufgegriffen, weiter zu trinken, erleichtert, nachdem die Zeit die eingetretene Stille schon gedehnt hatte wie Hefe.

Wozu also noch Gedanken darüber, ob die Sache damit ein für alle mal erledigt war? Besser noch, es habe gar nichts stattgefunden. Und beende ich noch die inzwischen doch fraglich gewordene Freundschaft, dann erledigten sich alle weiteren möglichen Konsequenzen. Der Schluß mit ihr war ja schon am nächsten Morgen perfekt, ich wäre dann also gänzlich frei! Ich fing an, meine Beine übereinander zu schlagen. Meine Grundstimmung hatte sich allerdings nicht wesentlich verändert.

Und schlage er nun munter versehentlich den Scheideweg ein, mehr wohl aus situationsbedingten Unsichtbarkeiten. Hatte er bis dahin den vorgezeichneten Trampelpfad lediglich um ein Unmerkliches vertieft, hatte artgemäß gespielt, gelernt, gezweifelt, war im Erlebnistaumel vom besagten Wege abgekommen, begrüßte nun die überraschende Einsamkeit. Heissa! Noch nicht allein genug! Freiheit endlich für räumende Bewegung, die sich krafterstlich am übertragenen Ballast erprobte. Und nach mutwilligem Keilen prompt Erschöpfung zitterte unter dessen Gewichtigkeit: die Überlieferung Gott.

Wo war ich stehengeblieben damals? Ich erinnerte mich nur schemenhaft, nahm meine Kreisbahn zögernd wieder auf, bis mich der Schwindel nach relativ kurzer Zeit zur Aufgabe zwang.

Da saß oder lag er in seinem Zimmer, nachdem er die Türe verriegelt hatte, die Fensterläden sogar, starrte mit brennenden Augen in den stickigen Nebel, den seine Zigaretten durch vorwitzige Lichtbahnen kräuselten, dachte bruchstückweise, streifte wehmütig an seine Musik, die er nicht zu hören wagte in Vorwegnahme des bereits bekannten möglichen Erlebnisses. Dann hängte er entweder eine zusätzliche Decke vors Fenster, steigerte sich zu absoluter Schwärze von Innen heraus bis zur Denkstarre, oder er dachte an ein Mädchen, an Alkohol, eine sonstige Möglichkeit der nachdrücklichen Ablenkung, nestelte sich manchmal hoch, wenn er dazu sich aufraffen konnte, handelte entsprechend, mit dem Ergebnis, daß es ihm danach nur selten besser ging. Oder er erhoffte gelegentlich auch eine Störung, die ihm eine Reflexion seiner desolaten Verfassung ermöglichte, wobei er kurz hämisch auflachen mußte bei diesem Gedanken, in Erinnerung an sein kindliches Bemühen vor dem Spiegel.

Natürlich lernte er auch, schrieb Aufgaben ab frühmorgens mit verkatertem Schädel nach durchzechten Nächten, hatte gelegentlich Angst vor der bevorstehenden Matura, wenn er sie nicht gerade verfluchte, schob er ihr doch die Schuld der Anleitung zum logischen Denken unter. Resultierendes. Den Unterricht faßte er überhaupt nur als notwendige, von den Eltern und den vorstellbaren Konsequenzen her verpflichtende Zeitfüllung auf, verließ sofort danach, wenn nicht schon währenddessen mit fadenscheiniger Begründung die Schule, zog sich in sein Zimmer zurück, rauchte, rätselte, zweifelte, hoffte.

Wurde endlich auch nicht enttäuscht von gegenwärtig nicht vermuteter Seite. Seine augenblicklichen Gedanken stellten den Sinn der Fortsetzung des weiteren Schulbesuchs infrage, überhaupt des weiteren Verhaltens, er merkte überrascht auf und vergewisserte sich, ob er einmal vergessen haben sollte, die Türe abzuschließen, weil deren leises Knarren seine Überlegungen störte. Und partikeldurchwoben schob sich eine Lichtbahn durch Zigarettenqualm und Anachoretendämmer, jäh durchbrochen von kompakter Masse, aufhockend rührseliger Dreingabe.

„Was ist denn mit dir los?"

Gehabt: Mensch! Jetzt freilich Überraschungsfloskel. Spielte er noch nicht einmal ecce homo, so hatte er mit diesem Auftritt keineswegs gerechnet. Er schwankte zwischen den Empfindungen Störung und Erleichterung, wobei die anfängliche Entfremdung das Gewicht eher auf erstere verlagerte. Sein Freund erschien ihm jetzt mehr als ungebetener Zaungast, der sein Tragödienspiel nicht weiter unterbrechen sollte. Dann war er sich dessen aber wieder nicht ganz sicher, in kokettierender Hilfestellung. Die ihn ermutigte.

Er würde ihn einbeziehen, nachdem dieser keine Anstalt machte genau so zu gehen wie er kam: unerwartet.Er stellte sich vor, sie seien Freunde gewesen, sie hätten eine Zeit zusammen verbracht, die schön gewesen sein könnte – um nicht herkömmlich zu verpflichten. Er hinterfragte die Freundschaft, nicht fähig, sich spontan zu distanzieren, vornehmlich daraufhin erzogen, nachzuvollziehen.

Er vollzog nach, stieß unweigerlich auf die Freundin, stellte erschrocken Musik ab, lauerte beobachtend, lud überspannt provozierend zum Trunke, was dann wieder erleichterte.

Sie redeten, sie tranken und redeten, Zeitfüllendes, während er wartete und wartete, unschlüssig worauf.

Er wurde läppisch, behielt sich vor zu wiederholen. Seien die Umstände damals anders gewesen, jedoch Erlebniszwingend? Wie nun?

Ein weiteres Glas entblödete ihn im Versuch, mit dem es allerdings sein Bewenden hatte, eben weil sein Freund nicht andeutungsweise seine Fährte aufnahm, also wirklich ahnungslos war. Enttäuschte Spannung gab Raum, in dem sich nachsichernde Vergewisserung enthemmte.

Seine Trunkenheit ließ vorübergehend soweit nach, daß keimendes Mitleid seine vermeintliche Sicherheit anzuzweifeln begann, weinerlich jegliche Beziehung infrage stellte.

Und entkleidete ihn zögerlich seiner anmaßenden Überlegenheit, Erst- oder Einmaligkeit, einer Persönlichkeit, versagte ihm auch nur eine Gleichstellung, zu achtende Andersartigkeit, leugnete, sich windend, erinnerungswürdige Gemeinsamkeiten, schwand selbstbezüglich. Es blieb eher ablehnende Gleichgültigkeit.

Sein vormaliger Entschluß, die Freundschaft zu beenden, wäre ja damit begründet, unter diesen Umständen, zu diesem Zeitpunkt. Oder war er doch zu fest in der Tradition verwurzelt, um so weittragende Konsequenzen über- nehmen zu können?

So hockten sie einsilbig, nippten lustlos an ihren Gläsern. Hörbar tropfte die Zeit an ihnen vorbei, schlug jeder Tropfen blechern in das Rund der Vergangenheit, sein vorstellbarer Individualismus, für diesen Fallmoment der Zukunft entrissen, verlor sich kreisäffend in schützender Masse. Bis der junge Mann vor ihm endlich aufstand, ihm müde seine Hand entgegenstreckte, die er ohne Absicht übersah. Um nicht aussprechen zu müssen, was er sich nicht traute, legte er Verständnis in des Freundes Mimik, entnahm es ihr wieder, dankbar erleichtert. Und wandte sich erneut seinem Spiele zu, das er jetzt eigentlich nicht mehr als solches ansah, obwohl es neben ersehnt Konstruktivem als solches weiter gelten sollte. War da noch Hoffnung?

Half die Matura doch weiter, wenn ich den Schulbetrieb in fügsamer Einordnung über mich ergehen lassen würde? Am Ende würden meine gedanklichen Eskapaden eingedämmt, gar unterbunden. Mit hoher Wahrscheinlichkeit dann, wenn sie freizeitlicher Muße entsprangen. Und dann lockte ja auch die Vorstellung einer Universität: dort wußte man zweifelsohne Bescheid oder gab ihn vielmehr verständlich weiter.

Stumpfsinniges Pauken erzielte zweierlei Ergebnisse: ich würde die Matura schaffen und keine Zeit mehr für geistlose Abschweifungen vergeuden, was auch den Umgang mit den Mitschülern betraf, der sich bisan ohnehin in keinerlei Hinsicht als förderlich erwiesen hatte, als sinnfrei eher, wenn nicht teils unumgänglich bei nachträglicher Betrachtung, jetzt aber setzte ich mich umgehend von der Klassengemeinschaft ostentativ ab und störte mich herzlich wenig an gelegentlicher hämischer Eremitenbezeichnung, ja begrüßte diese als Bestätigung meines eingeschlagenen Sonderweges ohne gewichtete Ausnahmeempfindung. Nur manchmal schlich ich mit dröhnendem Kopf ans Fenster, um aufflackernde Übersättigung in die Nacht zu entlassen. Die aber nahm es gelassen auf, verschlang Abklänge reflektorisch nachschnappend oder erbrach schleimige Gleichgültigkeit in Schlieren über eine trostlos aufdampfende Dämmerung, wenn sich der Klagegesang bis in die frühen Morgenstunden verzog. Glücklicherweise hielt sich das im Rahmen der zeitlich knapp angesetzten Abschlußfeier.

Welch schauderhaftes Zeremoniell.

Die zu feiern sich versammelt hatten, weshalb doch gleich?

War es Dienstag oder schon Samstag? Man war sich wohl nicht ganz im klaren. Augenscheinlich immerhin der Altersunterschied: eiferrote Jungfrauen und Jungmänner mühten sich speichelziehend an ihren Instrumenten um einen schweißperlend oktroyierten Takt: Ein- besser Unterordnung zum Zwecke einer angestrebten Harmonie, wie vorexerziert.

Anschließend wurde verbal weiter getönt in unterschiedlicher Stimmlage, anfänglich mit teils feinerer Nuancierung wegen erlernter eingeübter Rederoutine, mit einem ordentlichen, aus erdenklichem Anlaß passenden Schuß an Pathos. Noch einmal, letztmöglich, wiederkäuten sie, berufsbezogen, vergewisserten sich der uneingeschränkten, vorbehaltlosen Abnahme, erfreuten sich geschmeichelt der prompten, weniger noch gewandten Bestätigung, die die Existenz aller Versammelten zu rechtfertigen schien. Allgemeine Erleichterung stellte die endgültige Sicherung einem Gott anheim, drückte markant die Hand, überreichte gewichtig ein ebensolches Stück Papier, entließ verantwortungsbefreit in einen unbestimmten Ernst des Lebens.

Irgend ein Sinn wurde zu keinem Zeitpunkt angesprochen.

Aber der wäre noch anderweitig zu erfahren, vorerst war ich fertig, mit diesem einen Abschnitt wenigstens, bitte schön.

Da war er wieder gewesen: Gott. Jetzt war Gelegenheit, sich ausführlich damit zu beschäftigen in eigenen Folgerungen, wobei der Religionsunterricht kaum mehr als Meinungsäußerung nachwirkte. Eine gewisse Freiheit war errungen und die Bestätigung meiner Reife hielt ich in meiner Hand. Reife freilich wofür? Die Hochschule? So stand es schwarz auf weiß, und das war ja schon mal was. Aber zunächst hatte ich wieder uneingeschränkte Zeit, verhängnisvoll viel Zeit, die sich aus den Umständen ergab, ohne daß ich mich besonders darum bemüht hätte. Sie breitete sich vor mir aus, als ob es kein Ende gäbe. Erinnere ich mich: nachzeichnende Linienführung hob bloße Empfindung in aufmerkendes Bewußtsein, das sich dann anfallsweise unter Unmöglichkeitsschatten flüchtete, die ihm eine kindisch hartnäckig widerspenstige Verneinung bereitwillig werfe. Und darunter augendeckende Hektik, in übermäßigen Trinkgelagen erzwungene Euphorie, Frist nichtsdestoweniger. Doch die vorherige Fragestellung blieb, intensivierte sich zunehmend. Er fühlte sich regelrecht eingeengt in vorgegeben zwangsmitgliedschaftlicher, eingepaukter Einseitigkeit, liebäugelte mit freier Denkweise, machte sich mit den Rahmenbedingungen der Religion vertraut: der Kirche. Er besorgte sich Buch um Buch, fraß sich mit steigendem Interesse durch Geschichte, Selbstbestimmung, Anspruch, Selbstgewichtung, Stellung und Politik, und er fühlte sich mit jeder weiteren Information wie in einem Theater, wo das Licht gedimmt wurde bis zu komplettem Schwarz zum Beginn der Aufführung. Die zwanglos hinüber leitete zu seinen Depressionen. Das war nicht der alleinige Grund seiner Erbitterung, aber sicherlich doch ein tragender. Er entwickelte mit jeder geschichtlichen Realitätsübermittlung eine anschwellende Ablehnung, die seinen seit langem erwogenen, schulischerseits dahingestellten Entschluß festigte, die Kirche abzuschreiben. Mußte er denn einer Gruppierung ohnehin fremdbestimmt angehören, wenn er von sich aus die selbstgerechten Gesellschaftsregeln lebte, die diese aber ausschließend sich selbst zuschrieb im Sinne der Originalität? Von begleitender Angstmacherei, Drohung und fadenscheiniger Glücksverheißung abgesehen.

Ein ganz gewöhnlicher Werktag, das mußte es jedenfalls sein, ein Vormittag zu späterer Stunde, um mögliche klerikale Rituale zu umgehen, das Wetter kann trübe, regnerisch oder auch sonnig gewesen sein, egal, in Unkenntnis des weiteren Vorgehens suchte er den Pfarrer seines Bezirkes auf, wollte ursprünglich noch mit ihm argumentieren, weil sein Denken diesbezüglich vielleicht doch noch nicht ganz ausgereift war. Aggressiver als beabsichtigt klingelte er an der Tür des Pfarrhauses, grüßte nur nebenbei, als eine ältere Frau, wohl die Haushälterin, öffnete, und äußerte den Wunsch, den Pfarrer zu sprechen. Was denn sein Begehren sei, forschte sie, Hochwürden sei ein vielbeschäftigter Mann und – sie sei nicht neugierig – aber wenn er ihr mitteilte, zumindest andeutungsweise, worum es ging, könnte sie ihm der Wichtigkeit seines Anliegens entsprechend vielleicht schon einen Termin in Aussicht stellen. Er hatte sich mittlerweile in zaghafter Vollzugsscheu schließlich doch soweit in seinem Entschluß verfangen, daß er ihn nicht mehr in Frage stellen konnte, sondern inhaltlich als Fakt begriff. Wichtig ja, er schluckte.

Er trete aus.

Sie trat einen Schritt vor, ostentativ sperrig ihm in den Weg, meinte dann nach kurzem Zögern, daß er da an der falschen Adresse sei, und nannte auf seine Nachfrage das Einwohnermeldeamt. Und schloß damit leise aber nachdrücklich die Tür.

Ohne lange Überlegung ging er noch an demselben Vormittag dorthin und unterschrieb seine Austrittserklärung nach Bezahlung der amtlichen Gebühr. Die freundliche Angestellte äußerte sich nicht weiter, als sie ihm die Bestätigung geschäftsmäßig aushändigte. Aus dem Amt tretend schirmte er vielleicht seine Augen gegen die Sonne ab, aber er holte gierig Luft wie beim Erreichen der Oberfläche nach einem überlangen Tauchgang ohne Sauerstoffgerät, wobei er sich fragte, ob er im Zutun des allmächtigen Gottes gehandelt hatte. Und dann kam ihm der Gedanke, daß er nun auch zum Reichtum der ohnehin weltreichsten Institution nicht weiter beitragen mußte, deren soziale Leistungen auf kritiklosem Epigonentum ruhten und mit Steuergeldern und zusätzlichen staatlichen Zuwendungen in Milliardenhöhe vergütet wurden. Er fühlte sich unsagbar frei, mündig befreit von einer Institution, in die ihn Tradition unmündig eingegliedert hatte, tanzte, sang und war ganz wirr vor Erleichterung.

Die nun folgende befreite Scheinendlosigkeit kollidierte irgendwann mit der geleugneten Realität, freilich: was er denn nun studieren wolle, freundlich besorgt. Ob er sich denn nicht langsam darum kümmern müsse, Zusammenhängendes, nichts freilich über seinen Austritt, den er rücksichtsvoll, aber auch in eigenem Interesse bei sich behielt, weil er sich der elterlichen Reaktion nicht sicher war.

Würde ich jemals zu einem Ende kommen, gab es überhaupt ein objektives Ende, wollte ich dazu kommen, weil es tatsächlich existierte, oder gab es einen Sinn nur, weil ich danach suchte? War er gleichwohl zu erfassen in seinem eigentlichen Wesen, Hintergrund, funktionierte ich nur aus meiner Funktionsfähigkeit heraus oder konnte ich primär bestimmen, wozu ich funktionierte, wie kam es aber dann zu dieser möglichen Bestimmung? War sie eine eigenwillige, sichernde Reaktion der Großhirnrinde? Woher dann wieder dieser Impetus? Selbstbestätigende Eigenmächtigkeit des erwachenden Bewußtseins: ich bin, also hat das unter physiologischen Voraussetzungen seinen drangesetzten Grund, muß ihn denkmöglichkeitshalber haben. Und wenn also, dann welchen? Lieferte die Religion eine Antwort? Die Kirche nun mal sicher nicht, in dieser Hinsicht stieß ich wieder auf meinen glücklich bestätigten Abgang. Der fragliche Grund aber blieb, der fehlende Sinn. Weinerliches Eingeständnis vergeblicher Klärungsversuche führte zurück zum Zwischenhalt, was somit blieb war die Stagnation der Gegenläufigkeit im Aufbruch zum Wesenskern. Der ich doch für mich war, der mich in schmerzhaft pulsendem Hoffnungsüberdruß konkretisierte, ansatzweise in beinhalteter Hartnäckigkeit die Fragestellung verkörperte. Ich verneinte.

Aber ich setzte dran zu wissen, über erziehungsblöde Verständnislosigkeit hinweg, die sich damit abzuzeichnen begann, daß sie sich im Entstehen selbst in Abrede stellte. Ein wenig raffinierter Selbstbetrug, annehmbar immerhin ohne dauernde Verpflichtung. Und momentan trug er ja in angedeutetem Widerspruch.

Natürlich würde ich studieren, etwas anderes kam ja gar nicht in Frage, nur wüßte ich halt noch nicht was, das sei doch Voraussetzung, nicht wahr, wollte das nicht wohl überlegt sein? Lieber ein bißchen später das Richtige, als das Falsche jetzt, hätte ich nicht recht?

Er hätte schon recht, es sei ja auch nur Besorgnis, und ewig sei ein Studium auch nicht zu bezahlen.

„Dank auch", die aktuelle Immatrikulationsfrist war ohnehin abgelaufen.

Von neuem also, von vorne wieder, mit etwas mehr Routine jetzt, erlernter Logik, vergrößertem Wissen, das gerade in diesem Fall nach Anwendung drängte. Aber beim Aufkrempeln der Ärmel schon stieß ich an jenen Gott, der mir erstaunlicherweise inzwischen etwas fremd geworden war, mehr als personifizierbares Denkmodell, nicht als der Strohmann, der die Machenschaften egalitärer Interessengruppen decken soll.

Doch hatte er jetzt nochmal Gelegenheit zur Änderung als Frage der Zeit? Zu einem Schluß zu kommen vielleicht sogar, lebenssinnhungrig. Er würde ihn schon wiedererkennen, dessen war er sich hoffnungstrotzig sicher. Und er erkannte ihn auch in dem Moment, als chaotische Verzweiflung so wuchtig in ihn brandete, daß die wabernde Nebelblase plötzlich platzte, die ihm bis dahin die forschende Sicht genommen hatte. Auf einmal klärten sich die quälenden Zweifel auf, eine sinnmachende Vorstellung bahnte sich Weg. Hatte nicht die unbestreitbare Evolution aus geistloser Existenz aus Kleinstem in endlosem Fortschreiten ein zentrales Nervensystem mit zunehmenden Fähigkeiten entwickelt, die den sogenannten homo sapiens vorletztendlich in vorläufigem Unverständnis, doch bei selbstentdeckendem Gestaltungswillen dazu weiter trieben, ein übergeordnetes, erklärendes Interim zu extrapolieren, dem er aufgrund mangelnder außermenschlicher Vorstellungskraft alle eigenen Eigenschaften zuordnete, eine ersehnte Allmacht vorausgab und damit ein Phantom schuf, das er Gott nannte. Ein Phantom, dem er sich letztendlich gleichzustellen suchte, zu identifizeren womöglich, einstweilen aber unterordnete, zur vollständigen Erklärung, Erbauung, zu Rückhalt, Trost, Sinn! Es hätte auch jeder beliebige andere Name sein können im Zuge der Aneignung. Fielen denn die durchwegs menschlichen Charakterzüge nicht auf, mit Ausnahme der erstrebten Allmacht? War ein Gott also Menschenwerk, Leitfigur? Die listig aufgegriffen wurde von selbsternannten Mittlern zur maßregelnden, unterordnenden Hierarchie. Kein Gott also? Und damit kein vorgegebener Sinn? Und woher dann die treibende Kraft der Evolution?

Kurz nur war der Lichtblick, die Erleichterung, vermeintliche Befreiung, ich wagte nicht, den logischen Schluß zu ziehen, lehnte mich nach vollbrachter Neuschöpfung entleert zurück und weilte nachsinnend bei erreichtem Klärungsstand. Doch dann blieb ich nicht gelähmt sitzen oder liegen, es riß mich hoch und weil ich die Ärmel schon aufgekrempelt hatte ließ ich sie gleich oben und rannte kichernd, nein ging kichernd nach draußen, weil Hast sowieso Aufmerksamkeit erregt, umso eher aber wenn sie kichert, Aufmerksamkeit, die ich um jeden Preis vermeiden wollte, die gewöhnlich Fragen nach sich zog nach Gründen, Zielen, die sonst nicht interessierten, in tradierter Höflichkeit aber sich nun offenbaren sollten, nein, niemandem wollte ich jetzt begegnen, ich rannte doch, nicht mehr kichernd in aufkeimender Wut.

Gedankenschwemme, Verzweiflung, die er nicht mehr bändigen konnte, in der Stadt nicht, in der Straßenbahn nicht, im Freien nicht. Er überquerte Wachstum, Zielbewegung, Lebensäußerung, stolperte über Aufbereitung, Konstruktion, Zwecksein, fiel schließlich zwangsläufig in die Nacht. Wo er dann zwar schließlich lag, aber gefühlt nicht hingehörte, weshalb er nach Situationsabwägung in resignierender Einsicht einfachheitshalber den Weg gleichgültig zurück schlenderte.

Mit zaghafter Aussicht, obwohl er der Erinnerung den Vortritt ließ. Sie konnte sich schlechterdings höchstens bestätigen, das hätte nichts geändert dann, die Möglichkeit aber bis dahin noch offengelassen, zwischenzeitliche Erleichterung. Wenn es denn dabei geblieben wäre, wenn er aufgehört hätte, Erwartungen zu postulieren. So verdichtete er mit jedem Schritt seine Befürchtung in Untiefen, die eine unnötige Zunahme provozierten, verstärkte den Prozeß durch zunehmendes Zögern.

Als wehmütige Scheu dann den Tonarm behutsam abnahm, tat sie das mit einer gewissen Befriedigung. Er hatte es ja geahnt, gewußt. Hatte die fehlende Resonanz nicht die Realität vermittelt? Wehmut wegen des endgültig erscheinenden Verlustes, Scheu aus Dankbarkeit, Befriedigung des Wunsches nach Bestätigung, Realität der dahingegebenen Selbständigkeit, die ihm die ersehnten Tränen verweigerte. Dafür der Hinweis auf seine Kompetenz der Eigenproduktion aus sich heraus.

Schließlich war ihm seine Reife schriftlich bestätigt worden. Und hatte die Schule ihn nicht nach Temperament gegängelt, ihm beigebracht daß er Beine hatte, sie auf lange vorgegangenen Wegen zu benutzen, an deren einem Abschnitt sie ihn mit geschildertem Händedruck verabschiedete? Sich zurückwandte um stetig zu wiederholen? Ohne Ausblick, aber mit der Versicherung seiner Reife und gemurmelten Routinewünschen immerhin.

War da nicht etwas daraus zu folgern?

Sollte es so schwer sein, die ausgetrampelten Pfade zu verlassen, sich weiterzuwagen, Neuland zu betreten gar unter dem kalkulierten Risiko der verweigerten oder unmöglichen Umkehr? Gehen mußte er sowieso, instinktiv nur in Angst oder aus Neugier? Keine andere Wahl? Oder hatte er sie, beziehungsweise seine Fähigkeit dazu lediglich noch nicht entdeckt?

Lösender Schlaf, körperliche Aktivität an frischer Luft, physische Verdrängung der psychischen Komplexität versuchsweise zumindest. Mit fraglichem Erfolg. Ein nächster Morgen: deja vu. Bestimmt dem Prinzip nach, möglicherweise in Übungsraffung: mußte ich mich bisher erst durch allerlei Zweifel zwängen, so nahm ich das Ende jetzt jugendlich rasch vorweg. Und da ich zwar reif war aber nicht gelernt hatte, von mir aus eine Initiative zu ergreifen, deren Entwicklung schon in den ersten Anfängen eifrig hintertrieben wurde, verhielt ich mich auch zurückhaltend und blieb liegen, überließ mich willenlos passiv dem Weltschmerz.

Ob ich krank sei?

Krank, freilich! Krank im Kopf!

Wut trieb mich hoch, ich eilte in ein nahes Lokal.

Was das denn nun wieder bedeuten sollte, weil ich zu angemessener Zeit zurückkehrte.

Trunkenheit lallte Unverständliches, versuchte sich in Pathos.

Das sei ja ganz schön, in glücklicher Erinnerung sogar vergönnt, aber ob ich denn gleich übertreiben müsse? Ob ich denn nicht auch an die Leute – außerdem müßte ich mir doch langsam klar darüber geworden sein, was ich studieren wolle. Es sei jetzt doch hohe Zeit! Was überhaupt mit mir los sei.

Komisch?

Ja, komisch! Ich sei doch inzwischen über die Pubertät hinaus, anbiedernd herzlich: Mann stehen, auf, auf Kameraden, aufs Pferd aufs Pferd!

Das nächste Mal würde ich nicht mehr zu angemessener Zeit zurückkommen.

Das nächste Mal: der folgende Tag. Das nächste Mal: der nächste Tag. So war es anfänglich immer lustig bis zum Erbrechen, das ich als Folge vorangegangener Berauschung zu lieben begann, den Geruch von Aufdringlichkeit, die erleichternde Erschöpfung. Alles war so nebensächlich einerlei, solange der Motor des Vorführapparates eindämmernd gleichmäßig surrte. Aber zu prinzipiell erwarteter Zeit kam er kläglich kreischend zum Stillstand und warf ein Bild in mein Gehirn, das mich überraschungsblöde amüsierte: ein lahmbeiniger Krüppel, verlegenheitsgekrümmt über seiner zerbrechenden Krücke. Das aber bei näherer Betrachtung jählings zu bitterem Ernst umschlug: das war ich, aufgedunsene Fratze unter verfilzter Haarfülle. Da wollte ich es nicht mehr sehen, das Bild, fingerte nervös am Motor herum, bis er wieder lief, bis sein wohlig monotones Surren mich ermüdete, indem ich weitertrank, Schlüsse und Konsequenzen vermeidend, trank, weil ich den Film in Alkohol vernichten, ihn oder zumindest dieses eine Bild vergessen wollte. Vermeidungshysterisch.

Die Bedienung fackelte nicht lange, als sie kam um zu kassieren. Wortlos deutete sie auf das Glas vor mir, rieb schelmisch den Daumen gegen den Zeigefinger, holte ihr großes schwarzes Portemonnaie unter ihrem neckischen, weißen Schürzchen hervor, drängte gespannt.

Es dauerte, bis er begriff. Umständlich kramte er einen Schein aus seiner Hosentasche, knallte ihn auf den Tisch vor ihm, winkte betrunken großzügig ab, als sie ihm Wechselgeld herausgeben wollte, stützte sich umstandszierend an Stuhl und Tisch hoch, zielte nach der Ausgangstüre. Gelächter begleitete sein Bemühen, vielleicht aber auch nicht. Um ihn jedenfalls erfrischend kühle Nachtluft, die ihn fast liebevoll umschmeichelte.

Lange schwankend schummrige Gänge dann zwischen farbschattig konturierten Vertikalen, Bürgersteige, Ampelkreuzungen, Kopfsteinpflaster, gelegentlich glitzernde Stahllinien, leuchtende Schaufenster, schaukelnde Straßenlichter. Weitgehend haltlos taumelte er versuchsweise randständig in noch nebelhaft bekannte Richtung, beschleunigte manchmal seinen Schritt nach vorne, um einen Sturz abzufangen, war machtlos allerdings gegen Drehung, die er trippelnd kompensierte, mehr oder weniger daran gewöhnt. So quälte er seine Einsamkeit hallend weiter in diesen langen, schwankend schummrigen Gängen, zeitweise ärgerliches Hupen erschreckter, kollisionsgefährdeter Autofahrer, mühsam weiter ein kleines Stück.

Das kurze Stück bis zum nächsten Fall.

Ein Fall wie viele andere, ein Trunkenheitsfall.

Doch komm, hatte er damals gesagt, der Freund, mich unbeholfen unterstützt bei meinem Versuch, auf die Beine zu kommen, trotz eigener Standunsicherheit. Drehten wir uns damals nicht willentlich im Übermut der erstmaligen Bekanntschaft mit dem Alkohol? Gab es nicht ständig zu lachen, zusammen?

interpretiere ich, die damaligen Umstände auch aus damaliger Sicht

Interpretiere ich die Umstände auch aus damaliger Sicht konnte er mir gegenübersitzen allerdings und irgendwie jenseits war nur eine Frage der Erkundung.

Fest stand jedenfalls: er saß hier betrunken irgendwie gegenüber seiner unbedeutenden Vergangenheit, die immerhin Voraussetzung war dafür, daß er jetzt hier saß, betrunken, sonst nichts, ihn hiermit geradezu aufforderte zu animierender Aktivität: er winkte auch neckisch, wie ich, wiegte kokett den Kopf, wie ich, arbeitete sich angestrengt hoch wie ich, breitete einladend seine Arme, neigte sich in überraschender Näherung. Da wurde er froh, ließ sich lallend in seine Arme fallen, die klirrend Leere splitterten zu hartem Aufschlag und sofortigem Alarmgetöse.

Das ihn jählings aus seinem Rausch aufschreckte, und als er dann noch Blut schmeckte, wurde er schlagartig nüchtern. Vollstreckungspanik floh unvorhersehbare Konsequenzen, überwarf sich wimmernd mit pochendem Schmerz. Eilfertig löste er sich aus dem Scherbenhaufen und rannte, bis seine Lungen brannten. Der Blutgeschmack reizte ihn im Zusammenhang mit dem übermäßig konsumierten Alkohol und der Lauferschöpfung zum Erbrechen. Er sackte in einer Häusernische zusammen.

Irgendwann hörte er besorgte Stimmen, versuchte sich in beschwichtigendem Abwimmeln, schlich sich in der aufkommenden Morgendämmerung fort. Die Tageszeit war etwa dieselbe wie damals, die Situation allerdings unvergleichbar.

Es lag wohl an den Umständen.

Die überfällig seien, wie mir entrüstet nahegelegt wurde mit leicht besorgtem Unterton, der ausklang zum reinen Vorwurf im Moment versicherter Harmlosigkeit, umschlug zu ultimativer Forderung.

Ob ich es mir bis zum Abend überlegen dürfe, augenblicklich sei ich nicht so ganz.

Berechnend, denn ich war, vollständig, wenn auch verkatert. Und bekam auch Bedenkzeit.

Auf einer Wiese liegend wie gekreuzigt, das Wetter spiele eine zu vernachlässigende Rolle, Hören, Riechen, Fühlen waren gedämpft, die Äußerlichkeit strömte zurück zum Wesenskern. Wieder ging es um das Warum, dann das Wie, nicht aus dem Kopf das Bild.

Nicht wußte ich, was ich studieren, was ich überhaupt tun sollte, um aus der gegenwärtigen Situation herauszukommen. Daß der Alkohol nur palliativ wirkte mit nachfolgend verkaterter Exazerbation wurde mir zunehmend deutlich. Doch wie sonst konnte ich dieses Fragengewirr lösen bei der Notwendigkeit oder besser noch mit meiner gewärtigen Fähigkeit, zu einer Lösung zu kommen.

Durch beschwichtigend feige streifende Andeutung erschreckt, suchte er aufbegehrend nach einer alternativen Zwischenlösung, nach einem vorläufigen Umweg, einem Existenzbeweis etwa durch vorausgesetzte Annahmen, einer so gearteten Wahrscheinlichkeit, den lebensfeindlichen Stillstand zu überwinden.

Zu einem Ausblick der Eigenständigkeit.

I c h konnte oder mußte, jedenfalls, schon einmal wählen zwischen erfahrungsvermeintlich gesichertem Nachvollzug bis zu einer jeweils gegenwärtig individuell unterschiedlichen Konfrontation und einer individuell wie jeweils gegenwärtig unumgänglichen, aber ungesicherten Initiative, konnte es, weil ich die Alternative immerhin aufgedeckt hatte.

Würde dementsprechend nicht mich einer Regelung fügen, deren Sinn ich nicht sah, also erst einmal nicht studieren.

Aber tun mußte ich etwas, auch wenn nur im Sinne der richtungsbeliebig vorantreibenden Existenz, sprich Evolutionsprinzip, und vorübergehend zumindest auch zur Befriedung meines Aufbegehrens.

Ich würde arbeiten, damit Geld verdienen, mich selbständig machen, währenddessen vielleicht eine Entscheidung treffen bezüglich meiner Zukunft. Daß ich mich ermüden, gar erschöpfen wollte, um meine quälenden Zweifel auszuschalten, sah ich keine Notwendigkeit zu erwähnen.

Stumpfsinnig arbeiten, geisttötend, abschaltend, arbeiten zumindest bis zu einer vorstellbaren Alternative, der ich auch momentan Unvorstellbares zubilligen würde. Im Grunde ging es mir ja nur darum, weil ich Hergebrachtes ausgeweidet hatte bis zur wiederholenden Ergebnislosigkeit.

Und damit etwas Neues, ungeachtet einlenkender Zugeständnisse, vorerst einmal, auf jeden Fall.

Würde er besser nicht, nach hoffnungsbettelndem Schockschweigen, ob er sich das auch reiflich, so er das in seinem Alter überhaupt könne, sollte er sich nicht doch erst einmal näher damit befassen, was er so leichthin abtäte, er wisse ja scheint's gar nicht, was er sich vorenthalte, schnitte sich lediglich in sein eigenes Fleisch, während er wer weiß wogegen protestiere, dazu gäbe es doch gewiß keinen Anlaß, natürlich habe das Alter auch seine Nachteile, aber sicherlich doch den Vorteil zumindest der Erfahrung, des Erlebensabstandes und für wen denn, hätten sie vielleicht irgend etwas falsch gemacht? Und schließlich könnten sie ja nicht ewig, sie würden ja auch nicht eben jünger. Was er denn habe?

Was ich übrigens sagen wollte:

Wollte er wirklich etwas sagen? Hatte er denn schon etwas zu sagen? Wurde nicht viel zu viel gesagt, ohne daß etwas zu sagen gewesen wäre? Zeit und Sprachvergeudende Sagerei. Was wollte er denn darüber hinaus?

Erst einmal nicht studieren, so einfach.

Sonst noch etwas? Dein endgültiger Entschluß?

Eben ja, die Zielvorstellung sei doch entscheidend, und der Weg dorthin könne zuweilen nicht so einfach zu finden sein.

Maschinenfabrik zum Beispiel: Stampfen, Dröhnen, Kreischen, Hämmern, Zischen, Schleifen, Heulen, Knirschen, Quietschen, Rasseln, Pfeifen, Tuckern, Unmöglichkeit kurz, neben aufmerksamer Verfolgung des Produktionsprozesses anderen Gedanken nachzuspüren. Die erwünschte komplette Inanspruchnahme hielt ihn vorerst entlohnend um ein weiteres hin, Gewöhnungsaufkommendes Hohlhandgeflüster aber, abschätziges Grinsen flackerte eilfertig zum Beweggrund zurück. Der sich widerwillig erkannte, aufzugeben tendierte in erinnertem Überdruß.

Dann stellte ich mich nach der Arbeit unter die Dusche, drehte heiß auf, bis knapp über die Erträglichkeit, und dann kalt, bis meine Zahne aufeinander schlugen, wenn ich nicht mehr damit zurecht kam. Wiederholung bis zur Annehmlichkeit, die ich mir schmerzenslüstern ausrieb. Und nach dem notwendig gemeinsamen Abendessen in trautem, neugierigem Kreis zog ich mich zunehmend enttraut unvermittelt noch lieber in mein Zimmer zurück, Fragen ausweichend, deren rechthaberischer Hintergrund nicht zu verkennen war.

Irgendwie zurechtzukommen, gewollt übernommene Initiative auszurichten wenigstens auf einen Bezugspunkt, den ich mir wohl jedenfalls würde setzen müssen.

Stattdessen stieß er in schlaflosen Nächten nur auf den sehnlichen Wunsch, auch einmal abschalten zu können, einfach nur zu existieren, nachdem Weiteres noch nicht ernsthaft spruchreif war, wobei er eine vage sich andeutende Zusätzlichkeit allerdings energisch bestritt. Was Wunder, daß er eine zunehmende Angst vor der Schlafnacht entwickelte, weshalb er diese kontinuierlich weiter hinausschob.

Zusätzlichkeit also. Hatte er nicht mit dem Bisherigen genug? Füllte das nicht bis zur Sättigung? Er hatte es einfach über, wälzte sich schwerfällig im Bett, dämmerte, schreckte auf, wurde wacher und wacher. Sollte das endlos so weitergehen? Wütend schaltete er Licht an, setzte sich auf, seine Verzweiflung war umgeschlagen in wilde Entschlossenheit, seinen Depressionen auf den Grund zu gehen. Mittlerweile hellwach suchte er nach dem Anfang des Ariadnefadens, der ihn aus seinem Labyrinth leiten könnte.

Was war des Pudels Kern? Mit der Fragestellung stieß er wieder auf das Warum, das aber doch mehr einschloß oder genauer Vieles, wenn nicht alles. War nicht alles zu hinterfragen? War der weitere Weg nicht durch denknotwendiges Verweilen versperrt? Setzte ein Vormarsch nicht gar die Rückwendung voraus?

Zurück wie schon öfter vorher: kamen Entfremdung, Vereinsamung, Sinnsuche nicht während der Pubertät? War diese eine

Periode des prinzipiellen Drängens, der Produktivität, der individuellen Evolution bezüglich der körperlichen, vor allem aber der psychischen Konstitution? Bedingte das kindliche Fehlen des Überblicks, der Differenzierung nicht die totale Verallgemeinerung, das ausschließende Ganzheitsempfinden, die Annahme von einem für alles? Stand die Zwischenstufe homo sapiens sapiens – und wo oder wann wäre ein Ende – nicht plötzlich der eigenen Fähigkeit des Abstrahierens erschrocken hilflos gegenüber? Konstruierte sie als Anfängerin in artspezifischem Aufscheuen des Verstandes, nicht des auch tierisch möglichen Folgerns, nicht hilfesuchend in theoretischer Weiterführung der Eigenentwicklung über sich hinaus das Interim Gott? Als Verständnishilfe, Wunschvorstellung, Begleitungsschutz, Angstnahme, Verantwortungsentlastung nach deren Einsicht, Sinngebung gar? Personifizierung des übermenschlichen, materielosen Denkens bis zur Näherung des Geistesmodells an Körperlichkeit? Und umgekehrt bis zum ersehnten Eingehen mit dem bewußt werdenden Tod in diesen fiktiven Gott?

Und in weiteren Schreckensnächten taten sich Foetus und Kind als menschliche Frühformen kund, die auf Gedeih und Verderb ihren Vorläufern, sprich Eltern, anheim gestellt sind und daher eine andere externe Autorität nicht erfahren, mit zunehmendem Alter, Wissen und Erleben aber an Selbständigkeit gewinnen und lernen müssen, auf eigenen Beinen zu stehen, nachdem sie sich natürlicherweise von den Eltern abgenabelt haben, und als Erwachsene evolutionär dahingehend motiviert sind, sich gegenüber den selbstgeschaffenen Autoritäten Politik und Kirche kritisch zu emanzipieren, soweit ihnen die Möglichkeit eingeräumt wird, in unumgänglicher Selbsteinschätzung, bewußter Eingliederung in die Existenz, Wertstellung, Kategorisierung vorzunehmen, wie es vorangehende Erziehung zuläßt, das Interim als solches zu entdecken.

Wäre es nicht langsam an der Zeit, daß die Zwischenstufe sich freischwimmt von jeder Art Kirche, die in Gesamtheit nur Selbstzweck ist, Mittlerin zwischen sich selbst und ihren Nachläufern, von denen sie lebt, archaisches Mittel der Unterdrükkung, Fremdbestimmung, Gängelung, Indienstnahme, skrupelloser Machtränke unter dem Deckmantel der fürsorglichen Liebe, des Vorgaukelns, des Versprechens sogar eines imaginären Paradieses? Egozentrisch ausschließend, Urinstinkte vereinnahmend, Alternativen verneinend, verfluchend, im Ansatz erstickend, im Feuermord einst groß, bevormundend. Von ihren übrigen Verbrechen gegen die Menschlichkeit abgesehen, waren da auch noch Guttaten? Trotz homo hominis lupus: der Raubtierinstinkt des Menschen kann teilerfolgreich unterdrückt werden, doch nur durch Repression dessen, was ihn abständlich auszeichnet?

Hatte er das alles nicht schon früher entdeckt, bestätigte diese Erinnerung nicht seine damalige Befreiungseuphorie? Und mit Herzklopfen dachte er an seinen Austritt. Der hatte Endgültiges an sich und verschaffte ihm jetzt einige ruhige Nächte und Tage.

So weit so gut, aber wie war es mit der Religion? Denkursache für Göttlichkeit? Auf ein Neues also.

Laß sehen : religio, lateinisch für Glaube, listig von der Kirche annektiert und ausgerichtet auf deren Lehre. War diese aber nicht eine Möglichkeit von vielen, Menschheitsvielen? Ist dem Einen menschenersonnene Religion nicht bequemst in Selbstüberhöhung ein Gott nach eigenem gusto, dem Anderen was immer ihm beliebt? Jedenfalls ist es eine Unmöglichkeit der sachlichen Herangehensweise an die Religion nach frühkindlicher, schulischer und allgemein kultureller Programmierung, Sichteinschränkung, Sichtnahme. Verschleierung als probates Gegenmittel gegen Aufklärung: du sollst dir kein Bildnis machen! Aber die Bibel strotzt vor schlechtmenschlichen Gotteseigenschaften. Und fremdbestimmender Hinweis auf autoritäre Flexibilität: cuius regio eius religio. Vorschrift des Glaubensinhaltes mehr als Herrscherwillkür in Kooperation mit der Kirche? Nun denn, das ist nahe Vergangenheit, der teils mörderische Verbreitungswille alimentiert sich heute aus den blinden Epigonen, Nachläufern einer vorgegebenen Ideologie. War die Menschheit noch nicht gefeit gegen Vorgabegurus? Vorgabe anderweitig erdacht, warum dann nicht von mir selbst? Meine Religion wäre dann mein Konstrukt, mit dem ich mich identifizieren könnte, mich eigenschöpferisch befreien, verlockend im Gegensatz zum Fremdgedanken. Ein weiterer Befreiungsschlag, es blieb noch der zentripetale Drang zur Götterfrage. Dem ungeachtet aber bezogen Helligkeitscheidende Sirenen mein vormaliges Wollen auf eine damit vorweggenommene Konsequenz, die mich schrauben hieß, schrauben bei erwünscht stumpfsinniger Fließbandarbeit.

Aber er war gefühlt nah dran und die Nähe gewährte Teilentlastung einerseits, steigerte die Begierde zur endlichen Knotenlösung auf der anderen Seite und geizte damit auch wieder mit Schlafpausen. Die hatte er eigentlich erwartet, natürlich gefolgert; während vieler schlafloser Nächte aber wälzte er sich, widerwillig immer heller wach werdend, gegen Phlegma und Dreingabe mühsam aus dem Bett, nicht fähig zu aktiver Zerstreuung, stellte sich vor das weit aufgerissene Fenster, wo ihn die Kühle der Nacht in ihrer gelassenen Geräumigkeit umfing, um seinen Überdruß in das samtene Dunkel zu schreien, wovon ihn aber anerzogene Rücksicht und die besänftigend glitzernde Unendlichkeit immer wieder zurückhielt. Ihm wurde jedoch klar, daß ruhehechelndes Kauern ebensowenig zu einem Ziel führen würde wie Wutheulen oder Amoklauf, übermüdungswirre Erschöpfung dagegen sicher wieder zur in allen Einzelheiten durchkosteten Depression. Die Lokale waren freilich noch geschlossen, die Fabriktore würden sich aber allzubald öffnen. Die Zeit drängte zur Problemlösung, Wirklichkeit setzte ein Maß der Annäherung. Und nichts war damit abgetan, daß er sich, in welcher Gangart und wohin auch immer, vom Kampfplatz zu entfernen suchte. Prompt quoll ein Kichern der Selbsübertölpelungshysterie aus der Bedrängnis, die ihn gnadenlos realisierte, ihn zur Identifizierung zwang bei höchsteigenem Risiko.

Auf das ich anderntags mit ungutem Gefühl schon in diese schmierig bebenden Hallen schleiche. Und schraube ich denn auch erwartungsgemäß, schraube ich in diesem Bewußtsein, schraube ich, wie es das Fließband mir taktisch vorschreibt, schraube ich in folglicher Monotonie als gefühlloser Maschinenteil, verschraube ich gar meine Denkbreite in resignierend angepaßtem Rhythmus meiner Flüche zur spiraligen Auswegslosigkeit, aus der sie sich, erschreckt aufhorchend, angstvoll erinnernd zurückwindet an einer arglos gepfiffenen Melodie in unmittelbarer Nachbarschaft. Arglos sicher, denn ich hatte mich soweit abgesondert, daß ich als fremder Sonderling erwünscht gemieden wurde, mit wahrscheinlichem Vorurteil gegen mich kam ich klar. Arglos also, aber auf jeden Fall zurück.

Assoziationen erinnert.

Als da zum Beispiel wären: Ablenkungsnotwendigkeit, olympisches Vergessen, Geisterahnung, erfüllte Abwesenheit, euphorische Heiterkeit, elysäische nichtklerikale Seligkeit et cetera et cetera, Assoziationen wie gesagt, und da dämmerte ihm ein Anachronismus, der ihn in jäher Wut einen Olymp hinaufrasen, ihn mit verzweiflungswuchtigen Schlägen freifegen ließ von irgendwelchen wie immer gestalteten Vorstellungen. Und als die Leere vollkommen erschien, konnte er, was er jetzt gerne getan hätte nicht scheppernd lachen. Da war nichts mehr, was reflektiert hätte, erschöpft ließ er den Schraubschlüssel fallen, schlich vollendungsentlassen fort, immer schwärzer in sich hinein, bis ihn jemand an der Schulter festhielt.

Ob er verrückt sei ? Er könne doch nicht einfach...

Das weniger, nur müde, müde.

Dann müsse er sich eben mal vernünftig ausschlafen!

Ich war mir nicht ganz klar darüber, was ich augenblicklich konnte, ging resigniert zu meinem Arbeitsplatz zurück. Als ich wieder pfeifen hörte, pfiff ich mir eins, stemmte mich gegen ein vermutetes Raster, was die Assoziationen fehlgreifen ließ, irgendwo sonst einhaken, am Rande der Blödheit, wenig mehr störend.

Und morgen würde ich wieder schrauben, stumpfsinnig wie beabsichtigt, soweit es geht, ich würde nur noch schrauben, sieben Uhr: schrauben, schrauben bis fünf, fünf Uhr nachmittags, von sieben bis fünf: schrauben. In lärmabgeschiedener, willkommener Einsamkeit. Die halbstündige Mittagspause nicht zu vergessen.

Das ungewisse Danach wurde behutsam übergangen, weil mir bei dem Gedanken daran nicht ganz wohl war. Und wenn das Fließband anhielt, die Sirene Ruhe einheulte, ging ich nach Hause, duschte, setzte mich in meinem Zimmer auf einen Stuhl, umfing mein Kinn mit beiden Händen, stützte die Ellbogen auf meine Knie und verlor mich in wirre Gedanken. Einmal sprang ich auch auf, schaltete das Radio ein, drehte auf volle Lautstärke, spielte mit der Sendereinstellung pfiff oder brüllte auch dazu kaputt, kaputt, vollführte einen Veitstanz bis mein Vater auftauchte.

Er hatte ja recht: ob ich nun vollends verrückt geworden sei, nachdem er das Radio abgestellt, mich eine Weile kopfschüttelnd betrachtet hatte.

Ich starrte zurück. Er hatte keine Ahnung, konnte sie nicht haben, weil ich nie mit ihm über meine Probleme gesprochen hatte, und eine Gesprächsbasis ließ sich jetzt nicht mehr erstellen.

Weniger.

Wirklich weniger? Dann mühte ich mich, einen unbeherrschten Lachanfall zurückzuhalten, drückte mich sachte an ihm vorbei, schlenderte zu meiner inzwischen gewohnten Trinkstätte.

Anderntags stand ich mit schwerem Kopf um sieben Uhr an meinem Arbeitsplatz, schraubte anfangs noch in leidlich unbeteiligter Katerstimmung, die mit zunehmender Ermüdung gemächlich wegsackte. Und jetzt konnte ich nicht mehr so einfach zuschlagen, weil ich meine Arbeitsstelle nicht so einfach verlassen konnte, wie mir ja doch beteuert worden war, versuchte kompensatorisch eine Zeitlang einen Nutzen wenigstens des Rhythmus, fing, einsichtig aufgebend, einen stellvertretenden Ton, hätschelte, wiegte, schläferte ihn ein, eilte ins Personalbüro, nachdem er tatsächlich entschlummert war wegen meines überfallartigen Entschlusses und kündigte fristlos. Was zunächst nicht anerkannt, aber nach dem Hinweis auf meinen Ferienjob ohne Werksvertrag dann doch akzeptiert wurde.

Befreit warf er sich aufs Bett ohne geduscht zu haben, versuchte zu schlafen, sein drückend bewußtes Sein in einen mildernden Hintergrund zu schieben. Doch ausweichend bewirkte es eine Übelkeit, deren er sich nur dadurch entledigen konnte, daß er sich einen Finger walkend tief in den Mund steckte.

Und nachdem er sein Befinden schwallartig veräußert hatte, lag er erschöpft in dem Gestank, starrte mit trocken brennenden Augen ins Leere. Überdimensionales Sensorium, das seine Ausschließlichkeit wiederkäute bis zur Unerträglichkeit. Da sprangen jedoch alternierende Gedanken ersatzweise lärmend ein, und als ihm klar wurde, daß er jetzt völlig verpflichtungsfrei war, raffte er sich auf und ging zum Trinken.

Das tat gut, war so problemlösend erleichternd, stumpfsinnig vernebelnd, bedrängte den Kopf bis zur Gedankenferne, ersetzte bis zur körperlichen Reaktion, die natürlich weder angenehm noch erwünscht war. Irgendein blinzelnd wahrgenommenes Tageslicht erhellte allerdings bald die Fadenscheinigkeit, die ihn ins Bett fesselte, angeekelt unfähig jeglicher erdenklichen Aktion.

Ob ich mich nun glücklich krank gesoffen hätte? Und berechtigte Fortsetzung bei ausbleibender Gegenrede. Mir dämmerte ein Genug an feigem Vermeidungsunternehmen, lähmender Ergebnislosigkeit, eitrigen Denksplittern, mein Kopf fing differenzierbar an zu hämmern bei zunehmender Klarheit infolge fortschreitenden Alkoholabbaues. Und zeitigten meine bisherigen Überlegungen nichts Konkretes, so lag meine Niedergeschlagenheit lauernd in Wartestellung. Ich war aber doch schon etwas vorangekommen, was hielt mich von weiterem Vorgehen zurück? War nicht die Götterfrage Ursache meines Verhaltens, meiner Scheu wegen angenommener Bedeutung? Führte ihre Rückstufung zur Profanität nicht zu einem Überlegungsansatz?

Viren, Bakterien, Pflanzen, Würmer, Fische, Vögel, Vertebraten, Säuger wähnen wohl kaum einen Gott, dem sie anhängen, den sie anbetend verehren, obwohl sie doch von einem solchen erschaffen worden sein sollen, dann aber anscheinend schmählich vernachlässigt wurden, wenn sich auch mit fortschreitender Evolution der Hang zu einer Hierarchie zeigte. Aber deren vorläufiges Endprodukt, der homo „sapiens", erschuf vorstellungsweise aus der gedanklichen Fortsetzung der Evolution aus zeitlos ungerichteter Energie über die Materialisierung bis zu seiner Abstraktionsfähigkeit und der daraus folgenden Notwendigkeit der Vorstellungsvervollkommnung sich eine Macht, ein Konstrukt, dem er in unterschiedlicher Ausdrucksweise, aber vom Wesen her einheitlich, den Namen Gott in beliebiger Anzahl zumaß. Und siehe da: mit diesem evolutionären Geniestreich wertete er sich auf, schuf allerdings zugleich sprachliche Konkurrenz, Gegnerschaft, die bis zur Ausschließlichkeit geht, vulgo Ganzweltbestreben, und sei es mit martialischer Gewalt bis zum Mord.

Existierte er also, zahlenunabhängig, erst mit dem Menschen? Waren er oder sie, Gott, Götter oder Göttinnen nicht von jeher ausgesprochen abgefärbt menschlich, nur überhöht, aber nicht einmal perfektioniert? Standen sie nicht in striktem Zusammenhang mit der Frage nach dem Sinn, allgemein menschlich wie individuell? War ihre Daseinsberechtigung gar mit dem Sinn verknüpft? Und war der nicht auch eine menschliche Spezifität? Entsprangen also Gott und Sinn menschlicher Schöpfung, in menschliches Denkschema gezwängt, Logik von Ursache und Wirkung in erfahrenem Causaldenken.

Er hielt inne, mittlerweile nüchtern. Schlußfolgerte der Restalkohol? War Gott also nicht gestorben, entsprechend auch nicht tot, weil er dann ja gelebt haben, gewesen sein müßte?

Sollte also von den gängigen Göttern Abstand genommen werden, da ja mit zu vielen Negativa belastet, eine Frage der Nomenklatur? Sei die Existenz ein notwendig Erhabenes, Entstehungsunabhängiges, zeitlos Seiendes. Und aus ihrer ursprünglichen Sinnlosigkeit schäle sich ein neutrales, primär eigenschaftsloses Sein über mir und um mich, der Mensch allgemein ein tragender und prinzipiell verantwortungsbewußter Teil als wünschenswertes Denkmodell, so auch Religionsstifter für unkritischen Glaubensbedarf? Waren Kinder aus sich heraus gläubig? Wuchs ihre Naivität nicht vielmehr durch Einführung in oktroyierte Denkart und Lebensweise hinein?

Wars das? Gab es also einen Gott oder ein Namensäquivalent nur für den, der an ihn glaubte, weil er ihn damit ja erschaffen hatte und damit den Weltensinn? Gab es dann aber nicht soviele Götter wie kreative, diesbezüglich bedürftige Menschen? Mir wurde kalt und heiß. Dann konnte ich die Krücke Gott verwerfen, sie hatte ihre Schuldigkeit getan, wenn auch nach anfänglicher Fragestellung, ich war ein freier Mensch, hatte mich durchgerungen, konnte mich endlich aus dieser erstickenden Bedrükkung lösen, frei durchatmen, war frei, frei. Und erstmals seit langer Zeit schlief ich ohne Alkohol rasch ein, durch, und erlebte am nächsten Morgen meine Menschwerdung in vegetativem Erwachen: die Augen öffnend fand ich mich als Teil unbekannter Dimensionen, deren Inhalte sich ohne Namen, ohne Bedeutung, ohne Zusammenhang erstmalig wie einem Neugeborenen darboten, oder wie einem körperlosen Auge, besser noch einer abstrakten Wahrnehmung, jeder für sich, ohne jegliche Beziehung. Sie waren in ihrer neuartigen Vielfalt allein sie selbst, außerhalb eines Begriffs. Für einen göttlichen Moment weilte ich in glückhafter, zeitloser Betrachtung, um dann mählich erwachend meinen Körper fühlend zu vereinnahmen, gleichsam eine Folie von meinen Augen abzuziehen und die Umgebung besitzergreifend in der mir gewohnten Anordnung zu differenzieren. Ein unsägliches Glücksgefühl entließ mich zögernd in die gegenwärtige Realität. Hatte ich eben nicht die menschliche Evolution nachvollzogen? Daß ich mir jetzt aber meinen Sinn selbst suchen mußte, ließ ich in meiner Hochstimmung vorerst außer acht. Vielleicht hegte ich auch ein bißchen Wehmut wegen des nunmehr beendeten Denkabschnittes, aber genug der Theorie, mit frischem Mut zur Praxis.

Das Leben hatte ihn wieder. Bei einer Party traf er auf ein Studentenpaar, das ihm auf Anhieb gefiel, wobei sich sein Wohlgefallen überwiegend auf sie bezog. Eine übliche Party mit Bowle, Schlagern, Tanzen, nichtssagendem Geplauder, Gelächter, oberflächlichem Frohsinn. Der Abend verzog sich in die Nacht, und nach geräuschvollem Abschied drohte er bei jugendlich geschäftigen Aktivitäten rasch in Vergessenheit zu geraten. Doch schon nach wenigen Tagen erhielt er eine Einladung von dem jungen Paar, der er nach längerem Zögern gegen geäußerten Rat dann doch nachkam, wobei er sich fest vornahm, den Abend nach Möglichkeiten zu genießen.

Und er wurde, entgegen doch heimlich befürchteter Langeweile, ausnehmend schön, über jugendliche Vorstellung hinaus. Er war sich nicht sicher nach dessen Verlauf, ob er sich ein wenig verliebt hatte. Sein ganzes Interesse galt von vornherein der Frau, die es auch bereitwillig erwiderte, obwohl es gänzlich bei verbaler Annäherung blieb. Doch war ihre Bereitschaft offensichtlich, sich reizvoll flirtend zu erkennen zu geben. Der nächtliche Abschied war ein Bruch, und sie vereinbarten ein baldiges Wiedersehen.

Wozu mein Geburtstag eine willkommene Gelegenheit bot. Als ich beide vom Bahnhof abholte, Autos waren noch ferne Wunschvorstellungen, erschien ihre Begrüßung wenig vertraut. Schon schrieb ich das Gewesene dem Alkohol zu – waren wir beide doch ein wenig beschwipst – als sie mich nach Ankunft zuhause auch ohne einleitenden Alkohol schon eines Besseren belehrte. Wir verbrachten dann den gesamten Abend in trauter Gemeinsamkeit, flüsternd, tanzend, flirtend, und unversehens küssten wir uns, erst zögernd, überraschungsscheu, entdeckungsfurchtsam, dann zunehmend fordernder.Wir hatten ihren Partner völlig ausgeschlossen, der sich anderweitig amüsierte, die Zeit raste, die Uhrzeiger drehten sich sichtbar, bis vier Uhr morgens, als er eine andere Teilnehmerin der Feier mit welchen Beweggründen auch immer innerstädtisch zu ihrem Zuhause begleitete. Ich nahm es nur nebenbei wahr, dankte den Göttern und legte mich zusammen mit ihr auf ein Sofa, wo wir unsere Körper gegenseitig erkundeten, während rauschhafter Küsse in hochbleibender sexueller Spannung. Es begann zu lichten, als wir dann nach seiner Rückkehr konservativ in verschiedene Zimmer gingen um zu schlafen, was mir allerdings nicht gelang. Ich lag hellwach in meinem Bett, jetzt aber aus naheliegenden Gründen, träumte glücklich vor mich hin, ohne überhaupt schlafen zu wollen, und ging dann auch frühmorgens in die Küche, kochte Kaffee und aß ein paar Salzstangen, die übrig geblieben waren, als das Studentenpaar unvermutet eintrat. Er machte jovial auf sich aufmerksam und benahm sich ganz arglos, sodaß ich sie wieder fest in meine

Arme nahm und begehrlich küsste, ungeachtet der angekauten Salzstangen, wenn wir uns kurzzeitig unbeobachtet wähnten, wobei wir in wiederholten Abwesenheitsmomenten jedesmal neu die Gelegenheit wahrnahmen. Ein Abschied wollte nicht vollzogen sein, ein Zug nach dem anderen wurde übergangen. Nachmittags gingen wir alle zusammen in ein nahes Kino, dessen Film ich nicht im einzelnen erinnere, und doch kam der Zeitpunkt der Trennung unaufhaltsam näher. Am Bahnhof reichten wir uns brav die Hand und vereinbarten nach einem züchtigen Wangenkuss ein baldiges Wiedersehen in einem Augenblick seiner Unaufmerksamkeit.

Es waren ganz andere Gedanken, die er jetzt hegte. Zwar bestätigte er sich immer wieder, daß er nun frei sei, den Glaubenskonflikt ein für allemal gelöst habe; aber trotzdem war er nicht hochgradig erleichtert, wenn auch aus gänzlich anderen Gründen. Im Wechselbad der Gefühle bewegte er sich stringent im Jetzt, spürte eine nagende Sehnsucht, fühlte sich verlassen, rief sich die kürzlich erlebten Glücksmomente immer wieder ins Gedächtnis zurück, sie minutiös ausmalend, war blöde in unerfüllter Erwartung, gestand sich endlich ein, verliebt zu sein. Und stürzte sich in zeitfüllende Aktivitäten, nur um empfundene Einsamkeit zu übertünchen, joggte bis zur Erschöpfung, stellte Intensivlektüre nach den ersten Seiten ein, weil er feststellen mußte, daß er garnicht mitbekam, was er eben las, Musik zu hören kam ihm nicht in den anderweitig besetzten Sinn. Öfter pokerte er mit hohen Einsätzen, wobei ihn einmal das Telefon aufschreckte. Natürlich hatte er ständig ihren Anruf erhofft, wenn er jetzt auch nicht daran glaubte. Aber sie war es wirklich. Froh, ihre Stimme zu hören und sich dann auch noch in wenigen Tagen eingeladen zu wissen, verlor er übermütig unvorsichtig eine Menge Geld, was er gar nicht richtig registrierte in Voraussicht des baldige Wiedersehens.

Ihre Wege kreuzten sich zufällig, und die Kontaktaufnahme zu seinem Freund erwies sich zunächst ein wenig befremdlich, aber nach den ersten zögerlich vorgebrachten Erkundungen gegenseitiger Befindlichkeiten kehrte die vormalige Vertrautheit rasch zurück. Und nach Aktualisierung der Lebensumstände war jetzt er es, der über seine Eroberung berichtete, wenn auch nicht stolz, sondern einfach glücklich. Sein Freund teilte seine Stimmung nicht, er musterte ihn lange, wiegte seinen Kopf. Zögerte mit seinem Kommentar, der dann auch reichlich distanziert ausfiel.

Jetzt er: „Wie soll das weitergehen?" Und Folgendes.

Und ich, nach längerer Überlegung, enttäuscht über seine Reaktion: „Was kümmert mich das Morgen? Ich lebe jetzt, und in einer wundervollen Welt, intensiviere das Heute vielleicht durch seine künftige Vergangenheit. Höre ich da Moralbedenken? Gönnst du mir nicht mein gegenwärtiges Glück? „ Erinnertes verdrängte ich dabei ein wenig verschämt, wir trennten uns in leichter Mißstimmung, allerdings mit dem Vorsatz, uns gelegentlich wieder zu treffen.

Mein erregtes Bewußtsein stellte sich nun gegen die körperlich fühlbare Strömung der launigen Zeit, die in Schnellen, Wirbeln und Stauungen sich wechselwild gebärdete, doch zu guter letzt in das angestrebte Ziel mündete. Mit zunehmender Nervosität näherte ich mich dem Reisebüro, in dem sie zeitweise zur Etataufbesserung jobbte, wie sie mir gelegentlich mitgeteilt hatte, warf auch einen Blick durch die Glaseingangstür hinein, machte sie in lebhaftem Gespräch mit einem Kunden aus und nahm ein rasches Handzeichen wahr, als sie mir einen kurzen Moment ihre Aufmerksamkeit schenkte. Mehr konnte ich schlechterdings jetzt nicht erwarten, war aber doch etwas enttäuscht, weil ich sie nach unserer verhältnismäßig langen Trennung gerne sofort in meine Arme genommen hätte. So schlenderte ich die Schaufenster entlang, ohne zu registrieren, was ich sah, schaute immer öfter auf meine Uhr, als es auf das Ende der Geschäftszeit zuging, das ich nach der Zahl der gerauchten Zigaretten maß, bis sie mich dann endlich tröstend umarmte. Meine rote Rose quittierte sie mit einem schelmisch erotischen Lächeln, wehrte aber einen Willkommenskuss ab, weil sie ihre Lippen angeschmiert habe, wie sie sagte, und ein Kuss dann nicht so richtig schmecke. Ich fügte mich widerwillig auf diese dubiöse Bemerkung hin und ergriff stattdessen ihre Hand, die sie mir dafür willig bis zu ihrem Zuhause überließ.

Zugegebenermaßen hatte ich diesen Ausflug ohne klare Vorstellungen unternommen, außer der, daß ich sie sehen, spüren, hören wollte. Wir nahmen also zu dritt das Abendbrot ein, um danach bei einem Glas Wein und belanglosem Geplauder endlich auf seine vorübergehende Abwesenheit und ihre dadurch anstehende Strohwitwenschaft zu stoßen. Das rief bei mir einen Stimmungszwiespalt hervor, den sie rührend mit irgendwelchen Fotos und gelegenheitlichen Küssen auszurichten suchte. Ich war nicht richtig dabei und schwankte zwischen Möglichkeitsvorstellungen und Entfremdung. Nachdem sie dann aber noch von ihrer gemeinsam geplanten anschließenden Reise in den Süden schwärmten, kippte meine Stimmung vollständig. Ich verstand die Situation nicht mehr, wußte nicht wirklich, worauf das Ganze letztlich hinaus sollte. Wollten sie etwas demonstrieren, hatte er doch Verdacht geschöpft, oder war die Aufzählung ihrer nächsten Pläne eine arglose, mitteilsame Vorausschau.

Kurzentschlossen stand ich auf, schützte den Eisenbahnfahrplan vor und verließ den Ort meiner tiefen Enttäuschung, obwohl mir noch beim hastigen Abschied großzügig eine Karte aus dem Urlaub versprochen und ein ausführlicher Brief danach zugeflüstert wurde, in dem sie einiges klarstellen wollte. Verwirrt wagte ich nicht, Näheres zu erfragen, ein nächstes Treffen vereinbarten wir nicht.

Es folgten seltsame Nächte, in der Tat. Wir saßen eng zusammen, turtelten und scherzten, und als ich sie umarmen und küssen wollte, wachte ich auf und hielt mein Kopfkissen im Arm. Weich auch, doch unzureichende Personifizierung. Jetzt hatte es mich wohl erwischt.

Nach Wochen sehnenden Verlangens kam ihr Brief. Natürlich löste er die mittlerweile aufgestaute Spannung, aber auch im negativen Sinn, weil er nichtssagend doch eine gewisse Abkühlung ausdrückte. Die Zeiträume weiteten sich, das ehemalige Verlangen ließ nach. Doch dann kam die Einladung zu einer Party, an der auch sie teilnehmen wollte. Unser schwächelndes

Verhältnis erhielt neuen Auftrieb, und diese Nachricht zwang mich gleichsam zur Teilnahme, der Mißbilligung des Freundes zum Trotz. Das Wiedersehen weckte all die schönen Erinnerungen, die inzwischen verstrichene Zeit war ausgeblendet, die Vergangenheit vermeintlich aktualisiert, als sie, im Verlauf des bewegten Abends, die wenigen Stufen zwischen unterschiedlichen Wohnbereichen herab stolpernd bekannte, daß sie schwanger sei. Kurz reflektierend schloß ich eine Vaterschaft von meiner Seite aus, empfand aber doch Gefühle, die an Eifersucht grenzten. Insgesamt machte sich ein Verdacht breit, der diese Schwangerschaft als Besitzdeklaration verstand, und prompt relativierte sich meine Beziehung zur Nebensächlichkeit. War sie das womöglich von jeher? Ich begann zu hinterfragen.

Und hatte reichlich Gelegenheit dazu. Ihre Schwangerschaft verlief ohne Rückmeldungen ihrerseits, sie informierte mich nicht einmal von der Geburt, es herrschte Funkstille total. Meine Gedanken an sie wurden im Rahmen meiner Aktivitäten immer seltener, die eigensinnig nicht einmal Lücken überdecken sollten. Nur gelegentlich noch erinnerte ich mich an sie, ihr Bild verblaßte zusehends, wobei mir die Vorstellung schwerfiel, daß ich es jetzt mit einer Mutter zu tun haben könnte. Wenn sie überhaupt noch Interesse an einem Verhältnis mit mir haben sollte. Hatte sie es jemals? War das ganze aus ihrer Sicht mehr als ein sexueller Abtritt? Lebte sie in einer offenen Beziehung? Oder war ich Lückenbüßer für zwischenzeitliche Leerphasen? Plötzlich fiel mir auf, daß unsere Beziehung eigentlich rein erotischer Natur war, daß jegliche Tiefgründigkeit fehlte. War es aber nicht dennoch ...

Ja, es war. Als sie mich nach langer Zeit zu einer Faschingsparty in ihrem Zuhause einlud, sagte ich ohne langes Zaudern zu. Ich wollte die Auslegung unseres Verhältnisses ihr überlassen, sie sollte veranschaulichen, ob es sich dabei um eine unverbindliche Liebelei handelte oder um eine ernsthafte Liebesbeziehung.

Die Räumlichkeiten waren dämmerig, Kerzen hier und da, laute Schlagermusik, Alkohol reichlich, viele Gäste, die mir zum größten Teil unbekannt waren. Und selbstverständlich galt mein Interesse wieder ausschließlich ihr, die Atmosphäre und der Lärm ließen keine Lust aufkommen zu ernsthaften Gesprächen, dafür aber zur Wiederaufnahme unserer vormaligen Beziehung. Ich drängte sie in eine abseitige Nische, wo wir uns unbeobachtet fühlten bei lebhaftem Randgetümmel. Wir küssten uns leidenschaftlicher als je zuvor, willig bot sie mir ihre stillprallschweren Brüste, deren Milcheinschuß ich seitenwechselnd parierte. Wir verirrten uns in gegenseitigen Versprechungen, Scham reizvoll eingeschlossen, weitergehende Aussichten. Ihr Kind fand keine Erwähnung, auch für eine andere verbale Interaktion ergab sich keine Motivation. Zu vegetativ wurde der Verstand übertölpelt, wir bewegten uns in einer instinktiven Ausschließlichkeit, die irgendwann durchbrochen wurde durch eine süffisante Bemerkung des im Zigarettennebel vorbeihuschenden Partners. Wir ließen ertappt voneinander ab, und die weitere Nacht versank in eingelulltem Wohlbefinden, das sich in anbahnendem Hedonismus bestätigte. Ich war informiert: von Liebe war nichts mehr übrig, erst recht nichts vom anfänglichen leichtherzigen, frohgemuten, glücksverheißenden Verliebtsein. In kalter Morgenluft ernüchtert fand ich irgendwie nach Hause.

Und trotzdem sagte er nach längerem noch einmal zu, als sie ihn erneut einlud zu einem Offiziersball, die beiden hatten Beziehungen zu Gastmilitärs. Zwar begriff er nicht ganz, aber seine akquirierte Einstellung hieß ihn der Einladung Folge leisten. Er hatte keine Vorstellung von dem, was ihn erwartete, und hegte unrealistische Pläne. Und wurde diesbezüglich auch völlig enttäuscht. Neben ihren Eltern hatten sich ihm wildfremde Offiziere unterschiedlichen Ranges eingefunden, die anscheinend hoch offizielle Gesellschaft gab sich einen erlauchten Anstrich in Smoking und Abendkleid. Nach namentlicher Bekanntmachung nahm er an einem vorbezeichneten Tisch platz, zwar in ihrer Nähe, doch ohne weiteren Kontakt, an mögliches Tanzen war bei dem lautmalerischen Tingeltangel einer Dreimannband im Hintergrund nicht zu denken, verloren ließ er sich ersatzweise in politische Diskussionen einbeziehen, die den quälend langsam verstreichenden Nachmittag irgendwie ausfüllten, wobei er zu seiner Genugtuung feststellte, daß er sich leidlich verständigen konnte. Ihr Partner verhielt sich freundlich neutral und schloß ihn sogar in seine Rechnung mit ein, als der Ball offiziell beendet wurde. Er war geradewegs erleichtert beim Schlußzeremoniell, schüttelte Hände, scheinfreute sich über diverse Bekanntschaften, die er keinesfalls weiter zu pflegen beabsichtigte, umarmte sie flüchtig, die ihn zu diesem netten Nachmittag verleitet hatte, bedankte sich und wünschte ihr prosaisch alles gute in unausgesprochen angenommenem Einvernehmen. Die Spannung war raus.

Er nahm sich vor, sie aus seinem aktiven Denkbereich auszuschließen, und die sich gelegentlich trotzdem einstellenden Bilder von zärtlichen einerseits und rein geschlechtlichen Begebenheiten andererseits, die in ihrer Häufigkeit zunehmend überwogen, nahmen zahlenmäßig merklich ab. Aber dafür traten erneut zwischenzeitlich vergessene Zweifelattacken vermehrt auf ohne umschriebene Fragestellung bei seiner gegenwärtig leichtlebigen Verfahrensweise. Da er nicht mehr arbeitete und noch nicht studierte, ließen ihm seine wahllosen Unternehmungen genügend Zeit für wieder aufgreifende Hinterfragungen. In erschreckender Erinnerung aber an sein haltloses Schwanken zwischen Depression und Euphorie ergriff ihn die Angst vor einem Rückfall. Ihm wurde klar, daß er eine generelle Entspannugspause brauchte, besser noch eine anhaltende Zerstreuung, und da er sich noch immer nicht für eine Studienrichtung entscheiden konnte oder ernsthaft wollte und erst einmal alles hinter sich zu lassen beabsichtigte, ihm zudem bewußt war, daß er die Dinge nicht weiter einfach schleifen lassen konnte, sondern daß er endlich dem verständlichen Drängen seines Vaters nachkommen mußte, etwas zu unternehmen, was seine berufliche Zukunft betraf, entschloß er sich ausweichend zu einem Abenteuertrip. Obwohl er sich genügend Ersparnisse auf die Seite gelegt hatte, um sich eine veranstaltete Reise leisten zu können, zog er es vor zu trampen. Die dabei zu erwartende Ungewißheit der Begegnungen und des Fortkommens übten den ausschlaggebenden

Reiz aus. Er packte kurzerhand notwendige Utensilien zusammen, ohne an einen Schlafsack zu denken aus fehlender Erfahrung und unklaren Vorstellungen bezüglich seines Unternehmens, informierte seine Eltern ohne Widerspruch zu erwarten und zu erfahren, stellte sich nach U-bahn und Busanfahrt an die Auffahrt einer Autobahn.

Eine Besinnungspause wäre verfrüht, noch machte es Spaß, eine frischelastische Gerte im Jugendlauf an den Latten von Nachbars Gartenzaun entlang klappern zu lassen, das Entzükken über die Schwingungsdifferenzen und die Komposition vor allem mit den anschwellenden Atemgeräuschen!

Ich hatte nicht erwartet, daß mein Gestikulieren sofort seine beabsichtige Wirkung erzielen würde, ein Schild hatte ich mangels Bestimmungsungewißheit nicht beschriftet. Verkehrslärm, Autokolonnen, ein sanfter Wind in Fahrtrichtung, die Ungewißheit meines Vorhabens beschleunigten meinen Puls, die vorbei brausenden Autos zogen mich willkürlich mit, belebten meinen Vorwärtsdrang, eine Ungeduld entwickelte sich erst langsam. Und als dann nach längerem Winken ein Wagen anhielt und der alleinige Fahrzeuginsasse mich nach meinem Zielwunsch fragte, dankte ich ihm überschwenglich und dann „in ihre Richtung so weit es geht". Eine Nachfrage bezüglich Trampmotivation beantwortete ich mit meinem Wunsch nach Erleben. Der Fahrer runzelte seine Stirn, lachte kurz, winkte mich mit einer schwungvollen Handbewegung in sein Auto und vermittelte dann kurzfristiges Glück raumgreifender Beschleunigung.

Er habe in seiner Jugend auch getrampt, ließ er mich wissen, und er trage zu dieser Art der Welterfahrung und Toleranzbildung gerne seinen Anteil bei. Der Motor brummte gleichmäßig, der Fahrer machte einen sympathischen Eindruck und war glücklicherweise nicht allzu gesprächig. Wissen wollte er freilich, woher ich käme, wieviele Kilometer ich bisher schon zurückgelegt habe und wohin ich letztlich wollte. Ersteres beantwortete ich angemessen, letzteres ausweichend, wußte ich es doch selber nicht. Ich hatte kein definitives Ziel, wollte nur fort, in die Ferne, erleben wie gesagt, ändern, teilte ihm dies mit und widmete mich daraufhin ganz der vorbeifliegenden Umgebung, die mich mit zunehmender Entfernung von meiner Herkunft vermehrt interessierte. Nach längerer vorwiegend schweigsamer Fahrt verließ er die Autobahn und wünschte mir Erfolg bezüglich meines Weiterkommens.

Nicht viel später ging es weiter, in mähliche Dämmerung. Der neue Fahrer fragte nicht groß, der angenehme Dauerton des Motors, die herrschende Wärme, die willkommene Schweigsamkeit wiegten mich in ein schlafnahes Befinden, aus dem ich durch einen abrupten Stillstand endlich aufgeschreckt wurde. Müde kletterte ich aus dem Gefährt in die mittlerweile herrschende Dunkelheit, bedankte mich und sah mich nach einer Schlafstelle um, die sich in Form einer Autobahnbrücke anbot. Tageszeit und deutlich abnehmender Verkehr ließen neben meiner Müdigkeit die Fortsetzung meines Anhalteversuchs wenig aussichtsreich erscheinen. Ich wickelte meinen Mantel eng um mich, drängte mich nahestmöglich an den Pfeiler und zitterte mich tatsächlich in einen Etappenschlaf aus Wach- und Schlummerphasen. Es war dies die erste Übernachtung außerhalb meines geborgenen Zimmerbettes auf und unter Beton mit beidseitiger Offenheit. Gelegenheitlich malte ich mir künftige Gewöhnung aus, gegenwärtig empfand ich das Ganze mit Abstrichen immerhin als praktikabel.

Die Kühle weckte mich aus besagtem Etappenschlaf endgültig in ein graues Morgenlicht. Ich wischte mir die Augen nach einer unbehelligten Nacht, versuchte mein Haar behelfsmäßig zu zähmen, vergewisserte mich meines kompletten Rucksacks und stellte mich wieder an die Straße. Obwohl die Nachtruhe alles andere als eine solche war, empfand ich sie wegen ihrer Erstmaligkeit immerhin als abenteuerlich, und ganz in diesem Sinne war ich unternehmungslustig ohne auf meinen leeren Magen zu achten und hielt meinen Daumen erneut in den nun wieder dichten Verkehr. Ich war nicht müde und auch nicht enttäuscht, auch wenn einige Zeit verstrich, bevor ein Auto anhielt. Es war ja alles neu, interessant, erstmalig. Glücklicherweise hatte der neue Fahrer einen weiten Weg vor sich, wohl mit ein Grund dafür, daß er mich zur

Gesellschaft mitnahm. Trotzdem reduzierte sich unser Gespräch nach den ersten Vorstellungsformalien auf gelegentliche wiewohl freundliche Bemerkungen, bis wir nach längerer störungsfreier Fahrt in einer Hafenstadt ankamen. Nach meinem Dank trennten wir uns, ich schulterte meinen Rucksack, bummelte neugierig durch die Altstadt und landete ohne direkte Absicht schließlich im Hafen. Und in meinem Vorwärts – und Entfernunsstreben erkundigte ich mich klopfenden Herzens nach Fährmöglichkeiten, die eine baldige Mitfahrt versprachen.

Eine herrliche erstmalige Seefahrt: ich stellte mich gegen den Wind an die Bugreling, lauschte dem Wellenanschlag gegen die Fähre, stemmte mich gegen das Schwanken und Schlingern durch Gewichtsverlagerung wechselnd auf meine gespreizten Beine, beobachtete und hörte die wild das Schiff umkreisenden schreienden Möwen, als wir uns dem angepeilten Gegenufer näherten. Die Anlandung wurde routinemäßig gemeistert, neugierig betrat ich den fremden Boden.

Die notwendigen Regularien wurden schnell erledigt, das Hafengelände rasch durchmessen und daumenwinkend stellte er sich an die nächste Ausfallstraße nach einer Mitnahmemahlzeit und Orientierung an einer großen Wandkarte, die ihm die Richtung nach Westen aufzeigte.

Die anfänglichen Schwierigkeiten wegen Sprechgeschindigkeit und Dialekten überwand er relativ bald, wobei die unterschiedlichen Mitfahrgelegenheiten ein ideales Training boten, Landschaften, Städte, Begegnungen, Freundlichkeiten und Ressentiments in rascher Folge wechselten. Er sah seine Motivation zur Gedankensperre voll bestätigt, nur gelegentlich hinterfragte er diese seine euphorische Freiheit, konträr im Neuerleben befangen.

Die nächsten Mitfahrgelegenheiten vergrößerten die räumliche Distanz ohne Besonderheiten bezüglich der Fahrer oder der durcheilten Landschaft. Es dämmerte wieder und nach der letzten Betonunterkunft war er inzwischen doch so müde, daß er sich im Gebüsch an der Ausfahrt des letzten drop off zurechtkauerte und in der Hoffnung auf ausbleibenden Regen seine zweite Nacht im Freien verbrachte bei ungleich günstigeren Schlafbedingungen. Er konnte allerdings nicht sicher unterscheiden, ob der Verkehrslärm und das Vogelgezwitscher des frühen Morgens Wirklichkeit waren oder Traum, aber die Umgebungsfeuchte des Morgentaus katapultierte ihn dann doch in die Gegenwart. Er feuchtete seine Hände in umgebendem Gras an, wischte sich über das Gesicht, fingerkämmte sein Haar, schob seine Kleidung zurecht und stellte sich an den Straßenrand mit richtungsweisendem Daumen, zum Nachdruck bewegt bei nahendem Gefährt.

Obwohl es dann anfing zu regnen, wurde er doch mehrmals mitgenommen, und wie im Film zog die Außenwelt an ihm vorbei. Die immer wieder vorgebrachte Frage nach dem Ziel beantwortete er mit Richtungsangaben in eigener Unkenntnis, und als dann endlich die Sonne sich wieder zeigte, öffnete er sein Seitenfenster nach erfragter Erlaubnis und hielt sein Gesicht in den bullernden Fahrtwind.

Fahrer, Automarken und -arten wechselten, Entfernungen variierten, Erkundungen verschiedener Städte schlugen ihn immer wieder in Bann. Neues, Schönes, Anderes verdrängte selbstzerstörerische Gedanken, er stellte sein Ich hintan und ging stattdessen auf in Bewegung und Staunen.

Endlich breitete sich die See in glitzender Weite vor mir aus und zufällig erhaschte ich die Ruinen einer sagenumwobenen Burg, weshalb ich darum bat, abgesetzt zu werden. Bei der relativ frühen Jahreszeit und der abgelegenen Region war ich nach der Weiterfahrt des letzten Fahrers vollständig allein. Neugierig kletterte ich zwischen den knöchel- bis kniehohen, teils überwucherten Mauerresten umher, die sich über einen zur See neigenden Hang ausbreiteten und die Räumlichkeiten und Gesamtgröße der Anlage erahnen ließen, Reminiszenzen eines illustren Namens, die einen gedanklichen Zeitensprung mit entsprechenden Vorstellungen provozierten, erkundete eine hangabwärts befindliche tunnelartige Felshöhlung, die, bei Ebbe zugänglich, wegen der einfallenden Beleuchtung durch die frühabendliche Sonne herausgewaschene, die Fantasie anregende Formationen freigab, krabbelte über glitschiges

Geröll, lauschte der durch Widerhall stereophonen Meerestönung, erklomm schließlich die seitliche Felsnase, rutschte mit leisem Schaudern hockenderweise so an den Klippenrand vor, daß meine Beine zuletzt frei über dem Abgrund baumelten, in dessen Tiefe die anbrandende See schaumwirbelnd rhythmisch aufspritzend gegen die glatte, konkave Felswand klatschte, doch lehnte mich sichernd gegen den ablandigen Wind, weil mich ein nervenkitzelndes Risiko, jedoch keine reale Gefährdung reizte, wobei mein Rucksack stabilisierend gewichtete, so die zerklüftete Steilküste nach beiden Seiten und den weiten Ozean überschauend.

Flüchtig dachte ich an Übernachtungs- und Reinigungsmöglichkeiten und rappelte mich zögernd auf, als mein Abschiedsblick die Abendsonne dem freien Meereshorizont sich nähern sah. Eine lockere Wolkenwand hatte sich dort mittlerweile aufgebaut, und die Sonne begann, sich farbsplitternd durch sie hindurchzuzwängen. Die spiegelnd gleißende See warf die Farbkomponenten spreizend zurück in einer Intensität, die mich zwang, meine Augen zu schließen und der mählichen Näherung des Feuerballs an den Horizont durch geschlossene Lider zu folgen. Und als die Intensität soweit nachgelassen hatte, daß ich die Augen wieder öffnen konnte, war der vormals stechende Strahl zu einem milden Glühen abgeblaßt, das buntfunkelndes Leuchten über den Horizont verbreitete und seine Spiegelung in Farbmyriaden einem Läufer gleich dem Glutrund entgegen schob zur triumphalen Vereinigung von Himmelskörper und Spiegelbild. Da floß mein Ich zurück in die Wesensgründe des Alleinen, ging auf in der prometheischen Komposition: ich spürte die Flut, die begehrend der Sonne entgegenbrandete, und das Licht, das die anstürmenden Wasser in heiterem Spiel glitzernd durchwob. Jäh schien die Natur aufzuschrecken aus ihrem Farbtaumel, ihr Atem schien gleichsam zu stocken, der schweifende Wind zu verharren in zeitlosem Erstaunen, eine horchende Stille erfüllte das All – und dann brach sich der Schlußchor vielstimmig innerlich Bahn, traten siegesgewisse Geister dem Flammenmeer entgegen, das Gestirn war in die berstende See eingeschmolzen, die sich lechzend in das verblutende Rund ergoß und das eherne Firmament mit jauchzenden Farben überzog. Unfaßlich überwältigt gab ich mich der Abendhymne der Natur hin, während ein verglimmender Hauch rotgelbnachtblau den Westen überzog und in sanftem Glosen in aufsteigendem Dunkel versank.

Nachempfindend blieb er aufgewühlt bis in die frühe Nacht sitzen, beruhigte sich mit dem Anblick des zahllos blinkenden Sternenmeeres und dem gleichmäßigen Rauschen des Ozeans. Dann endlich raffte er sich unwillig auf und eilte in das nahe Dorf, wo er das Glück hatte, eine Schlafstelle auszumachen, sogar mit Waschgelegenheit. Dieser indoor Schlaf war erwartungsgemäß nicht weniger unruhig als der im Freien.

Beim Abschied am nächsten Morgen verwickelte mich eine junge einheimische Gasthausbesucherin in ein Gespräch, nachdem sie aus meinem Akzent unschwer den Ausländer herausgehört hatte. Spontan bot sie mir ihre Unterstützung an, soweit sie dazu in der Lage sei. Sie kenne die Schwierigkeiten, die im Ausland aufreten können aus eigener Erfahrung und könne mir vielleicht auf die eine oder andere Weise von Nutzen sein. Und damit schrieb sie ihre Telefonnummer und ihre Adresse auf einen Zettel und forderte mich auf, mich bei ihr zu melden, wenn ich in ihre Stadt käme, sie wünschte mir viel Glück beim Trampen und äußerte die Hoffnung, mich vielleicht bald wiedersehen zu können.

Überrascht steckte ich den Zettel ein, dankte und machte mich auf den Weg zur Ausfallstraße. Kurz überlegte ich, was ich mit ihrem Angebot anfangen sollte, fand ich doch wenig Gefallen an ihr. Aber da ihre Stadt nicht explizit auf meinem ohnehin provisorischen Reiseplan stand, verwandte ich keine weiteren Gedanken darüber und wanderte die Straße entlang, meinen Daumen vor mich hinschwenkend, wenn ich ein Fahrzeug hinter mir kommen hörte.

Erneut packte mich die Reiselust, gesättigt und erfrischt. Ich überließ meine Route dem Zufall, betrachtete, nahm auf, registrierte, erfreute mich kritik- und kommentarlos des Erlebens, gab weiterem Grübeln keinen Raum.

Dabei war er sich aber doch klar darüber, daß er vor sich davonlief, daß er diese Reise ja genau aus diesem Grund unternahm. Anflugsweise fürchtete er sich vor dem Tag, an dem die Entdeckungsüberraschungen ihre Ablenkungsfunktion einbüßen würden. Und ebenso war er sicher, daß dieser irgendwann kommen würde. Umso hektischer durchlebte er diese Zeit der angemaßten Freiheit, gab sich ganz der unmittelbaren Gegenwart hin, wenn auch gelegentlich aufmerkend.

Die junge Frau, die ihm ihren Beistand angeboten hatte, war längst vergessen als er doch in ihre Stadt kam, ohne sich ihrer zu erinnern. Der Kern war mittelalterlich konserviert so faszinierend, daß er adhoc beschloß, seit längerem wieder einmal eine Erforschungspause einzulegen. Staunend bewunderte er die Fachwerkbauten, Rondelle mit erläuterten Statuen, ein Schloss, kletterte in Wehrgängen und Türmen umher, schlenderte die Gehwege in Erststockhöhe entlang, besuchte diverse Kirchen und bemerkte das nahende Tagesende erst, als er sich müde gelaufen hatte.

Da fühlte er plötzlich Erschöpfung und Vereinzelung, fiel ihm auf, daß er an den Tagesausklang gar keinen Gedanken verschwendet hatte, war er seiner bisherigen Schweigsamkeit überdrüssig, hatte er das Verlangen, seine Eindrücke mitzuteilen, während die Prachtbauten im einsinkenden Dunkel und im Licht kalter Neonlampen ihre Großartigkeit einbüßten. Eilfertig hasteten Passanten zielstrebig an ihm vorbei, ihren Wohnungen, wohl warmer Geborgenheit entgegen.

Und da fiel mir die junge Frau glücklicherweise wieder ein, ihr Zettel fand sich auch noch und eine Telefonzelle ebenso. Ich kam tatsächlich aufs erste durch, meine Erleichterung fand Widerhall in ihrer freudigen Überraschung: sie käme gleich vorbei, nur müsse ich ihr sagen, wo sie mich finden würde. In der Eile hatte ich ganz vergessen, mich vor dem Anruf diesbezüglich zu informieren, ich bat um einen Moment, ließ den Hörer baumeln, sah mich nach einer Straßenbezeichnung und einer Hausnummer um. Sie war noch in der Leitung, als ich den Hörer wieder aufnahm, und beteuerte, in Kürze bei mir zu sein, sie hätte es gar nicht weit.

Jetzt hatten die Lampen einen freundlichen Schein, ihr warmes Strahlen belebte die alten Mauern, die mich nun schützend umgaben. Ich hatte nur wenige Zigaretten geraucht, als sie eintraf. Wir umarmten uns freundschaftlich, wobei meine Wiedersehensfreude sich mehr auf die zu erwartende Unterkunft gründete, sie der ihren unverhohlen Ausdruck gab. Nach rascher erkundlicher Einleitung drückte sie ihr Bedauern aus, daß sie mich aus Platzgründen nicht bei sich zu Hause unterbringen könne, aber ich müsse mir keine Gedanken machen, fügte sie rasch hinzu, als sie möglicherweise meine zweifelnde Mimik sah, sie würde mich zu Freunden bringen.

In positiver Erwartung war ich wieder wach. Meine Beine schmerzten nicht mehr, als wir durch immer engere schummrig beleuchtete Gassen gingen, an teils verfallenen Häusern vorbei, die in mir eine ins Negative tendierende Vorahnung wachriefen, bis sie endlich vor einem bruchfälligen Altbau anhielt, einen Schlüssel aus ihrer Tasche zog und eine sperrige Türe öffnete.

Gleichsam erleichtert gab sie an, am Zielort zu sein. Enge knarrende Holztreppen führten zu einer kleinen, mit Fotos, Plakaten und Zeichnungen ausgeschmückten, spärlich möblierten Kammer in einem oberen Stockwerk. Sie erklärte, daß ihre studentischen Freunde hier wohnten, und ich schon irgendwie unterzubringen sei. Mit Blick auf ihre Uhr meinte sie, daß die Bewohner eigentlich jeden Moment kommen müßten, ich solle doch schon mal meinen Mantel ausziehen und es mir gemütlich machen, was mir unter den gegebenen Umständen nicht schwer fiel.

Bei Zimmerlicht kam mein Desinteresse an ihr wieder auf, nachdem ich im Straßenneonschein erst einmal froh war, sie zu sehen und mich nicht mehr so genau an meinen Ersteindruck von ihr erinnerte. Natürlich wollte ich mir das nicht anmerken lassen und war froh darüber, daß sie keine ostentativen Annäherungsversuche unternahm. Um solche von vornherein zu unterbinden, ging ich, Interesse demonstrierend, die Wände entlang, den Wandbehang einzeln studierend, und führte danach Small talk mit ihr, bis sich die Türe öffnete und eine Gruppe langmäh-

niger, trendig gekleideter junger Leute beiderlei Geschlechtes her-
einstürmte. Ich wurde ihnen einzeln vorgestellt, und sie nahmen
mich mit erstaunlicher Bereitwilligkeit auf, teilten zunächst Essen
und Trinken mit mir. Dann lagerten wir uns im Kreis am Fuß-
boden, Alkohol floß in Strömen und diverse joints kreisten von
Mund zu Mund. Ich hatte bisan damit keine Erfahrung gesam-
melt, äußerte mich entsprechend und wurde lachend dazu aufge-
fordert, es dann doch einmal zu probieren. Nach kurzem Zögern
stimmte ich zu in offener Erwartung der allgemein beschriebenen Wirkung. Ich war eigentlich froh, nichts, aber auch garnichts
zu bemerken, auch an den anderen war kein besonderer Effekt
zu ersehen, die zunehmende Heiterkeit und Lautstärke war wohl
eher auf den Alkohol zurückzuführen. Am lebhaft durcheinander geführten Gespräch konnte ich mich allerdings nicht betei-
ligen, da es mir unbekannte Zusammenhänge betraf und in dem
mittlerweile herrschenden Gewirr auch schwer zu verstehen war.
Zu fortgeschrittener Stunde stellte meine Erstbekanntschaft die
Frage in den Raum, wo ich denn schlafen könnte. Einen Augenblick stockte die Unterhaltung, dann meinte einer, daß im Hause
keine Möglichkeit bestehe, daß ich aber in seinem Boot schlafen
könne, wenn mir das nichts ausmachen würde. Gerne willigte ich
ein, bedankte mich und malte mir eine phantasievolle romantische Nacht aus. Dann setzte das Geplauder wieder ein und dauerte bis in den frühen Morgen, und ich war froh, daß mich ein
Gruppenteil aus der inzwischen stark verräucherten und nach
Bier stinkenden Bude ins Freie begleitete zu einem klapprigen
Studentenauto, mit dem wir dann johlend zum Fluß hinunter-
fuhren, ein kleines Kajütenboot unter einer Brücke hervorzogen,
es am Ufer festzurrten, mit einem bereitliegenden Brett mit dem
Land verbanden und so zugänglich machten. Etwas unsicher ba-
lancierte ich glücklich über den schmalen Steg in das Bootsinne-
re, von einigen meiner Gastgeber verfolgt, die noch einen Absak-
ker mit dem Ausländer zu sich nehmen wollten. Unter starkem
Geschaukel verließen sie endlich das Boot mit lauten Gutenacht-
wünschen. Als ich mich ausziehen wollte, nahm ich im Halbdunkel einen Schatten mir gegenüber wahr: die junge Frau.

Überrascht fragte ich sie nach kurzer Überlegung, ob sie denn nicht müde sei und schlafen gehen wolle, und: doch, doch, aber ... druckste sie und sah mich mit in der Dämmerung glänzenden Augen an. Stille erfüllte den Raum, hing fast fühlbar über uns. Ich wußte nicht, was ich noch sagen sollte, außer daß ich sehr müde sei. Sie reagierte längere Zeit nicht, die Situation fing an, peinlich zu werden, bis sie dann endlich aufstand und mir eine gute Nacht wünschte. Eine Enttäuschung meinte ich unschwer herauszuhören, konnte aber eine eitle Wunschphantasie nicht mehr ausschließen. Das Boot schwankte verstärkt, als sie es verließ, um mich danach mit sanftem Schaukeln in traumlosen Schlaf zu wiegen.

Am frühen Morgen erwachte ich davon, daß das wohlige Rollen kurzzeitig in ein Stampfen überging. Der Verschlag wurde vorsichtig geöffnet und im hereinbrechenden Sonnenlicht erschien ihr Gesicht. Als sie sah, daß ich schon wach war, wünschte sie mir einen guten Morgen, erkundigte sich nach meiner Nacht und betrat die Kajüte vollends. Noch müde fragte ich sie nach der Uhrzeit, die sie mir nicht mitteilen könne, sagte sie bedauernd, da sie keine Uhr bei sich habe, aber es sei so wohl um sieben herum. Durch ihr Kommen überrascht vermutete ich, daß ich das Boot schon verlassen müsse, was sie hastig verneinte. Ich könne so lange bleiben wie es mir beliebe, sie wollte mich nur einfach wiedersehen. Damit setzte sie sich vorsichtig auf den Bettrand, nachdem sie sich meiner Position vergewissert hatte, und sah mich auffordernd fragend an. Sie müßte zwar um neun zur Arbeit, aber sie könnte ja anrufen und sich krank melden, meinte sie, wenn es mir recht wäre. Sie lächelte verschämt.

Ich wußte nicht gleich, was ich antworten, wie ich reagieren sollte. Nach ihrem Verhalten mußte ich davon ausgehen, daß sie für mich mehr empfand, als mir recht war. Ich war ihr ja dankbar für den gestrigen Abend, für die romantische Übernachtung, aber das wars auch schon. Mehr war da nicht, und ich überlegte mir eine entsprechende Antwort, als sie plötzlich äußerte, es sei doch ein schönes Wetter, ob ich nicht mit ihr spazieren gehen wollte.

Erleichtert durch ihr Soufflieren verwarf ich meinen Ausre-
deversuch und stimmte zu. So käme ich aus der Situation heraus, nackt unter der Decke mit ihr allein an einem abgeschlossenen Ort zu sein, ohne jegliche sexuelle Regung meinerseits.
Aber vielleicht tat ich ihr auch Unrecht und sie hatte gar nichts
in dieser Richtung im Sinn. Warum sollte sie nicht aus reiner
Sympathie handeln? Und wenn ich mir gegenüber ganz ehrlich
wäre, hätte ich prinzipiell nichts gegen ein sexuelles Abenteuer gehabt, wenn sie mich nur irgendwie reizen würde. Aber da
war nichts, und um diesbezüglich Komplikationen von vornherein auszuschließen, bat ich sie, sich umzudrehen, weil ich
mich anziehen wollte.

Sie zögerte etwas und ich legte eine Bitte in ihren Blick.
Aber als ich abwartete, stand sie dann auf, achselzuckend meiner Aufforderung nachkommend. Ich verbiß mir den Hinweis
auf die Unsinnigkeit einer rein mechanischen Sexualität ohne
jedes Gefühl oder gar bei völlig fehlender Attraktivität, zog
mich also schweigend an und war ihr behilflich beim Verlassen des Bootes.

Der Tag war voll ausgelastet mit Wanderungen, Mahlzeiten,
Spielen, unverbindlichen Unterhaltungen, der Abend sank unerwartet schnell über uns herein. Sie hatte sich krank gemeldet
und brachte mich diesmal allein zu dem Boot. Wir setzten uns
auf das Bett, rauchten noch ein paar Zigaretten und schwiegen
größtenteils. Ich merkte allerdings, daß sie etwas sagen wollte,
sie druckste ergebnislos herum und rang sich schließlich zu der
Frage durch, ob auch mir der heutige Tag gefallen hätte.

Ich bejahte und beteuerte, daß ich damit vollkommen ausgelastet sei, um weitere Eventualitäten oder Peinlichkeiten vor-
wegzunehmen. Mühsam schluckte sie, quälte sich hoch und
wünschte mir, erneut diesmal, eine ebenso schöne Nacht.

In freiem Fall blickte ich Halt suchend umher, gewahrte sie
vor mir, wie sie rief: liebe mich, dann fange ich dich auf, und
sie breitete ostentativ ihre Arme aus. In höchster Not stimmte
ich zu, und sanft umfing sie mich, doch dann merkte ich, daß
auch sie ihren Halt verlor, und wir beide eng umschlungen mit

rasender Geschwindigkeit einem unklaren Nichts entgegenstürzten, das sich behutsam dunkelnd als dichter Wald erwies, der mich, nunmehr allein, hermetisch umringte. Hungrig und angstvoll irrte ich ziellos umher, einen Weg zur Außenwelt zu finden, und plötzlich kam sie mir mit ausgestreckten Händen voller Brot und prallen Früchten lächelnd entgegen. Als ich gierig danach griff, wich sie zurück. Unter einer Bedingung, flüsterte sie aphrodisierend. Ich stöhnte auf.

Der Tag war noch jung, als sie mich wieder aufsuchte. Sie habe sich mehrere Tage krank gemeldet und hätte also nun viel Zeit für mich. Worauf ich denn jetzt Lust hätte? Ich schwankte zwischen Ablehnung und Mitleid und fürchtete, daß die Situation, wie ich sie mittlerweile sah, außer Kontrolle geraten könnte. Ein harter Schnitt erschien mir das Fairste, und so hielt ich es für angezeigt, ohne langes Palavern eine unmittelbare Notwendigkeit der Weiterreise zu behaupten, wenn diese auch offensichtlich wenig glaubhaft war. Schnell bedankte ich mich vielmals für ihr gastfreundliches Verhalten, gab an, eine schöne Zeit mit ihr gehabt zu haben und wünschte ihr alles Gute. Sie wandte sich nicht ab, als ich mich nach Ankündigung anzog, und ihre verbale Reaktion war tonlos. Sie fuhr mich immerhin noch schweigsam mit ihrem Auto an eine Ausfallstraße, und obwohl sie offensichtlich darauf wartete, verabschiedete ich mich von ihr ohne Umarmung oder Wangenkuss. Sie sah mich flehend an und fing an zu weinen, und als ich mich abwandte und mich anschickte fortzugehen, griff sie nach meiner Hand und bedeckte sie mit glühenden Küssen.

Doch also, aber ich konnte nicht anders, ich hätte es gar nicht soweit kommen lassen dürfen. Ich entriß ihr meine Hand, streichelte ihr über den Kopf, bedankte mich nochmal und entfernte mich ohne Rückblick. Großartige Gedanken unterdrückte ich, sie hätten nichts weiter gebracht.

Von den nächsten Fahrern wurde ich öfter gefragt, wie ich es denn alleine in der ausländischen Ferne aushalten könne, ob ich denn kein Heimweh hätte. Ihre Reaktion auf meine zurückhaltende Antwort, daß das Reiseerlebnis allein schon alles andere vernebensächliche, ließ auf Unverständnis schließen, wie aber hätten sie über meine hintergründige Motivation gedacht, die ich ihnen ja nicht unbedingt erläutern mußte. So entfernte ich mich bei unverbindlichem Wortwechsel und wacher Aufmerkamkeit zunehmend von Zuhause.

Bis er nach einem drop off auf einen anderen Anhalter stieß, der sich als Landsmann herausstellte und wie er kein definiertes Ziel hatte. Nach der wochenlangen Abstinenz der Muttersprache war es anfangs erfreulich und auch einfacher, sich dieser wieder zu bedienen, und nach erkenntlichem Austausch beschlossen sie, versuchsweise zusammen weiterzutrampen. Unter der stillschweigenden Voraussetzung der jederzeit möglichen Trennung.

Entsprechend ging es eine Weile gut. Sie kletterten mit ihrem Gepäck bei Regen in gebirgigen Landschaften, kauerten bei Wolkenbrüchen durchnäßt am Rande schmalster, verkehrsarmer einspuriger Straßen, sich sarkastisch Mut machend, aalten sich bei Sonnenschein wortlos an diversen Stränden, schwammen wanderten, tauschten auch generell Ansichten neben ansatzweisen Tiefgesprächen, kurz: erlebten eine angenehme Gemeinsamkeit. Umso überraschender kam eines Tages der Entschluß des Landsmannes, wieder seine eigenen Wege gehen zu wollen.

So ganz überraschend kam diese Äußerung dann auch wieder nicht, es war wohl mehr der Zeitpunkt. Es hatten sich im Laufe der gemeinsamen Fahrt doch einige Gegensätzlichkeiten oder Mißhelligkeiten angesammelt, vereinzelt tolerierbar, in ihrer Zunahme doch zu sich anbahnender Entfremdung führend. Auch ich hatte schon länger mit dem Gedanken an eine Trennung gespielt, und so kam mir sein Wunsch im Grunde entgegen. Wir lagen im Grase nahe den Klippen des wogend rauschenden Meeres wenig Meter vor uns im Wechsellicht des bewölkten Himmels, ideale Kulisse für das allfällige Trennungsgespräch. Sein Entschluß war also dem meinigen lediglich vorrangig, ich erinnerte feixend an unsere eingängliche Abmachung, gestand, auch schon daran gedacht zu haben, wollte aber doch gerne seinen Beweggrund erfahren, auch zum möglichen Eigennutz.

Ich sei ihm letztlich unheimlich, meinte er nach einer Weile abwägender Überlegung, er vermisse unter anderem meine Fähigkeit mich zu freuen, soweit er aus meinem diebezüglichen Verhalten ersehen könne. Gut, das zeige sich schon an Kleinigkeiten wie der ersten Zigarette nach einem leckeren Frühstück, nur knapp überstandenen Unannehmlichkeiten, einer erholsamen Jugendherbergsnacht oder dergleichen. Sicherlich Grund zu meiner Zufriedenheit, aber Freude? Heiteres, unbändiges Lachen bei gegebenem Anlaß? Freilich hätte ich zuweilen gelacht, aber es hätte ihn eher erschreckt als animiert. Er sprach von kindlich unschuldiger Freude als Äußerung eines beglückten Gemüts ohne Hintergedanken.

„Verstehst du, was ich sagen will?"

Unheimlich? Ja dann auch mir selbst. Das hatte ich wirklich nicht erwartet. Sollte ich mich nicht freuen können? Was war das mit meiner Musik? War das im Grunde gar keine Freude sondern einfach nur harmonisch ausgefüllte Denkpause? Hatte ich denn nicht schon zu zweifeln begonnen? War dies etwa Folge und Ausdruck meiner langen diesbezüglichen Enthaltsamkeit? Hatte er mit seiner Behauptung Pandoras Büchse wieder geöffnet? War es vorbei mit der neugierigen Leichtigkeit? Ich fragte mich, ob er rechthaben könnte, und in der Freiheit des Gesprächs nach weiteren Vorhaltungen.

Ich sei ein Egoist.

Ob er keiner sei, rückfragte ich, ist adaequater Egoismus nicht überlebensnotwendiger Selbstschutz? Er schwieg daraufhin.

Das wars also dann, er hatte mir immerhin zu denken gegeben, unsere Partnerschaft war beendet. Wir verbrachten den folgenden Nachmittag und Abend noch ungezwungen zusammen, wenn auch vorwiegend schweigsam, gab es doch nichts wesentliches mehr zu sagen, beobachteten den Untergang der Sonne, die tausendfach aus dem Meer zu brüllen schien, zu laut in der damaligen Empfindung.

Nach einer weiteren Nacht in einer Jugendherberge verabschiedeten wir uns leichthin ohne Vorwürfe wie zu einem Intermezzo bis zum Wiedersehen, das allerdings mit Sicherheit nicht zustandekommen würde. Es war doch ganz schön, redete ich mir ein, atmete aber dennoch erstaunt erleichtert auf. Er war mir gütlich zuvorgekommen.

Aus den Augen, aus dem Sinn, und weiter ging es, wie ihm schien, in raumgreifendem Fortschritt. Das Neuerleben hatte seine prinzipielle Erstmaligkeit eingebüßt, zuweilen flackerte ein dejavuè kurzfristig auf und erinnerte sachte an seine fahrteinleitenden Zweifel. Es waren zunächst nur Momente, die unter strahlend blauem Firmament am Meer, im warmen Fahrtwind oder bei Besichtigungen jeglicher Art von Sehenswürdigkeiten rasch verflogen. Aber besonders in den kühleren Nächten im Freien, unter Brücken, in Ruinen oder Neubauten stellten sich diverse Fragen während wechselnder Schlaf-Wachperioden mit zunehmender Dringlichkeit. Doch nach mancher durchfrorenen Nacht und einem kargen Frühstück aus trockener Brotrinde und ein paar Schlucken Wasser, was er mittlerweile nicht mehr als abenteuerlich empfand, belebte ihn die wärmende Sonne wieder zu ausschließendem Vorwärtsdrang. In den unterschiedlichen Wartezeiten am Straßenrand spielte er mit den sich ändernden Schattenlängen, nach denen er die Dauer zwischen den Mitfahrgelegenheiten bemaß. Auch aber die Fahrtrichtung, die nach seinem Herkunftsland zielte, das jedoch schätzungsweise noch in weiter Ferne lag und keinen unmittelbaren Drang auf ihn ausübte. Die anfängliche Änderungsunruhe war einer mehrheitlich interessierten Beschaulichkeit gewichen, der Umgang mit den verschiedenen Fahrern zur Routine geworden, aus den gewöhnlichen Gesprächsthemen stachen nur wenige durch Andersartigkeit heraus.

So auch einmal die lauernde Frage nach einer weiblichen Begleitung, dazu noch bei der mittlerweile doch schon langen Zeit des Alleinseins, mit der abschätzenden Bemerkung über sein gutes Aussehen.

Der Hintergrund dieser Frage war unschwer zu erraten, und ich versuchte mich zunächst in Ablenkung auf Landeserkundungsinteresse. Doch schnell erfolgte die unbeirrte Nachfrage bezüglich möglicher Ab- oder Zuneigung dem anderen Geschlecht gegenüber. Beschwichtigend wiederholte ich meine vorherige Aussage, ließ mich auf dieses Thema überhaupt nur weiter ein, weil ich dadurch die Weiterfahrt sichern wollte, obwohl die Situation in ein unangenehmes Fahrwasser zu führen drohte. Und prompt auch die gezielte, unumwundene Frage nach meiner sexuellen Ausrichtung. Auf meine ebenso unumwundene Klarstellung kam sofort die Gegenfrage: Warum? Der Fahrer betonte seine angebliche Indifferenz und bewilligte jedem Menschen das Recht, seiner sexuellen Identität zu entsprechen. Den Hinweis auf die Natürlichkeit zweier Geschlechter parierte er mit der Frage: wirklich nur zwei Geschlechter? Sei nicht jedes Individuum ein Geschlecht für sich? Und sei es diesem nicht zwingend zugeordnet?

Diese seine Meinung habe sicherlich einiges für sich, wobei ich allerdings meine sexuelle Ausrichtung nochmal als die geläufige, standardmäßige, ganz banale bezeichnete, mich für das anregende Gespräch, die Mitnahme und seine Einladung, diese aber ablehnend bedankte, als wir an seinem Zielort anlangten, und er mich unbehelligt absetzte, glücklicherweise ohne daß er übergriffig geworden war. Zum Abschied zuckte er bedauernd die Achseln und richtete seine Handflächen kopfwärts. Seine Mimik sprach Bände.

Im weiteren kümmerte er sich dann doch vermehrt um Jugendherbergen, weil ihn die Draußennächte nicht so richtig erquickten. Aber infolge der fortgeschrittenen Jahreszeit waren die nächst erreichbaren vollständig ausgebucht und erteilte Weiterempfehlungen zeitigten gleiche Ergebnisse. Unbestimmt wanderte er die einsame Straße entlang, in den Abend hinein. Die Lichter hinter ihm verblassten, die wenigen Autos fuhren achtlos an ihm vorbei, er wurde müde. In der sich vertiefenden Dämmerung machte er endlich eine wenig abseits gelegene Hütte auf einer leichten Erhöhung aus, fensterlos, mit schräg in ihren Angeln hängender Türe. Das verbliebene Tageslicht reichte gerade noch dazu aus, daß er sich einen Überblick verschaffen konnte: es handelte sich wahrscheinlich um einen Vorratsraum, an dessen einer Seite sich ein bankähnlicher Vorschub befand.

Vorsichtig tastete er sich dorthin, als eines der Fußbodenbretter kippte und er bis zum Knie durchbrach. Die Schürfwunde kümmerte ihn nicht sonderlich, aber seine Aufmerksamkeit wurde dadurch noch weiter geschärft. So gelangte er ohne weitere Hindernisse zu dem Vorsprung, der zwar schmal, aber doch ausreichend für ein Nachtlager war. Das lose Brett sah er als Sicherung an. Er hatte inzwischen diesbezüglich doch eine gewisse Routine entwickelt, und so fiel es ihm nicht schwer, für ein paar Stunden in oberflächlichen Schlaf zu fallen bei gewärtiger Alarmbereitschaft.

Ich erwachte mit der Morgendämmerung nach ungestörter Dunkelheit und trat unter Beachtung des losen Brettes ins Freie. Verschlafen, lustlos erkundete ich jetzt meine Schlafstatt, die sich tatsächlich als Futtervorratskammer herausstellte mit allen Zeichen des Verfalls, aber immerhin hatte sie als trockener und windgeschützter Übernachtungsort ihre Dienste geleistet. Bei dem dann folgenden Blick in die unmittelbare Umgebung und ausschweifend in die Ferne erwachte ich erschrocken einem sich anbahnenden Farborchester: hüllendes Blau löste sich aus aus dem dunklen Horizont, weitete sich rosig über ihn, samtener Hintergrund für den aufsteigenden Feuerball, der sich funkelnd aus der schwarzen Wolkentiefe konkretisierte. Das erregte Stampfen der Rösser des Helios vor dem Start sich vorzustellen fiel nicht schwer. Langsam glitt ich an der Außenwand meines Schlaflagers hinab und starrte ungläubig vor mich hin, bis die Strahlkraft der Sonne mich zwang, die Augen zu verschließen. Während dieser Frist hatte ich Müdigkeit, Hunger, Alleinsein, meine Zweifelneigung vergessen, ich saß in der zunehmenden Wärme und empfand mein reflektierendes Sein.

Schließlich öffnete er die Augen wieder indem er sich abwandte, wischte sich Gesicht und Hände mit der Grasfeuchte der Nacht, rappelte sich hoch, ging zurück in den Raum hinter ihm, nahm seinen Rucksack und machte sich auf den Weg in unbestimmte Richtung. Der Morgen aber war nicht neu, die Erde war nur im Begriff, ihre Oberfläche einen Drehmoment weiter der Sonne zuzuwenden wie seit Jahrmilliarden schätzungsweise.

Der Weg führte ihn per Fahrgelegenheit durch Landschaften, Städte, Kirchen als Baudenkmäler, steinerne Ruhe, menschliche Hast. Zwischendurch setzte er sich auf seinen Rucksack am Straßenrand, schloß die Augen und hinterfragte sein Tun, obwohl er eigentlich versuchte, jede Frage zu vermeiden, das anfängliche Flimmern, das Schrillen, selbst das tonlose Dämmern. Er saß dann gleichsam da wie eine leere Hülle seiner Selbst, unfähig einer gerichteten Handlung.

Ich schreckte auf, als ein Mann auf mich zukam, nachdem er sein Fahrzeug quietschend gebremst und nachfolgend kurz gehupt hatte. Ob mit mir alles in Ordnung sei, so allein auf meinem Rucksack hockend. Zum Trampen, belehrte er mich, müsse ich mich schon so an die Straße stellen, daß ich gesehen werde, und durch Winken könne ich noch besser auf mich aufmerksam machen. Wohin ich denn wolle? Er könne mich mitnehmen in die Hauptstadt. Gerne stieg ich ein, im Trubel der Millionenstadt müßte es mir eigentlich besser gehen, die Chancen der Ablenkung waren hoch. Und jetzt war ich regelrecht froh darüber, daß der jugendliche Fahrer gesprächig war, weil er so meinen Gedanken eine Fremdrichtung vorschrieb. Auch er hätte getrampt, kenne also die dabei auftretenden Probleme, woher ich denn käme, wie lange schon, wohin, Beruf, dergleichen mehr. Ob ich denn heute schon etwas gegessen hätte endlich. Nein? dann hätte er eine gute Idee. Unter gelöstem Geplauder kamen wir in Vorstädte, und er parkte schließlich vor einem vornehmen Hotel. Ich traute seinen Absichten nicht so ganz, als er mich aufforderte, mit ihm zu kommen. Er habe auch Hunger und er würde mich zu einem gemeinsamen Essen einladen. Skeptisch wies ich ihn auf mein Äußeres hin, mit dem ich wirklich keinen Staat machen konnte, aber er winkte ab, das sei schon ok, spiele absolut keine Rolle. Und tatsächlich erregte mein Äußeres anscheinend keinerlei negative Aufmerksamkeit. Er bestellte ein leckeres mehrgängiges Menü und eine Flasche Wein und palaverte unverfänglich vor sich hin, ohne Anzeichen für irgendwelche Folgerungen, die ich insgeheim in Betracht gezogen hatte. Aber nichts dergleichen. Nach Beendigung des Mahles wünschte er mir einen interessanten Aufenthalt und drückte sein Vergnügen aus, mir etwas Gutes getan zu haben. Der Portier hielt uns eilfertig die Eingangstüre auf, als wir das Hotel verließen, der junge Mann winkte mir zu, hielt den Daumen nach Caesarenart glücklicherweise nach oben und fuhr davon.

Da war er nun, fremd, orientierungslos, aber immerhin wieder eimal angenehm gesättigt, und entsprechend überwog die Neugier seine Depression. Er stürzte sich in das U-Bahngewimmel Richtung Zentrum, zwängte sich an der Zentralparkstation heraus und schlenderte dort umher, Gegend und Anschlußmöglichkeiten erkundend. Dabei passierte er eine Freiluftgalerie, deren unterschiedliche Farb- oder Formkombinationen von abstrakt über gegenständlich bis stilfrei von interessierten Parkbesuchern zum Teil heftig gestikulierend beurteilt wurden. An provisorisch errichteten Tribünen schwangen Volksredner hochtrabende Palaver, deren Verständlichkeit wie auch der Inhalt schwer zu verfolgen waren. Rasch wandte er folglich seine Aufmerksamkeit den Besuchern zu, die in unterschiedlichen Gruppierungen die weitläufigen Rasenflächen besiedelten, grillten, plauderten, spielten, lasen, in Jeans, Badezeug oder auch in konventioneller Kleidung. Und erspähte bald eine Einzelperson, die sich lesend in der Sonne aalte.

Er ließ sich mit seinem Gepäck in ihrer Nähe nieder, breitete seinen Mantel zur Unterlage und legte sich so, daß er sie beobachten konnte. Als sie innerhalb einer gewissen Spanne allein blieb, näherte er sich ihr und fragte sie nach der Uhrzeit. Gute Frage, merkte sie auf, weil sie daran erinnere, daß ihr Freund eigentlich bald kommen wollte. Und ja, er müßte, nach einem Blick auf ihre Uhr und der Zeitangabe, eigentlich schon dasein. Im übrigen fessele ihre Lektüre sie so sehr, daß er wohl verstehen müßte, daß sie an einem weiteren Gespräch nicht interessiert sei.

Das war deutlich genug, und außerdem zeigte sich bei näherer Betrachtung, daß sie nicht unbedingt ein weiteres Bemühen rechtfertigte. Er bedankte sich, begab sich zu seinem Lager zurück nahm Mantel und Gepäck auf und streunte weiter, wenig enttäuscht von seinem ersten Mißerfolg. Der Nachmittag war noch jung, die möglichen Gelegenheiten erschienen zahlreich.

So dachte er, sah keine Notwendigkeit eines baldigen Erfolges, lagerte sich wieder auf seinen Mantel, unabhängig von der Nähe weiblicher Nachbarn, nachdem er in kürze nicht fand, was er sich vorstellte und fiel unversehens in unruhigen Schlummer.

Als er daraus erwachte, war es mittlerweile dämmerig geworden. Der Park hatte sich größerenteils geleert und er stand unschlüssig schon fast allein in der restlichen allgemeinen Aufbruchsbewegung. Nachdem ihm klar war, daß sich an diesem Tag eine Bekanntschaft nicht mehr ergeben würde, packte er Rucksack und Mantel und verlor sich in das Großstadtstraßengewirr ohne Stadtplan und vorgegebenes Ziel. Der nun rasch einsinkende Abend tauchte die grauen Häuserfronten in unterschiedliche Lichterfarben. Er lief sich müde, und als er ein Restaurant passierte, meldete sich sein Magen, und er betrat es, zu essen, sich etwas auszuruhen und sich schlafbereit zu trinken ohne an eine Übernachtungsmöglichkeit zu denken.

Er suchte sich einen kleinen Wandtisch aus, in der Absicht, zunächst einmal allein zu bleiben, bei großer Wahrscheinlichkeit, daß sich bei der spärlichen Gästezahl kaum jemand zu ihm gesellen würde, dann bestellte er ohne lange Auswahl etwas zu essen und ein Glas Bier. Der Abend verzog sich, der Alkohol, der Stadtlauf und das Sättigungsgefühl bewirkten eine zunehmende Schläfrigkeit. Gegen Mitternacht trat jemand in seinen Dämmer, und er suchte nach seiner Geldbörse, um zu bezahlen. Aufblickend gewahrte er aber ein junges Paar, das sich nach freien Plätzen an seinem Tischchen erkundigte, obwohl solche auch anderweitig zur Verfügung gestanden hätten. Halb im Traum wies er mit einer unwilligen Armbewegung auf die leeren Stühle neben sich, keine große Störung erwartend, das Pärchen würde sich sicher selbst genügen. Daß es gezielt an ihn herangetreten war bei reichlich anderen freien Sitzplätzen, fiel ihm in seiner gegenwärtigen Verfassung nicht weiter auf.

Kaum aber hatten sie sich zu ihm gesetzt, zogen sie ihn schon vor ihrer Bestellung noch ins Gespräch, sichtlich um nähere Bekanntschaft bemüht, nachdem ihnen der Ausländer sofort aufgefallen war, wie sie im weiteren Gesprächsverlauf unumwunden zugaben. Der Mann war für ihn hinzunehmende Begleitung, die junge Frau hatte auf den ersten Blick seine Sympathie gewonnen, ihre Jugend äußerte sich nicht nur im Aussehen, sondern recht erst im Wesen, ihrer Sprache, ihrer Gestik. Er begrüßte es jetzt, daß sie ihn angesprochen hatten und ohne Zweifel auch Interesse an ihm zeigten, wobei er allerdings sich ganz auf sie konzentrierte und ihn, einen Studenten, nur am Rande einbezog.

Mir kam diese meine Einseitigkeit gar nicht weiter in den Sinn, ihre Leichtigkeit, ja ihre Grazie fesselten mich so sehr, daß ich ihre Fragen oft nur nebenbei nach Wiederholung beantwortete, sie selbstvergessen anstarrte, was sie mit leichtem, im Dämmerlicht eben wahrnehmbaren Erröten quittierte, auf aktivere Gesprächsbeteiligung meinerseits drängte, öfter ihren Blick abwandte und verschämt lächelte. Mit ihrer Anwesenheit hatte sie eine wohlige Wärme in mir erwirkt, meine Gedanken ausschließend in Beschlag genommen, ich war einfach fasziniert von ihr, wenn nicht gar verliebt.

Sie hatten inzwischen ihren Spätimbiß beendet, und da auch ihre Getränke zur Neige gingen, zeigten sie Anzeichen des Aufbruchs, doch fragte sie noch, wo ich denn schlafen würde. Auf mein zweifelndes Schulterzucken hin brach sie in ein herzliches Lachen aus und begeisterte sich an der Vorstellung einer ungewissen Schlafstätte. Das sei ja richtig abenteuerlich, jauchzte sie, wurde aber dann ernst, als ich beteuerte, daß es nur anfänglich abenteuerlich sei, auf Dauer aber doch eher unbequem und kühl. Ein Dach über dem Kopf und vielleicht sogar ein warmes Bett wären dem schon vorzuziehen, berechnend, ich wußte nicht so recht woraufhin.

Die beiden sahen sich kurz an, und als er aufstand und wortlos an die Theke ging, brach meine heimliche Hoffnung in sich zusammen. Er würde zahlen, sie würden ihr Vergnügen ausdrükken, mich getroffen zu haben, mir alles Gute und viel Tramperglück wünschen und sich nach Hause begeben in ihr warmes Bett, womöglich sogar zusammen. Ganz unberechtigt empfand ich so etwas wie Eifersucht, die in der Aussicht auf eine weitere kalte Draußennacht an Intensität gewann. Mein Verliebtsein drohte in Enttäuschung umzuschlagen.

Zurückkehrend hatte er ein paar Flaschen Bier unter dem Arm und winkte mit dem Kopf in Richtung Eingangstür. Er erklärte, daß die Zeche bezahlt und ich eingeladen sei zu einem Absacker, wenn ich wolle. Sie war auch aufgestanden und streckte ihren rechten Arm auffordernd nach mir aus. Ich glaubte es nicht, saß sprachlos und wie betäubt, obwohl ich doch so etwas insgeheim erhofft hatte, wartete etwas ab, um ihnen Zeit zu geben, ihren Entschluß zu revidieren. Als er lachend nochmal mit seinem Kopf winkte, stimmte ich dankbar erleichtert zu, griff mein Gepäck und folgte ihnen willig ein paar Straßenzüge bis zu dem Hochhaus in dessen einem oberen Stockwerk sie wohnten.

„Du kennst ja mein Zimmer" sie wandte sich von ihrem Begleiter zu mir „aber dich muß ich bitten, dich nicht an dem Durcheinander zu stören. Studentenbude halt".

Ich winkte glücklich ab, froh darüber, wenigstens noch ein paar Stunden in ihrer Gegenwart verbringen zu können. Sie bat uns, im Flur kurz zu warten, bis sie ihr Zimmer einigermaßen besuchsfertig gemacht hätte. In der Zwischenzeit befragte mich der Student über Dinge, die ich auch schon früher diversen Fahrern öfter schildern mußte, sodaß ich durch Wiederholung, Tageszeit, genossenen Alkohol und nicht zuletzt den jetzigen Gesprächspartner ermüdet, dies vorschützend nur wesentliche Punkte herausgriff und erlöst dem einladenden Knicks der Gastgeberin folgte. Als sie dann mitbekam, worüber wir gesprochen hatten, schaltete sie sich eifrig ein und entließ mich dadurch in den verbalen Hintergrund, mir so ermöglichend, größtenteils schweigend ihren Ausführungen zu folgen, sie dabei beobachtend. Und das gerade paßte optimal in meine augenblickliche Situation: die Themen waren mir gleichgültig fremd, während sie sich echauffierte in lebhaft bezaubernder Argumentation, lässig auf das Sofa gelagert, die hübschen Beine geschlossen angewinkelt, mit den Armen ihre Aussagen gewichtend unterstreichend, die vollen langen Haare im Eifer immer wieder mit energischer

Geste aus ihrem hübschen Gesicht strich. Meine Betrachtung wurde erst durch den heraufziehenden Morgen und durch entsprechende Müdigkeit gestört, die Flaschen waren geleert, die Luft rauchgeschwängert, das Gespräch fing an zu lahmen. Unter Hinweis auf die fortgeschrittene Zeit bedankte ich mich und beteuerte, nicht länger stören zu wollen mit dem Hintergedanken, eine Schlafstelle vermittelt zu bekommen. Wie auch immer. Am liebsten wäre ich natürlich bei ihr geblieben, auf jeden Fall aber mußte ich sie wiedersehen. Kurzfristig meldeten sich Zweifel an, die zu berechtigt erschienen, um beiseite geschoben werden zu können: das leidige Geld. Wie lange würde das noch reichen? Wie viel Zeit konnte ich noch mit ihr verbringen, stillschweigend vorausgesetzt, daß auch sie noch weiter an mir interessiert war. Wie sollte es also weitergehen? Aber pauschalierend verwarf ich diese Gedanken und kehrte zum gegenwärtigen Problem zurück.

Eine Störung meinerseits wurde verneint und nach kurzem Wortwechsel bot der Student mir eine Übernachtung bei sich an, sein Kommilitone sei eben verreist und hätte sicher nichts dagegen einzuwenden. Anders wäre es mir freilich lieber gewesen, aber diese Frage stellte sich jetzt bei gegebener Dringlichkeit nicht mehr.

Beim Abschied fragte ich sie, ob ich sie morgen wiedersehen dürfe, ja bedrängte sie geradezu, als sie zögerte. Zweifel oder Raffinesse? Dann gab sie mir ihre Telefonnummer mit der Bitte, sie frühestens am Nachmittag anzurufen, weil sie ausschlafen wolle und außerdem etwas zu erledigen habe. Ungeduldig versprach ich es ihr. Das Abblendlichtdurchstoßene Morgengrau vor dem Taxi schmiegte sich seitlich an und vereinigte sich rückblickend hinter ihm. Die Straßen, die wir durchfuhren, waren um diese Zeit weitgehend verlassen, die Laternen blinzelten noch schwach, die Ampeln strahlten farbwechselnd mechanisch regulativ, ein paar düstere Gestalten lungerten die Gehwege entlang, schauten uns aufgestört nach, andere dösten in Sitzstellung an einer Hauswand vor sich hin, teilnahmslos vollgedröhnt vielleicht, was mich in meinem übernächtigten und alkoholisierten Zustand nicht weiter beschäftigte. Nach der Ankunft am Zielort wies der Student mir noch den Raum, in dem ich schlafen sollte, fragte mich, ob ich soweit ok sei und wünschte mir eine gute Nacht. Ohne mich um die Örtlichkeit weiter zu kümmern fiel ich unvermittelt in traumlosen Schlaf.

Am wolkentrüben Morgen wachte ich von lautem Klopfen auf, und auf mein herein erschien der Kopf meines Gastgebers im Türspalt. Es täte ihm leid mich wecken zu müssen, aber sein Kommilitone sei früher als erwartet zurückgekehrt und erhebe Anspruch auf sein Zimmer, aber es sei ja ohnehin höchste Frühstückszeit. Ich schälte mich aus der Decke, wusch mir Gesicht und Hände in der Toilette und setzte mich zu ihm an den gedeckten Küchentisch. Bei der gemeinsamen Mahlzeit erzählte er von der Stadt, über seinen Mitbewohner, der manchmal so seine Eigentümlichkeiten habe, sich selbst und von seiner gestrigen Begleitung, was mich natürlich am meisten interessierte. Seine gelegentlichen Zwischenfragen beantwortete ich ganz nebenbei, um das Gespräch aufrecht zu erhalten, während ich dem Essen tüchtig zusprach.

Das den beiden gemeinsame Wohnzimmer, das wir danach betraten, erstaunte mich. Der Raum war für Studenten geschmackvoll eingerichtet, mit gediegenen Möbeln, die Wände behangen mit umrahmten Abstrakten. In der Mitte der Wand gegenüber der Türe stand eine Musiktruhe, die eben eine Toccata spielte, auf dem Sofa in schrägem Abstand saß ein junger Mann, scheinbar in die Musik versunken, sodaß ich seine verhaltene Reaktion auf meine Begrüßung durchaus verstand. Ich zeigte fragend auf den Platz neben ihm und setzte mich dann schweigend, als er andeutungsweise nickte. Nach Beendigung des Musikstückes brach ich das Schweigen ungefragt und erkundigte mich vielleicht etwas vorlaut nach den Künstlern, die diese Bilder gemalt hatten, um die frostige Atmosphäre aufzubrechen. Ja, das sei er selbst gewesen, und dabei lockerte sich seine Zurückhaltung sichtlich, allerdings sollten das gar keine figurativen Bilder sein, sondern nur Farbstrukturen, um die nackten Wände zu beleben. Denn als Studenten könnten sie, er blickte auf seinen

Mitbewohner, sich teure Gemälde nicht leisten. Damit versank er wieder in Schweigen, eine weitere Konversation abwürgend.

Die zunehmend bedrückende folgende Pause versuchte ich nach einer Weile zu überbrücken, als sie unerträglich wurde, weil er keinerlei Anstalt dazu machte. Er hatte seine Beine übereinander geschlagen, lehnte sich ostentativ entspannt zurück und rauchte Kette. Er vermittelte so eine ausschließende Einsiedleratmosphäre, die die Luft zum Atmen verdichtete. Entsprechend nachhaltig inhalierte ich, drückte meine Wertschätzung seiner Farbstrukturen aus, bezeichnete sein Kreationen als originell, mutmaßte ein Kunstverständnis seinerseits und geriet mit meinem Redefluß schließlich in Verlegenheit, nachdem ich keine Reaktion bewirkte. Und reizte mich doch ein kulturrelevantes Ansinnen. Voreilig griff ich die Toccata auf und suchte ihm allgemein über die Musik beizukommen, doch schrak ich sogleich selbstübertölpelt zurück. Hatte ich mir die Musik nicht zu meinem ureigensten Erlebnis erkoren? Sollte ich mich ihm, einem hochnäsigen Fremden gegenüber vorbehaltlos öffnen, der sich offensichtlich abweisend verhielt und keinerlei Verständnis für mein diesbezügliches Empfinden erwarten ließ, wo ich doch sogar meinem Freund gegenüber in dieser Hinsicht in letzter Zeit Zurückhaltung übte. Und plötzlich sehnte ich mich nach meiner Musik, tauchte sie auf aus der Erinnerung, dem aktuellen Erlebensvergessen. Aber ebenso rasch negierte ich Ort, Zeit und Umstände und warf mir Unüberlegtheit vor, nur weil ich diesen eigenwilligen Mitbewohner aus seiner Reserve locken wollte, mein eigentlicher Gastgeber hatte mich ja informiert, war allerdings zwischenzeitlich unbemerkt verschwunden. Verwirrt hielt ich inne.

„Finden Sie?" bemühte er sich endlich herablassend aus seiner Zurückhaltung, nachdem er den Rauch seiner Zigarette hörbar ausgetoßen hatte. In meiner gegenwärtigen Situation stockte ich bei der Suche nach einer vermittelnden Antwort. Und so saßen wir nebeneinander, mit gefühlt großem Abstand, wobei er mich jetzt mit einem fast inquisitorischem Blick musterte, wie mir schien, aber vielleicht war es nur meine Unsicherheit, die auch er empfand, schließlich hatte ich ja die Nacht ohne seine Zustimmung auf seinem Bett verbracht. Nach einer weiteren Pause fragte er unvermittelt nach meinem Verhältnis zur Musik, ganz allgemein und im besonderen. Und das war genau das, was ich unter allen Umständen vermeiden wollte. Er würde mit Sicherheit mein Musikerleben nicht nachvollziehen können, überdies wäre er eine absolut unerwünschte Gesellschaft und warum sollte ich mich diesbezüglich preisgeben. Als er dann überraschend aufstand, zur Musiktruhe ging und wählerisch über seine Plattensammlung strich, kam die Erinnerung an die ähnliche Situation vor langer Zeit mit meinem Freund, nur daß dies doch etwas anders war, und ich erwachte aus meinem Halbtraum und bat nachdrücklich darum, von einer neuen Abspielung abzusehen. Immerhin ließ er von seiner Plattensuche achselzuckend ab, strich nochmal gleichsam liebevoll besitzerstolz darüber hinweg, schlenderte lässig zurück zum Sofa. Seine unerwartete Verachtung zeigte sich jetzt offen.

Was mich doch irgendwie traf, weil ich seine Ablehnung seit der ersten Begegnung verspürt hatte. Aber es mußte dafür gar keinen besonderen Grund geben, wie Liebe gab es auch Abneigung auf den ersten Blick. Wir hätten uns vielleicht über die Musik verständigen können, aber da war eben mein besonderes Verhältnis, und das schloß eine Verständigung aus. Diese war eigentlich auch nicht unbedingt nötig, mit ihm persönlich hatte ich überhaupt nichts zu tun. Der Zufall, seine früher als geplante Rückkehr hatte uns zusammengeführt, keiner von uns beiden hatte dies vorgesehen oder gewünscht. Und so saßen wir nebeneinander, seine Mimik drückte inzwischen Langeweile aus, während er seine Fingernägel intensiv betrachtete. Ich fühlte mich meiner Anwesenheit beraubt und fragte mich, wohin mein eigentlicher Gastgeber verschwunden war. Die Situation wurde schnell unhaltbar, und ich wartete ungeduldig auf ihn, um zu erfahren, wie es weitergehen sollte. Ständiges weitergehen, aber das war wohl Lebensprinzip, Zeitfolge. Das Öffnen meines Hemdkragens hatte keine weitere Wirkung, wir blieben allein, er widmete sich nach wie vor seinen Fingernägeln, ich ließ meinen Blick im mittlerweile bekannten Zimmer herumkreisen, mich über seine Hartnäckigkeit wundernd, über seine maßlose Zeitverschwendung, deren Ursache doch wahrscheinlich ich war. Die Luft schien dichter zu werden, ich fing an zu schwitzen und sogar zu würgen, weshalb ich dann endlich aufstand. Ich hätte ihn schon viel zu lange aufgehalten, bedanke mich für die Übernachtung und richte Grüße an seinen Zimmernachbarn. Er sah flüchtig auf, nickte gleichgültig und kümmerte sich nicht weiter, als ich meinen Rucksack aus seinem Zimmer holte und Wohnung und Haus verließ.

Glücklicherweise hatte er inzwischen einen Stadtplan, sonst hätte er sich nicht orientieren können, vorerst aber schlenderte er aufs Geratewohl durch die Straßen, ohne bestimmtes Ziel. Es ging ja nur darum, die Zeit bis zum Anruf bei der gestrigen jungen Frau zu verbringen. Er sollte ja erst am Nachmittag anrufen, und jetzt war es erst später Vormittag. Tatsächlich bewegte er sich träumend fort mit Gedanken an sie, versuchte, sich ihr Gesicht, ihren schlanken, wohlgeformten Körper, ihre Stimme, ihr lebhaftes Wesen wachzurufen. Es wollte nicht vorangehen, zeitfüllend erdachte er allerlei Eventualitäten. Sollte sie wirklich Interesse an einem Wiedersehen haben? Aber sie hatte ihm ja ihre Telefonnummer gegeben. Und wenn das gar nicht die ihre war? Wenn sie ihm irgendeine überlassen hätte, um seinem Drängen zu begegnen? Er hatte große Lust die Richtigkeit der Nummer gleich zu erproben, aber sie hatte ihn doch gebeten, mit dem Anruf bis zum Nachmittag zu warten, ein Umstand, der dafür sprach, daß er ihre richtige Nummer hatte, denn sonst hätte sie sich zeitlich nicht festgelegt. Seltsam nur ihr Begleiter: lud ihn zur Übernachtung ein, verköstigte ihn und ließ ihn dann unversehens mit diesem Sonderling zurück. Jedenfalls also kein Anruf jetzt, sie wollte ja ausschlafen und dann noch etwas erledigen. Er würde sie also entweder wecken oder sie nicht erreichen, weil sie unterwegs war oder was auch wieder darauf hinweisen könnte, daß ich nicht die richtige Nummer hatte. Geduld also, und was ihren Begleiter anging, war dessen Verhalten schon merkwürdig, letztlich ihm aber egal, doch dann wieder auch nicht, denn möglicherweise war dieser ihm sogar im Wege.

Andererseits könnte er zu ihm zurückgehen, die Adresse seiner gestrigen Begleiterin erfragen, die er zu seiner Verblüffung gar nicht kannte, er könnte sich dann für sein anscheinend unhöfliches Benehmen entschuldigen, in dem er es erklärte, er würde dadurch Zeit gutmachen, er würde, wenn er wüßte wohin. Auch nach dieser Adresse hatte er versäumt sich zu erkundigen und war indessen achtlos umhergewandert, sodaß er nicht mehr dorthin finden würde. Aber das war alles gar kein Problem, wenn nur ihre Nummer stimmte.

Das Wetter war herrlich, der junge Sommer zeigte sich von seiner besten Seite. Es erschien ihm unsinnig, in Benzingestank und Großstadtverkehrslärm ziellos herumzulaufen, nur um die Zeit bis zum Anruf auszufüllen, sodaß er sich in einem der vielen Parks in die Sonne legte, als er mehr oder weniger zufällig an einem vorbeikam, weil die Zeit im Schlaf ihre Dauer verlor.

Als ich erwachte, stand die Sonne schräg am Himmel und hatte ihre Strahlenintensität schon deutlich vermindert. Erschrocken sprang ich auf, sammelte mich und eilte zur nächsten Telefonzelle.

Ich meinte ihre Stimme tatsächlich eindeutig wiederzuerkennen, wenn sie auch sehr leise war. Ich bat sie, lauter zu sprechen, doch sie riet mir nur, einen bestimmten Hebel umzulegen, wonach sie klar und deutlich zu vernehmen war, nachdem ich ihn gefunden hatte.

„Weißt du was?" sagte sie und ich glaubte, meinen Ohren nicht trauen zu dürfen, „komm doch einfach zu mir. Persönlich läßt sich leichter kommunizieren als per Telefon, natürlich nur, wenn es dir paßt."

„Und ob es mir paßt!" meine Stimme überschlug sich fast, „nur wüßte ich ganz gerne wohin."

Sie sprach von U-Bahn, Tunnelausgang, Straßenkreuzung, Rechtsabbiegen, Querstraßen, Kreuzungen bis ich ihr verwirrt ins Wort fiel und sie einfach nach ihrer Adresse fragte, die ich dann in meinem Stadtplan herausfinden würde, wenn sie mir ungefähr ihren Stadtteil angab. Und so dauerte es nicht allzulange nach der Uhr, nach dem Empfinden eine Ewigkeit, bis ich wieder vor dem gestrigen Hochhaus stand, in dem ich ein paar glückliche Stunden erleben durfte. Verloren starrte ich auf die vielen Namensschilder, ich hatte sie garnicht nach ihrem Namen gefragt. War es nicht der siebte Stock? Immerhin kannte ich ihren Vornamen, und so suchte ich diesen an den Namensschildern dieses Stockwerkes in ihrer Buchstabensingularität. Bei zwei vorhandenen klingelte ich auf gut Glück, und die Eingangstüre summte Öffnungsmöglichkeit. Ich war schon einmal im Haus.

Als ich aus dem Lift trat, stand sie wartend in ihrer halboffenen Türe. Sie lächelte gewinnend, und als ich einen Kuß auf ihre Wange drückte, trat sie mehr erstaunt als verweigernd zurück und schätzte meine Begrüßung als ganz schön überschwänglich ein. Worauf ich ihr beteuerte, wie froh ich war, sie wiederzusehen. Und fügte mit leichter Scheu hinzu, daß sie noch schöner sei, als ich in Erinnerung hatte. Sie errötete etwas und forderte mich auf, erst einmal hereinzukommen. Dann fragte sie mich, wann ich das letzte Mal gegessen hätte, und als ich gestand, daß ich seit dem Frühstück bei ihrer gestrigen Begleitung nichts mehr zu mir genommen hätte, freute sie sich, mich zum Essen einladen zu können. Sie sei sowieso dabei, etwas zuzubereiten, und da ließe sich auch leicht eine zweite Person mit verköstigen. Ich setzte mich auf einen Stuhl, den ich in die Nähe ihrer Kochnische gerückt hatte, und folgte erwartungsvoll ihrer Tätigkeit. Beim Tischdecken half ich ihr soweit ich konnte und wenn ich, während des Essens, ihre Kochkünste lobte, dann weniger, weil es mir schmeckte, ich aß ohne groß zu registrieren was, sondern weil ich sie einfach generell lobenswert fand. Ansonsten stellte ich nur kommunikationsfördernde Zwischenfragen, um weiter ihre Stimme zu hören, ihre Lebhaftigkeit herauszufordern, weniger achtend auf den Inhalt ihrer Antworten.

Irgendwann hielt sie inne, wir hatten das Abendbrot beendet, und fragte mich nach einer Überlegungspause, ob sie mir ihre Stadt bei Nacht vorführen solle. Sie habe heute Abend keine weiteren Verpflichtungen und demgemäß die Freiheit, dies zu tun, wenn ich Lust darauf hätte. Prinzipiell war mir alles egal, wenn ich nur mit ihr zusammen war, aber natürlich klang ihr Vorschlag schon reizvoll. Und es war dann wie ein Film in Zeitraffung, sie war eine großartige Fremdenführerin, suchte bekannte Örtlichkeiten auf, berichtete, erklärte, offenbarte ein erstaunlich großes Allgemeinwissen. Ich wurde überwältigt, Konturen verloren Schärfe, mittelalterliche Gässchen des Stadtzentrums führten als kopfsteingepflasterte Durchlässe zwischen Fachwerkwohnlichkeiten Brücken über dunkelglitzernden, glucksend dahintreibenden Strom, Paläste, Kirchen, in Summation verschwommene Einzelheiten bei mengenreduzierter Aufnahmefähigkeit, wie hoch und niedrig, hell und dunkel, unscharf und klar. Die ersten Ermüdungserscheinungen machten sich breit, als wir vor einem von zwei Bärenfellbemützten Gardisten bewachten Eingang standen, den meine Führerin mit einem bezaubernden Lächeln und flüsternd vorgebrachten Informationen zu öffnen verstand. Ich war noch neidisch darüber, daß dieses Lächeln nicht mir galt, als eine zartfeste kleine Hand die meine ergriff und mich in ein unbestimmtes Dunkel zog. Wir liefen Hand in Hand eine gepflasterte Enge entlang, ohne für mich erkennbare Sehenswürdigkeit, hinter uns Eilmahnung, ihr silberhelles Lachen, der Druck ihrer Finger, der Takt ihrer Absätze in der nachtleeren Gasse. Ich kam erst wieder durch das Motorengeräusch ihres Wagens zu mir, das unmittelbare Vorher war nebliger Schein.

Vor ihrem Hochhaus bedankte ich mich, nicht explizit wofür. Ich hätte sonst ihr und mir selbst gestehen müssen, daß ich in sie verliebt war, daß unser Ausflug sicher informativ, aber vor allem Gelegenheit war, vieles mit ihr zusammen zu erleben, daß ich meine Hand gerne noch länger in der ihren belassen hätte.Wie gerne hätte ich es ihr gesagt, wie sehr wartete ich darauf, daß sie mich aufforderte, mit ihr hochzukommen. Doch nachdem sie in dieser Hinsicht nichts äußerte, wagte ich es nicht, sie diesbezüglich anzusprechen. Daß ich nicht wußte, wo und wie ich die Nacht verbringen sollte, mußte ihr bekannt sein, zumindest konnte sie danach fragen, aber wenn sie dieses Thema nicht aufgriff, war ich jedenfalls zu stolz, es zu tun. Ich streckte ihr meine Hand entgegen und fragte sie, ob ich sie am morgigen Tag wiedersehen dürfte. Und nachdem sie nach kurzer Überlegung und einem prüfenden Blick nickte, konnte ich trotz ungewisser Nacht meine Freude nicht mehr unterdrücken, mich nicht mehr zurückhalten. Lachend und mit feuchten Augen nahm ich sie in meine Arme und küßte sie versuchsweise auf den Mund. Doch sie drehte sich weg und drückte mich sachte und ihrerseits lachend von sich. Wenn sie jetzt etwas sagte, und sie setzte dazu an, war alles zerstört. Also ergriff ich eilig meinen Rucksack, winkte kurz, drehte mich abrupt um und rannte davon. Der Rucksack wippte lästig auf meinem Rücken.

Wie lange und wohin er gelaufen war, kam ihm erst in den Sinn, als seine Schläfen hämmerten, sein Atem stoßweise ging, seine Lungen brannten und seine Beine sich wie aus Gummi anfühlten. Erschöpft pausierte er und versuchte, sich erst einmal zu orientieren. Er fragte sich, warum er sich wie ein trotziges Kind benommen hatte. War es Enttäuschung? Der Wunsch, den Trennungsunwillen zu umgehen? Die Absicht, sich zu ermüden für eine weitere Draußennacht? Wie auch immer, er stand jetzt ausgepumpt irgendwo allein, fremd, desorientiert im Halbdunkel, verliebt mit abwesendem Bezug, zu nachtschlafener Zeit bei anziehender Kühle. Er sah sich schon nach einer Schlafstelle um, als er sich daran erinnerte, daß gestern von einer Jugendherberge in relativer Nähe des Hochhauses gesprochen wurde. Sie müßte noch zugänglich sein, und eilfertig machte er sich auf die Suche, fand sie tatsächlich nach längerem und freute sich schon auf ein warmes, trockenes Bett, als er an der Eingangstür einen Papierstreifen ausmachte mit der Mitteilung: ausgebucht. Und die Türe war entsprechend fest verschlossen. Bei seiner gegebenen Konstitution fackelte er nicht lange und forschte in unmittelbarer Umgebung nach einer Übernachtungsmöglichkeit im Freien in mittlerweile gewohnter Manier, und entdeckte den kleinen Hinterhofgarten der Herberge, mit einigen Korbstühlen möbliert und einem Tisch, den er hinter einen Busch transportierte und zu einem Obdach umfunktionierte zur Absicherung gegen mögliche Wetterunbill.

Er erwachte nach unruhigem, oberflächlichem Schlummer in rötlichgelber Dämmerung, frierend in seiner Mantelhülle, unausgeschlafen und hungrig, den faden Geschmack der Wachpausenzigaretten im trockenen Mund. Die zunehmende Wärme der aufgehenden Sonne aktivierte ihn jedoch soweit, daß er sein Gepäck vertrauensvoll in dem Gebüsch versteckte, den Tisch an seine vorherige Stelle trug um jeden Hinweis auf seine Anwesenheit zu vertuschen, und huschte um sich spähend ungesehen auf die Straße hinaus. Er war sich des Risikos bewußt, seinen Rucksack unbewacht zurückzulassen, aber er trug ja Mantel, Papiere und Geld an sich, und wenn schon, das geringe Risiko eines Verlustes des wertlosen Inhaltes wurde bei weitem aufgewogen durch das Freiheitsgefühl ohne den beschwerlichen Rucksack. Diesmal prägte er sich freilich die Adresse ein.

Die morgendliche relative Stille lag wie Tau über der Stadt, nur gelegentlich gestört durch Frühaufsteher, Nachtdienstler, Spätheimkehrer und vereinzelte Autos. Doch je weiter sich die Sonnenkugel aus der Dämmerung löste, desto geschäftiger wurde es, desto nachdrücklicher drängte der Mensch der Natur seine Anwesenheit auf. Sattes Sommerblau wölbte sich umfassend.

Gepäckfrei erleichtert schlenderte ich ziellos durch die Straßen, die kurzzeitig auftauchende Frage nach einem Sinn schob ich einfach beiseite. Ich hatte eine Verabredung und Anderes verlor an Bedeutung, blieb außen vor. Wir hatten keine Zeit vereinbart, aber jetzt war es effektiv zu früh für ein Wiedersehen. So besorgte ich mir gelegentlich etwas Eßbares und verbummelte ansonsten die Wartezeit.

Vor einem Schaufenster wurde ich von hinten angesprochen, ich mußte wohl gemeint sein, denn in der Spiegelung sah ich hinter mir nur eine Person, besser eine weibliche. Ich drehte mich um, nachdem ich nichts verstanden hatte, weil sie relativ leise in meinen Rücken gesprochen hatte und dazu in einem schwer verständlichen Slang. Ich erwartete ein Auskunftsbegehren, wollte als Ortsfremder schon abwimmeln, wobei ich mein Gegenüber genauer taxierte. Etwa im dritten Lebensjahrzehnt machte sie insgesamt einen schäbigen Eindruck: ihre Augen waren blau umringt, der Puder so unregelmäßig aufgetragen daß Poren einzeln schwarz hervorstachen, verwischter Lippenstift zeichnete einen schrägen Mund, die gefärbten Haare deuteten eine Frisur an, der Ausschnitt ihres knallroten Pullovers war verrutscht, gab den schmuddeligen Ansatz einer Brust frei mit einem unerkenntlichen Teil einer Tätowierung, der zerknitterte Rock war um die Hüfte verdreht und einseitig tief geschlitzt, so einen faltig bestrumpften Oberschenkel teilfreigebend. Obwohl sie mich abstieß, tat sie mir leid und ich wollte nicht unhöflich sein. Bei diesem Anblick erwartete ich eher die Bitte um Geld oder gar das Angebot eines Liebesdienstes, stattdessen fragte sie mich unversehens in meiner Muttersprache nach meiner Herkunft. Ich war perplex, das hatte ich nicht erwartet. Ihr Akzent wies sie als Einheimische aus, mich wunderte, daß sie mich gleich richtig eingeschätzt hatte, ohne daß ich bisher irgendetwas gesagt hätte. Was also wollte sie? Sie wiederholte ihre Frage, und als ich ihr zu verstehen gab, daß ich nicht bereit war, ihr von meinem Restgeld etwas zu geben, stellte sie diese Frage zum dritten Mal, wie eine zerkratzte Schallplatte, womit ich sicher war, daß dies ihr ganzer Fremdwortschatz war. Dann tippte sie richtig in ihrer Sprache auf meine Staatsbürgerschaft, wies sprunghaft auf das Schaufenster und drückte ihr Gefallen an der Dekoration aus, dabei katzenartig um mich herumschleichend, wie um eine Streicheleinheit bettelnd, ging dann ein paar Häuser weiter und blieb in einiger Entfernung rückblickend stehen, eindeutig auf mich wartend.

Ich hatte kein Interesse an einer näheren Bekanntschaft mit ihr und betrachtete die Schaufenstereinlagen mit übertriebener Ausführlichkeit, mich wiederholt nach ihr umsehend, in der Hoffnung, daß sie ihrer Wege ging. Doch sie behauptete ihre Stellung mit staunenswerter Beharrlichkeit, mit ungeduldig fordernder Mimik.

Ich konnte nicht ewig in das Schaufenster starren, auch wenn die Zeit damit verging, wenn auch quälend langsam. Also nahm ich meinen Schlendrian wieder auf in ihre Richtung, weil ich nicht einsah, daß ich diese ihretwegen ändern sollte. Als ich sie passierte, schloß sie sich mir an und erkundigte sich nach ein paar Schritten, ob ich schon gefrühstückt hätte, ihre Sprache war jetzt erkenntlich bemüht verständlicher.

Sie hing an mir wie eine Klette, drängte sich quasi auf, körperlich wie verbal. Mir wurde das langsam zu viel. Was hatte ich mit ihr zu tun? Sie wollte sich wohl eingeladen wissen. Kurioserweise wurde ich jetzt neugierig, wie sich das ganze weiterentwickeln würde, und verneinte. Es war ja schon eine Weile her, seit ich etwas zu mir genommen hatte. Prompt gab sie zu verstehen, daß auch sie noch nichts gegessen hätte und fragte tatsächlich schüchtern, ob wir nicht zusammen ...

Warum nicht, wenn es bei dieser Gemeinsamkeit blieb. Ich schwankte zwischen Neugier und Abwehr, bekam Gänsehaut bei der Vorstellung, sie zu berühren. In entsprechendem Abstand von einander suchten wir eine Cafeteria auf, in der man die Bestellung gleich bezahlen mußte, womit ich um eine mögliche Bezahlung für sie herumkam. Bei der geringen Zahl der Gäste fanden wir unschwer eine ruhige Ecke, wo wir schweigend aßen. Danach bot sie mir als Nachtisch Schokolade an, die sie aus ihrem Kleidergewirr hervorzauberte. Die Verpackung machte einen doch so reinlichen Eindruck, daß ich sie zögernd annahm, nachdem sie mir versicherte, daß keine Drogen im Spiel seien. Wir wechselten noch einige weitere banale Worte, und bevor wir aufbrachen holte sie eine weitere Tafel Schokolade aus ihrer Handtasche und bat mich, sie aufzubewahren. Ich hielt das für einen Scherz und fragte nach dem Grund, darin einen Versuch sehend, mich irgendwie an sie zu binden, wenn es nicht doch um Drogen ging. Überhaupt begann ich, dieser Bekanntschaft überdrüssig zu werden.

„Oh" meinte sie mit Augenaufschlag „kein Liebesdienst der Herr?"

Liebesdienst! Bevor ich die Schokolade achselzuckend einsteckte untersuchte ich sie genau, fand jedoch auch hier nur eine unauffällige Originalverpackung. Zwar begriff ich nicht, warum ich ihr damit einen Liebesdienst erwies, aber da unterbrach sie meine Überlegung auch schon mit dem Vorschlag einer Tasse

Tee. In ihrer Stammwaschanstalt könnten wir uns kostengünstig bedienen. Immerhin schien ihr Wäsche nicht unbekannt. Und nun fing ich an, ihrer Gesellschaft doch Spaß abzugewinnen. Wir begaben uns in ihre Waschanstalt, die vierundzwanzig Stunden an sieben Tagen die Woche zugänglich war, und in der Automaten für Kaffee, Tee und Schokolade aufgestellt waren Nach Münzeinwurf sank ein Pappbecher mit dem gewünschten Getränk sachte in ein Bedienfach, den wir nacheinander entnahmen und uns auf je einen der fest im Boden verankerten Barhocker setzten. Ich hatte mich inzwischen in ihre Ausdrucksweise eingehört und folgte mit einem Ohr ihrem nichtssagenden Geplapper. Dabei schweiften ihre Augen beiläufig im Raum umher, und plötzlich stieß sie unvermittelt einen spitzen Schrei aus. Erschrocken folgte ich ihrer Blickrichtung und sah einen verkommenen jungen Mann sitzend an einen Automaten gelehnt, der sich geschäftig bemühte, sich etwas zu injizieren. Sein linker Hemdsärmel war hoch gekrempelt und gab einen schmutzigen zerstochenen Unterarm frei, an dem er verbissen eine heile Stelle suchte, die Nadel immer wieder einstach und sie kopfschüttelnd langsam wieder herauszog, bis er endlich eine Vene gefunden hatte und sich mit genußvoll geschlossenen Augen den Spritzeninhalt einverleibte. So weit so gut, aber statt sich jetzt zurückzulehnen und die Drogenwirkung abzuwarten, stocherte er mit der Nadel in seinem Unterarm herum, zog sie jeweils langsam heraus, mit stierem Blick seiner Tätigkeit folgend, Mit glänzender Stirn ergötzte er sich an den austretenden Blutstropfen, die er genüßlich ableckte.

Meine Begleitung wartete nicht lange, sie sprang von ihrem Hocker, eilte auf ihn zu und forderte ihn mit überschlagender Stimme auf, mit dieser Schweinerei aufzuhören, wie sie sich erregt ausdrückte. Doch er tastete sich jetzt mit glückseligen, verschleierten Augen an ihrem wenig reizvollen Körper entlang von den Beinen nach oben und lächelte arglos wie ein Kind in ihr Gesicht als er dort angekommen war. Das reizte sie natürlich noch mehr, sie stampfte mit dem Fuß auf und wandte sich Beistand suchend an mich. Heftig gestikulierend schrie sie mich an, ich solle nicht so teilnahmslos herumsitzen sondern etwas unternehmen.

Ich zögerte. Ein drogenabhängiger Masochist. Weshalb sollte ich mich engagieren? Ihm seinen Genuß mißgönnen? Es war sein Arm, sein genußvoller Schmerz, sein gesundheitliches Risiko, sein verpatztes Leben. Was ging mich das an? Kannte ich die Ursache seines Verhaltens? Seinen Lebenshintergrund? Daran müßte angesetzt werden, wenn überhaupt. Ich zuckte abweisend die Schultern.

Sie kreischte auf, rannte zu dem jungen Mann zurück und versuchte, ihm die Spritze zu entwenden. Der jedoch riß diese unerwartet schnell an sich und kniff die Augen zusammen. Verzweifelt warf sie wilde Blicke umher, doch die wenigen Waschkunden zeigten gleichgültige Mienen, vereinzelt ertönte Gelächter.

Jetzt drohte sie ihm sogar mit der Polizei, wenn er nicht aufhörte. Er reagierte nicht im mindesten und starrte sie bloß neugierig erwartungsvoll an. Eine seltsame Schau: sie in ihrem hochgeschlitzten Second-hand-Rock, der einige Laufmaschen freigab, breitbeinig, mit ihrem verrutschten Pullover, mit echauffiert verschlagener Stimme, er reglos unbeteiligt, den blutigen linken Arm um seine Knie geschlungen, die rechte Hand mit der Spritze hinter dem Rücken, sein Blick unbewegt an den ihren geheftet wie eine Maus vor einer Schlange, hypnotisiert. Nach einer scheinbaren Ewigkeit riß sie sich zusammen und machte Anstalten, ihre Drohung wahr zu machen. Da kam auch in ihn Bewegung. Sein Blick wurde so hart, daß mich fror. Er raffte seine paar Sachen zusammen und kam auf uns zu. Im Vorbeigehen murmelte er unter dem Ton, daß er uns wiedersehen würde, dann war er verschwunden.

Mit Wutränen warf sie mir meine Zurückhaltung vor, doch als ich nicht weiter darauf einging, beruhigte sie sich rasch. Wir tranken unseren mittlerweile kalten Tee aus und verließen die Waschanstalt.

Ziellos bummelten sie umher, drängten sich durch die nunmehr aufgelaufenen Menschenmassen, wiesen einander gelegentlich Sehenswürdigkeiten, wechselten hier und da ein paar

Worte, die den Mißstimmungsausklang andeuteten, liefen belanglos durch schmucklose enge Gassen, an Abrißruinen, mit Unrat übersäten Baulücken vorbei, sodaß er sich nach einer Weile nach Blick auf die Uhr ernsthaft fragte, was jetzt noch Erlebenswertes mit ihr zu erwarten war. Die Drohung des jungen Mannes ging ihm nicht aus dem Kopf. Wie ernst war sie gemeint? Was hatte der im Sinn? Sollte er das Risiko einer möglichen Gefahr auf sich nehmen durch weitere Partnerschaft mit dieser Frau?

Plötzlich stockte seine Begleiterin und drehte sich suchend um, weil sie meinte, daß jemand ihre Schulter berührt hatte, und tatsächlich stand der junge Mann aus dem Waschsalon hinter ihr und raunte ihr theatralisch hinter vorgehaltener Hand ins Ohr, daß er doch gesagt habe, daß er sie wiedersehen würde und sie nicht glauben dürften, daß er sie aus den Augen verlieren würde. Sprach's und tauchte mephistophelisch in der Menge unter. Seine Begleiterin war blaß geworden, winkte ihm zu schnellerer Gangart. Überrascht setzte er zu einem verlegenen Ablenkungsgespräch an und fragte sie, ob sie schon einmal in seinem Land gewesen sei, und neckisch: wegen ihrer Sprachkenntnisse, obwohl er ja längst herausgefunden hatte, daß diese mit der einen Frage ihre Bewandtnis hatten. Dies bestätigte sie ihm jetzt auch mit dem Hinweis, daß sie diese von einem ihrer Kunden aufgeschnappt habe. Was er denn zu ihrer Aussprache sage? Und er hatte damit einen Redeschwall ausgelöst, der mit Sicherheit auf die aktuelle Begegnung mit dem Drogensüchtigen zurückzuführen war. Sie holte in großem Bogen aus und erzählte von sich, ihren Freunden, vom so unterschiedlichen Temperament der Männer, die sie kannte, denen sie begegnete, von unterschiedlicher Freizügigkeit, vom Wetter, ja auch vom Geld, von ihrer mißlichen Lage und fragte dann unversehens, was er von Liebe halte.

Da wären wir dann endlich. Ich wunderte mich sowieso schon, daß sie sich diesbezüglich bisher zurückgehalten hatte, meine Ersteinschätzung war also doch richtig gewesen, was allerdings auch nicht sonderlich abwegig war. Ich erinnerte mich an die Vorstellung eines körperlichen Kontaktes mit ihr und meine haarsträubende Reaktion darauf und erschrak. Mit Sicherheit meinte sie damit den Geschlechtsverkehr und den würde ich unter allen Umständen ausschließen.

„Liebe" sagte ich nach abweisender Überlegung „ist etwas sehr schönes, essentielles", und nahm meine Vorwärtsbewegung wieder auf, ohne darauf zu achten, ob sie mir noch folgte. Sie im Gedränge zu verlieren wäre die einfachste Art der Trennung gewesen, doch sie hielt Schritt.

So kamen wir an einem Geschäft für Modesachen, Badeartikel und Utensilien vorbei. Sie schob sich regelrecht durch den Eingang und schlenderte prüfend an den Regalen vorbei. Bei den Sonnenbrillen machte sie halt, woraufhin sogleich eine Verkäuferin herbeieilte und ihren möglichen Kaufwunsch bestärkte. „Oh" bemerkte sie distanziert, „ich werde mich erst mal umsehen". Und sie glitt wählerisch mit dem Zeigefinger über den Brillenstand bis sie auf eine großglasige, herzförmige stieß, die sie probehalber aufsetzte und sich daraufhin abschätzend im Spiegel aus verschiedenen Blickwinkeln musterte. Dann wandte sie sich an mich und forderte meine Begutachtung. Ich bestätigte ihr, daß das Rot der Brillenfassung gut mit ihrem Pullover harmoniere, doch Form und Größe würden weniger zu ihr passen, sie seien zu auftragend für ihr schmales Gesicht, aber das sei nur meine Meinung und die sollte ihre Kaufentscheidung nicht bestimmen. Etwas anderes sei vielleicht der Preis, ob sie den denn berücksichtige. Nach dem Eingeständnis ihrer mißlichen Finanzen hatte ich keine Lust, für sie aufzukommen.

Mit dem Ausdruck ihrer Gleichgültigkeit meiner Einschätzung gegenüber winkte sie ab, stellte meinen guten Geschmack in Abrede, zahlte überraschenderweise ohne Wechselgeld abzuwarten und verließ das Geschäft mit dem fraglichen Versuch wohl einer Tarnung. Ich folgte ihr wie ein begossener Pudel.

Irgendwann blieb sie stehen und teilte ihm ihren Enrschluß mit, einen ihrer Freunde aufzusuchen. Der wohne nicht weit von hier, nur ein paar Straßenzüge weiter. In einem ersten Aufbegehren äußerte er seinen Unwillen ihr zu folgen, weil ihm nicht wohl dabei war. Er wußte ja nicht, was auf ihn zukommen würde und hatte langsam genug von diesem unsinnigen Zeitvertreib.

Sie bestand auf ihrem Willen und stellte ihm frei, ihr zu folgen. Die Rollen waren vertauscht, sie zog zielbestimmt los und er folgte ihr ohne weitere Überlegung.

Die Straßen wurden einsamer, die Häuser älter, baufälliger, die wenigen Passanten machten einen ärmlichen Eindruck. Sie waren etwa eine halbe Stunde unterwegs, bis sie vor einem unauffälligen Gebäude stehen blieb und klingelte. Als sich in kürze nichts rührte, klingelte sie ungeduldig ein zweites und noch ein drittes Mal. Dann stampfte sie mit dem Fuß auf, sah ihn enttäuscht an und drückte ihr Bedauern aus, das er nicht nachvollziehen konnte, er war im Gegenteil erleichtert, weil er nichts Positives erwartet hatte. So trottete er ihr planlos hinterher, als sie sich wieder fortbewegte. Und es dauerte nicht lange, bis er merkte, daß ihnen jemand folgte. In Vorahnung überlief es ihn eisig und er wagte längere Zeit nicht, sich umzudrehen, einer Berührung gewärtig. Er sah ein satanisches Grinsen vor sich, dem er in heftigem Umschwung begegnen wollte.

So sehe man sich wieder, mit unerwartet arglosem Lächeln wie im Waschsalon. Wie klein die Welt doch sei. Da laufe man sich eben doch immer wieder über den Weg. Sprach's mit nachdrücklichem Nicken und war verschwunden wie er aufgetaucht war.

Ich hatte jetzt regelrecht Angst, was wohl auch die Absicht seiner geisterhaften Auftritte war, und ich drängte meine Begleiterin in dichter frequentierte Gegenden, weil ich mir dort eine größere Sicherheit versprach. Sie stimmte zu, wohl in einer ähnlichen Gemütsverfassung wie ich, und schloß sich meiner schnelleren Gangart an. So erreichten wir bald ohne Behelligung einen U-Bahnhof, doch jetzt sprach sie unversehens einen mittelalten Mann an. Außer Hörweite konnte ich mir ihr Verhalten nicht gleich erklären und wartete eine Weile, doch als sich ihr Gespräch in die Länge zog mit gestikulierender Lebhaftigkeit, die auf ein Liebesdienstangebot schließen ließ, winkte ich ihr fragend zu. Sie sah es wohl, blickte mich kurz fremdelnd an und wandte sich wieder ihrem Gesprächs- oder Verhandlungspartner zu. Unwillkürlich winkte ich noch einmal, und als sie jetzt nicht einmal reagierte, obwohl sie mich mit Sicherheit wahrgenommen haben mußte, zog ich die Konsequenz im Zusammenhang mit der anstehenden Drohung des Junkie und ging rasch meiner Wege ohne mich umzudrehen, wobei ich mir über deren Verlauf gar nicht sicher war. Ich hatte nicht einmal ihren Namen erfragt.

Sein naheliegendes Bestreben war es, aus dieser Gegend herauszukommen. Mit vervielfachter Schrittzahl und wiederholten Rundumblicken richtete er seinen Weg nach dem Sonnenstand aus und kam glücklich nach einiger Zeit in eine Umgebung, die ihm bekannt deuchte. Er meinte schon, wieder in dem Viertel mit der Jugendherberge zu sein und damit sein Gepäck wieder aufnehmen zu können, doch dann merkte er, daß er im Kreis gelaufen war. Zwar hatte er sich die Herbergsadresse gemerkt aber das nützte ihm jetzt nur wenig, er war in einer unbekannten Großstadt, ohne Gepäck, ohne Orientierung, allein und hungrig. Beim gelegentlichen Griff in seine Taschen nach dem Stadtplan stieß er auf die Schokolade, die er erleichtert ohne große Skrupel vertilgte. Dabei dachte er kurz an deren Herkunft.

Die viele Lauferei hatte ihn ermüdet und eine passierte Bank lud im Sonnenschein zur Rast. Da der Junkie ja primär seine vormalige Begleiterin im Visier, er sich von ihr getrennt hatte und viele verschiedene Wege gegangen war, ließ seine diesbezügliche Unruhe soweit nach, daß er entspannt auf einer Parkbank in Schlaf verfiel, aus dem er erwachte, als die Sonne schon im Westen stand. Obwohl er keinen aktuellen Grund zur Nervosität zu haben glaubte, hatte ihn doch diese geweckt. Es war eine vorausgreifende Ahnung, die seine Verliebtheit betraf. Wie würde sie reagieren, wenn er sie jetzt anrief? Jedenfalls könnte sie ihm zu seinem Rucksack verhelfen, was ein schwacher Trost war bei den andrängenden Zweifeln. Er streifte unsicher umher auf der Suche nach einer Telefonzelle, und als er endlich eine gefunden hatte, stand er in Erwartung einer Absage längere Zeit zaudernd davor. Aber da ihm bewußt war, daß er durch Inaktivität nichts klären würde, ermannte er sich endlich zum Anruf.

Ihre Stimme klang anders, als ich sie in Erinnerung hatte, apathisch, abweisend, wenn auch vielleicht nur, weil ich es so hineinhörte. „Du bist es?" fragte sie, als ob mein Anruf vollkommen unerwartet für sie kam, reagierte sie unwirsch, und auf meine Nachfrage, ob ich sie aufsuchen dürfe, zunächst negativ. Sie gab an, wenig Zeit zu haben, doch es gelang mir, einen von ihr begrenzten Kurzbesuch zu erwirken. Das war schon mal eine Bresche, die sich womöglich erweitern ließe. Mit trotzdem trüben Gedanken machte ich mich auf den von ihr beschriebenen Weg, meine Zähne schlugen zeitweise aufeinander. Ich sah voraus, was ich mir nicht eingestehen und damit auch nicht akzeptieren wollte.

Als ich dann vor ihr stand, handelte ich wie in Trance. Nach kurzer, meinerseits herzlicher Begrüßung – meinem Kuß wich sie andeutungsweise aus – und doch freundlicher Erwiderung ihrerseits, lud sie mich zum Abendbrot ein, nachdem sie es erklärtermaßen nicht für geistreich erachtete, mich nach meiner letzten Mahlzeit zu fragen.

Dabei lächelte sie wieder in ihrer schon zuvor so sehr geliebten reizvollen Art, die mich ein wenig hoffen ließ, entgegen aller drohenden Wahrscheinlichkeit.

Und wieder beobachtete ich sie, bei der Zubereitung eines einfachen Mahles, beim Decken des Tisches, beim Essen, und wurde nicht müde, mir ihr Gesicht einzuprägen, ihre Mimik, ihr Gebaren. Sie merkte wohl meine Aufmerksamkeit, stand abrupt auf, nachdem sie ihren Teller geleert hatte, und verließ wortlos das Zimmer. Zurückkehrend forderte sie mich auf zu lauschen, sie sei überzeugt, daß ich das kennen würde.

Ja, ich erkannte. Es war wie ein Abschied, ein Abschied von Geborgenheit, unerfüllter Liebe, Sicherheit. Ich stürzte innerlich zusammen, sah über mir Reste dessen, was mich bisher gehalten hatte, weiter unter mir schwarze Endlosigkeit. Um den Klang meiner Musik zu übertönen – ich fand nicht zu der Bitte, sie abzustellen – redete ich in übertriebener Lautstärke unablässig darauf los und endete bald bei mangelnden Einfällen in einem verzweifelten „Ich liebe dich, ich liebe dich!"

Sie erschrak verständlicherweise. „Warum so laut?" monierte sie ablenkend, und ob sie sich vielleicht getäuscht habe bezüglich meiner Vorlieben?

Nachdrücklich: nein, aber alles zu seiner Zeit, jetzt stünde im Vordergrund, daß ich einfach verrückt sei nach ihr, daß ich nicht mehr vernünftig denken könne, daß...

Sie glaube mir auch ohne Geschrei, fiel sie mir ins Wort, aber ein wenig verwundert sei sie doch wegen meines Verhaltens.

Sie konnte das nicht verstehen, und ich mußte weiterreden, um meine Musik zu übertönen, die ich unter diesen Umständen erst recht nicht hören wollte, konnte.

„Ich liebe dich so sehr, möchte mit dir zusammensein, ja bleiben!" mit nun gemäßigter, doch entschiedener Stimme.

„Und wie lange? ein paar Tage, Wochen gar? Für einen Onenight-stand bin ich mir zu schade. Es hat doch keinen Sinn, etwas mit sicherer Zukunftslosigkeit zu beginnen. Es war ein Fehler von mir ..." Sie sprach nicht weiter, die Musik füllte die eintretende Redepause umso deutlicher.

Da war es wieder, es schmerzte regelrecht. Mit wenigen Worten hatte sie alte Wunden aufgerissen und neue geschlagen. Wiederholten diese Worte nicht mehrfach eine übertünchte Vergangenheit? Kam alles zurück, schlimmer noch als zuvor, weil ich jetzt die Opferrolle spielte? Mein Lachen hörte sich selbst für mich metallisch an.

Ein letzter Versuch bei bereits verabschiedender Gewißheit: „Spielt Zeit eine Rolle? Ist Liebe an sich nicht zeitlos? Es geht mir doch nicht um Sexualität, wenn du das meinst, ich will einfach nur bei dir sein, dich sehen, hören, spüren, ich würde mich auch deinen Wünschen entsprechend zurückhalten, vielleicht ..."

Sie sah mich entschlossen an und meinte dann sachlich, daß es besser sei, wenn ich jetzt ginge. Sie wolle nicht vorschützen, daß sie andere Verpflichtungen habe, sie wolle nur ehrlich sein. Sie möge mich ja, aber das sei nicht genug, die Umstände würden einfach nicht passen.

„Gut" entgegnete ich ausweichend, ohne Einsicht in die Sinnlosigkeit weiteren Drängens, besser ungut, das gelte für heute,
aber morgen? übermorgen?

Sie verneinte, mit leicht ärgerlichem Unterton, für alle Zukunft, und wiederholte ihre Aufforderung, sie zu verlassen, worauf mir plötzlich die Gefühlslage der jungen Frau auf dem Boot
nachdrängend aufging und ein bitteres Lachen in mir bullerte.
Ging es jetzt mir so, wie damals ihr?

Konnte ich unter diesen Umständen meine Musik doch hören, um länger mit ihr zusammen zu sein? War sie nicht eigentlich eine Musik ihrer Art? Und hatte nicht alles ein Ende früher
oder später und wurde nicht manches dadurch aufgewertet oder
behielt wenigstens seinen Wert? Ich konnte meine Mimik natürlich nicht einschätzen, ging aber davon aus, daß sie Enttäuschung, Verlangen, Liebe, Angst auch vor einer weiteren Draußennacht deutlich genug widerspiegelte, um sich ihr gegenüber
zu offenbaren, aber sie wandte sich schweigend ab.

Der erste Satz klang aus, oder war es der Zweite oder dritte,
ich wußte es nicht mehr, die Zeit war stehengeblieben, jedenfalls trat ein kurze Stille ein, ein Abschluß. Ich stand auf, ging
in das Zimmer nebenan und schaltete den Plattenspieler aus.
Sie blickte mir erstaunt entgegen auf meinem Weg zurück, fragte nach dem Grund, verstand ganz offensichtlich nicht den Zusammenhang, aber woher auch?

Ob ich wenigstens ein Bild von ihr haben könnte, wenn ich
schon auf ihre persönliche Gegenwart verzichten müsse?

„Verstehst du nicht?" fragte sie lehrerhaft, „je weniger dich
an mich erinnert, desto leichter wirst du mich vergessen. Be-
halte mich", ich setzte an zum Widerspruch, „meinetwegen
eine Weile im Gedächtnis als hoffentlich schöne Erinnerung,
das wird dann schon ein sanfter Abschied, du weißt doch: die
Zeit ... "

Er verbiss sich den beabsichtigten Protest, bei dieser kalten
Nüchternheit würden ihm ihre Gefühle für ihn keine Chance
einräumen. Seine Betäubung ließ etwas nach, er begann, die
Sachlage ebenfalls nüchterner zu betrachten, dankte ihr halb-

herzig und stolperte aus ihrer Wohnung in ein fahles Treppenhaus und in eine ebensolche Nacht. Erst ein paar Straßenzüge weiter erwachte er aus seiner mißlichen Situation und fragte sich, inwieweit er seine unmittelbare Vergangenheit erlebt oder geträumt hatte, sicher aber fiel ihm sein Rucksack ein und die versäumte Nachfrage nach der Jugendherberge. Aber es gab jetzt kein Zurück mehr, weder zu ihrem Wohnort noch zu ihrer Person. Die Konfiguration seiner Fantasie war zusammengebrochen, und ihre Trümmer versperrten ihm den Weg. Eigensinnig würde er sich zu der Herberge durchfragen, und selbst wenn er seinen Rucksack nicht mehr finden sollte, was lag ihm schon daran? Trotzig nahm er eine U-Bahn zu dem Bahnhof, wo er die Dirne verlassen hatte.

Von dort aus schlenderte er durch verschiedene Straßen, jetzt ohne groß auf Sehenswürdigkeiten, Paläste, Kathedralen, Denkmäler im Laternenlicht zu achten, sondern suchte sich an Bekanntes zu erinnern, wobei er plötzlich auf eine Menschenansammlung stieß, die sich um einen von außen nicht sichtbaren Interessenspunkt gruppierte. Sich nähernd unterschied er neben Gaffern wenige Polizisten, die einen kleinen Kreis um ein paar Sanitäter bildeten, die geschäftig zu Gange waren. Nachdem diese eine Tragbahre beladen hatten und sich zu ihrem Rettungsfahrzeug durch eine Menge drängten, die sich selbst im Wege stand aber auch neugierig unwillig den Durchlass erschwerte, kamen sie nahe bei ihm vorbei, und so konnte er einen kurzen Blick auf die Trage werfen. Erschrocken fuhr er zurück, denn obwohl die Sicht unzureichend und ein zweifellos erkennbarer Körper größtenteils bedeckt war, schien ihm ziemlich sicher, daß es sich um seine Nachmittagsbegleitung handelte. Sie lag reglos auf der Liege, und ihr roter Pullover, der stellenweise hervorlugte, ließ vorstellbares Blut erahnen.

Panik ergriff ihn, und nach ein paar gemächlichen Schritten ins Abseits, um keinen Verdacht zu erregen, fing er an zu rennen, egal wohin, nur fort von hier. Eigentlich hatte er sich nichts zuschulden kommen lassen, was den Junkie betraf, aber immerhin war er ihr Begleiter, und das konnte diesem schon ausreichen für sein unverständliches Handeln. Wenn schon sterben, dann nicht hier, nicht jetzt, nicht fremdbestimmt.

Instinktiv war er zum U-Bahnhof gelaufen, und als er im warmen Zug durch die Unterwelt davonbrauste, nahm sein Sicherheitsgefühl mit jedem Gleistakt zu. Er mußte schaudernd kichern beim Gedanken an seinen Rucksack, der irgendwo in einem Busch bei einer Herberge lag, wenn er das noch tat, aber er war zunehmend erleichtert, diese Gegend hinter sich zu lassen, sodaß ihn der Verlust nicht sonderlich traf. Er verschwendete auch keinen Gedanken daran, sich noch darum zu bemühen, Papiere und Geld hatte er bei sich, und die wichtigsten Utensilien waren zu beschaffen.

Trotz fortgeschrittener Dunkelheit war er hellwach. Da er sowieso nicht wußte, wo er schlafen könnte, lief er nach seinem Ausstieg in einer Vorstadt lange mit der Absicht herum, sich zu ermüden, nicht mehr nach Sehenswürdigkeiten, sondern nach einer Schlafgelegenheit Ausschau haltend.

Die Euphorie in der U-Bahn verflog sachte, und er begann, wieder klarer zu sehen. Und jetzt stellte sich seine augenblickliche Situation in voller Schärfe dar: verschmähte Liebe, verlorenes Gepäck, bedrückende Großstadt, knapp entronnene Gefahr, nächtliches Alleinsein ohne Heimstatt. Und prompt spürte er die altbekannte Depression Raum greifen ohne zeitnahe Gegenwehr.

Bei Gelegenheit setzte er sich, mittlerweile doch etwas erschöpft, auf eine Bank, die in Nähe eines formenreichen Brunnens stand. Dessen gleichmäßiges Plätschern, Raunen und Glucksen dämpfte seine negative Stimmung, und die kühle Nachtluft ließ allmählich Ruhe aufkommen, die allerdings relativ war im Wissen um ihren Schein.

Ein Polizist kam vorbei, sah mich und ging eine Weile unentschlossen vor mir hin und her, bis er sich schließlich entschlossen vor mir aufbaute. Interessanterweise fragte er nicht – wie ich erwartete – nach Personalien oder Papieren, sondern erkundigte sich in angemaßter Pflichterfüllung aber höflich, ob ich auf jemanden warte. Seine Höflichkeit verbot eine sarkastische

Antwort, und so nahm ich sie auf und versicherte ihm, daß ich dabei sei, seine großartige Stadt auch einmal bei Nacht zu erwandern und gerade ein wenig verschnaufen wolle. Er beugte sich vor und näherte sein Gesicht dem meinen, um es aufmerksam zu mustern, sein kleiner Schnurrbart glänzte schwarz im Neonlicht. Dann nahm er sich zurück, mit dem Ergebnis anscheinend zufrieden, nickte wohlwollend, wünschte mir viel Spaß und nahm seinen Rundgang wieder auf.

Nach Mitternacht versanken die meisten Nebenstraßen in Dämmerlicht, nur die Hauptstraßen lagen noch im Schein zahlreicher Lichtquellen. Mit der zurückgehenden Temperatur fing ich an zu frieren, was mein Gefühl der Ausgrenzung verstärkte. Ich fragte mich, was ich zu dieser Zeit, an diesem Platz, in dieser Stadt, in diesem Land gar zu suchen hätte, steigerte hartnäckig meine Niedergeschlagenheit, kokettierte mit Weltschmerz, streifte die Sinnfindung, klagte meine Eltern an, mich mit Leben bestraft zu haben, der unterlassenen Sinngebung, bisher noch nicht der Eigenbestimmung fähig, sprang endlich auf und begab mich in hellere Gegenden, um damit auch meine trübe Denkweise auszuleuchten. Und da kam ein Lokal gerade recht, aus dem durch die Eingangstür gedämpfter Lärm drang, der in etwa meiner Gemütsverfassung entsprach.

Beim Öffnen der Tür prallten Rauchschwaden gegen die kühlklare Nachtluft, der Lärm verstärkte sich vielfach, mich mit der Wärme gleichsam umbrandend. Geblendet tauchte ich in die Menge, wurde angeregt durch Essengeruch und den Anblick einer Theke, auf der noch einige Snacks ausgestellt waren. Ich bediente mich, zahlte, spähte nach einem Eckplatz, der, mich isolierend, zugleich einen Überblick ermöglichte, und war glücklicherweise fündig. Nachdem ich mich dorthin durchgedrängelt und mich gesetzt hatte, nahm ich in dem allgemeinen Lärm in nächster Nähe zunächst ein undefinierbares Geräusch wahr, das sich eigenartig absetzte, aber auch nicht weiter bestimmen ließ. Kein Ächzen, kein Stöhnen, kein Winseln, verfehlte es genauere Lautbezeichnung, machte mich neugierig. Suchend sah ich um mich und stieß bald auf die Quelle: ein Mann, der sang der sich – besser – anstrengte, dem, was seinem Mund entströmte, einen eigenen Klang aufzuzwingen. Er starrte mit glasigen Augen an die Decke, gänzlich entrückt, sein ganzer Körper nahm an der Komposition teil, er drehte und wand sich auf seinem Stuhl, sein auffällig langer Hals schraubte sich zum Kopf empor, der in ausdrucksvoller Hingabe den weit geöffneten Mund umgab. Die Lautwiedergabe schien zu schmerzen, war aber zwanghaft produktiv. Die ganze Gestalt formte Hals, verkörperte Stimmbänder.

Fasziniert verfolgte ich sein Bemühen. Das Glas vor ihm war voll, erschien unberührt, wurde allem Anschein nach gar nicht wahrgenommen bei unbeirrtem Blick an die Decke. Anzunehmen, daß er trotz geöffneter Augen nichts um sich herum registrierte, aber er verströmte mit einer Inbrunst, die den geäußerten Ton verselbständigte. Ich fing an, seine Körperlichkeit zu bezweifeln, konnte mir doch aber ein substanzloses Geräusch nicht vorstellen, auch seine unmittelbaren Nachbarn bemerkten ihn nicht, unterhielten sich über ihn hinweg oder an ihm vorbei, während er sich windend seiner Geräuschproduktion widmete.

Die zunächst lustige Präsentation verlor sich jedoch bald in Desinteresse. Etwas verwirrt, aber immerhin entlastet verließ ich das Lokal, obwohl ich meinen Snack noch nicht verzehrt hatte. Die Kälte war jetzt natürlich aufdringlicher, dazu kam meine vollständige Orientierungslosigkeit, die durch eben Erlebtes meine ohnehin labile Konstitution zusätzlich umnebelte. Immer wieder hielt ich an, versuchte, mich der Realität zu vergewissern, pausierte endlich an einem frequentierten Platz, lehnte mich an eine Hauswand und vertilgte den Snackrest, die trotz der späten respektive frühen Stunde pulsierende Geschäftigkeit teilnahmslos an mir vorbeiziehen lassend. Eine Sinnfrage stellte sich nur andeutungsweise, verlor sich aber rasch in Betriebsamkeit, Übernächtigung, resultierender Gleichgültigkeit.

Bis sich eine kleine, korpulente, alte Frau aus dem Menschenstrom löste und langsam auf mich zukam. Mit zunehmender Näherung nahm ihre Bewegung umgekehrt proportional ab, und als sie auf meiner Höhe war, schien sie sich stehend fortzubewegen, als ob sie auf einem fahrbaren Untersatz herangezogen würde.

Ihr Kleinwuchs – sie reichte mir etwa bis zur Brust – wurde augenfällig durch ihren Altersbuckel betont, ihr Gesicht präsentierte sich reich an eindrucksvollen Runzeln, graue Haare lugten strähnig unter einem auffällig gemusterten Kopftuch hervor, der Kopf saß unmittelbar den Schultern auf, ein fußlanger Mantel umhüllte die rundliche Gestalt, die sich jetzt vor mir aufbaute und von untenher mitkauend meinen Eßvorgang verfolgte. Dabei wiegte sie ihren Kopf abschätzend und nahm unterschiedliche Positionen ein. Endlich räusperte sie sich und meinte, daß ich sehr hungrig sein müsse, mit fachfraulich entschiedener Miene. Sie vermittelte den unbedingten Eindruck einer unzweifelhaften Gewißheit. Doch, meinte sie, nickte selbstbestätigend und wiederholte: „du mußt sehr hungrig sein."

Ich biß mir auf die Zunge, um mich zu vergewissern, daß ich nicht träumte, war ich doch müde in später Nacht. Da es schmerzte, beugte ich mich über sie und berührte sie: sie war echt.

„Du mußt sehr sehr hungrig sein" sagte sie noch einmal und tippte jetzt mich an. Ich lachte verhalten.

„Nicht mehr" ging ich auf sie ein, um sie loszuwerden, doch sie schien erreicht zu haben, was sie beabsichtigt hatte.

„Nein nein" haspelte sie hurtig, „es ist doch offensichtlich, daß du hungrig bist, du mußt mir nichts vormachen." Sie sah mich erwartungsvoll an.

Was sollte das? Betteln schien sie nicht zu wollen, andere Motivationen waren irrelevant, sie wurde mir einfach lästig. Aber war ich vielleicht tatsächlich hungrig? Es war bald früher Morgen und insgesamt hatte ich ja wirklich nicht allzuviel gegessen. Doch was ging sie das an? Und was hätte meine Zustimmung für Konsequenzen? Um sie loszuwerden und ihre Reaktion zu erleben kam ich ihr etwas entgegen.

„Nun ja, vielleicht noch ein bißchen."

Ihre Augen weiteten sich erschrocken, soweit bei der düsteren Beleuchtung ersichtlich, und sie schien ob meiner Uneinsichtigkeit zu verzweifeln. Ihr Kopf schwankte beträchtlich, sodaß fast zu befürchten stand, daß er seinen Schulteransatz verlieren würde." Wie hungrig du bist weiß ich nicht, aber du bist es ohne Zweifel" sprudelte sie beschwörend hervor.

Ich gab mich geschlagen. Widerspruch war ineffektiv, Zustimmung vielleicht eine Möglichkeit, sie loszuwerden.

„Sie haben recht, ich bin entsetzlich hungrig."

Ihre zuvor geweiteten Augen verengten sich, als sie heiser, nein keuchend aber triumphierend zu lachen anfing. „Ich wußte es, ich wußte es, er ist hungrig, und ich hab's herausgefunden" sang sie und hob an zu tanzen, sich dabei von mir wegbewegend, die Mantelschöße umwehten ihre Beine. Doch ihr gebeugter Rücken schien eine große Last zu tragen, wobei ich mir nicht sicher war, inwieweit sie dies anderweitig tat. Hatte meine Zustimmung mögliche Anderzweifel geklärt? Ich war jedenfalls erleichtert, sie anscheinend losgeworden zu sein, als sie in kurzer Entfernung plötzlich innehielt, eine Hand an ihre Stirne legte, kurz sinnend verweilte, umdrängt und angestoßen von eilenden Nachtgängern oder Frühaufstehern. Dann drehte sie sich ruckartig um und hastete zurück, baute sich vor mir zu ihrer zwergenhaften Größe auf und blickte mir entschieden in die Augen.

„Du bist hungrig, du armer Kerl, sehr sehr hungrig" Damit faßte sie ihre Mantelschöße beidseits mit gespreizten Fingern, setzte einen Fuß tastend zurück und versank in einen ehrfurchtsvollen Hofknicks, aus dem sie sich rasch aufraffte und in die frühmorgendliche Menge mischte.

Abgesehen von einer mangelnden Gelegenheit hatte er ohnehin kein Schlafbedürfnis mehr und so tauchte er ebenso in das Gedränge, nur sicherheitshalber in die entgegengesetzte Richtung wie die der Hungerfrau. Die Gesichter der Entgegenkommenden zeigten alle Zeichen der Müdigkeit auf, sei es von durchgemachter Nacht oder von frühem Tagesbeginn, und entsprechend nahmen sie bei ihrem Vorwärtsstreben auch keine besondere Rücksicht. Auch er bewegte sich wenig achtsam, da ohne jegliches Ziel, und so stieß er nach kurzer Wegstrecke auch auf einen mittelalten Mann in schäbiger Kleidung, der vor einem prall gefüllten Sack stand. Als er den also versehentlich anrempelte, wandte dieser sich ihm zu, ein Leuchten huschte über sein Gesicht, er faßte ihn am Ärmel, zog ihn ganz nahe zu sich heran und wies glücklich lachend auf den Sack.

„Blutig schönes Zeug dies" und zog Kleidungsstücke, Stoffe und Felle heraus, breitete sie teilweise demonstrativ aus, „was du willst, hier zum Beispiel ein Marder, fühl mal. Alles billig eingekauft, vor der Abfalltonne gerettet. Verflucht gutes Zeug das, sicher gut zu vermarkten," Und im selben Atemzug: „Hast du schon was gegessen heute?" schlug er ein gemeinsames Frühstück vor in einem ihm bekannten Lokal, das durchgehend zugänglich war, stopfte die Demonstrationsstücke wieder zurück, schulterte den Sack, winkte mir und machte sich auf den Weg. Ich folgte ihm intentionslos.

Nach wenigen Querstraßen erreichten wir das erwähnte Lokal, in dem der Lumpensammler schon bekannt zu sein schien, und dieser bestellte auch gleich zweimal Frühstück mit dem Hinweis, daß ich zahlen würde. Auf meine erstaunte Reaktion hin erklärte er, daß er im Moment kein Bargeld mehr bei sich habe, aber wenn ich dann mit zu ihm käme, würde er mir das Geld erstatten. Ich ging mit Skrupeln darauf ein, und im Anschluß suchten wir einen Waschsalon auf, da der öffentliche Nahverkehr noch nicht im Gange war, und machten es uns dort einigermaßen bequem. Er riet mir, die Augen ein wenig zu schließen, und beseitigte meinen Argwohn bald mit lautem Schnarchen.

Ich erwachte davon, daß jemand an meiner Schulter rüttelte. Vor mir stand ein Polizistenpaar, aber ich war so schlaftrunken, daß ich zunächst nicht wußte, was vorging. Der Lumpensammler machte mir klar, daß sie meine Papiere sehen wollten, die sie dann sorgfältig überprüften und kopfschüttelnd zurückgaben, den Raum kommentarlos verlassend.

Der Nahverkehr hatte mittlerweile den Betrieb aufgenommen. Seinen Sack schulternd bedeutete er mir, ihm zu folgen. Gewohnheitsmäßig sah ich mich nach meinem Rucksack um, bis mir einfiel, daß der irgendwo, vielleicht noch, in einem Gebüsch versteckt war. Ich war mir nicht im klaren, in wieweit ich mich erleichtert fühlen sollte.

Auch für die Busfahrt ließ er mich bezahlen, und wieder versicherte er, daß er mir seine Ausgaben bei sich zuhause erstatten würde. Nach einer langen Fahrt und einigen Häuserblocks zu Fuß standen wir vor einer Mietskaserne. Seine Wohnung befand sich in einem oberen Stockwerk und als er seine Türe aufschloß, schoß ein Schäferhund hervor, der mich knurrend beschnupperte.

Ich müsse keine Angst haben, sagte er beschwichtigend, patschte den Rücken des großen Tieres und schob es zurück, ich dürfe mich nur nicht zu hastig bewegen, das möge dieser nicht, aber sonst sei er friedlich.

In einer ungewaschenen Kanne brühte er Tee auf und fragte mich, ob ich auch eine Tasse davon haben wolle, wobei er zwei angebrochene benutzte Tassen auf den Tisch stellte. Der Schäferhund hatte derweil eine Pfote auf mein Knie gelegt und knurrte, wenn ich mich bewegte. Wie er schon gesagt habe, meinte der Lumpensammler, müsse ich nur hastige Bewegungen vermeiden, sein Hund sei halt etwas mißtrauisch.

Zaghaft warf ich nur ein paar Blicke um mich herum, die Wohnung machte einen chaotischen Eindruck. Es fehlte jegliche Ordnung wie auch eine erkennbare Sauberkeit, spärliche Ramschmöbel standen oder lagen in unsinnigen Positionen durcheinander. Ich zog mich auch visuell auf meinen Sitzplatz zurück.

Vorsichtig nahm ich eine Tasse in meine Hand, die Situation hielt mich davon ab zu fragen, wann sie das letzte Mal gewaschen wurde. Ich registrierte sehr genau, daß er mich ständig beobachtete, und so nahm ich widerwillig ein paar Schlucke zu mir. Gelegentlich fragte ich nach seiner Rückzahlung.

„Was für eine Rückzahlung? Wolltest du mich nicht einladen?" Aber unabhängig davon sei er momentan schlecht bei Kasse, und die paar Kröten würden mir als reichem Touristen doch sicher nichts ausmachen. Ich könnte es als freundliche Besuchergeste betrachten, ihn eingeladen zu haben, außerdem böte er mir ja auch Tee an, als Erwiderung meiner Offerte. „Jeder halt nach seiner Möglichkeit."

Der Hund knurrte, hatte aber zwischenzeitlich seine Pfote zurückgenommen und hockte lauernd vor mir. Die Sachlage war offensichtlich, ich mußte nur versuchen, unbehelligt herauszukommen. Also bedankte ich mich für den Tee und die Gastfreundschaft, beteuerte, daß es mir ein Vergnügen gewesen sei ihn kennengelernt zu haben und einladen zu dürfen – er grinste höhnisch – aber auch, daß ich aus Zeitmangel jetzt unbedingt gehen müsse, auch wenn es mir aufrichtig leid täte.

Mit Rücksicht auf den Hund stand ich langsam auf und bewegte mich ebenso auf die Eingangstüre zu. Er hielt mich nicht auf und begleitete mich darüber hinaus sogar, den Hund mit einem Fuß aus dem Weg schiebend, zögernd, wie weit er gehen sollte, als auf einem darunterliegenden Treppenabsatz eine gewichtige, alte Frau auftauchte.

Die mich fragte, wo ich denn herkäme und was ich hier täte. Im gleichen Atemzug forderte sie mich auf, mit ihr zu kommen, nachdem sie den Mann mit schriller Stimme in seine Wohnung gescheucht hatte.

Ihr Ton war abschreckend, und ich fragte mich, was sie das angehe, folgte ihr aber erstmal. Auf dem Weg ein paar Treppenabsätze nach unten stellte sie sich mir als Hausmeisterin vor und betonte, daß dem Kerl, in dessen Wohnung ich gewesen, nicht über den Weg zu trauen sei. Nach meiner Nationalität fragend behauptete sie, daß ich Glück gehabt hätte, mit heiler Haut davongekommen zu sein, weil er gerade diese meine Nation abgrundtief hasse. Ob er denn danach gefragt hätte? Daß er einen meiner Landsleute umgebracht habe, könne ihm nur nicht sicher nachgewiesen werden. Davon abgesehen sei ihr bekannt, daß er sich gerne an Touristen heranmache und sich von ihnen verköstigen lasse. Wie ich denn aber an ihn geraten sei und ob ich denn kein Gepäck habe?

Ich verneinte und schilderte ihr bereitwillig in Kürze den Hergang: mein Schlendern durch ihre nächtliche Stadt, die Begegnung mit dem Lumpensammler und die daraus resultierenden Begebenheiten, das Versteck meines Rucksacks in einem Herbergsgarten. Von meiner enttäuschten Liebe mußte sie nichts erfahren.

Inzwischen waren wir vor ihrer Wohnung im Erdgeschoß angelangt, und sie lud mich ein, hereinzukommen. Gerne nahm ich an, und sie meinte gleich, daß ich sicherlich nichts gegen eine Tasse Tee einzuwenden hätte -ich dachte mit Schaudern an vorher – und sie könne mir auch ein Frühstück bereiten. Ich dankte ihr mit der Bemerkung, daß ich ja mit ihrem Hausgenossen schon das Vergnügen hatte. Sie ging mit Gewißheit davon aus, daß er mir kein Geld erstattet hatte, das täte er nie unabhängig von der Nationalität, wenn er auch von meiner sich besonders gerne aushalten ließ. Ich solle froh sein, daß sie mich heil aus seinen Klauen befreit habe. Wenn ich wolle, könne ich mich waschen.

Nachdem ich erfrischt aus ihrer Waschecke zurückkam, fragte sie nach möglichen Terminen meinerseits, und als ich diese ausschloß, nötigte sie mich in einen verschossenen aber bequemen Sessel. Sie bot mir eine Zigarette an und begann in akzentreichem, schwer verständlichem Kauderwelsch, der vorher gar nicht so deutlich zum Ausdruck gekommen war, zu erzählen. Sie griff zurück in die Vorkriegszeit, berichtete von ihrer Auswanderung hierher, ihren Hilfeleistungen an ehemaligen Landsleuten nach dem Krieg, ihrer mehrmaligen Verurteilung deswegen, einmal sogar zum Tode, vor dem sie glücklicherweise durch eine Nacht- und Nebelaktion bewahrt wurde, wie ich ja sehen könne. Und dann mauschelte sie von einer geheimen Organisation, deren Ziel es sei, der Monarchie in allen Ländern der Erde an die Macht zu verhelfen, eine Weltherrschaft zu errichten, unter der alle Menschen Geschwister wären: der Grundgedanke hinter ihrer Handlungsweise. Inzwischen flüsterte sie nur noch und offerierte sich selbst als maßgebliches Glied in dieser Vereinigung. Und dieses Ziel würde noch zu meiner Zeit erreicht werden, ich wäre sicherlich in der glücklichen Lage, dies zu erleben. Ihre Augen glänzten.

Unvermittelt eilte sie in ihre Küche und brachte mir eine Brotzeit für den nächsten Hunger, schlug mir billige Übernachtungsmöglichkeiten vor, warnte mich eindringlich vor naivem

Vertrauen und entließ mich nach einer Umarmung in einen sonnigen Mittag.

War er vor kurzem noch hellwach gewesen, so überfiel ihn plötzlich eine bleierne Müdigkeit. Er taumelte schon, als er an einem Park vorbeikam, den er mit wenigen Schritten betrat. Er fiel fast auf den gepflegten Rasen und war in der nächsten Sekunde eingeschlafen.

Die Dämmerung hatte den Park bereits in Zwielicht getaucht, als er erwachte. Er blieb noch eine Weile liegen, um sich zu sammeln, in der Realität zurechtzufinden. Er hatte erwartungsgemäß tief geschlafen, aus Erschöpfung und auch wegen seiner Sorglosigkeit bezüglich des nicht vorhandenen Gepäcks, und überdies war er auch nicht gestört worden. Während er also langsam zu sich fand, ging die Sonne bei klarblauem Himmel prosaisch unter, sie zog sich auf ihr Gestirn zurück und stahl sich einfach sachte davon. Im Lichtwechsel zogen Wolken herauf, und es dauerte nicht lange, bis es zu tröpfeln anfing. Obdach suchend eilte er umher, wobei diese Zielstrebigkeit anderen Gedanken keinen Raum ließ. Als er an einem Kino vorbeikam, verband er Obdach mit Unterhaltung, wobei ihm egal war, was für ein Film gezeigt wurde, er platzte sowieso mitten in eine Westernvorstellung. Es amüsierte ihn, das Ende vorweggenommen zu sehen, es lief bei diesem Genre ohnehin immer auf dasselbe hinaus: bestialische rote Untermenschen gegen edle, tapfere, schießfreudige weiße Landräuber in eines Gottes Namen, in Mehrzahl die Erstbewohner, in Minderzahl weit besser bewaffnet die Eindringlinge mit schutzbedürftiger Weiblichkeit. Nach happy end für die besseren Waffen kam der Filmanfang, weil das Programm über den Tag fortwährend wiederholt wurde. Nachdem er dann die Filmhälften in umgekehrter Reihenfolge gesehen hatte, verließ er das Kino. Glücklicherweise hatte es aufgehört zu regnen, und wieder streifte er ziellos durch die Stadt, seine Stimmung sank mit der Dauer und zunehmendem Hunger, weshalb er das nächstbeste Lokal aufsuchte.

Es war wenig frequentiert, und ich setzte mich gewohnheitsmäßig an einen Ecktisch. Das Essen war teuer und nichts Besonderes, aber das scherte mich wenig, denn ich hatte mittlerweile meine Rückkehr beschlossen. Die Ersterlebnisse waren abgehakt und im großen und ganzen überwiegend positiv, doch jetzt begann ich wieder zu hinterfragen: die Fahrt, den Sinn, meine Zukunft. Ich bestellte mir eine weitere Flasche Bier.

Mein gleichgültiger Rundblick erfaßte ein junges Paar, und im selben Moment blickte auch sie zu mir. Wir fixierten uns eine Weile, und langsam breitete sich ein Lächeln über ihr Gesicht. Sie ließ nicht ab, und indem sie mir zuwinkte, forderte sie mich auf, zu ihnen an den Tisch zu kommen.

Warum sollte ich nicht? Sie machte einen anziehenden Eindruck, und auch ihr Begleiter war nicht unsympathisch. Also wechselte ich an ihren Tisch, während sie mir unablässig mit ihren Augen folgte. Bevor ich noch einen Gesprächsstoff erdacht hatte, mutmaßte sie meine Nationalität und platzte dann mit erotischer Stimme heraus, daß ich ein gut aussehender junger Mann wäre, und ob ich nicht Lust hätte, mit ihr zu schlafen.

Ja schlafen. Ich hatte mich nicht verhört. Ihr Begleiter hüstelte und schlug ein völlig deplatziertes Thema an, doch sie bestand hartnäckig auf ihrer Koitusnachfrage, die sie mit ihrer Lebensgeschichte umrahmte, ihr Tischgenosse trat völlig in den Hintergrund. Sich verbal zurückhaltend prostete er mir ständig zu, eifrig Wein nachbestellend. Seine Taktik war offensichtlich: trunken wollte er mich außer Gefecht setzen. Ich verstand ihn, unabhängig von seinem Verhältnis zu ihr. Er war ihr primärer Begleiter, ich ein ausländischer Fremder. Ich konnte froh sein, wenn er seine möglichen Besitzeransprüche nur auf diese Weise deklarierte.

Und wieder Krieg. Ihre Eltern seien als Partisanen erschossen worden, sie sei als Kleinkind in Feindesland mit trotz allem, soweit erinnerlich, glücklichen Kinderjahren, und nach Kriegsende hierher gekommen, aber innerlich sei sie ihrem Ursprungsland verbunden. Ob ich also mit ihr schlafen wolle, fragte sie alkoholisiert verwaschen, öffnete ihre Handtasche und fingerte nach Schlüsseln. Doch bevor ich begriff, was sie damit wollte, hatte ihr Begleiter sich schon ihrer Schlüsselhand bemächtigt.

„Gib sie mir" bettelte er, „Was macht dieser junge Mann damit?"
Wohl keine gesetzlich sanktionierte Partnerschaft also.

Sie schmollte, bockte, spreizte sich, doch endlich ließ sie ihm den Schlüssel. Und als sie auf die Toilette ging, beugte er sich mir zu und beteuerte flüsternd, daß sie nicht so eine sei, ihre Vorliebe für meine Nation müsse auf ihre Erlebnisse zurückzuführen sein, ich müsse das so verstehen.

Als sie wiederkam, zog er sie an seine Seite und beschwor sie, ihn zu lieben, wenn er sich von mir unbeobachtet wähnte. Ich verstand und unterdrückte mein Lachen.

Sollte ich es zum Streit kommen lassen? Ich hätte schlechte Chancen: mittlerweile doch angetrunken, war ich als Ausländer wenig vertraut mit den hiesigen Umständen, er hatte schon ihre Schlüssel, wahrscheinlich auch ein Auto, mit dem er sie in seine oder ihre Wohnung bugsieren konnte, und dieses Sexgefeilsche ging mir auf die Nerven. Als ich meine Zeche zahlen wollte, wehrte er großspurig ab, das sei ja wohl seine Sache, als vermutlich empfundener Sieger, ich sei ja Gast, an seinem Tisch, in seinem Land, er freue sich nun, meine Bekanntschaft gemacht zu haben, vielleicht träfen wir uns einmal wieder, die Welt sei ja so klein und er wünsche mir eine gute Weiterfahrt. Ich stellte mir seinen hastigen Abgang vor.

Die Lachunterdrückung funktionierte abrupt, so offensichtlicher Schein widerte mich an. Ich stand auf, deutete ihr gegenüber mein Bedauern an, deren Namen ich nicht einmal kannte, winkte ihm kurz zu und verließ das Lokal. Auf der Straße merkte ich, daß ich meine Zigaretten liegengelassen hatte, kehrte um und traf beide, wie er ihr gerade in den Mantel half. Eilfertig streckte er mir die Zigarettenschachtel entgegen und bekannte, daß er zwei Zigaretten entnommen habe, für sie eine und für sich, weil er nicht mit meiner Rückkehr gerechnet habe. Aber das würde mir sicher nichts ausmachen, schätzte er, schließlich habe er ja auch … Müde trat ich wieder auf die Straße, immerhin ließ mich der reichlich zugeeignete Alkohol die Kühle nicht empfinden. Nach längerem Umherirren kam ich zu einer Fußgängerunterführung, die mich in meinem schlaftrunkenen

Zustand nachgerade zum Weilen einlud, umso mehr, weil es erneut angefangen hatte zu regnen. Ich kuschelte mich behelfsmäßig an die Betonwand, konnte aber natürlich nicht einschlafen, eben Erlebtes überdenkend, malte mir diverse Folgerungen aus, vor allem ein warmes trockenes Bett, womöglich neben, besser noch mit einer jungen attraktiven Frau. So saß ich, den Mantel eng um mich geschlungen, und starrte auf die gegenüberliegende Seite, Wunschbilder fantasierend.

Die ungewohnte Stille wurde durch zunehmend hallende Schritte gestört. Ich kümmerte mich nicht weiter darum, bis sie vor mir stoppten und mich natürlich aufmerken ließen. Ein mittelalter unscheinbarer Mann streckte mir seine Linke entgegen, lächelte verschämt und fragte, ob ich nicht wüßte wo ich schlafen könnte, er wüßte es, bei ihm nämlich. Seine einladend ausgestreckte Linke wartete. Unwirsch lehnte ich ab, ohne die Notwendigkeit einer Begründung zu sehen. Dies schien ihn aber zu ermutigen, und er meinte, den Vorteil eines warmen, weichen Bettes gegenüber der kühlen, harten Unterführung herausstellen zu müssen. Was mich gerade nach meinen vorangehenden Vorstellungen umso mehr aufregte. Da ich jedoch keine Lust auf langwierige Diskussionen hatte, erklärte ich ihm nachdrücklich, kein Interesse an Männern zu haben und im übrigen in Ruhe gelassen zu werden wünsche. Woraufhin er mit den Schultern zuckte, etwas murmelte, was sich wie Enttäuschung anhörte, und seinen nächtlichen Gang fortsetzte, womöglich auf weiterer Gelegenheitspartnersuche.

Ich kam mir jetzt allerdings wie auf einem Präsentierteller vor, obwohl die Unterführung um diese Zeit leer war, aber ich wollte jedweden Kontakt tunlichst vermeiden, weshalb ich mich nach einer Alternative umsah, die ich in einer Telefonzelle fand. Ich kauerte mich in ihr nach Möglichkeit zurecht und fiel endlich in traumlosen Schlaf.

Schmerzen weckten mich aus dieser bedrängten Lage in ein verregnetes Grau, meine Gliedmaßen waren eingeschlafen. In großer Gleichgültigkeit suchte ich zunächst, sie wieder zu beleben, stärkte mich dann an einer Imbißbude, fuhr in die Außenbezirke, wo ich mich an eine Ausfallstraße stellte mit dem Ziel Herkunftsland. Dem war mein weiteres Erleben untergeordnet, es verlor an Schärfe, reduzierte sich auf Vorankommen. Vielleicht noch das Rollen eines Schiffes, dann wieder Autofahrten und einige Freilandnächte, und ich stand vor dem Haus meiner Eltern, das mir seltsam fremd vorkam.

Fremd auch sie, obwohl sie natürlich ihre Erleichterung ausdrückten, ihn gesund, wenn auch deutlich abgemagert, wiederzusehen. Vieles wollten sie wissen: wo er sich so lange herumgetrieben habe, warum er so sang- und klanglos verschwunden sei, was er alles erlebt habe, wie es ihm jetzt erginge und ob er endlich studieren wolle in einem abendfüllenden Verhör. Sie meinten es doch nur gut mt ihm, sie würden ihm seine Auszeit ja nachträglich gönnen, hätte er ihnen doch nur nicht die permanenten Sorgen und Ängste bereitet, sie würden ja auch nicht gerade jünger. Er nickte zu ihren Argumenten, verstand sie wohl, ihren Wunsch nach einer Beendigung ihrer Zahlungsverpflichtungen, war ihnen auch dankbar.

Aber kam in Kürze wieder in das alte Fahrwasser. Er war sich immer noch nicht sicher, ob und was er studieren wollte, und in den gegenwärtigen Zwischensemesterzeiten hatte er Muße genug, sich wieder mit dem Sinn zu beschäftigen, wobei er infolge seiner Ergebnislosigkeit erneut Zuflucht im Alkohol suchte, obwohl ihm klar war, daß dies auch keine Lösung zeitigte, und die notwendige Steigerung der Trinkmenge, um die erwünschte Trunkenheit zu erreichen, ging ins Geld, das er sich mit Gelegenheitsjobs beschaffte. Bequem war das schon, aber völlig unergiebig, da es die Problematik nicht beseitigte sondern nur hinausschob. In den nüchternen Zwischenzeiten versuchte er, die Fragen von verschiedenen Seiten anzugehen, auch bei gelegentlichen Treffen mit dem Freund, zu dem freilich auch eine gewisse Entfremdung eingetreten war. Zur Ergebnislosigkeit kam allmählich auch Überdruß bis zum Ekel. Er fühlte sich wie in einem Kokon, und es war lediglich eine Frage der Zeit, bis er zu erkennen meinte, daß das Leben im Grunde dieses Gespinst war, eine augenblickliche Gedankenbrücke zwischen unterschied-

lichen Existenzformen, wobei der Griff nach Widerlagern mit
kälteklammen Fingern beidseits leicht ins Leere erfolgen konnte, und folgerichtig – ein wohlig entsetzlicher Schauer ergriff
ihn – folgerichtig konnte er sich nur dadurch befreien, daß er
diese Hülle aufbrach. Was darauf hinauslief, daß er dieses Leben zerstören oder im Klartext beenden mußte. Die anfängliche
Lösungserleichterung schlug um in heimliches Grauen. Er war
doch noch so jung, hatte rein statistisch noch viele, allerdings
völlig ungewisse Jahre vor sich, Jahre mit momentan unvorstellbaren Möglichkeiten. Doch war das Theorie, während der
Ohnesinn gelebte Realität war. Und auch in diesem Zusammenhang: wäre dies dann das endgültige Ende? Er würde das soziale
Netz zerreißen, das ihn bisher kaum merklich getragen hatte,
aber das kümmerte ihn so wenig, daß er nur flüchtig gedanklich daran streifte. In tiefem Zweifel suchte er sein Stammlo-
kal auf und begann, seine Ängste zu betäuben. Wie immer hatte er sich zurückgezogen und brütete vor sich hin, trank jetzt
Wein wegen des höheren Alkoholgehaltes bei geringerer Flüs-
sigkeitszufuhr, und mit der Promillezahl und der Zeit reifte ein
unbestimmter Entschluß heran. Er wußte zwar nicht wozu, nur
daß jetzt etwas geschehen müsse, zahlte und zog die Lokaltür
jedenfalls entschlossen sachte hinter sich zu.

Trotz des überreichlich genossenen Alkohols überschwemmte
ihn eine eisige Ruhe, die ihn frösteln machte. Er war hellwach,
seine Sinnesorgane funktionierten überempfindlich im Gegensatz zu vergleichbaren früheren Situationen, in denen er blind
und taub durch die Nächte taumelte. Ohne bestimmtes Ziel bewegte er sich aus der Stadt, innerlich vorangetrieben, unnachgie-
big stimuliert. Die Bebauung nahm Vorstadtcharakter an, räumliche Enge weitete sich zu individuellen Einzelstrukturen, die
mondnächtlich vier parallele Silberfäden offenließen, die sich
in der Ferne verloren, aus der allerdings zwei Lichtpunkte auftauchten. Sie wuchsen rasch heran, und mit der Annäherung ertönte ein mählich anschwellendes Singen. Er horchte gespannt
auf, begann zu zittern, ahnend zu hoffen, dem Schicksal einen
Wink zuzurechnen. Konzentrierte sich auf anstehende Mög-

lichkeiten, stand wie gelähmt nahe den Gleisen bei überklarer Sensorik. Seine Gedanken überschlugen sich, filterten eine herbeigesehnte anstehende Lösung heraus.

Die Lichtpunkte vergrößerten sich schnell und verkürzten entsprechend seine angstwirren Überlegungen, die urplötzlich kapitulierten. Er konnte das mittlerweile brausende Geräusch nicht mehr sicher orten, sprang es ihn von außen an oder wütete es in seinem Kopf? Der Zug näherte sich mit großer Geschwindigkeit, und als dieser fast auf seiner Höhe war, verwarf er kurzschlußartig sein Zaudern und sprang jählings auf die Gleise zu. In vernunftscheuender Leichtfertigkeit flog er dem donnernden Gefährt entgegen, Arm und Knie rechts trafen auf maschinelle Härte in abweisendem Fahrtwind, er wurde leichthin herumgewirbelt, und mit ihm Lichter, Geräusche, Formen, Relationen, und binnen Bruchteilen schlug er schwer auf dem Gleisschotter auf. Die Lokomotive gab einen schrillen, langanhaltenden Ton von sich und der Waggonanhang entschwand rasselnd in die Nacht.

Betäubt blieb er in der aufkommenden Stille liegen, sein Bewußtsein klarte nur langsam auf. Noch war er vollständig beschwerdefrei. Er hatte es ernsthaft versucht, hatte es aufs Spiel gesetzt, riskiert, und wenn auch nicht die hintergründige Problematik gelöst, so doch immerhin das Leben gewonnen, und der Fehlschlag war ihm Bestätigung und mit ihr zunächst Voraussetzung für einen Neuanfang. Er war tatsächlich glücklich, blickte in den klaren, sauberen, heiterhellen Sommernachthimmel, und eine nur kurzfristige Traurigkeit überkam ihn, als er daran dachte, daß die Menschen diesen reinen, unendlichen, freien Himmel mit Beziehungen, Zwecken, Formeln, Göttern verunstalteten. Dann bemerkte er den Blutfluß an Knie und Hand. Mühsam und nun schmerzhaft rappelte er sich hoch, seine Rechte erwies sich als gefühllos und schwarz in der Dämmerung, der Riß seines Hosenbeins war blutverkrustet, aber irgendwie fand er einen Weg nach Hause. Dort versorgte er seine Wunden, nahm keine Schmerzmittel in masochistischem Trotz und schlief trotzdem wieder einmal tief und lang.

Seine Eltern waren erleichtert, als er ihnen von seinem Studienentschluß berichtete, wenn auch etwas erstaunt über seinen plötzlichen Sinneswandel, doch sie fragten nicht weiter nach, aus Sorge wohl vor einem Rückzieher, obwohl sie angesichts der noch geringfügigen äußerlichen Zeichen schon den Eindruck machten, als ob sie Näheres gerne gewußt hätten – nach Dusche und Kleiderwechsel war nur noch die Handverletzung zu sehen, die er aber geschickt verbarg. So hatten sie ein Problem weniger, ihre Vorstellungen schienen sich zu verwirklichen, wohl aber wollten sie wissen, was er denn nun zu studieren beabsichtige, wahrscheinlich in der stillen Hoffnung der väterlichen Berufsnachfolge, und entsprechend waren sie über seine Auskunft nicht sonderlich erbaut. Wie er denn nach einem Philosophiestudium sein Leben zu finanzieren gedenke, vom Erbe einmal abgesehen? Ob dies denn im Vordergrund stünde, fragte er zurück, sei es denn nicht entscheidend, daß er überhaupt studieren wolle? Vielleicht verhalf ihm dieses Studium zu einer Antwort auf anstehende Fragen, und außerdem wisse er doch jetzt noch nicht, ob er dabei bleiben werde, Anfang immerhin.

Und es war ein Anfang. Er hatte Glück bei der Zimmersuche, der Umzug in die Universitätsstadt war keine große Sache, und nach Erledigung der vorgeschriebenen Regularien stürzte er sich in den Studienbetrieb. Er hörte Vorlesungen, nahm teil an Übungen, Kolloquien, Seminaren, was ihn soweit in Anspruch nahm, daß seine Zeit voll ausgefüllt war, tagsüber in der Uni und abends saß er dann wißbegierig über Büchern, paukte Nomenklatur, Geschichte, Vordenker, nahm eifrig auf und suchte zunehmend, das Übermittelte nach eigenen Maßstäben zu überdenken. Und anfänglich entging ihm dabei ganz, daß diese Geschäftigkeit ihn von seiner Sinnfrage abhielt. Doch der Schritt vom Unbekannten, Neuen, Fesselnden zum Gewohnten, Alltäglichen, Ermüdenden, und von da zum Überdrüssigen war nur ein Trippeln ohne Stufe, und hin und wieder, wenn er sich mit brennenden Augen spätabends ermüdet zurücklehnte, blitzte die Dauerfrage nach dem Sinn auf, wobei er den abwägenden Eindruck hatte, daß sein Studium ihm bislang diesbezüglich keine Hilfestellung bot. Und obwohl er sich wohlfühlte in der vermeintlichen Anonymität der Groß- und Universitätsstadt – eine Ansammlung von Straßendörfern – empfand er ein Gefühl der Ichbezogenheit, entwickelte eine Sehnsucht nach Gesellschaft, doch keinesfalls nach männlicher, womöglich lautstarken, oberflächlichen Kommilitonen, Saufkumpanen, Corps-Studenten, die versuchten, ihm ihre Verbindungen schmackhaft zu machen, was er jedoch kategorisch ablehnte, hatte er doch hinlänglich genug an seiner eigenen Männlichkeit. Gelegentlich dachte er zwar an seinen Freund, an die nächtelangen, intensiven, wiewohl meist ergebnislosen Diskussionen, schloß aber eine Wiederbelebung desillusioniert aus. Die Gesprächsthemen waren soweit abgehakt, und im Raum stand noch die isolierte, bis dahin ungelöste drängende Frage, deren Beantwortung vorerst wohl kaum zu erwarten war.

Und an die Musik, die er schon längere Zeit vernachlässigt hatte. Würde sie ihm noch die innere Ruhe wenigstens gelegentlich wiedergeben? Die fehlenden Utensilien könnten sich problemlos beschaffen lassen. Doch er war sich bewußt, daß ihm momentan die Bereitschaft dazu fehlte. Während er seine Vergangenheit Revue passieren ließ, ergriff ihn eine überwältigende Sehnsucht nach weiblicher Partnerschaft, Uni, Arbeit, Berufsaussichten, Zukunft gerieten zur Nebensache. Seine Teilnahme an den einzelnen Studiumsveranstaltungen wurden unregelmäßiger und unaufmerksamer, regelmäßiger dagegen und aufmerksam seine Anwesenheit in Studentenkneipen in der Hoffnung auf die Begegnung mit IHR. Dabei stellte er keine besonderen Ansprüche, verließ sich ganz auf den Zufall und die berühmten ersten Minuten. Die natürlich auf sich warten ließen. Vorlesungen blieben zuletzt weitgehend unbeachtet, mutierten zur Alibifunktion, die Nächte verlängerten sich in den Tag hinein, der dann zur Schlafenszeit geriet, Nerven und Gemütszustand litten ebenso wie das Salär. Der nachmittägliche Kater trug nicht unbedingt zur Stimmungsaufhellung bei und war so eben gerade ausgenüchtert bis zum nächsten Kneipengang.

Doch in hoffnungsfroher Erwartung fand ich mich wieder in einem der Lokale ein und hatte mich kaum gesetzt, als ein junger Mann in Begleitung zweier ebensolcher Frauen den Raum betrat, die eine dunkel, untersetzt, mit angedeutet asiatischem Aussehen, die andere das genaue Gegenteil. Ich wartete, bis sie ihren Platz eingenommen hatten und schlenderte dann wie zufällig bei ihnen vorbei, mich mit einem schnellen Blick vergewissernd, deutete auf den leeren Stuhl an ihrem Vierertisch und fragte, ob dieser noch frei sei. Die Kontaktaufnahme gelang mir umso leichter, nachdem ich das blonde Geschöpf näher in Augenschein genommen hatte. Der junge Mann nickte gleichgültig.

Wie selbstverständlich klinkte ich mich in ihre Unterhaltung ein wie ein alter Bekannter, wunderte mich über meine plötzliche Beredsamkeit, wandte mich zunächst an beide Frauen gleichermaßen, verlagerte meine Aufmerksamkeit im Laufe des angeregten Gespräches auf die blonde, um mich schließlich ganz auf sie zu beziehen. Sie gefiel mir mit jedem Wortwechsel mehr, machte einen einfach hinreißenden Eindruck und nahm mich innerhalb besagter Minuten völlig gefangen.

Aber sofort beschlichen mich Zweifel: in welchem Verhältnis standen die drei zueinander? War sie noch ungebunden? Welche Chancen hatte ich? Um mein weiteres Vorgehen zu planen, entschuldigte ich mich kurz und begab mich auf den Weg zur Toilette. Auf dem Gang dorthin blieb ich stehen, lehnte mich an die Wand und wartete, ohne mir sicher zu sein worauf und unfähig zu einem klaren Gedanken. Nach einer Weile ohne Vorkommnis mußte ich über mich selbst lachen, wie ich da stand und wie ein Kind auf eine ungewisse Bescherung hoffte. Wartete ich letztlich darauf, daß sie vorbeikäme Und als ich schon die Unsinnigkeit meines Verhaltens einsehen wollte, kam sie tatsächlich. Es verschlug mir fast den Atem, als sie scheinbar beziehungslos an mir vorbeiging, dann aber doch merklich zögerte und sich nach mir umdrehte. Ich schloß sofort auf und beteuerte, daß ich mir vielleicht den Mund verbrennen würde, weil ich nicht wüßte, wie es um sie stehe, aber gerne würde ich das

Risiko auf mich nehmen und sie zu einem anderen Zeitpunkt einladen, sie alleine freilich.

Ich war auf alles gefaßt, auf ihren wortlosen Weitergang, ihre Entrüstung, eine mehr oder weniger bestimmte vielgestaltige Absage, aber sie blieb stehen, lächelte bei leichtem Erröten und fragte mich, ob ich ihr deshalb aufgelauert hätte? Aus dieser Reaktion ersah ich eine Chance, die ich sofort wahrnahm. Mehr als verlieren konnte ich nicht, wohingegen ein möglicher Gewinn vorhersehbar war. Ich preßte meine Hände zu Fäusten, sah ihr in die Augen und nickte heftig, weil mir in diesem Moment die Worte fehlten.

Zu meinem völligen Erstaunen sagte sie ohne langes Zögern zu. Ich mußte mich erst besinnen, bevor ich meine Sprache wieder fand. Doch als ich sie dann fragte, wann und wo wir uns treffen könnten, lachte sie schelmisch und huschte davon. Natürlich blieb ich betroffen stehen, aber als ihr Tischherr vorbeikam, kehrte ich in den Gastraum zurück. Der Wahrscheinlichkeit nach müßte sie vor ihm wiederkommen, und damit würde sich ein Treffen arrangieren lassen, wie es auch kam. Die andere war ebenfalls zur Toilette gegangen, sodaß wir kurzfristig allein waren. Wir vereinbarten Zeit und Ort und verabschiedeten uns per Handschlag. Mein wirrer Kopf rührte diesmal nicht vom Alkohol her, mein Nachhauseweg führte mich durch alle möglichen Bilder und in dieser Nacht schlief ich unruhig, träumte von ihr, hörte ihre flüsternde Zustimmung, wachte auf, als ich sie umarmen und küssen wollte, und hielt wieder einmal mein Kopfkissen in meinen Armen.

Auf dem Weg zum Treffpunkt wurde ich mit jedem Schritt nervöser. Ich hatte Angst vor einer möglichen Angst vor dem ungewissen Unterfangen, wenn ich mich auch zu beruhigen suchte: ihre Zusage hatte glaubhaft geklungen, ihr vermeintlich herzliches Verhalten mir gegenüber erschien mir nicht gekünstelt, warum also sollte sie?

Erwartungsvoll war ich zu früh eingetroffen. Wieder stellte ich mich an eine Wand und wartete gespannt, wobei ich dieses Mal sicher zu sein glaubte worauf. Der ständig wiederholte Blick auf die Uhr verfolgte die unfaßbar langsame Bewegung der Zeiger, mein Kopf fing an, wegen der übermäßigen Nikotinzufuhr zu grummeln, ungeduldig verlagerte ich mein Gewicht wechselseitig. Die vereinbarte Zeit wurde zunehmend überschritten.

Als ich dann endlich akzeptieren zu müssen glaubte, daß sie nicht kommen würde, verlor ich die Kontrolle über meine Gefühle. War es bloße Enttäuschung, Trauer, Ärger, gar Wut? Hatte sie doch nur mit mir gespielt? ihren Sinn geändert? War etwas Unvorhergesehenes dazwischengekommen, worüber sie mich nicht unterrichten konnte, weil sie weder meine Adresse kannte noch mich telefonisch erreichen konnte, weil ich ja gar kein Telefon besaß? Oder hatte sie unsere Abmachung einfach vergessen, weil ihr Anderes wichtiger war?

Verwirrt schlich ich trotzig ohne Alkohol zu meiner Bude. Dort erwog ich mein weiteres Verhalten, setzte mich zwischenzeitlich lustlos an meine Bücher, allerdings erwartungsgemäß ohne nennenswerten Erfolg, da ich meine streunenden Gedanken nicht zielgerecht ausrichten konnte, sondern nach denkbaren Gründen für ihr Fernbleiben suchte. Und diese Hartnäckigkeit offenbarte zweifellos, daß mir viel an ihr liegen mußte, nach diesem einen, relativ kurzen Abend schon. Aber gleichzeitig wurde mir klar, daß ich keine Chance hatte, sie wiederzusehen, hatte ich doch, in Sicherheit schwelgend, versäumt, sie nach ihrer Adresse zu fragen und damit jede Kontaktmöglichkeit vergeben.

Und nun auch wieder Veranlassung, nach dem Sinn zu fragen, dem Zweck zunächst, weiter meinem Verlust nachzutrauern, Mittel und Wege zu erdenken, sie ausfindig zu machen, was sich als praktisch unmöglich erwies, da ich nicht einmal ihren Namen kannte. Was für Erfolgsaussichten bot eine Zeitungsannonce, mit der eine namenlose blonde junge Frau gesucht wurde nach einer Begegnung dann und dort? Las sie die Zeitung? Jeden Tag? Speziell auch die Partnerschaftsrubriken? Ich gab meine Bemühungen in dieser Richtung auf und geriet leichthin wieder einmal zu der Frage nach einem allgemeinen Sinn.

Was war doch der Sinn? Und entwickelten sich Denkansätze aus unbewußten Querelen ins trübe Licht aufmerkend vager Wahrnehmung. Gab es einen Sinn schon vor der menschlichen Nachfrage? War die vormenschliche Existenz sinnloser Selbstzweck? Führte die aufkeimende Abstraktionsfähigkeit zur Infragestellung des dämmernden Ichs, zur folgend zwanghaften Selbsterforschung, und mit der möglichen Erkenntnis einer nachpubertären Haltlosigkeit zur erhaltungshysterischen Suche nach einem Fixpunkt? War das etwa die Zielsetzung? Religion? Menschengeschaffener Sinn? Das wäre …

Buchstäblich gelähmt lag ich mitunter, unfähig zur Sammlung. Die Zeit hatte ihre Kontinuität eingestellt, blieb stehen, umklammerte mich mit eisigem Griff, ich war mein ausschließend momentanes Ich, war Müdig-, Gleichgültig-, Nebensächlichkeit, Verzweiflung, Sadomasochist, der sich mit Schmerzen erregte, ohne resultierende climax, Widerspruch in mir selbst, unfähig einer Wiederbelebung, mir zu entrinnen. Der Sadist verlor seinen Spaß, quälte nur noch aus Gewohnheit, wurde sich selbst zur Qual und konnte doch nicht ablassen vom Austarieren einer Bedrängnis, die mich dazwischenhielt. Wenn ich dann aus meinem Koma blinzelnd erwachte, mußte ich mich regelrecht zurücktasten zum Alltag, zu den wesentlichen Tätigkeiten, zum Studium, und doch ging alles an mir vorbei, wurde immerhin registriert, doch ohne nachhaltige Bedeutung. Ich fühlte mich zweifelskrank, funktionierte mechanisch.

Eines Tages, war es wieder Sommer?, stieg ich blindlings in die Straßenbahn, die mich zu irgendeiner Vorlesung bringen sollte. Die Türen schlossen automatisch und schienen die Luft zu komprimieren, sodaß mir der Atem stockte. Ein leichter Schwindel entsetzte mein Gleichgewicht und meine Augen gaukelten Wunschvorstellung wie sie da stand, die blonde Schönheit, die so schelmisch einem Treffen zugestimmt und mich dann so schmählich versetzt hatte. Sie war mir halbzugewandt, mußte mich also nicht unbedingt erkennen, wenn sie es denn wollte, drehte sich dann wie zufällig mir zu: sie war es tatsächlich, mußte mich in ihrem peripheren Blickfeld erfaßt haben und ein schüchternes Lächeln huschte über ihr Gesicht. Zögernd ließ sie die Halteschlaufe fahren und kam mir ein paar Schritte entgegen.

In meinem konfusen Zustand begrüßte ich sie gar nicht erst, sondern kam gleich zur Sache. Mit trockenem Mund und heiserer Stimme fragte ich sie, warum sie damals nicht gekommen sei, hätten wir doch ein Treffen fest vereinbart, worauf ihr maskenhaftes Lächeln augenblicklich verschwand, und mit fast aggressivem Unterton fragte sie zurück, warum ich nicht gekommen sei im Gegensatz zu ihr sie habe sich ganz schön verschaukelt gefühlt.

Ich war mir nicht sicher, ob das jetzt ein Bluff war oder bedauerliche Realität. Aber warum erkannte sie mich mit einem Lächeln und kam mir entgegen, anstatt mich zu verkennen und womöglich an der nächsten Haltestelle auszusteigen? Sollte sie tatsächlich gekommen sein? Aber wohin dann, zaghaft nachgefragt.

Sie sei zu dem vereinbarten Ort gekommen, beteuerte sie, den ich sogleich hinterfragte mit blechern pochendem Kopf, und der freilich ein gänzlich anderer war als der meine, unklar, wie es zu diesem Mißverständnis gekommen sein könnte. Zwar habe sie nicht so lange gewartet wie ich, meinte sie, nachdem ich ihr von meiner Wartezeit berichtet hatte, aber eben ganz woanders. Am liebsten hätte ich sie umarmt, fragte sie stattdessen erleichtert, ob wir uns jetzt wirklich treffen könnten, diesmal an einem gemeinsam festgelegten Ort? Sicherheitshalber erkundigte ich mich nach ihrem Namen und ihrer Adresse, die sie bereitwillig angab, bevor wir uns trennten, auf eine Art, die mich etwas ratlos zurückließ. Ich hatte ihre Zustimmung gar nicht expressis verbis vernommen, fiel mir nachträglich auf, aber sie hatte mir immerhin Anhaltsdaten mitgeteilt, die in Anbetracht der Gesamtsituation eigentlich nicht falsch sein konnten.

Und wieder geriet das Studium zur Nebensache aus vorerwähnten Gründen, vorrangig allein war unser pseudozweites date. Ich lebte nur auf diesen Moment hin, war dabei aber seltsam ruhig. Zwar hatte sie nicht ausdrücklich zugestimmt, zugegeben, aber sich auch nicht ablehnend geäußert, und somit setzte sich eine eigensinnige Gewißheit durch, daß sie kommen würde.

Die mich lange beflügelte, als ich bei meinem ersten Bier viel zu früh in der bewußten Studentenkneipe saß. Ich wartete ganz entspannt, eher neugierig, selbst als der vereinbarte Zeitpunkt überschritten wurde, blieb weiterhin gelassen, als die Uhrzeiger auf Mitternacht zugingen, vergewisserte mich sachlich, daß sie mich diesmal im wahrsten Sinne des Wortes sitzengelassen hatte, aus welchen Gründen auch immer, rief die Bedienung, zahlte. Deren Bemerkung, dies sei eine Gast – und keine Wärmstube oder Bahnhofwirtschaft, ging an mir vorbei. Ich grüßte freundlich und ging nach Hause. In mir war es vergleichsweise so kalt wie draußen. Ich fühlte nichts, keine Enttäuschung, keinen Schmerz, keine Wut, nicht einmal eine Leere, gleichmütig schlief ich ein und kann mich an keinen Traum erinnern.

Während der dürftigen Nahrungsaufnahme am späten Vormittag überdachte er ohne innere Anteilnahme zuerst den gestrigen Abend und anschließend die ganze Situation. Die Duplizität eines Mißverständnisses war mit hoher Wahrscheinlichkeit auszuschließen, ebenso ein unvorhergesehener Hinderungsgrund, somit blieb letztlich nur ihr Desinteresse, dem aber ihr Verhalten eigentlich nicht entsprechen würde. Es war logischerweise mehr als Neugier, als er sich zur Klärung zu einem Anrufversuch durchrang, sie hatte ihm ja Namen und Adresse mitgeteilt, und er ging gutwillig davon aus, daß sie ihn nicht getäuscht hatte. In der nächsten Telefonzelle nahm er sich das Register vor und fand tatsächlich eine Nummer unter ihrem Namen und ihrer Adresse, was ihn wieder etwas belebte. War doch nicht alles nur ein unglückliches Konglomerat? In zwiespältiger Stimmung wählte er.

Hörbare Müdigkeit quälte sich aus dem Hörer. Er sei es? Sie habe seinen Anruf fast erwartet. Es täte ihr ja so leid um nicht zu sagen weh, aber er sei doch informiert: ihr Freund, und der sei ja nun einmal … sei es nicht, ermannte sie sich, ist es nicht besser etwas nicht fortzusetzen, was noch garnicht richtig begonnen, und …

Genau bis dahin hatte ich ihrer Stimme mit wechselnden Gefühlen gelauscht, ihre Aussage registriert, doch mit ihrer letzten Bemerkung rief sie eine unschöne Erinnerung wach. Sie unterbrechend gab ich ihr recht und hängte den Hörer sachte ein. Ich wußte im ersten Moment nicht wer ich war, doch dann lachte ich, zuerst unsicher, zurückhaltend, stoßweise, dann sarkastisch lauthals und ungehemmt, obwohl ich eher zur gegenteiligen leisen Gemütsäußerung neigte. Auf dem Weg zur Kneipe schüttelten mich Lachkrämpfe anfallsweise im Zusammenhang mit allerlei Konjunktiva, und sexuell übertönte Liebesfantasie benebelte mein Denken.

Fasching. Beim Betreten der geräumigen Halle stieß er gleichsam auf eine Mauer aus rhythmisch zuckenden, stampfenden, johlenden, kostümierten Maskenträgern, die in den farblich unterschiedlichen, teils flackernden Lichtquellen mit ihren Armen ekstatisch wie Ertrinkende nach oben griffen. Er mußte sich regelrecht durch Stöße, Tritte und abfällige Kommentare drängen, um sich erst einmal einen Überblick zu verschaffen über die Räumlichkeiten, Sitzgelegenheiten, Ausschänke und die verschiedenen Bands in den einzelnen Stockwerken. Gelegenheitlich setzte er sich auf einen momentan freien Stuhl, der ihm eine oberflächliche Begutachtung der vorbeihuschenden Gestalten ermöglichte. Teilmaskierte Gesichter blitzten aus der rauchigen Dämmerung auf und versanken wieder mit der Licht- und Eigendrehung im Vagen. In dem er nach Augengewöhnung eine ruhende weibliche Person unweit von sich wahrnahm, die gleich ihm dem hektischen Treiben folgte.

Nachdem sie über längere Zeit allein blieb, drängelte er sich zu ihr, näherte seinen Mund ihrem Ohr und forderte sie gegen den Lärm mit erhobener Stimme zu einem Tanz auf. Sie zuckte überrascht zusammen und wandte ihm ihr Gesicht voll zu. Entschuldigend hob er die Schultern und beschrieb einen erklärenden Bogen mit seinem Arm über ihre Umgebung. Worauf sie lächelte, zustimmend nickte und sich von ihm in die wogende Menge ziehen ließ. An individuelles Tanzen war nicht zu denken, sie mußten sich der allgemeinen Bewegung anpassen. Immerhin bot sich dabei die Gelegenheit, sie genauer zu betrachten, und da sie ihm gefiel, und er keine große Lust verspürte, sich länger stoßen und anderweitig behindern zu lassen, erhaschte er ihre Hand und zog sie aus dem Gewühl, das sich einem Strom gleich auf dem Weg zum Rand vor ihnen teilte und hinter ihnen zusammenströmte. Sie ließ ihre Hand in der seinen und folgte ihm willig in eine weniger belebte Ecke, die deshalb ein Gespräch in weitgehend normaler Lautstärke verhieß. Um ein solches einzuleiten, wies er auf die herrschende Hitze hin und meinte, daß eine Heizung unter diesen Umständen eigentlich überflüssig sei. Wieder nickte sie und näherte sich ihm, weil eine größere Gruppe plötzlich wie auf Kommando herandrängte und mit Sprachfetzen ihre angesetzte Antwort zerstreute. Mühsam hielten sie den smalltalk aufrecht, erkundigten sich nach dem jeweiligen Wohnort, dem Beruf, dann ging der Gesprächstoff aus, und er versuchte, das eintretende peinliche Schweigen mit den Umständen zu begründen, als sie überraschend feststellte, daß sie ihre Leute aufsuchen müßte, es sei an der Zeit, sie hätten ausgemacht, sich stündlich zu treffen. Gleichgültig gab er sie frei, bot ihr allerdings an, sie zu ihrem Warteplatz zu begleiten, in der Absicht, herauszufinden, ob sie nicht nur versuchte ihn loszuwerden. Wortlos kämpften sie sich zurück, und sie sah sich dann suchend um. Immer noch mißtrauisch wies er darauf hin, daß ihre Leute sich ja auch nicht gerade an ihre Abmachung zu halten schienen, und erklärte, mit ihr zu warten zu wollen, worauf sie kurz auflachte und bemerkte, daß sie schon groß sei und auf sich selbst aufpassen könne. Seinen beschwichtigenden Vorschlag eines zwischenzeitlichen Tanzversuches, tat sie freundlich ab und seine Mutmaßung von einem nachherigen Treffen ließ sie offen.

Achselzuckend schlenderte er suchend weiter und stieß auf eine füllige Brünette, die scheint's gelangweilt an einer Wand lehnte. Im Vorbeigehen versuchte er, sich verständlich zu machen, was bei der herrschenden Lautkulisse mißlang, aber mit einer entsprechenden Geste konnte er sie aus ihrer Reserve locken. Sie folgte ihm sogar zu einem ruhigeren Platz, wo sie ihre

Freude darüber demonstrierte, Beachtung gefunden zu haben, indem sie in einem andersartigen Dialekt losprudelte. Zwar käme sie aus einer anderen Stadt, die aber genau so schön und interessant sei wie die hiesige, und sie habe das Vergnügen, zwischen den beiden zu pendeln. Sie erzählte noch manches mehr, als sie dann aber auf ihn zu sprechen kommen wollte, fiel glücklicherweise der Vorhang über der Kapelle in diesem Saal, und mit der Bemerkung, daß die anderen Bands ohnehin besser seien, zog er sie in übrige Räumlichkeiten. Das Publikum hatte sich zu der fortgeschrittenen Stunde bereits etwas gelichtet, und so war es inzwischen schon möglich, freier zu tanzen. Seinen Kuss nach jeder Unterbrechung parierte sie mit ihrer Wange, und als er den letzten auf ihren Mund platzierte, fiel ihr ein, daß sie sich mit jemandem treffen müsse. Es erschien ihm seltsam, daß an diesem Abend so viele Treffen vereinbart worden waren, aber er war nicht sonderlich traurig, im Grunde war er sogar froh über ihren leichtfüßigen Abgang, denn bei näherer Betrachtung wunderte er sich überhaupt über diese Kontaktaufnahme.

Jetzt waren schon einzelne Paare zu erkennen, die sich stehend küssten oder malerisch über die Stufen lagerten, ein ausländisch palaverndes Paar kam ihm entgegen, fragte etwas Unverständliches und wurde die Treppen hinaufgedrängt bevor er nachfragen konnte. Irgendwo grölten Volltrunkene, Glas zerklirrte vordergründig. Seine Erstbekanntschaft von diesem Abend war nicht aufzufinden.

Daraufhin machte er sich erneut auf Suche, indem er mit vor Rauch und Müdigkeit zusammengekniffenen Augen zwischen den unterschiedlich aktiven Paaren umherwandelte, sorgfältig die Alkoholpfützen vermeidend, die die Deckenbeleuchtungen je nach Betrachtungswinkel mehr oder weniger vollständig reflektierten. Das Gedränge auf der Tanzfläche hatte mittlerweile deutlich abgenommen, sei es, daß sich Teilnehmer ermüdet zur intimen Zweisamkeit zurückgezogen hatten oder einfach schon nach Hause gegangen waren. Ein Ober, erkenntlich an schwarzweißer Kleidung, umging ihn in elegantem Bogen, wobei er sich geflissentlich nach einem eventuellen Wunsch erkundigte, in

Erwartung einer Absage aber in vorgehabter Eile weiterzog. Wohingegen er seinen gemächlichen Schritt beibehielt und dann tatsächlich die ursprünglich gesuchte Person ausfindig machte, allerdings im Schlepptau eines Pyknikers. Lässig ging er auf sie zu und deutete die offengebliebene Möglichkeit einer erneuten Begegnung an, woraufhin ihr wohlbeleibter Begleiter sich unwillig nach seinem Begehr erkundigte. Sie zuckte verlegen die Achseln und errötete gelinde. Ihr Begleiter riß sie mit sich fort und brummte etwas, was sich anhörte wie ein mögliches Treffen sonst wann. Ihr Blick zurück bat um Verzeihung.

Zwar war es inzwischen früher Morgen, doch ein Ende war keineswegs abzusehen. Auch er dachte nicht an Aufgabe und weil er mittlerweile durstig geworden war, peilte er eine der Bars an, an der eine alleinige kurzgeschorene Braunhaarige saß, die interessiert die Resttänzer zu beobachten schien. Mit der Bemerkung, daß es auch noch um diese Tageszeit ein paar Unentwegte gebe, gesellte er sich zu ihr, und ob sie vielleicht zu diesen gehören würde? Auflachend winkte sie, glitt von ihrem Hocker und gewährte ihm ihre Hand, an der er sie zur Tanzfläche zog. Obwohl die Kapelle einen langsamen Rhythmus intonierte, kamen sie nicht so richtig zusammen, weswegen er sie ersatzweise zu einem Getränk einlud. Auf dem Weg zu einer Sitzgelegenheit begegneten sie einer Bedienung, die er gleich um zwei Gläser Wein anging. Wo sie denn säßen, wollte sie wissen, und als er vage in Richtung einer Tischgruppe zeigte, verneinte sie ihre Zuständigkeit und eilte weiter. Glücklicherweise räumte ein Paar seine Plätze, sodaß er seine neueste Bekanntschaft aufforderte, diese erst einmal zu belegen, er würde sich um Getränke kümmern.

Die Lautstärke hatte sich soweit reduziert, daß ein fast normales Gespräch möglich war. Bei den ersten Schlucken wechselten sie Gemeinplätze, die aber doch ein gewisses Interesse wachriefen, sodaß er wieder munterer wurde. So kam es zum Tausch der Namen, der Wohnorte, der Berufe nach neckischer Ratestellung, wobei sie offenbarte, daß sie nicht sonderlich gut im Beruferaten sei, er möge ihr doch ein paar Tips geben. Doch wegen seiner eher verwirrenden Andeutungen kam sie, vielleicht auch beabsichtigt, nicht darauf und wiederholte ihre Rateschwäche. Worauf er großmütig abwinkte und orakelte, daß sein Beruf von untergeordneter Bedeutung sei. Sie schmollte kurz, nahm ein paar Schlucke und plapperte dann darauf los, ohne besonders in die Tiefe zu gehen, was aber auch unter den gegebenen Umständen nicht zu erwarten war. Er betrachtete sie währenddessen und hörte nur mit einem halben Ohr zu. Lange Haare würden ihr besser stehen, aber alles in allem machte sie einen passablen Eindruck. Und als die Kapelle ihren Schlußtanz ankündigte, forderte er sie nochmals auf, und sie schmiegte sich bei dem langsamen Rhythmus eng an ihn, sah mit glänzenden Augen immer wieder auf und näherte schließlich ihren Mund dem seinen.

„Sehen wir uns wieder?" Sie schien abzuwägen und raffte sich dann sichtbar zusammen. Sie sei sich nicht sicher, meinte sie nach kurzer Überlegung. Nachdem er sie wieder geküßt hatte, rückte sie mit ihren Zweifeln heraus: Er wäre nicht ihr Erster, aber wenn es etwas mit ihm werden sollte, dann nur, wenn er sie nicht gleich wieder sitzen ließ, wie es ihr letzter Freund sang- und klanglos getan habe, ohne Erklärung habe er einfach Schluß gemacht und ihr damit sehr wehgetan. Statt eines Kommentars küßte er sie.

Der Saalordner rückte allmählich vor, es war schätzungsweise fünf Uhr morgens, doch übermütige Paare durchbrachen lachend und tanzend die angedeuteten Grenzen, einzelne freilich nur. Der gute Mann war müde großzügig und blickte diskret an ihnen vorbei mit einem Lächeln wohl der Erinnerung. Sie würde ein Wiedersehen riskieren, aber, plötzlich kullerten Tränen, morgen sähe alles wieder ganz anders aus. Es fiel ihm leicht, ihre Wangen trocken zu küssen, der Geschmack war seiner Empfindung nach etwas salzig. Dann stiegen sie über schlafende Betrunkene hinweg in Richtung Ausgang.

Am vereinbarten Wochenende stand ich erst am frühen Nachmittag auf, machte mich dann aber rasch fertig, aß eine Kleinigkeit und fuhr zum Bahnhof. Unsicher, ob sie gekommen sein, auch ob ich sie wieder erkennen würde, sah ich mich auf dem Bahnsteig um. Schließlich herrschte damals Dämmerlicht, ich war nicht mehr ganz nüchtern und unsere Begegnung hatte vielleicht zwei Stunden gedauert, wenn es hochkommt. Immerhin waren wir beide nicht maskiert, weshalb sich unser Aussehen nicht groß verändert haben sollte. Nach Abfahrt des Zuges und Verflüchtigung der Fahrgäste fiel mir eine junge Frau auf, die sich ebenfalls suchend umsah, mich fokussierte und die Gesuchte sein konnte. Zögernd näherten wir uns einander, und als wir vor uns standen, nickte sie und begrüßte mich mit ihrer damaligen Voraussage, daß im Alltagslicht alles ganz anders aussehen würde, was nicht vollständig von der Hand zu weisen war, sich aber nicht als Nachteil herausstellte. Ich dachte an eine längere Beziehung mit ihr, wobei sich meine Wirkung auf sie schon herausstellen würde. Jedenfalls schien es mir der Mühe wert, sie näher kennenzulernen. So gingen wir eine Weile spazieren, Belanglosigkeiten äußernd, die jedoch Gemeinsamkeiten erwarten ließen, bis auch die Kälte mich bestimmte, sie in ein Lokal einzuladen. Sie begnügte sich mit einer Tasse Kakao, ich genehmigte mir ein Glas meines Rotweins, der mir allerdings reichlich fremd vorkam. Auf meine Reklamation hin beeilte sich die Bedienung, sich für ihr Versehen zu entschuldigen und brachte prompt ein anderes Glas, selbstverständlich auf Kosten des Hauses. Dieser kleine Vorfall schien die Bewunderung meiner Begleitung zu erregen, was ich nebenbei positiv vermerkte.

Am frühen Abend suchten wir eine Studentenkneipe auf, deren Gastraum in kleine Kämmerchen unterteilt war, sodaß wir in einem von ihnen weitgehend unter uns waren. Neben einem Imbiß bestellte ich noch einmal Wein, wozu sie sich jetzt auch entschließen konnte, und der sie letztlich redselig machte. Sie begann, mir allerhand von sich zu erzählen, und es entstand eine so vertraute Atmosphäre, daß die Kneipenbesitzerin uns mit einem nicht eindeutig zu interpretierenden Lächeln fragte, ob wir glücklich seien, als sie vorbeikam, um nachzufragen, ob alles ok sei. Ich bejahte ohne Zögern, um sie loszuwerden, betrachtete mein Gegenüber und fragte mich selbst danach. Was hieß glücklich? Mehr als zufrieden? War man sich dessen bewußt während man es war? War es nicht einfach eine chemisch-physikalische Reaktion in einem bestimmten Hirnareal, die für vielerlei stand und, ins Bewußtsein übertragen, von diesem im Nachhinein situationsgebunden gewertet wurde? Und damit eine momentane Empfindung gewissermaßen beurteilend beendete? War Glück eine erlebte Gegenwart mit nachmaligem abschließendem Bewußtsein? Meine Begleitung schreckte mich aus meinen Erwägungen auf mit der Bemerkung, daß ihr Zug in absehbarer Zeit fuhr, welch abrupter Einbruch die bis dahin gewachsene Vertrautheit empfindlich relativierte. Ich hatte mir die Fortsetzung des Abends anders vorgestellt, jedenfalls verlängert, an Tanzen gedacht, gar eine gemeinsame Nacht mit denkbaren Konsequenzen – und in diese Denkreihe hinein ihre Rückfahrtankündigung. Es ging dabei gar nicht um das Wohin, sondern um die Trennung. Ob sie denn wirklich fahren müsse, fragte ich bedauernd und bemühte mich nicht, meine Enttäuschung zu verbergen. Sie ging leichthin darüber hinweg und gab mir ihre Telefonnummer, damit wir ein nächstes Treffen vereinbaren könnten, was ganz offensichtlich als Trostpflaster gemeint war und von mir auch als solches verstanden wurde: es war also noch zu früh für eine konsequente Partnerschaft. Schweigend brachte ich sie zum Bahnhof, und bevor sie in den Zug einstieg, umarmte ich sie besitzergreifend, woraus sie sich sachte löste und eine telefonische Verabredung ansprach. Ein drängendes Unsicherheitsgefühl, das mich sofort beschlich, überdauerte meinen Nachhauseweg.

Zum anvisierten Wochenende rief ich an. In der Zwischenzeit hatte ich mit halbem Eifer studiert, weil ich häufig an sie dachte, obwohl ich mir eingestand, daß mir gar nicht so viel an ihr lag. Sie war eben eine sympathische mögliche Partnerin, die meiner Vorstellung ein ganz gutes Stück entgegenkam.

Es dauerte eine Weile, bis der andere Hörer aufgenommen wurde, allerdings meldete sich eine fremde Stimme. Als ich nach der erwünschten Person fragte, wurde mir mitgeteilt, daß diese nach Hause gefahren sei, ich aber gerne eine Nachricht hinterlassen könne, was mich doch erstaunte. Meine aktuelle Gesprächspartnerin schien also informiert, aber hatten wir nicht ausgemacht, daß wir uns nur dann nicht treffen würden, wenn einer von uns beiden das inzwischen vereinbarte Treffen absagte? Wie mußte ich ihr Verhalten also verstehen? Eine unkommentierte Nihilierung getroffener Abmachung ihrerseits? Indigniert bat ich die fremde Stimme darum, meine Absicht weiterzuleiten, daß ich an einem bestimmten Tag zu einer bestimmten Stunde anrufen würde und machte mich wieder halbherzig an mein Studium, wobei ich immer wieder ihr Verhalten überdachte zu dem vorgeschlagenen Zeitpunkt. Und eifrig konstruierte ich diverse Spielarten.

Bis zum angekündigten Anruf. Meine bis dahin gestaute Erwartung steigerte sich noch mit jedem Verbindungston und löste sich in Erleichterung, als ich ihre Stimme vernahm, wessen ich mir garnicht so sicher gewesen war. Aber ich hatte sie in der Leitung, und damit war die Möglichkeit einer Klärung gegeben. Die Begrüßung fiel kurz aus, und mit vorwurfsvoller Stimme fragte ich, warum sie unser vereinbartes Telefongespräch versetzt hatte. Ein schuldbewußtes Stöhnen drang aus dem Hörer, und dann die Verbalisation: ihr Großvater, Geburtstag, und verdächtig schnell, fast als ob sie ihre Aussage gewichten wollte: sie habe bei unserer Abmachung einfach nicht daran gedacht. Der Großvater in möglicher Alibifunktion? Mißtrauisch deshalb meine Frage, ob ihr das erst kurz vorher eingefallen sei und ob es keine Möglichkeit gegeben hätte, mich irgendwie zu informieren, spätestens bei meinem vorherigen Anruf? Ihr: wie denn, klang nach Erleichterung, ihr nachfolgendes abwartendes Schweigen schanzte mir eine entschuldigungsbereite Vorteilnahme zu: wo und wann wir uns sehen könnten, am besten noch heute. Ihr Schweigen hielt an, und als ich mich vergewisserte, daß sie noch in der Leitung war, platzte es aus ihr heraus: sie sei sich nicht sicher, wie es mit uns weitergehen sollte, sie habe einen Freund gehabt, bevor wir uns kennenlernten, er war ihr erster, und sie könne sich nicht so einfach von ihm lossagen. Ich merkte auf, dachte zunächst an Vergangenes, aber nicht daran, ihren Redefluß zu unterbrechen, in Erwartung vielleicht von Gehabtem, bis sie dann schließlich auch fragte, ob es denn einen Sinn habe … womit sich Vergangenheit gewaltsam in den Vordergrund drängte: ja, es hat, aber nicht telefonisch. Jetzt mußten wir uns jedenfalls sehen, meine Stimmung konnte ich in diesem Moment nicht bewerten. Noch setzte sie zu weiteren Bedenken an, aber auf meine entschiedene Terminierung lenkte sie kleinlaut ein und versprach zu kommen, wenn auch nur kurz, wie sie eilig betonte, aber ich war mir sicher, daß sich die Dauer dann schon ergeben würde, wenn wir erst einmal zusammen wären.

Das Lebenskarussell drehte sich zwischenzeitlich unermüdlich schwungvoll weiter: Zufallsbegegnung, erste Treffen, nach variabler Spanne irgendwelche Störfaktoren, mehr oder weniger tragisches Aus, ein schwerer Kopf am Tag danach, nicht notwendigerweise allerdings in jedem Fall.

Pünktlich war er am Bahnhof, denn die Begegnung sollte keinesfalls durch seine Schuld mißlingen. Auch sie kam tatsächlich ihrem Versprechen gemäß, allerdings leicht fremdelnd. Sie erwiderte seine Begrüßungsumarmung nicht, seinem Kuss wich sie aus, ließ es aber zu, daß er ihre Hand ergriff. So liefen sie eine Zeitlang nebeneinander her, offensichtlich bemüht, um das Entscheidende herumzureden, was sich auch fortsetzte im Café, in das er sie nach kurzem einlud. Dort nahm er ihre Hände beidseits in die seinen und schaute sie fragend an. Sie wich seinem Blick zunächst aus, kam dann auf Großvaters Geburtstag als Lückenbüßer zu sprechen, wand sich dabei verlegen auf ihrem Stuhl. Eigentlich müßte sie jetzt gehen, flocht sie unvermittelt ein, ihr Zug würde in Bälde fahren. Und dabei hätten sie bisher das Wesentliche noch gar nicht angesprochen, protestierte er.

Habe sie ihm das Wesentliche nicht schon am Telefon gesagt?

Was das heißen würde, rückfragte er, sie sei doch nicht mehr gebunden, wenn er sie richtig verstanden habe, kenne bisher wohl nur den einen, sollte anderen eine Chance geben und dabei vielleicht das große Los ziehen. Das war ehrlich gemeint, wenn er sich auch vordergründig einbezog. Warum sie denn überhaupt die Mühe auf sich genommen habe, herzukommen bei ihrer Ungewißheit.

Sie schien diese Sichtweise erst verinnerlichen zu müssen, starrte nachdenklich an die Decke. Dann kam es einer Sturzflut gleich zu einem offensichtlich erleichternden Geständnis. Ja, ihr Großvater sei eine Ausflucht gewesen, und eine wenig originelle, zugegeben, sie müsse mir das aber genauer erklären. Und nach einem tiefen Atemzug: Sie habe ihren Freund als Freund ihrer Freundin kennengelernt, was zunächst nichts weiter zu bedeuten hatte, allerdings erwies er sich damals schon als eloquenter Berichterstatter, wobei er seine Person wohlweislich zurückhielt. Dann sei es aus welchen Gründen auch immer zum Streit zwischen den beiden gekommen, und er nach Indien zu einem Guru gefahren, um zu sich selbst zu finden. Bei seiner Rückkehr Monate später sei er ein ganz anderer gewesen und habe sich in gutem Einvernehmen, wie er glaubte, von seiner, ihrer Freundin getrennt. Und da plötzlich, wie nach einem Ampelfarbwechsel, habe sie ihn mit gänzlich anderen, sie scheue sich nicht zu sagen liebenden Augen gesehen, und auch er habe sich in sie verliebt, wie er ihr gelegentlich gestand. Aber nach dem Honeymoon habe sie dann doch Denkweisen bei ihm festgestellt, mit denen sie nicht klarkam, und das genau zu dem Zeitpunkt der Begegnung mit mir, sodaß sie erklärtermaßen eine Auszeit nahm. Und nun stehe und fühle sie dazwischen und wisse nicht so recht weiter. Schließlich setze eine mögliche Ehe neben dem Zusammengehörigkeitsgefühl doch eine gewisse Toleranz voraus.

Daran hatte ich freilich nicht im entferntesten gedacht und war erleichtert, als sie nach einer Besinnungspause andeutete, daß sie eher dazu neige, es mit ihrem ersten Partner doch noch zu versuchen. Dieser habe ihr den Sinnesrausch der Sexualität aufgezeigt, diesbezüglich wisse sie, woran sie sei, und Meinungsverschiedenheiten seien nachgerade zu erwarten und könnten ja auch belebend wirken.

Dieser Stand der Dinge reizte mich. Zärtlich nahm ich ihr Gesicht in meine Hände, doch abwesend entzog sie es. Dann blickte sie auf ihre Uhr und machte Anstalten aufzustehen. Jetzt würde es aber Zeit, wenn sie ihren Zug noch erreichen wollte.

Dazu sei es sowieso zu spät, versuchte ich, und warum sie eine schöne Entwicklung so schnöde abbrechen wolle. Sie wisse ja garnicht, was sie sich möglicherweise vorenthalten würde, und nichts gälte für immer. Ich dachte zurück, und eine leichte Bitterkeit kam in mir auf. Sie aber sah mich erstaunt fragend an.

Darauf unterfaßte ich ihr Kinn und erinnerte sie daran, daß sie mir ihre Lippen einmal zugeeignet habe. Verstehend blickte sie zu mir herüber. Da überkam mich eine sadistische Lust, ich beugte mir ihren Kopf entgegen und küsste sie penetrierend auf den Mund. Sie ließ es geschehen, lächelte sogar dabei, bot mir willig ihren Mund und schloß genußvoll die Augen.

Da bekam ich es mit der Angst zu tun, erinnerte ihre Eheanspielung, selbst wenn auch nur spielerisch, scheute jedenfalls Konsequenzen, zahlte und brachte sie einmal mehr schweigend zum Bahnhof. Ihre aktuellen Gedanken waren mir unbekannt, ich aber hatte kein Verlangen mehr, dieses Verhältnis zu vertiefen und ließ sie zurück, ohne ein Wiedersehen anzusprechen. Und auch ohne Alkohol schlief ich in dieser Nacht nach abschätzender Rekapitulation des Geschehenen ein.

War sie noch ein Vostellungskonstrukt aus Partnerin und angepeilter Sexgespielin gewesen, so änderte sich seine Einstellung nach diesem Erleben. Die Sexualität gewann Oberhand, auch weil sie erfahrungsgemäß die singulär wieder akut auftauchende Frage nach dem Sinn auf ansprechende Weise hintanstellte. Dazu der Fasching, der die ganze Stadt auf den Kopf stellte, Frau wie Mann anscheinend enthemmte, die normalerweise kirchlich verbrämte Moral säkularisierte, gleichsam in Vehikelfunktion den bis dahin aufgestauten Druck abließ bis zum symbolischen Aschermittwoch. Die Maskerade zeigte den Wunsch der Entäußerung, wobei deren Dringlichkeit sich in unterschiedlicher Aufmachung zeigte: von raffiniert eleganter Verstellung bis zum brutal geschmacklosen Putz. Manchen war auch ihr nacktes Gesicht Maske genug, um das realistische Dahinter offen zur Schau zu stellen.

Das Studium der Philosophie geriet zunehmend in den Hinter-, die Praxis entsprechend in den Vordergrund, die trübkalten Wintertage wurden größerenteils im Schlaf überdauert nach den nächtlichen Ausschweifungen, die nur das einzige Ziel hatten, eine Sexpartnerin zu finden, was unschwer gelang mit unterschiedlichen Zugeständnissen. Der bloßgesichtige Prinz küsste so manche Prinzessin aus ihrer Winterstarre und ließ sie dann lustvoll im Rosendornengestrüpp des Tanzgewühls zurück, wenn ihre Belebung in irgendwelche Konsequenzen auszuarten drohte. Was zu manchen Tragikszenen führte nach einleitend gedankenlosen Plaudereien, die teilweise inhaltsträchtig sich entwickelten sogar bis zu ernsthaften Zukunftsphantastereien. Es machte ihm einfach Spaß, die Risikogrenze im jeweiligen Einzelfall zu erkunden, um rechtzeitig abzuspringen, auch wenn es gelegentlich ausfällige Gefühlsäußerungen nach sich zog. Routine erschöpfte sich bald zur Langeweile, die nicht selten zur sprachlosen Gleichgültigkeit entartete in stiller Erwartung ihres selbstbestimmten Aufbruchs danach. Vielleicht noch das joviale Angebot einer fortdauernden Scheinfreundschaft, in der Überzeugung, daß diese zwischen Frau und Mann nach beendeter sexueller Gemeinschaft höchst selten Bestand hat.

Eigentlich suchte er nur noch den Anfangskitzel, den Reiz des Fremden, der mit zunehmender Bekanntschaft abnahm. Die Sexualität, das Körperliche, schloß ja den Geist nicht aus, soweit vorhanden, war im Gegenteil kein unwesentlicher Grund, ein Verhältnis nach den ersten sexuellen Begegnungen nicht gleich wieder zu beenden. So währte manche Partnerschaft durchaus etwas länger, wenn sie neben den geschlechtlichen auch intellektuelle Vorzüge offenbarte. Aber das war relativ selten der Fall, und selbst wenn, landeten geistige Höhenflüge meist schnell in den Niederungen der Ergebnislosigkeit, der Langeweile, die dann auch der Sex nicht länger kompensierte, währenddessen das eigentliche Erlebnis sich als animalische Instinkthandlung entpuppte, die rasch in Ekel übergehen konnte und ihn denkbare Trennungsgründe finden ließ, bevor dieser sich in wechselseitigen Vulgaritäten zu äußern drohte.

Der Fasching näherte sich langsam seinem Ende, die Veranstaltungen nahmen zu an Zahl, Dauer und Ausgelassenheit. Die Teilnehmer schienen in Torschlußpanik noch nach ihrer Henkersmahlzeit zu gieren, warfen sich hektisch in den Vergnügungsstrudel, verkörperten ihre alter egos, tollten mehr oder weniger rhythmisch, tranken bis zum Erbrechen, hurten, schliefen erschöpft auf Gelegenheitsunterlagen bis zur nächsten Möglichkeit. Die allgemeine Sinnlosigkeit entblößte sich in greller Übersicht, Zügellosigkeit der Narren, närrischer Umtrieb. Seine Existenz war ihm Maske zugleich, die im Prinzip auch nur eine Überlebensstrategie darstellte.

Die fortdauernden Festivitäten begannen ihn zu langweilen, auch gingen sie merklich ins Geld, und es war purer Zufall, daß er per Hörensagen von einer Party erfuhr mit einem angeblich überwiegenden Anteil weiblicher Teilnehmer. Das sowohl, wie auch die vage Ortsbeschreibung reizten ihn. Der Stadtteil war bekannt für seine Studentenaktivitäten, die fragliche Straße lang, Genaueres nicht herzuleiten. So machte er sich unternehmungslustig aufs Geratewohl auf den Weg und wanderte im Schein der Straßenlaternen und des vollen hohen Mondes die Häuserreihen entlang, bis er auf eine hell erleuchtete Villa stieß, aus der lärmdurchwirkte Musikschwaden wallten.

Ein junger maskierter Türhüter verwehrte ihm zunächst den Zutritt mit der Begründung, daß es sich hier um eine Privatveranstaltung handele, allerdings schien er sich nicht ganz sicher und winkte ihn schließlich doch durch, als ein Clown vorbeieilte, fragend die Hände erhob und Unverständliches murmelte. Wars der Hausherr oder sonst eine gewichtige Person, vielleicht aber wurde er auch nur aus studentischem Kollegialgefühl eingelassen, gesetzt, der Portier war ein jobbender Student, oder einfach aus Faschingswurstigkeit. Jedenfalls konnte er die Villa betreten und prallte auf eine lärmende, schwitzende, zuckende Menschenmauer, die er sprungweise durchbrach. Wie zu erwarten fremde, teils maskierte Gesichter und ein schneller Überblick bestätigte den Frauenüberschuß, die meisten jung und gut aussehend, soweit ersichtlich. Bei weiterem Vordringen stellte er zu seinem Erstaunen fest, daß die vielen Zimmer vom Keller bis zum Dachboden bis auf wenige Sitzgelegenheiten und viele Bars ausgeräumt waren und so viel Platz boten für alle möglichen Unternehmungen. Er fühlte sich sofort wohl in diesem anonymen Gedränge, durchstreifte erst einmal alle Stockwerke und trank an jeder Bar ein Bier zu unerwartet günstigem Preis. Das gesamte Gebäude vibrierte im Rhythmus der von bassbetonten Lautsprechern zerfetzten Musik.

Mit offenen Augen kämpfte er sich die Zimmerwände entlang, hier und da Tanzende absichtlich in ihren Bewegungen hindernd, um sie genauer betrachten zu können. Und entdeckte schließlich eine einzelne Tänzerin mit ausladendem Sombrero, der ihr wohl Freiraum gewähren sollte. Wortlos biederte er sich ihr einfach an, was sie mit kurzem Nicken zu registrieren schien, aber unverändert ihren Eigentanz fortführte, dem er sich mühelos anpaßte. Was ihm soweit gelang, daß nahe Tänzer einen spontanen Zuschauerkreis bildeten und sich zu Beifallsäußerungen hinreißen ließen, um freilich bald wieder ihre eigenen Aktivitäten aufzunehmen. Als die Musik vorübergehend einen langsameren Takt vorgab, nutzte er die Gelegenheit, sein Gegenüber genauer in Augenschein zu nehmen: ihr an sich hübsches Gesicht wirkte starr und verkrampft, und ihre ausschließende Zurückhaltung im Verein mit entsprechender Körpersprache drückten eisige Unnahbarkeit aus. Doch dann brach der Tumult erneut los, in den sie bereitwillig einfiel, und er gab seine Musterung verwundert auf und versuchte, es ihr gleichzutun. Kurzfristig machte es Spaß, die Belastbarkeit des Körpers in Einzelaktivitäten auszureizen, doch in dem resultierenden Schwindel nahm er ihre zunehmende Entfernung undeutlich wahr, die ein schelmisches Winken komplettierte, und der Sombrero entschwand in die wabernde Menge. Abschließend gleichgültig, aber eher erleichtert suchte er eine Bar auf und gönnte sich eine erfrischende Trinkpause.

Danach, er ließ sich Zeit, spürte er eine dunkle, vorstellbar negroid wirkende junge Frau auf, die im pulsenden Licht nach längerer Beobachtung anscheinend allein in einer Ecke lehnte, ihr Blick war richtungslos, ihre Reaktion auf seine Tanzaufforderung nicht abweisend. Er zog sie leichthin in das Gewühl, das ihn zwar situativ unvermeidlich, aber nicht gegen seinen Willen an ihr wohlgeformtes Äußeres drängte, was ihr offensichtlich mißfiel, und kurzfristig ging sie ihrer Wege, ihm gerade noch ein zurückgerufenes Danke zugestehend, bevor sie sich in das Gewimmel absetzte. Nunmehr ergeben, reihte er sich daraufhin in eine aufkommende Prozession ein, die ihn zielsicher zu einer Bar führte. Mit dieser Dreingabe hatte er seine aktive Willensgestaltung anheimgestellt, erinnerte sich kaum noch, warum er hierher gekommen war, fühlte sich einfach wohl in dem herrschenden Chaos, trank und nahm das Treiben um ihn wie einen Film in Zeitraffung wahr.

Sie war fremd und blieb es auch während unserer kurzen Bekanntschaft, neben ihrer Existenz gab sie nicht viel von sich, und was ich ansonsten über sie erfuhr, ergab sich in deren Verlauf. In dieser Nacht erinnere ich mich an ihr ebenmäßiges Gesicht, das blasse Teilnahmslosigkeit in vorlaut schwarzem Haarrahmen spiegelte, ihr gar nicht faschingsmäßig sondern ausnehmend elegant umhüllter Körper formte griechische Klassik, soweit damals ersichtlich, ihr maschinelles Gebaren vermittelte die Vorstellung einer Homunkula, welche Rolle sie perfekt spielte, da eine solche realistischerweise nicht zu erwarten war. Mein Blick war in ihre Richtung gefallen, als ich meinen Kopf hob, vielleicht auch um leichter aufstoßen zu können. Stelenhaft lehnte sie unweit an der Bar, ihr Sektglas glitzerte neben ihrem Ring, wenn sie es zum Munde führte.

Da ich meine Machenschaften mittlerweile weitgehend eingestellt hatte, erschrak ich richtiggehend, als ich plötzlich neben ihr stand, wortlos zur Tanzfläche wies, möglicherweise auffordernd lächelte. Nur an den gleitenden Pupillen war ihre Reaktion erkenntlich, die mich persönlich gar nicht betraf wir waren zwei Puppenspieler, die das Fadengewirr ihrer Marionetten forschend begutachteten, den unbeabsichtigten, unkontrollierten Bewegungen folgten. Ihr Glas sachte abstellend folgte sie mir schweigend nach kurzem Aufmerken: zwei Figurinen taumelten eng umschlungen nach ihrem eigenen Rhythmus, den ihre Lenker ordnend auf Widerruf zu adaptieren suchten. Was im Laufe der ausklingenden Musik schrittweise zu gelingen schien.

Nachdem sie sich behutsam aus meiner Umarmung gelöst hatte, verschwand sie nicht einfach, wie andere bislang, wie ich aufgrund ihrer anlehnenden Tanzweise und ihres Gesamtverhaltens auch folgernd erwartete, sondern lehnte sich leicht zurück und musterte mich ganzheitlich in Erstmaligkeit. Dann äußerte sie sich, ganz im Sinne einer Homunkula, in Worthülsen, die schlaff um ihre innere Leere fältelten, zum Teil sich überraschend aufblähten, um Seifenblasenartig zu schwellen, bis die äußere Spannung die innere überwog und mit theoretisch vorstellbarem Knall implodierten, wenn sie nicht schon vorher während des Dehnvorganges aus welchen Gründen auch immer sang- und klanglos schrumpften.

Ihr sei heiß, verstand ich, ob wir nicht … Geschmeidig glitt sie zwischen den Resttänzern hindurch. Ich hatte ihre dargebotene Hand willig ergriffen, ließ mich ebenso von ihr führen, wand mich um mannigfachen Anstoß und merkte plötzlich, daß wir uns jetzt gegen den herrschenden Strom bewegten. Meine Neugier wurde auf einem klippenartig vorragendem Sims gestillt, das nur Raum bot für eine Person. Schnell nahm ich besitzheischend Platz, zog sie auf meinen Schoß, was sie widerspruchslos akzeptierte. Ihr herbes Parfüm erregte mich, als es jetzt, außerhalb des Gedränges, in ruhiger Nähe isoliert mich anwehte.

Sie schmiegte sich katzengleich an mich und ich wartete jederzeit auf die gängigen Bekanntschaftseingangsfragen. Würde sie meinen Namen wissen wollen und was es in diesem Zusammenhang Weiteres zu erkunden gab? Daß sie mich duzen würde, war aus der Situation heraus selbstverständlich und nichts dagegen zu sagen. Wenn auch das Sie eine gewisse Distanz aufrecht erhielt und eine zu große Nähe unterband, freilich auch die sich anbahnende Kommunikation empfindlich stören könnte.

Aber nichts dergleichen erfolgte. Stattdessen nestelte sie sich frei, nahm meine Hand, zog mich zu den Treppen. Oben sei

mehr Platz, erklärte sie, lauter kleine Zimmer, da hätten wir …
Sie schien sich gut auszukennen hier und so folgte ich ihr gerne.

Tatsächlich fanden sich oben mehrere kleine Räumlichkeiten, die mir bei meinem anfänglichen Erkundungsgang gar nicht als solche aufgefallen waren. Sie zog mich in eine davon, die zwar schon anderweitig besetzt war, aber das anwesende Pärchen war so mit sich beschäftigt, daß ich das Gefühl hatte, mit meiner Bekanntschaft allein zu sein. Wir kuschelten uns eng nebeneinander und ich nahm ihr Gesicht in meine Hände, um es genauer zu betrachten, was bei dem vorhandenen Dämmer faktisch illusorisch war. Und rasch auch fragte sie, was ich sie so ansähe, sie sei eine Frau, ich sollte sie lieber küssen. Obwohl mir diese Direktheit doch aufstieß, hatte ich natürlich prinzipiell nichts dagegen einzuwenden, auch wenn dies eine neue Erfahrung für mich war. Bisher wurde die Begehrlichkeit durch Zurückhaltung gesteigert, was im allgemeinen ja gut funktionierte, aber auch diese Kontaktaufnahme hatte durchaus ihren Reiz. Doch als sie ihren Kopf zurückbeugte, die Augen schloß und ihren Mund dem meinen näherte, entschloß ich mich kurzfristig zur Zurückhaltung meinerseits, ihre Reaktion erkundend. Ihre Lippen waren feucht und erwartungsvoll leicht geöffnet, und als ich nicht sofort ihrer Erwartung entsprach, schlug sie ihre Augen auf und sah mich abschätzend an. Dann nickte sie spitzmundig, richtete sich energisch auf und machte Anstalten zu gehen, ihre Hüften wiegten reizvoll. Sie gewann die Oberhand, ich sprang auf, riß sie an mich und küsste sie hart und fordernd, unsere Zähne schlugen hörbar aneinander.

Nach einer ganzen Weile erst wandte sie ihren Kopf ab, wischte sich schwer atmend über den Mund, stieß ihre Haare zurecht, prustete ihre Zustimmung. Kurz verschnaufend tippte sie gegen meinen Brustkorb und bedeutete mir, sie für ein Telefongespräch freizugeben. Das weibliche Pendant des Zigarettenholens? Ich hielt sie fest, wollte sie nur dann gehen lassen, wenn sie mir versprach, wiederzukommen. Sie würde, mit einer Stimme, die zugleich reizvoll und mechanisch klang. Ich dachte wieder an Homunkula.

Auf meine absichernde Nachfrage reagierte sie mit ungeduldigem Fortdrängen, ohne auf diese einzugehen, worauf ich auf einem materiellen Pfand bestand.

„Ein Pfand, ein Pfand, ein Königreich für ein Pfand" neckte sie, „was darf's denn sein?"

Ich schwieg, sie weiter festhaltend, ihre plötzliche Eile würde ihr schon etwas eingeben, was der Verlässlichkeit ihres Rückkehrversprechens entsprach. Und wirklich öffnete sie hastig ein bis dahin gar nicht bemerktes Täschchen, angelte mit spitzen Fingern einen goldglänzenden Lippenstift heraus, warf ihn mir zu. Um ihn aufzufangen mußte ich sie loslassen, und schon entfernte sie sich einige Schritte. Ich solle darauf aufpassen, das sei etwas Wertvolles, meinte sie noch, bevor sie enteilte.

Ein Telefongespräch: Tatsache oder Vorwand? Woher die Eile? Um diese Zeit? Date oder was immer sonst mich nicht interessierte? Jedenfalls sollte es nach meiner Vorstellung innerhalb eines zeitlichen Rahmens durchzuführen sein, obwohl bei vielen Frauen das Mitteilungsbedürfnis zeitlos sein kann. Und bei anfallenden Widrigkeiten erwartete ich entgegenkommenderweise Bescheid, allerdings mit zweifelhafter Berechtigung. Doch unabhängig davon würde ich mich eine Weile gedulden und zwischenzeitlich vielleicht etwas umsehen, aber doch in hiesiger Nähe aufhalten, um ihre Rückkehr nicht zu verpassen.

Inzwischen früher Morgen hatte die allgemeine Geschäftigkeit und die Lärmkulisse deutlich abgenommen. Einzelne ausdauernde Paare tanzten noch, die Mehrzahl hatte sich niedergelassen bei irgendwelchen Getränken und unterschiedlich angeregten Gesprächen oder war nach Hause oder anderswohin gegangen. Während meines unentschlossenen Umherirrens schwankte unversehens eine junge Frau zielgerichtet auf mich zu und lallte schon aus größerer Entfernung, ob ich auch versetzt worden sei, dann nämlich wären wir beide eine tragische Schicksalsgemeinschaft. Und als sie mich erreicht hatte, legte sie einen Arm um meine Schultern, kam mir mit ihrem Gesicht bedrohlich nahe und setzte zu einem Kuss an. Ich wich ihr angewidert aus, denn ihre Alkohol-Zigarettenfahne stieß mich einfach ab. Behutsam machte ich mich frei und ihr klar, daß ich nicht versetzt worden, sondern meine Partnerin lediglich kurz ausgetreten sei. Enttäuscht nahm sie ihren Arm zurück, bedauerte ihre Fehleinschätzung, kicherte und schwankte weiter, die rechte Hand gleichsam scheuchend hinter sich fächelnd.

Mir fiel in dieser Situation der Lippenstift ein. Bei genauerer Betrachtung fand ich sogar eine Punze, die mir anzeigte, daß er tatsächlich wertvoll war. So mußte ihr doch einiges an mir gelegen sein, sonst hätte sie mir nicht ein solches Pfand überlassen. Oder war es nur Flüchtigkeit, Gleichgültigkeit, Müdigkeit oder der Alkohol? Jedenfalls fand ich, daß ich jetzt lange genug gewartet hatte und machte mich auf die Suche nach ihr auf. Wollte sie mich doch versetzen?

Es war nicht schwer, sie aufzuspüren. Die ausgedünnte Gästezahl gestattete einen leichten Rundblick. Sie lehnte steif im Arm eines spärlich behaarten Hünen, in dessen Gegenwart ihre Zierlichkeit zur Gebrechlichkeit mutierte, hielt ein Glas Sekt wie behütend, reagierte roboterhaft auf ihr zugedachten Trinkspruch, ganz wie vor Beginn unserer Bekanntschaft. Ich beobachtete sie eine Weile, ihre fast kindlich jugendliche Figur stand gegen ein Laternenlicht. Kurzfristig fragte ich mich nach ihrem Alter, schnell aber dann nach der Rolle des Hünen. Gesetzt ihr Mann, wo kam er um diese Zeit her und was band die beiden aneinander nach dem ersichtlichen Verhalten? Andernfalls war es geradezu unwahrscheinlich, daß sie sich seit ihrem Telefonweggang einem Anderen angedient haben sollte, woran bei ihrer Mimik wirklich nicht zu denken war. Das Telefongespräch doch als simpler Vorwand? Aber die längere Einzelstellung, die ich absichernd vermerkt hatte, bevor sie sich widerstandslos mit mir einließ?

Verwirrt unsicher ging ich langsam auf sie zu, bis sie mich wahrnahm. Sie entwand sich daraufhin elegant dem Hünengriff, flüsterte ihm etwas ins Ohr, kam mir ein wenig entgegen, wobei ihre wieder roboterhafte Bewegung auffiel. Mein Interesse an ihr begann nachzulassen.

Ich dürfe ihr nicht böse sein, bat sie mit unterdrückter Stimme, bevor ich meinen Vorwurf äußern konnte, sie habe da etwas Unbedachtes angefangen, ich solle ihr den Lippenstift einfach zurück- und mich zufriedengeben. Damit griff sie nach meiner Hand, ließ sie aber fallen, als sie sie leer fand und trat einen Schritt zurück. Ich könne ihn dann eben erstmal behalten, ob wir uns aber oben wieder treffen könnten, nachdem sie noch etwas erledigt hätte? Der Hüne hatte die vorgeschrittene Distanz äußerlich unbeteiligt beibehalten.

Im Dachgeschoß stieß ich natürlich sofort wieder auf die Betrunkene, die wohl wahllos umhergewandert war. Sie hielt eine Flasche in der Hand, trank aus ihr schluckweise, stieß gelegentlich auf und murmelte unverständlich vor sich hin. Als ich in ihren Sichtbereich kam, hielt sie mir die Flasche wegweisend entgegen und drückte ihre Genugtuung darüber aus, mich wieder zu treffen, immerhin hatte sie mich wiedererkannt. Also doch versetzt, jetzt würde alles gut, greinte sie, alles gut.

Nervös zündete ich eine Zigarette an und blies ihr den Rauch stillschweigend ostentativ entgegen. Entnervt sank sie an die Wand zurück, schluchzte, trank, sabberte. Sie tat mir aufrichtig leid, aber was sollte ich mit diesem Häufchen Elend anfangen, wo ich doch gespannt wartete, und mit vorauszusetzendem Erfolg wegen des Pfandwertes. Trotzdem stellte sich lauernd die Sinnfrage.

Die ich in dieser Nacht leichtherzig überging. Ich streunte ziellos umher, rauchte, besorgte mir zu trinken, wiegte mich selbstvergessen in neugierige Apathie. Würde sie kommen? Was wenn nicht? Ich besänftigte mich in dahingebende Gleichgültigkeit.

Sie kam, nach unbestimmter Zeit, die trübe Wintermorgendämmerung ließ sie in der Restbeleuchtung älter erscheinen. Sie streckte mir ihre Rechte entgegen und forderte zunächst den Lippenstift, und mich dann, nach verneinendem Zeigefinger meinerseits, mit Achselzucken noch einmal zum Tanze auf. Ich tanzte nicht mit ihr, vielmehr abwesend mit frauenkörperlicher Gelegenheit zu leiser Tonbandmusik jetzt, bis sie mich aufschreckte. Ob ich denn überhaupt zuhöre, forschte sie. Ich gab meine Ungehörigkeit zu, wies aber darauf hin, daß sie Wichtiges ja wiederholen könne.

Ihr Lippenstift, er sei der einzige dieser Art, den sie habe, und er sei wertvoll, wie sie schon bemerkt habe, wie wohl sicherlich auch ich mittlerweile. Das Ganze sei ein Fehler gewesen, ich solle ihn zurückgeben und alles vergessen.

Langsam erwachte ich aus meiner Lethargie.

Ihr Lippenstift? Der sei verpfändet und müsse entsprechend eingelöst werden. Gerne brächte ich ihn zu ihr nach Hause, bis dahin sei er in meiner sicheren Obhut.

Kalt maß sie mich, dann spitzte sie ihre Lippen wie zum Pfeifen und schüttelte ihren Kopf. Das gehe nicht, meinte sie nachdrücklich, sie habe mir doch schon gesagt, daß dem einiges entgegenstünde. Jedes einzelne Wort betonend, streckte sie mir erneut ihre Rechte entgegen. Nicht war ich sicher, mit welcher Motivation sie dies tat, aber zumindest war ich informiert, als mir das goldene Glitzern an ihrem Ringfinger in die Augen stach. Also doch. Mein Interesse wuchs wieder, trotz oder gerade wegen der augenscheinlichen Gegebenheiten.

Ginge es heute nicht, so doch morgen oder an einem beliebigen Tag.

Wir verfielen beide ins Schweigen, während wir den Tanz lustlos fortsetzten. Es war ihr anzumerken, daß sie mit sich kämpfte, und plötzlich drängte sie sich ganz eng an mich. Ob ich mir Zahlen merken könne? In positiver Vorahnung machte ich es vom Zusammenhang abhängig und schrieb ihre hastig, wenn nicht unwillig geäußerte Telefonnummer mit dem Lippenstift auf eine der herumliegenden Servietten, nachdem sie sich mit einer unerwarteten Lebendigkeit abgewandt hatte mit der dringenden Aufforderung, nicht an einem Wochenende anzurufen. Aufforderung, sie anzurufen! Ich hielt das Stück Papier in das Morgengrau: rot und weiß, Blut und Schnee, symbolische Liebe und ebensolche Unschuld, Sex und Enthaltsamkeit. Die Dämmerung tauchte die Partyreste in eine gespenstische Verlassenheit.

Wieder fragte er sich nach dem Sinn seines Tuns, gab sich jedoch ganz seiner Augenblickslaune hin: hörte Vorlesungen, die ihn möglicherweise interessierten, als Zeitvertreib, ging ins Bett unabhängig von der Uhrzeit, wenn er glaubte, schlafen zu müssen oder zu können, verließ es, wenn die Unruhe überhandnahm, relativierte den Tagesablauf nach Lust und gelegentlichem Vorhaben, lebte dem puren, ja vegetativen Leben, malte sich manchmal ein unvermitteltes Ende aus. Das ernsthafte Studium hatte er weitgehend aufgegeben, versuchte sich in Nüchternphasen übergreifend quälerisch an der allgemeinen Sinnfrage, war sich klar darüber, daß dieses Leben abhängig war davon, wie lange sein Vater ihm finanziell den Rücken freihielt, zeitlich also begrenzt, einige Semester vielleicht bis zum finalen showdown. Bis dahin aber war er willens, diese Henkersmahlzeit voll zu genießen, seinem Dasein irgendeinen Inhalt zuzuschreiben.

Natürlich gehe es sie nichts an, meinte seine Zimmerwirtin, zwar, aber ...sie meine es ja nur gut mit ihm, sei doch auch einmal jung gewesen, ja, ja, die goldene Jugendzeit, die nie mehr zurückkehre, recht hätte er, im Prinzip, aber ... ob er nicht ein bißchen übertreibe? Verstehe er sie recht: sie meine ja bloß. Die ausgelassenen, unternehmungslustigen jungen Leute seien doch die Zukunft, aber ... müßten nicht gewisse Grundregeln eingehalten werden? Dächte er nicht an später? Gesicherte Position? Familie? Pflichtauffassung, Rücksicht? Väterliche Haltung? So weiter mit vorstellbar erhobenem Zeigefinger, wieweit der wohl im Bilde sei? Das alles ginge sie, wie gesagt, nichts an, solange nur ihr kein Schaden daraus erwüchse, ja, ja, jung sein, erleben, studieren, solange der Herr Papa zahle. Sie kam richtig in Fahrt, erwähnte Krieg, Not, Aufbau, Leistung, Alter, Leiden. Es wurde einfach zu viel, auch wenn sie prinzipiell Recht hatte. Er hätte sie gerne nach dem Hintersinn gefragt, aber da er eine plausible Antwort ausschloß und um sie endlich loszuwerden gab er ihr recht, wies nachdrücklich darauf hin, daß er dann ja studieren müsse. Sie war ihre wie immer hinterlegte Kritik losgeworden, hatte ihr Kommunikationserlebnis, zog sich murmelnd zurück. Hatte er Altersneid herausgehört? Die Zimmermiete wurde ja per Dauerauftrag überwiesen.

Trotzdem wußte er verständlicherweise selten, an welchem Wochentag er erwachte, einer glich weitgehend dem anderen, und deshalb kümmerte er sich auch wenig darum. Wenn ihm sein monatliches Taschengeld ausgegangen war, versuchte er möglichst lange im Bett zu bleiben, teils aus Ersparnisgründen, was aber auch nur begrenzt möglich war, Schlaf ließ sich nicht beliebig erzwingen.

Seine letzte Faschingsbekanntschaft hatte er unterdessen aus den Augen verloren, als er auf der Suche nach Geld in einer seiner Hosen die Serviette mit der blutroten Telefonnummer fand. Sofort dachte er an den Lippenstift und über ihn an seine rechtmäßige Besitzerin. Er wußte von ihr nur, daß er sie hübsch fand, schlank, jugendlich, daß sie gut küßte, erinnerte ihre körperliche Nähe und ihre zurückhaltende Bereitschaft einer Kontaktaufnahme. Ob sie verheiratet war? Es war Fasching. Der Ring könnte nur Attrappe gewesen sein, vielleicht eine Art Distanzierung, Selbstschutz, passen würde es ja zu ihrem Gesamteindruck, warum aber dann? Zögernd drehte er die Serviette in seinen Händen, fragte sich, ob sich der Versuch lohne. Doch aus der gegenwärtigen Situation heraus entschloß er sich spontan zum Anruf, einen Werktag annehmend aufgrund der allgemeinen Geschäftigkeit.

Ihre Stimme erkannte ich sofort wieder, sie hatte ihren vormaligen eigentümlichen Klang, der nicht unangenehm war, nur eben ungewöhnlich. Meine Stimme dagegen hatte sie anscheinend nicht mehr in Erinnerung, denn sie reagierte nachfragend, was nicht sonderlich enttäuschend war. Ich meldete mich als ihr Lippenstift. Nach einer Überlegungspause gab sie sich informiert, bestätigte es ausdruckslos, verharrte daraufhin aber in Schweigen. Mir war sofort klar, daß ich die Initiative ergreifen mußte bevor sie auflegte. Es täte mir leid mutmaßte ich, falls sie jemand anderen erwartet haben sollte, ich mochte ihren Terminkalender wirklich nicht durcheinanderbringen, aber dann hätte sie mir schon eine bestimmte Zeit angeben müssen. Starker Tobak fürwahr, aber wenn sie so dachte wie sie sich verhielt, sollte sie nicht gekränkt sein. Ich wollte sie provozieren, sie aus ihrer offensichtlichen Trance wecken.

Ihr Schweigen hielt eine Weile an, sodaß ich schon befürchtete, daß sie die Leitung verlassen hatte, dann jedoch stellte sie prosaisch fest, daß heute ein ungünstiger Tag sei, ihr Mann käme früher als erwartet zurück, ich solle sie ein andermal anrufen, morgen vielleicht, etwas früher. Nach leisem Klicken ertönte das Besetztzeichen.

Damit stand also fest, daß sie verheiratet war, aber sie erwartete meinen Anruf. Sie erwartete meinen Anruf! Ich hatte ihr Gesicht vage vor meinen Augen: abwesend gleichgültig, doch auch vorgestellt entschieden. Nicht die relative Kälte dieses Tages und auch nicht der Regen ließen mich frieren, meine Nerven waren einfach erwartungsvoll angespannt. Um etwas zur Ruhe zu kommen und die Zwischenzeit zu überbrücken ging ich vergleichsweise früh zu Bett, weil ich aufgrund meines Gemütszustandes ohnehin zu nichts Konstruktivem fähig war, und mit Hilfe des Alkohols gelang es mir tatsächlich, bis in die Mittagsstunden des nächsten Tages zu schlafen. Nach Mensabesuch begab ich mich auf den Weg zu einer Telefonzelle. Eine streunende Promenadenmischung ließ von einem undefinierbaren Interessensobjekt ab, als ich vorbei schlenderte, schaute neugierig zu mir hoch, schnüffelte an meinen Beinen ein paar Schritte lang, bis zu einem interessanteren Neugeruchserlebnis, das schwanz-wedelnd in Angriff genommen wurde und mich somit freistellte.

Sie nahm gleich ab mit einem einfachen ja, bei der Kürze erkannte ich ihre Stimme zwar nicht, aber die Art ihrer Reaktion war mir vertraut. Euphorisch ging ich auf ihre Kommunikation ein, meldete mich als der einzige Lippenstift dieser Art, den sie hatte, und behauptete, für sie sehr wertvoll zu sein. Ob ich ihn, den Lippenstift, heute risikolos überbringen dürfe?

Ihr Zögern wertete ich schon als Zustimmung, ihre Nachfrage nach meiner Vorstellung umso mehr. Ich betonte keck, nichts Unmögliches zu erwarten, wohl ihre routinemäßige Ausflucht, ihr Zaudern des sittsamen Eheweibs in Gegenwart von imaginären Gewohnheitsdritten. Sie lachte schnippisch und schlug Zeit und Ort vor.

Von dem vorgeschlagenen Treffpunkt aus konnte er eine Uhr sehen, Er war nach dem kurzen Gespräch in das Lokal gegangen und trank ungeachtet des Termins. Kam sie pünktlich, stand wohl nichts Besonderes an und es wäre dann besser, wenn sich erst garnichts ergäbe. Ansonsten hätte er mit ihr vielleicht ein Gewinnlos gezogen, und das Sparflämmchen wuchs merklich: die ewig neue, uralte Nervosität vor einem theoretisch aussichtsreichen Rendezvous kam über ihn, ein ungewisses Kribbeln, kritische Bedenken stellten sich ein. War sie vielleicht der von ihm phantasierte Sonderfall, der ihn aber nicht groß in Anspruch nehmen sollte? Träfe er sie aber nicht, wäre es auch nur ein weiteres Versäumnis, gab es doch endlich viele andere Gelegenheiten, beruhigte er sich.

Er blickte um sich herum, beobachtete die Uhr, die drängenden Menschen, den Verkehr, den Himmel, die umgebenden Gebäude, lauschte dem Leben mit seinen vielfältigen Geräuschen, aber alles per Distanz, in egoistischer Zurücknahme.

Die Uhr: unermüdlich, mechanisch schnappte der große Zeiger stückweise seine Überlegungen weg. Gab es die Frau überhaupt, auf die er hier wartete? War sie etwas Anderes? Nicht termingebunden, ausnehmend, aufregend? Der Sand der Eieruhr, hier seine Vorstellung, zerrann zeitabhängig, Gesetzmäßigkeit konnte vielleicht vergessen, nicht aber außer Kraft gesetzt werden, es sei denn durch einen Sonderfall, der – der Name sagt es – nur sonderlich anfällt. Seine Nervosität verebbte.

Wie war ihre Verspätung zu verstehen? Mußte er aber ihr nicht gleiche Überlegungen wie sich zugestehen? War die ganze versuchte Unternehmung mehr, als ein Spiel mit dem Feuer? Was konnte sich daraus entwickeln? Er rückte von sich ab, wandte sich erneut seiner Umgebung zu, den Menschen, den Frauen mehr, von denen einige recht hübsch erschienen. Wie sah sie dagegen aus? Ihr Gesicht wurde unscharf. Würde er sie überhaupt wiedererkennen? In der Nacht sind alle Katzen grau, und Nacht war ja damals, er obendrein angetrunken. Lohnten Absicht und Risiko?

Ich bestellte noch ein Bier. Was wollte ich eigentlich? Sollte es mehr werden als sexuelle Befriedigung, als besänftigende Art der Ablenkung von der vorläufig ergebnislosen Sinnsuche? Eine angenommene Berechtigung dieser Denkweise verlängerte meine Wartebereitschaft: sie war definitiv verheiratet, und wie immer es um ihre Ehe stand, so könnte diese doch eine gewisse Sicherheit vor unerwarteten Folgen sein.

Lange mußte ich dann nicht mehr warten. Als sie das Lokal betrat, zeigte auch sie eine vorübergehende Unsicherheit, bevor sie gezielt auf mich zukam, sich mir gegenüber setzte, nach meiner Hand griff und mit ihrer Kennenlernstimme fragte, ob ich ein Auto hätte.

Noch war ich verwundert über diese Art der Begrüßung, ich würde mich wohl auf mögliche Eigenheiten einstellen müssen, doch davon abgesehen fand ich sie hübscher, als ich erinnerte, Übriges würde sich herausfinden lassen. Und wo ich schon länger auf sie gewartet hatte, sollte es sich doch gelohnt haben können. Außerdem wäre es ein Verhältnis mit einer verheirateten Frau, doch was hieß das schon? Frau war Frau!

Sie hatte mich unverhohlen gemustert, als ob sie meinen Gedanken folgen würde, bevor sie sich räusperte und ihre Eingangsfrage wiederholte. Auf meine abschlägige Antwort zuckte sie nur mit den Schultern. Nachdem sie den herbeieilenden Ober dankend beschieden hatte, forderte sie mich auf, auszutrinken, zu zahlen und mitzukommen, sie müsse zur Post. Einfach so, als wäre es ein Selbstverständnis.

Jetzt war ich verständlicherweise erstaunt, gleichzeitig aber auch gespannt, wie es weitergehen würde. Was hatte ich erwartet? Bisher hatte sie keinerlei Andeutung gemacht, was aus diesem Treffen werden sollte, wenn ich ihr Verhalten nicht als solche auffaßte. Immerhin bezog sie mich in ihr Vorhaben wie selbstverständlich ein, mit offenem Ausgang, was alles Mögliche bedeuten konnte.

Schweigend gingen wir nebeneinander her, schweigend, weil mir in der gegebenen Situation nichts Konversationswertes einfiel. Angezeigte Komplimente wären unangebracht im Großstadtlärm auf dem Fußweg zu einer Post. Meine heimliche Hoffnung zur Sprache zu bringen wäre einfach plump und sicher nicht förderlich, und Belanglosigkeiten versuchsweise zu verwesentlichen erschien mir zu offensichtlich bemüht. Insgesamt ergab sich eine Stimmung, in der ich an einer nächtlichen Hauswand lehnte, sie aus dem Dunkel gebückt, wie schwer be lastet auf mich zueilte und mir beim Vertilgen eines fast Foods mit wakkelndem Kopf zusah. Verwirrt wartete ich darauf, daß sie endlich anfing, mich von meinem Hunger zu überzeugen, daß sie mich aus ihrem Bann herausredete, mich zu irgendeiner Lautäußerung animierte.

Der Nachmittag verdüsterte sich durch eine aufquellende Wolkenwand, durchraste seine eigentliche Dauer, die Jahreszeit, die Stadt, stumpfsinnig hurtete ich hinter der Dirne her, mich des öfteren ängstlich umblickend: wir sehen uns wieder! Ich schrak auf, als sie mich mit dem Hinweis berührte, daß wir an der Post angelangt seien.

Dort kann nicht viel losgewesen sein, da sie bereits nach wenigen Minuten wiederkam. Unsicher ging ich ihr entgegen, ihr die weitere Initiative überlassend, aber auch sie hatte kurzfristig keine Idee. Sie erwartete vielmehr einen Vorschlag meinerseits, da ich es ja gewesen sei, der dieses Treffen arrangiert hatte und brachte mich dadurch in keine kleine Verlegenheit, da es mir primär darum gegangen war, mit ihr zusammenzusein, eine Einladung in meine Studentenbude aber nicht möglich, weil Damenbesuch verpönt war in einer Universitätsgroßstadt Ende des zwanzigsten Jahrhunderts im christlichen Abendland, selbstverständlich nur der Leute wegen. Verlegen gestand ich ihr meine Misere, als sie plötzlich meine Hand ergriff und mich aufforderte, ihr zu folgen. Was ich gerne tat in der Hoffnung, daß sie mich zu sich einlud. Und tatsächlich holte sie nach ein paar Straßenzügen Schlüssel aus ihrem unscheinbaren Handtäschchen. Zum ersten Mal sah ich sie lächeln bei ihrer Frage, ob ich etwas gegen ein Gläschen einzuwenden hätte, was ich nachdrücklich verneinte. Wobei ich freilich weiterdachte ohne bestimmte Vorstellungen. Die Richtung stimmte, wie weit sie reichte, würde sich herausstellen.

Die vielzimmrige Altbauwohnung war geräumig, mit großen, zum Teil bodenständigen Fenstern, hohen Decken und schwerem, gediegenem Mobiliar. Geschmackvolle Bilder unterschiedlicher

Stilrichtung belebten die Wände, dezent gemusterte Vorhänge filterten das winterliche Grau zu gedeckten Farbmustern. Doch hatte ich das Gefühl, daß etwas fehlte, als ich mich verstohlen umsah, während sie mit meinem Mantel verschwand. Mit einer Flasche Cognac und zwei Gläsern kehrte sie zurück, fragte nebenbei, ob mir ihre Wohnung gefiel und nötigte mich im selben Atemzug, ohne eine Antwort abzuwarten, auf dem breiten, einladenden Sofa Platz zu nehmen. Sie setzte sich allerdings nicht neben mich, sondern mir gegenüber, schenkte ein, hob ihr Glas und prostete mir zu, mich dabei abwägend musternd. Sie ließ mich auch nicht aus den Augen während sie trank, selbst dann nicht, als sie ihr Glas gelehrt hatte. Wie sie, die Wohnung, mir nicht gefallen könne in ihrer Gegenwart, fragte ich munter zurück, bemängelte allerdings ihre physische Distanz. Sie ging nicht näher darauf ein, schenkte sich nach, als Hinweis vielleicht darauf, daß ihr Alkohol nicht fremd war, zumindest, daß sie ihn gut vertrug. Was ich denn so mache wollte sie dann wissen, ohne sich bisher nach meinem Namen erkundigt zu haben. Es fiel ihr dies wohl selber auf, und sie wies gelegentlich darauf hin, daß Namen nichts zu sagen hätten und sie deswegen auch nicht weiter daran interessiert sei. Ob ich ihr diesbezüglich zustimme? Meine Angst, daß unser bisher anonymes Verhältnis ins Alltägliche abgleiten würde, schwand mit dieser ihrer Aussage, die ein immerhin neuartiges Erleben versprach.

Was ich denn so mache sei doch völlig unwichtig, wichtig allein sei, daß ich als Mann die Zeit für sie hätte, die sie für sich in Anspruch nähme. Tief seufzend erhob sie sich, platzierte sich eng neben mich, lehnte sich auffordernd zurück, sah mir erwartungsvoll in die Augen so ostentativ, daß ich mich gereizt fühlte, ihrem augenscheinlichen Wunsch nicht nachzukommen. Doch dieser unsinnige Gedanke verblaßte baldigst, die Situation war zu verführerisch, sodaß ich meine Zurückhaltung schnell aufgab. Ihr und mein Begehren fielen zusammen, ich drehte ihr Gesicht mir in den zweckdienlichen Winkel zu und küßte sie heißhungrig. Sie hielt aktiv mit nun geschlossenen Augen dagegen, bis uns beiden die Luft ausging.

Sanft drückte sie mich dann zurück, blickte mich herausfordernd an und fragte geschäftsmäßig, mit wie vielen Frauen ich denn schon geschlafen hätte. Ihre Mimik war unerwartet erstaunlich weich, das Zwielicht lackierte ihre feuchten Lippen, deren Wölbung ihren provokativ geöffneten Kussmund betonte. Ich küsse zumindest ganz gut, meinte sie und fuhr bedachtsam fort mit der Bemerkung, daß sie sich Weiterem öffnen würde, wenn ich einem solchen ein Gleiches bieten könne. Also mit wie vielen, wiederholte sie wißbegierig lächelnd und führte meine Hand leichthin auf ihre Brust.

Ob denn die Quantität eine Qualitätsgewähr sei, wich ich aus, drückte sie stattdessen jählings an mich, nur vorgetäuschten Widerstand spürend. War ich nüchtern wach? Hätte ich tatsächlich in der Düne Alltäglichkeit das Körnchen Freiheit gefunden? Zweifelnd nahm ich ihr Gesicht in meine Hände und bewegte es so in dem spärlichen Licht, daß es sich erkenntlicher zeigte, als sie unvermittelt aufsprang, mich in die Garderobe drängte, meinen Mantel an mich drückte, jede Frage abschnitt und mich aus der Wohnungstür schob. Ihre Telefonnummer hätte ich, Anruf frühestens übermorgen Nachmittag, behutsam drückte sie die Türe mit leisem Knacken ins Schloß.

Vor den Kopf gestoßen stand ich im Treppenhaus, als gemächliche Schritte meine Verwirrung niedertraten und mich geistesgegenwärtig ins nächsthöhere Stockwerk trieben. Durch das Treppengeländer konnte ich dann den Hünen verfolgen, wie er in einer seiner Taschen mit Schlüsseln klimperte und die Türe öffnete, die hinter ihm geräuschvoll zufiel.

Sie war also zweifellos liiert, in welcher Form auch immer, was ein eher willkommenes Kribbeln in ihm verstärkte. Doch sie wollte, daß er sie anrief, hatte sich offen erklärt für Weiteres ohne sonstiges Brimborium, doch wohl unschwer verständlich. Offensichtlich hatte er das große Los gezogen. Kichernd schlich er aus dem Haus, schlug den Mantelkragen hoch wie zur Tarnung, versuchte eines ihrer Fenster auszumachen, wessen er unsicher war, eins von vielen selbst im richtigen Stockwerk. Aufgebend drehte er ab, schlug sich lustvoll auf die Oberschenkel, hing dem durch Hosenstoff gedämpften Schall etwas enttäuscht nach. Eine nahe Glocke tönte symbolisch sechsmal, worüber er sich amüsierte und zugestand, daß sein Leben doch schön sei, spielte pfeifend Fußball mit anfallendem Straßenbelag, variierte das Tempo seines Fortkommens nach Augenblickslaune, blieb auch mal vor einem großdimensionalen Schaufenster stehen, erinnerte sich an eine ähnlich gelagerte Situation unter konträren Umständen, drückte jetzt stattdessen seine Nase daran platt bis sie kalt wurde, einen bläßlich blauen Fleck in umgebend kondensiertem Atembeschlag hinterlassend. Und freute sich über das kopfschüttelnde Erstaunen zufälliger Passanten, denen sein Gebaren freilich seltsam erscheinen mußte in ihrem Alltagsgram.

Er hatte sie, hatte gefunden was er suchte: die körperlich-mentale Entsprechung ohne möglicherweise resultierende Konsequenzen.

Der weitere Verlauf des Abends entzog sich seiner Erinnerung. Ging er in eine Wirtschaft, um diesen urplötzlich ihn überfallenden Stimmungswechsel zu betrinken? War da nicht noch sein Freund, um wie weit mit ihm zu kommunizieren? Dachte er gar an seine Musik, die er als Remedium momentan nicht nötig hatte, über deren nötige Gerätschaft er gegenwärtig sowieso nicht verfügte, wollte er davon abgesehen die gegenwärtige Stimmung doch unter allen Umständen unverwechselt aufrecht erhalten.

Wie auch immer: er brachte die Zeit bis zum vorgeschlagenen Anruf irgendwie hinter sich und lebte regelrecht auf, als er die Stimme wieder hörte, ihre wieder monotone Stimme, die er zuvor kurzfristig belebt hatte, was damit nachweislich möglich war und was er weitgehend sich selbst zurechnete. Entsprechend reagierte er auf ihr zurückhaltendes Ja euphorisch. Er sei es, sie wisse doch. Statt eines Telefongesprächs wolle er viel lieber persönlich mit ihr reden, wann also?

Nach einer Pause, in der sie fast hörbar überlegte, willigte sie ein, schloß aber ihre Wohnung aus, das Risiko sei ihr zu groß. Da er die Bekanntschaft unbedingt festigen wollte, lud er sie auf Verdacht in seine Studentenbude ein, seine Vermieterin könnte ja abwesend sein, andernfalls mußten sie eben kurzfristig umdisponieren. Einverstanden legte sie auf.

Warum sollte er ihr etwas vorgaukeln, was die Ordnung in seiner Bude anging? Flaschen ließen sich einfach entsorgen, das übrige Durcheinander kam ihm erst jetzt so recht zu Bewußtsein, teils aufgeschlagene Bücher lagen verstreut an Plätzen wo sie gerade gelesen worden waren, ließen aber vom Inhalt her nicht auf übermäßigen Studieneifer schließen. Zwar hatte seine Zimmerwirtin gelegentlich eine Bemerkung fallen gelassen über Ordnung, die das halbe Leben sei, was ihn aber nicht sonderlich berührte. Er fand sich zurecht, wenn auch nicht immer sofort, und eine relative Sauberkeit stand vor einer räumlichen Ordnung. So lag er ohne Machenschaften auf seinem Sofa, hörte wieder die Vorhaltungen und gutgemeinten Ratschläge, unter denen vor allem eine angeblche Toleranz hervorstach, bei verpönten Frauenbesuchen, warf dann mitunter etwas ein, um Aufmerksamkeit vorzutäuschen, wies schließlich auf die empfohlene Arbeitnotwendigkeit hin, um der Litanei ein Ende zu setzen.

Als es endlich klingelte, wurde ich aus meinem Gedankensturzbach gerissen, machte mich aber erst auf, als ich von der doch anwesenden Zimmerwirtin gerufen wurde und gab mich mäßig überrascht, obwohl ich ihre Ankunft gespannt erwartet hatte. Ihr Besuch wurde mit scheelem Tonfall kommentiert, und als ich Ahnungslosigkiet simulierte, wurde ich aus einem schrägen Blickwinkel gemustert. Trotzdem blieb ich bei meiner Überraschtenrolle und stellte auf angeblichen Büchertransfer ab, in der Hoffnung, daß der erwartete Gast darauf einging, was sie auch geistesgegenwärtig tat. Beim Händedruck fiel mir sofort auf daß etwas fehlte, und wußte auch sogleich was. Ich billigte meinem Gast bedachtsame Voraussicht zu.

Unbeeindruckt leitete ich sie an der feixenden Zimmerwirtin vorbei in meine Bude, wo sie sich sofort nach Türschluß statt jeder Worte noch im Mantel mit baumelnder Handtasche eng an mich schmiegte. Ungern löste ich mich, trat in Hilfestellung bei der Ablage ihres Mantels und nötigte sie, auf meinem breiten altmodischen Sofa Platz zu nehmen, nachdem ich mich danach erkundigt hatte, was ich ihr anbieten könne. Ihre Meinung bezüglich meines Zimmers wäre mir einerlei gewesen, sie hielt sich aber sowieso auffallend zurück, was Musterung und Gefallensäußerung betraf, streckte stattdessen fordernd ihre Arme aus und winkte mich zu sich. Ich zögerte, jeden Augenblick den Konrollbesuch meiner Zimmerwirtin erwartend, der auch prompt kam, ohne uns in einer verfänglichen Situation zu überraschen. Sie schützte nichtswürdige Gründe vor und betonte, daß es ihr ja gleich sei was wir machten, aber die Leute. So schnell käme man in Verruf, und den wieder loszuwerden sei schwer wenn nicht unmöglich. Natürlich könne sie mir Damenbesuch nicht verbieten, würde es von sich aus auch nicht tun, aber eben die Leute. Von ihr aus also, aber spätestens bis zweiundzwanzig Uhr.

Meinen voreiligen Einwand, daß sie völlig daneben liege konterte sie sofort mit ihren Alterserfahrungen und damit hatte ich unbeabsichtigt ihre Gegenwart verlängert und ihren Redeschwall provoziert. Sie kenne uns jungen Leute und schließlich war sie doch auch einmal jung. Ob ich glaubte, daß die Jugend früher so sehr viel anders war? Es komme doch immer auf dasselbe heraus: erst verdrehe sie ihm den Kopf und dann müsse sie es körperlich ausbaden. Und bei einem Funken Ehre sei es dann vorbei mit der goldenen Freiheit, nur weil sie nicht warten konnten. Moderne Kontrazeption fehlte in ihrem Weltbild. Ich solle einem alten Menschen ruhig glauben und nicht denken, die Alte möge nur quasseln. Sie sei nicht neidisch, sie spreche aus Erfahrung und habe doch Augen im Kopf. Einer meiner Vorgänger zum Beispiel – sie holte tief Luft.

Da ich die Geschichten schon mehrfach gehört hatte, gab ich ihr wie immer recht, nur daß ich kleinlaut bei meinem Büchertausch blieb und sie pseudoentrüstet fragte, wie sie gerade jetzt darauf käme. Mein Gast sei einfach nur eine Kommilitonin, mit der ich ein paar Bücher tauschen wollte. Daß sie verheiratet war, lag außerhalb ihres Vorstellungsvermögens.

Ich mußte ihr wirklich eine Spürnase zubilligen, und spöttisch auch winkte sie ab. Ich würde doch nicht etwa meinen Studieneifer gesteigert haben, sie habe mich schon im Auge. Wir jungen Leute seien doch alle gleich, es bleibe bei zweiundzwanzig Uhr. Nicht ihretwegen, aber ich wisse ja: die Leute. Unigroßdorf, in dem die schlimmen Sachen erst ab zweiundzwanzig Uhr getrieben wurden. Mit stolz geschwellter Brust marschierte sie ohne Rückblick aus meinem Zimmer.

Zwar hatte ich mit der möglichen Anwesenheit meiner Vermieterin gerechnet, nicht jedoch mit dieser Kopfwäsche. Und selbstredend hatte sie ihr Ziel erreicht: der Zug war abgefahren und wir blickten ihm entzaubert hinterher. Das sei es dann wohl gewesen – prinzipiell stimme es ja – aber sie müsse sowieso spätestens um sechs zuhause sein, fast jeden Abend die gleiche Langeweile, aber ihr Mann dürfe keinesfalls mißtrauisch werden. Der sei zwar deutlich älter als sie, aber ganz schön betucht, und das wolle sie natürlich nicht verspielen, doch jetzt sollten wir ein paar Minuten für uns haben, da die Alte ihre Bedenken losgeworden sei. Und damit riß sie mich fast an sich mit einem überraschenden Ungestüm und küßte mich so wild, daß ich mir einen Vorgeschmack daraus ableitete. Doch kurz darauf schaute sie auf ihre Uhr und fragte mich unverfänglich, ob ich gerne mit ihr schlafen würde, nicht jetzt zwar, klar, sondern ganz allgemein. Obwohl ich mir diesbezüglich schon Gedanken gemacht hatte, erstaunte mich ihre sachliche Offenheit. Aber genau das war es: gesucht und gefunden. Sehr gerne, beteuerte ich und meinte ein bißchen zu erröten. Wie sehr, forschte sie neckisch, und sehr sehr ging ich darauf ein. Sie auch, hauchte sie und vergewaltigte mich erneut mit Küssen.

Doch der Sturm verebbte, böig säuselte er um scheinbare Nebensächlichkeiten, die sich als eminent herauskristallisieren sollten. Ich fühlte mich überfahren, distanzierte mich etwas, stellte mir einen alten, vielleicht obendrein versehrten Leierkastenmann vor, der im Vertrauen auf physikalische Gesetze sich auf seine Leier stützte und bedächtig kopfnickend den Takt seiner Moritat vorgab: Und als der Traum nach kurzem gar, da ward es alsbald sonnenklar, daß sie auch nichts besondres war. Etwa doch?

Sie schlüpfte aus ihren Schuhen, zog die Knie an den Leib und den Rock darüber, wobei ihr strumpfbehostes, wohlgeformtes Gesäß trotzdem vorwitzig mit der rockgekappten Rundung darunter hervorlugte, was sie nicht weiter zu stören schien, was aber vielleicht auch beabsichtigt war. Die Situation erinnerte mich an meine Fahrt, die Hauptstadt, meinen versagten Anfang bei zweifelhafter beziehungsweise unmöglicher Fortdauer, doch betrachtete sie damals nicht so intensiv ihre Füße. Ihr klassisches Profil zeichnete sich stelenhaft ab vor dem nachmittäglichen Winterlicht. Tief atmete sie schließlich ein, richtete sich dabei so auf, daß ihre Brüste provokativ hervorstachen und forderte meine Aufmerksamkeit davon weg, hin zu ihrer folgenden Aussage. Meinen Kußversuch wehrte sie lachend ab.

Zuerst die Spielregeln, begann sie, ich sei ein Mann, sie eine Frau, die Umstände seien außen vor, es gehe um das Wesentliche dieser Zweiheit. Und sowenig sich zum Beispiel eine Katze um die Äußerlichkeiten eines sie gerade deckenden Katers kümmere, so wenig kümmere sie sich um meine. Warum, glaubte ich womöglich, daß sie mich noch nicht nach meinem Namen gefragt und auch den ihren nicht erwähnt habe? Namen bedeuteten nur Besitznahme, und eine solche wolle sie unter allen Umständen ausschließen. Ausgehend von meiner Zustimmung würden wir uns also wann immer nur zum Sex treffen, eine gängige bezeichnende Vokabel wolle sie nicht gebrauchen. Die jeweilige Örtlichkeit müßte dann kurzfristig vereinbart werden, hier, das sehe sie klar, ginge es ja wirklich nicht. Nur zum Sex also, ausschließlich. Und unter diese Prämisse fiele auch die Dauer unserer Beziehung. Unwiderruflich.

Der Leierkastenmann hielt überstürzt inne und verabschiedete sich sang- und klanglos, während das lebensgierig gehütete Flämmchen zur Lohe emporschoß. Geradezu beglückt nahm ich ihre Rechte in meine Hände und nickte nachdrücklich, allerlei Gedankenansätze durchkostend, als mein Blick direkt in ihre Augen fiel. Und mein Erstaunen geriet zur Unsicherheit, als sie nicht etwa mich fixierten, auf mir brannten, mich beherrschten, lähmten, verspotteten, nicht etwa, daß sie versprachen, drohten, lockten, forschten oder schmeichelten, sie taten nichts von all dem, einfach nichts. Unklar, warum mir dies erst jetzt auffiel, sie wirkten wie farbiges Glas, das den Blick beidseits ungehindert durchließ, in ihre Richtung in glasige Leere, passend freilich zu dem von ihr gewonnenen Ersteindruck.

Er verstand es, seine kurzfristige Betroffenheit vermeintlich leichthin zu überspielen, indem er sich an weitere Tatsachen hielt. Immerhin war sie eine bereitwillige Frau, eine attraktive überdies, ein Versprechen für lange gewünschte Befriedigung in jeglicher Hinsicht. Was sollten kleinbürgerliche Ressentiments bei zu erwartender Komplettierung? Jedoch schien sie etwas gemerkt zu haben, weil sie fragte, ob etwas nicht stimme. Er saß ihr blöde gegenüber, schämte und ärgerte sich zugleich, weil die Situation zu entgleisen drohte, ohne daß er augenblicklich fähig gewesen wäre, darüber hinaus zu denken. Er hoffte sogar, daß sie seine Einwilligung nicht noch einmal erfragte, da er just in diesem Moment nicht sicher war, wie er antworten würde. Aber dann gab er sich einen Ruck und entschied sich doch für das anstehende Abenteuer, als sie auf ihre Uhr sah und anfing, ihren Oberkörper zu entblößen, nachdem sie die Vorhänge geschlossen hatte. Demonstrativ.

Ein bißchen Zeit hätten sie noch, schäkerte sie, die Spielregeln kenne er ja jetzt.

Das Ganze ein Spiel? Warum nicht? Sei's drum! Ihre definitive Andersartigkeit entpuppte sich mittlerweile als unwiderstehlicher Reiz, und der Kurzgedanke, daß es keinen Zweck habe, etwas anzufangen, was womöglich keine Aussicht auf Fortsetzung habe, war effektiv nur ein Kokettieren mit einer abgeschlossenen Vergangenheit. Trotzdem wollte er etwas Zeit gewinnen und Ärger mit seiner Zimmerwirtin vermeiden, weshalb er seinem Gast sachte in seine Tätigkeit fiel. Er hätte prinzipiell nichts gegen einen Striptease, aber genauso wie sie ihren Mann nicht verlieren wolle, würde er sein Zimmer gerne noch eine Weile behalten. Bei vollem Einverständnis mit ihren Spielregeln sollten sie ein Treffen vereinbaren, bevor sie sich jetzt trennen würden. Sie pausierte kurz, nickte dann einvernehmlich und machte die kaum begonnene Entkleidungstätigkeit wieder rückgängig. Er habe recht, und nachdem er scheinbar angestrengt nachdachte, obwohl er von vornherein an ein Stundenhotel gedacht hatte, wollte er sie den Gedanken aufgreifen lassen in der Absicht, daß dann auch sie für die Kosten aufkam. Und nach kurzer Überlegung verfiel sie auch auf seinen Wunschgedanken, wobei sie die finanzielle Seite aussparte und sogleich die künftigen Regularien plante.

Für ihn sei es leicht, sie habe ein Telefon und sei so vorläufig tagsüber jederzeit erreichbar, wenn er Lust auf Sex habe, schwieriger sei es schon für sie, da er kein Telefon habe, und selbst wenn seine Zimmerwirtin eins haben sollte, käme sie nicht auf die Idee, diese anzurufen. Nach kurzer Überlegungspause wollte sie ihm dann immer einen leeren Zettel im Briefkasten seiner Vermieterin hinterlassen, womit diese umgangen wäre. Er wüßte dann Bescheid, könne sich rückmelden, er müßte nur eben regelmäßig nachsehen. Das sollte nicht heißen, daß sie täglich Lust oder die Gelegenheit hätte, aber im Falle des Falles könnten sie dann ein Treffen vereinbaren.

Sie ergriff ihren Mantel, küßte ihn freundschaftlich auf die Wange und hatte nichts dagegen, daß er sie ein Stück begleitete, bis sie sich mit einem: bis bald ernstgesichtig verabschiedete. Inzwischen war die Dämmerung hereingebrochen und ein dichter Nebel kam auf, ganz passend zu seiner Stimmung.

Ein Spiel! Aber natürlich entschied ich mich für dafür, auch wenn mich ihre Regelung zum Deckhengst zu degradieren schien. Nur schien! Denn sie billigte mir ja ein gleiches Abrufrecht zu, im Sinne echter Ebenbürtigkeit. An ihre Augen würde ich mich schon gewöhnen, wenn ich es nicht schon getan hatte, fand sie mittlerweile geradezu faszinierend statt distanzierend, befand mich im Zusammenhang mit dem eben Erlebten in einem regelrechten Rausch, sodaß ich ohne weiteres auf Alkohol verzichtete. Der Versuch, durch Lektüre meines damaligen Lieblingsschriftstellers meinem inneren Aufruhr entgegenzusteuern, versandete kläglich, wiederholt brachen sich Erinnerungsfetzen und diverse Erwartungen Bahn, die ich selbst mit sturem Lesebemühen nicht gänzlich unterdrücken konnte. Sodaß ich mich endlich dazu durchrang, sie gleich am nächsten Tag treffen zu wollen, diese Frau, deren Existenz ich mir ständig würde bestätigen müssen, um an sie zu glauben, und selbst dann blieb sie das Zweifelwesen, das ich nicht liebte, nein, aber ich war drauf und dran, ihr zu verfallen. So würde ich meinen Alkoholkonsum erheblich einschränken, da ich meine sexuelle Potenz ihr voll erhalten wollte, eine weitere positive Konsequenz dieser Bekanntschaft.

Nymphomanin? Und wenn? Verlust meiner angeblichen Würde im Sex? Was Würde! Erhaltungsnotwendiger Bestandteil des menschlichen Lebens! Vorerst war alles offen, die Praxis würde sich erweisen. Allein die Vorstellung stellte mich ungeahnt frei, vergleichbar mit meinem Gefühl nach meinem Kirchenaustritt. Und diese Freiheit war das Endstadium der allmählichen Lösung des psychischen Krampfes, der meine persönliche Ganzheit bis dahin in Starre hielt, war diese Freiheit meine ins körperliche transferierte Musik?

Sie sagte ohne Umschweife zu, als ich sie innerhalb der angesagten Zeit anrief, sie habe meinen Anruf erwartet, ja erhofft, eine weitere Stellungnahme erübrigte sich, wir spielten doch mit offenen Karten, einigten uns auf den frühen Nachmittag dieses Tages, da sie ja um sechs Uhr zu Hause sein mußte, wir hätten dann ein paar Stunden Zeit füreinander, was ausreichen sollte. Da sie als ständige Bewohnerin diese Stadt im Gegensatz zu mir gut kannte, bezeichnete sie mir ein Hotel, in dem sie ein Zimmer für eine bestimmte Zeit bestellen würde und legte auf.

Ich konnte den Zeitpunkt nicht abwarten, machte mich viel zu früh auf den Weg, dachte aber bei aller Eile an ihren Lippenstift, denn ich war der sicheren Überzeugung, daß sie heute ihr Pfand einlösen würde. Obwohl sie ebenfalls früher kam als vereinbart, war es fast zu spät. Ich lag schon in besagtem Hotel auf dem sauber wirkenden Bett, nachdem ich an der Rezeption nach dem Zimmer gefragt hatte, das heute von einer Dame zu einem bestimmten Zeitpunkt bestellt worden sei. Der Portier gab mir ohne zu zögern einen Zimmerschlüssel und verhielt sich ansonsten absolut diskret, ganz im Sinne eines alltäglichen Vorgangs. Während der Zeit des Wartens auf sie hatte ich Gelegenheit, vor mich hin zu brüten, geriet allzubald in Zweifel, fühlte mich allein, viel zu allein – ich hatte meine Gesellschaft noch nicht ausreichend zu schätzen gelernt – war drauf und dran, das Ganze abzublasen, doch als sie dann endlich kam, schlug meine langsam sich aufbauende Verbitterung mit der Türöffnung in gespannte Erwartung um. Und die zuvor unerträglich schleichende Zeit entpuppte sich nun als Bruchteil eines Augenblicks.

Sie überfuhr mich in einer Art, die für mich völlig neu war, kein Vergleich mit damals, als ich mich ein wenig in die Studentin verguckt hatte, um schließlich durch deren Durchschnittlichkeit enttäuscht zu werden. Sie, jetzt, kam caesarengleich, hielt sich nicht lange auf mit Formalitäten, wußte genau, was sie tat, küßte mich raubtierhaft, sprach mit ihrem Körper, ihren Händen, die Wesentliches formten, Entsprechung aufdeckten, wobei sie in einer Weise lachte, wie ich sie von ihr keinesfalls erwartet hätte. Da war nichts Kommerzielles, nichts Routiniertes, Mechanisches, das war reiner Selbstzweck. Sie verhüllte jede potentielle Äußerung in dem Maße, in dem sie ihren Körper freisetzte, einfach, sachlich, ungekünstelt, doch höchst erotisch, in einem Akt schauspielerischer Selbstverliebtheit, bis sie vollständig nackt vor mir stand. Ihrer atemberaubenden Figur bewußt bewegte sie sich mit tänzerischer Leichtigkeit auf mich zu und begann mit kundigen Fingern mich meiner Kleidung zu entledigen, wobei diese ihre Tätigkeit im Zusammenhang mit ihrer Körperbeteiligung mich schon so erregte, daß ich mich sehr zurückhalten mußte, um meiner Wolllust nicht übermäßig Laut zu geben.

Was für ein Nachmittag! Was für eine unendliche Endlichkeit, imaginierte Götterdämmerung, vollendete Menschlichkeit, leichthin vergebene Individualität. Beredtes Schweigen, egozentrischer Altruismus: sie gab ihr Höchstmaß, um ein solches zu empfangen. Mit kundiger Hand umfaßte sie meine Männlichkeit und leitete mich sanft zu dem Bett, worauf sie sich aufreizend positionierte, die Beine spreizte und mein Glied zielsicher einführte. Doch entgegen meiner Erwartung blieb sie zunächst ganz ruhig liegen, preßte mich hart an sich, jede Bewegung unterbindend, bis ich das Gefühl hatte, sie gänzlich auszufüllen. Erst als mein Stau langsam nachließ, fing sie an, ihn mit ihren Scheidenmuskeln wieder herbeizumassieren, sodaß ich stärker wurde als zuvor. Und dann begann sie, mit kreisendem Becken mich zu vereinnahmen, schwenkte allmählich vom Horizontalen in die Vertikale, stützte meinen Oberkörper soweit von sich, daß sich ihre Modellbrüste prall durchblutet mit ragenden Warzen lockend darboten. Sie tat dies alles mit ihren seltsamen, weit geöffneten Augen, sorgfältig Tätigkeit und Resultat abschätzend. Als sie ihre Frequenz behutsam steigerte, verlor ich meine Kontrolle, schloß die Augen, gab mich ganz dem vorgegebenen Rhythmus hin, umgriff ihre Prachtbrüste, umschlang deren Warzen mit meiner Zunge und knabberte vorsichtig daran, bis ihr Hecheln in ein anschwellendes Stöhnen, ihre Bewegung in ein Stakkato überging. Doch als sie merkte, daß ich zu kommen drohte, preßte sie mich wieder mit erstaunlicher Kraft an sich und grub ihre Fingernägel so schmerzhaft in meinen Rücken, daß der Schreck meinem Höhepunkt zuvorkam, worauf sie mir lächelnd über das Gesicht strich und kurzzeitig völlig entspannte, um dann ihr Kreiseln wieder aufzunehmen. Und trieb mich neckisch zögernd gemächlich in den schieren Wahnsinn, bis ich mich nicht mehr länger zurückhalten konnte und wollte und bei schwindendem Bewußtsein in sie explodierte. Einen entfernt vernommenen, unvollkommen unterdrückten Schrei vermochte ich nicht zuzuordnen, ausgelaugt fiel ich an ihre herrlichen Brüste und es gelang mir erst schwerlich, zu mir zurückzufinden. Sie hielt ihre Augen jetzt geschlossen und reduzierte ihre Atmung zur Norm, während ihre Vaginalkontraktionen spastisch verebbten.

Alles war so weit weg, so nebensächlich, unfaßbar, bis die sich aufdrängende Gegenwart meine Sicht wieder zu klären begann, wobei eine zarte, geübte Frauenhand in Kenntnis ihrer Wirksamkeit das ihre dazu beitrug. Ungläubig starrte ich sie schweigend an, registrierte ein befriedigtes Lächeln, das harmonisch überleitete in sexuelle Ernsthaftigkeit. Noch in ihr, bewirkte sie neue Stärke meinerseits, und in gänzlich neu erscheinender Weise trieb sie mich, selbst bebend, zum zweiten und dann zum dritten und vierten Mal unersättlich in den vorerlebten Wahnsinn.

Doch dann schaute sie ganz prosaisch auf ihre Uhr, stand abrupt auf, wusch sich flüchtig, zog sich an. Bedächtig nickte sie, bedeutete mir ein baldiges Wiedererleben, warum nicht an diesem Ort, Bezahlung sei getätigt, ich müsse mich nur demnächst aufmachen. Als sie zur Türe ging, fiel mir der Lippenstift ein. Ich rief diesen in Erinnerung und gab ihn dann siegessicher zurück mit der Bemerkung, daß die Einlösung mehr als dem eigentlichen Wert entsprach. Mit lauthalsem Lachen steckte sie den Stift ohne weiteren Kommentar ein und verließ das Zimmer.

Die folgende Zeit war überwiegend erfreulich. Der Frühling trug ein gutes Stück zu meiner positiven Grundstimmung bei und ging mit nur kurzen Rückfällen in einen strahlenden Sommer über. Ich nahm mein Studium in Grenzen wieder auf, bewegte mich in der Gedankenwelt verschiedener Philosophen und entsprechender Zeiten, und wenn ich das Gefühl hatte, in ein Stimmungstief zu verfallen, rief ich an und konnte mich meistens auf kreativem Wege wieder aufbauen, und nicht nur dann, denn oftmals fand ich ein unbeschriebenes Stück Papier im Briefkasten meiner Vermieterin, und im drauffolgenden Telefongespräch klärte sich dann rasch, ob und wann wir uns treffen würden. So hatten wir relativ häufig Verkehr, der so schnell nichts einbüßte an Intensität und Einmaligkeit, weil sie immer wieder mit neuen Varianten überraschte. Sie war im Begriff, mich soweit gefangen zu nehmen, daß ich zunehmend häufig an sie denken mußte, ihre eigenwillige Stimme zu hören meinte, ihre Augen vor mir sah, deren Außergewöhnlichkeit mir inzwischen vertraut war. Gelegentlich träumte ich von ihr, wenn auch nicht unbedingt immer als Sexgespielin. Und Verhütung kam nicht zur Sprache, wie sich unsere Kommunikation überhaupt ganz allgemein der Aktivität unterordnete. In Anbetracht unseres Verhältnisses ging ich davon aus, daß sie voll bewußt und konsequent handelte. Aber im Grunde war es mir auch egal. Sie war verheiratet, mögliche Komplikationen waren somit wenig wahrscheinlich, solange ihr Mann von nichts wußte, wenn sie nicht ohnehin in offener Ehe lebten. Uns beiden ging es ja ausschließlich um die erlebte Sexualität.

Das ging so bis in den späten Sommer. Natürlich war ihr Ideenreichtum auch begrenzt, und mählich trat eine gewisse Gewöhnung zumindest meinerseits ein, weil neben ihren Raffinessen zwar schon eine Sympathie vorhanden war, mehr aber eben auch nicht, sodaß sich unmerklich eine banale Routine einstellte. Die Häufigkeit unserer Treffen nahm ab, ich sah nicht mehr regelmäßig in den Briefkasten, und auch von ihrer Seite glaubte ich eine zunehmende Zurückhaltung festzustellen.

Als er nach einem Zettelfund die mittlerweile geläufige Telefonnummer zurückrief, meldete sich nach einem Knacksen eine fast sympathisch tiefe Stimme ohne Namensangabe mit einer einfachen Anwesenheitsbestätigung. Da er zu dieser Uhrzeit nicht damit gerechnet hatte, fehlten ihm, überrascht, zunächst die Worte. Einfach aufzuhängen könnte verdächtig wirken aus seiner schuldbewußten Sicht. Er suchte deshalb nach einer unauffälligen Entgegnung, während sich vor der Telefonzelle einige Wartende eingefunden hatten, die zum Teil die Augen abschirmten gegen die Mittagssonne und ihr Gesicht neugierig der Glaswand näherten. Er kam sich vor wie eine Schaufensterpuppe.

Ungeduldig störte die Stimme nachfragend seine Überlegung. Irgendetwas sollte er wohl sagen, wenn er alternativ nicht einfach abwarten wollte, bis sein Gesprächspartner genervt auflegte, aber daraus vielleicht ebenso Verdacht schöpfen könnte. Also einfach eine Falschwahl vortäuschen, nach einem beliebigen Adressat fragen. Dazu irgend ein Name, der nicht gerade einer der häufigsten sein sollte.

Plötzlich stand er vor der versammelten Schulklasse und mühte sich, das als Hausaufgabe auswendig zu lernende Gedicht vorzutragen. Feixend und füssescharrend saß die kompakte Klasse ihm als Exponiertem gegenüber, eingeschüchtert suchte er nach dem Anfang, der ihm bis eben noch völlig geläufig war.

Er fing schon an zu schwitzen, sah sich hilfeheischend um, als die erste Zeile mit dem Namen der Hauptperson sich glücklich wie soufliert einfand. Und als sein Lehrer endlich zustimmend nickte, fragte er in Geschäftston, ob er mit eben dieser Person spräche. Er erwartete die sofortige Gesprächsbeendigung, und als diese nicht erfolgte, rang er nach weiteren Plattituden. Die Außenstehenden hatten sich mittlerweile angesammelt, glotzten mit Froschaugen und klopften ungeduldig gegen die Zellwände. Er war gefangen, von allen Seiten bedrängt, die Scheiben begannen unter dem Druck der Menge zu knarren, als er erwachte und über diesen unsinnigen Traum erleichtert sich amüsierte. Aber warum sollte er sie eigentlich heute nicht anrufen? Den Wochentag ließ er außer Acht.

Nach dem Mensaessen legte er sich in einem Park in die Sonne, schloß die Augen und dachte sich in allerlei Situationen, bis eine größere Wolke ihn mit Schatten überzog, was er als gute Gelegenheit ergriff, sie zu kontaktieren. Es klickte, und eine fast sympathisch tiefe Stimme ohne Namensangabe meldete sich mit einer einfachen Anwesenheitsbestätigung. Er schluckte und unterdrückte dann ungläubig einen Lachanfall, der sich ihm umso leichter aufzwang, als er ja zu reagieren wußte. In Wirklichkeit wurde das vorgeführte Gespräch nach der poetischen Gesprächspartnernachfrage allerdings sofort kommentarlos abgebrochen, worüber er trotzdem erleichtert war und er beschloß, zunächst von weiteren Anrufen abzusehen, was ihm freilich mit zunehmender Tagesanzahl immer schwerer fiel, da auch keine unbeschriebenen Zettel mehr aufzufinden waren. Verständlicherweise wuchs die Ungewißheit, sodaß er er seinen Entschluß revidierte.

Als er ihre Stimme wieder hörte, spürte er erstmal Erleichterung. Die Sonne schien über einer herrlichen Welt und ungehemmt sprudelten seine Nachfragen und Wünsche. Wie es ihr denn gehe, ob alles in Ordnung sei – er dachte an die tiefe Stimme ohne direkte Bezugnahme – wies auf die lange Zeit hin, die seit dem letzten Treffen vergangen sei, auf seine Sehnsucht und merkte schließlich auf, weil sie sich auffallend zurückhielt.

Ob sie denn keine Lust mehr hätte, ihn zu sehen? Mit einer gespannten Unterbrechung seines Redeschwalles. Doch selbst, als sie gedehnt bejahte, blieb ein Rest Mißbehagen, und er wartete ihre weitere Stellungnahme ab Die sich etwas hinzog. Doch doch, kam es dann, doch doch, mit unsicherer Stimme. Aber sie müsse halt auch Ehefrau sein, wolle auf die damit verbundenen Annehmlichkeiten nicht verzichten, und ihr Mann sei seit ein paar Tagen etwas komisch. Etwas komisch, sagte sie in gleichmütigem Ton, was dahinter stecke wisse sie nicht, sie könnten sich ja vielleicht morgen treffen, aber nicht in ihrem Hotel, zu einem Spaziergang erstmal. Weiteres verschwieg sie, war auch nicht nötig, er erahnte es unschwer.

Die alte Leier. Plötzlich greift die Sehnsucht zurück nach der Zeit sorgloser Unbeschwertheit, doch findet sie nur Erinnerungen an einen nicht wiederzubelebenden Lebensabschnitt, deren Wehmut vielfach einen bitteren Geschmack zurückläßt, die gewärtige Diskrepanz unnötig betonend. Blindlings tastete er nach kindheitserinnerlichen Werten aus Übrigkeiten, irrte nach Atavismen, warf gesellschaftsbezogenen Ballast ab, versuchte sich in ahnungshysterischer Rahmensetzung. Nein, er liebte sie nicht, doch gab sie ihm zweifellos einen vorläufigen Halt, wenn auch rein sexueller Natur. Und trotz des abzusehenden Endes war dies unbestimmte Zukunft, und umso mehr wollte er die Gegenwart jetzt erleben.

Liebte er sie nicht etwa doch? War der Sex etwa doch mehr als körperlich befriedigende Tätigkeit? Erwuchs aus ihm, von One-night-stands abgesehen, letztlich nicht doch ein Gefühl zum Beispiel einer Zugehörigkeit, einer psychischen Relation, wie auch umgekehrt bei psychischer Beziehung sich der Wunsch nach physischer Vereinigung entwickeln kann? Wie war das mit der Reduktion der Frau zum ausschließlichen Sexpartner? Sie hatte in den letzten Tagen sein Tun und Denken größtenteils eingenommen, damit aber ihn dankenswerterweise von ergebnislosem Grübeln abgehalten. Sein Tag begann mit Gedanken an sie, endete mit Begehren nach ihr, seine Träume drehten sich größerenteils um sie. Und so käme dann das erwartete Gespräch gerade rechtzeitig, um sich über seine Gefühle klar zu werden.

Was wollte er eigentlich? Wie stellte er sich eine fernere Zukunft vor? Was sollte überhaupt aus diesem Verhältnis werden? An eine legalisierte Verbindung hatte er nicht im Traum gedacht. Vom wohl vorhandenen Altersunterschied abgesehen, war er ein armer Schlucker, während ihr Mann, wohlhabend institutionalisiert, im Gegensatz zu ihm ihr materielle Sicherheit, Erfüllung bis zu einem augenscheinlichen Luxus, ja auch Sex bieten konnte, wobei Gewöhnung auch mit ihm zeitbedingt eintreten würde, was andeutungsweise ja schon der Fall war.

Und was war mit ihr? Wie dachte sie über eine mögliche Zukunft, wenn sie das überhaupt tat? Er erinnerte sich an ihre glaubhaft vorgebrachten Spielregeln, und es überlief ihn kalt. Konnte sie aber sich nicht auch geändert haben? Zwar kannte er nur ihren fraglos reizvollen Körper, ihre sexuellen Qualitäten, doch hatten ihre Spielregeln immerhin ein Augenblicksbild vermittelt, und davon ausgehend blieben alle Möglichkeiten offen. Dabei fiel ihm erschwerend auf, daß sie bisher tatsächlich Sex pur ausgeübt hatten und in dessen Hochgefühl alles andere ausschlossen. Das konnte notwendig nicht weiter so bleiben, irgendwann mußte sich doch eine hintergründige Persönlichkeit offenbaren – wenn da eine war! Und so fieberte er der nächsten Begegnung entgegen, anstehende Vorlesungen wie auch Eigenarbeit bedenkenlos vernachlässigend. Sein pfeifender Gang dann durch die sommerlich glänzenden Straßen, seine Aufmerksamkeit bezüglich der Mitmenschen aus größerer Ferne, der städtischen Strukturen, des allgemeinen Treibens waren nicht echt, Ausdruck vielmehr seiner Unsicherheit bezüglich des geplanten Treffens, es war das Singen des einsamen Wanderers im dunklen Wald, der verwerfliche Vorstellungen so übertönte.

Wie ich intuitiv erwartet hatte, war sie nicht vor unserem Hotel zur vereinbarten Zeit im Gegensatz zu mir, doch war ich absolut willens, ihr eine Toleranzspanne zuzugestehen, da ich mich einfach nach ihr sehnte und vor allem mir klar werden wollte über mein Verhältnis zu ihr. Bisher war sie eigentlich recht pünktlich gewesen, sodaß ihre jetzige Verspätung meine Zweifel nicht gerade verminderte. Und als sie dann endlich kam, ich rechnete die Zeit nicht an, äußerlich so reizvoll wie gewohnt, hatte ihre Begrüßung schon einen Unterton, der mich weiter verunsicherte. Zwar fehlte unseren Zusammenkünften seit Anbeginn jede Form von Herzlichkeit, sie waren eher geschäftsmäßig neutraler Natur, aber inzwischen hatte sich meine Einstellung doch deutlich gewandelt. Und so wollte ich die drohenden Anzeichen nicht wahrhaben und übersprudelte meine Bedenken in scheinfröhlicher Heiterkeit, mit der ich ihr meinen Sinneswandel nahezubringen suchte.

Schweigend schritt sie neben mir her, meinen Handgreifversuch unwillig abwehrend, und ich war mir gar nicht sicher, ob sie mich richtig verstand. Doch nach einer Weile blieb sie abrupt stehen und fixierte mich in ungewohnt abschätzender Weise. Ob ich mich erinnern würde an ihre Spielregeln, fragte sie, und daran, daß unsere Beziehungsdauer abhinge von deren Einhaltung? Unwiderruflich! Wie sie schon telefonisch gesagt habe, ihr Mann hege Mißtrauen, sie wolle ihre Annehmlichkeiten nicht aufs Spiel setzen und ich sei drauf und dran, die Regeln zu mißachten. Sie habe schon am Telefon diesen Verdacht gehabt, aber nach meinen Ausführungen wolle sie mir dann doch persönlich ihre Entscheidung mitteilen, das sei ich ihr dann doch wert. Punkt!

Damals hatte ich ihr vorbehaltlos zugestimmt, ungeachtet möglicher Veränderungen. Jetzt mußte ich meinen Leichtsinn büßen unter unerwarteten Umständen. In Schockstarre blieb nur noch die Sehnsucht, und kleinlaut mutmaßte ich noch eine letzte sexuelle Unternehmung zum Abschied, die sie schroff ablehnte. Wie gesagt: unwiderruflich, schlug sie den Rückweg ein, ohne sich noch einmal umzudrehen. Hatte ich das Gefühl ihrer Erleichterung?

Das wars dann also, aus, vorbei. Mit einigem hatte ich gerechnet, nicht aber mit dieser abrupten Endgültigkeit. In masochistischer Eigenwilligkeit zog ich mich zurück in mein Bett und kostete die neue Situation in ihrer ganzen Vielfalt ungedopt aus.

Ich hatte mich öfters gefragt, wie wir beide uns die Zukunft vorstellten, jeder aus seiner Sicht. Ihre Vorstellung hatte sie ja nun klar geäußert, jetzt war ich an der Reihe. Zunächst war ich unfähig, mir groß Gedanken zu machen, es herrschte ein absolutes Denkchaos. Ansätze jagten, Konsequenzen verweigerten sich, an Schlaf war nicht zu denken, vorübergehend war ich handlungsunfähig. Langsam nur kehrte eine logische Denkweise zurück. Jetzt wo alles definitiv vorbei war, ergab sich Gelegenheit, diesem Verhältnis nachzuspüren, nachdem die ersten Rachegefühle größerenteils verebbt waren. Objektivität freilich war auch jetzt nicht zu erwarten. Ich mußte mich zuerst einmal von den glücklichen Momenten der totalen Erschöpfung nach einem selbstentäußerndem Akt lossagen, als ich gedankenlos erfüllt auf, neben oder unter ihr lag, ihren Schweiß spürte, ihren Körper, dessen ekstatische Verkrampfung in abnehmendem Nachbeben ausklang. Das war nicht simuliert, das war mitreißender Orgasmus pur. Wie sollte ich unparteiisch über sie befinden in Erinnerung an die vielen göttlich anmutenden Momente.

Andererseits ließ ihre sexuelle Vielseitigkeit böswillig schon an unentgeltliche Professionalität denken, doch war diese in der Mehrheit nicht innerlich unbeteiligt? Simulierte vielleicht in Aussicht auf bessere Entlohnung? In Einzelfällen möglicherweise auch zum eigenen Vergnügen, aber sicher nicht meine Nichtmehrpartnerin. Nein, nicht sie. Ihre kreative Phantasie, ihre allumfassende Beteiligung hatten von ihrer vorbehaltlosen Dreingabe gezeugt, selbstsüchtig vielleicht, aus einer meiner ähnlichen Motivation heraus. Und hatte sie nicht von vornherein Grenzen gezogen, die ich unbedenklich akzeptiert hatte, sich akkurat daran gehalten bis zu dem anfänglich angedrohten Abbruch mit darüberhinaus verständlichen Argumenten? Mußte ich ihr im Grunde nicht dankbar sein für eine grübelfreie, leichtlebige Zeit und den zwar schmerzhaften, dafür aber doch raschen Schluß noch vor der dräuenden Wahrnehmung des Ehemannes oder gar einer sich potenzierenden Routine? Es blieb die Ambivalenz zwischen nun erinnertem Glücksgefühl, Enttäuschung und Wut, die die Sinnfrage wieder aktualisierte.

Auf jeden Fall war die Zeit mit ihr unfasslich schön, war erfüllt und doch unbeschwert, ausschließend vereinnehmend. Sie hatte mich in die jeweilige Gegebenheit eingegrenzt, mein Stürmen besänftigt, befriedet. Ich war ruhig geworden, aber mit der Ruhe kam dann die Angst vor dem unausbleiblichen Ende. Es kam unwillentlich erwartet, protestierend verneint. So sehr hatte sie mich in Sicherheit gewiegt, daß ich unsere anfängliche Vereinbarung ganz vergessen hatte. Bis zur Möglichkeit ausgepumpt und erschöpft, hatten wir uns in den Armen gelegen, delirierend fast begann ich, mehr für mich, bestätigend, nachkostend, triumphierend zu sprechen, zu singen. Sie hatte mich nicht beachtet, war in sich vertieft, ich blieb ihr unverständlich, sie merkte erst auf, als meine Stimme lauter, meine Worte vernehmlicher wurden. Ich war zu berauscht, um mich zu kontrollieren, mir meiner Äußerung bewußt zu werden, redete wie im Traum: sie könne sich nicht vorstellen, wie nötig ich sie hatte, ich sei gleichsam am Ende gewesen – unterfasste ihr Kinn und richtete ihr Gesicht zu mir hin, um ihr in die Augen zu schauen, und erblickte eine erschreckend enttäuschte, eigentlich abweisende Miene. Sie stemmte sich mit einer Hand von meiner Brust, betrachtete mich aus unmittelbarer Nähe, schüttelte fast unmerklich den Kopf. Plötzlich war ich hellwach, meine Sinne überspannt, begriff ich nicht sogleich, sondern fuhr in übersteigerter Euphorie fort, in erhöhter Lautstärke, überschlug mich vor unsinniger Hast.

Sie war damals aufgestanden, wortlos zu ihren Kleidern gegangen, hatte sich angezogen und mich unverständig liegengelassen. Der Anfang vom Ende?
Wir hatten miteinander geschlafen, gut, und? Wo war der prinzipielle Unterschied zwischen der Inanspruchnahme der Genitalien und der zum Beispiel der Hände, was ein Papst des frühen Mittelalters, völlig artfremd allerdings, ebenso wenig als ein Vergehen betrachtete wie den Geschlechtsverkehr oder das Händewaschen, oder ganz allgemein die Befriedigung der Na-

turtriebe[3]. Im Grunde also eine passagere, selbstverständliche Handlung, schön, wunderschön besser, aber was blieb? Ohne Resultat eine verblassende Erinnerung, nichts weiter, es sei denn eben eine Materialisation.

Aber war da außer dem Sex wirklich nichts mehr? Auch wenn dieser für sich einen umfänglichen Wert darstellte, konnte er doch nicht für die Gesamtheit des homo sapiens stehen, wieweit sonst unterschied er sich vom Tier? Ein essentieller Teil des Lebens, war er keinesfalls zu verteufeln, aber sollte die Evolution auf diesem Basiskriterium verblieben sein und dessen Stellenwert nicht überschritten haben? Also doch irgendeine von mehreren möglichen Formen der Liebe?

Hatte sich so der Kreis geschlossen? Nur einmal hatte ich mich bisher so gänzlich weggeschenkt: psychisch an die Musik, und jetzt eben physisch an diese verheiratete Frau. Sie hatte mich in gleicher Weise in Erfüllung gehegt, mit ihren Händen, ihrem Körper, ihrer uneingeschränkten Hingabe in einem Ausmaß, das ich nie für möglich gehalten hätte. Immerhin hatte sie es mich erleben lassen und im Kurzschluß bestätigt ohne langwierige Entzauberung. Sollte ich das alles also so einfach dahingeben? Könnte ich nicht eine Fortsetzung erzielen durch Androhung der Information ihres Mannes, durch Erpressung eben, was ich aber sogleich beschämt verdrängte. Selbst wenn sie gezwungenermaßen darauf eingehen sollte, wäre es nicht mehr dasselbe, es käme einer Vergewaltigung gleich, unentgeltlicher Prostitution, und würde neben der Gegenwart auch die Vergangenheit entzaubern, und außerdem voraussetzen, daß sie nicht in einer offenen Ehe lebte.

Wie auch immer, sie war lediglich konsequent bei ihrer Lebensführung geblieben, ich konnte ihr keinen Vorwurf machen, mußte ihr im Gegenteil recht geben: wir hatten einen Handel vereinbart, dessen Regularien jetzt erfüllt waren und der damit abgeschlossen wurde, wenn auch von ihr und meines Erachtens frühzeitig, aber so war das eben, Punkt! Und

---

3 (Bonifatius VIII, 1294)

warf mein Studium ohne lange Überlegung hin, kündigte mein Zimmer und überfiel mein Elternhaus in völliger Desorientierung ohne jegliche Erwartung. Aus der anfänglichen Begegnungsüberraschung wurde schnell eine Enttäuschung bezüglich meiner Kapitulation. Was ich denn für eine Vorstellung von meiner Zukunft hätte? Auch bei prinzipieller Zahlungsbereitschaft sei doch ein Altersende abzusehen, was ich resignierend zur Kenntnis nahm. Und nach durchwachten, Probleme wälzenden Nächten verkündete ich die Dringlichkeit einer Denkpause, die ich auch finanziell zu überbrücken versprach. Nach wenigen Tagen packte ich zivilisatorisches Minimum in meinen Rucksack, diesmal auch einen Schlafsack, und verließ überstürzt und angetrunken das Elternhaus ohne weitere Erklärung symbolträchtig um Mitternacht, um niemandem zu begegnen. Ein ruhmloser, schäbiger Abgang.

Bei aufklaffender Bewußtseinsspaltung einzukalkulierende Anfangsunsicherheit, die sich offensichtlich soweit verstärkte, daß ihr Bewegungsanteil versuchsweise aufkommende Überlegung glatt mit sich riß, weshalb ein verklammernder Brückenschlag vom Ausgangspunkt notwendig wasserte.

Unbestimmt schlenderte ich zur nächsten Ausfallstraße. Die kühle Nachtluft, der abflauende Verkehr, meine Vereinzelung klarten meine Unentschlossenheit langsam auf, wobei der Alkoholabbau zusätzlich eine mögliche Euphorie zurückhielt. Immerhin fühlte ich die Konkretisierung meines Körpers im Wechselspiel der unterschiedlichen Lichtquellen, nahm mein spastisches Gestikulieren als lächerliches Schattentreiben wahr.

Wohin es denn gehen solle um diese Zeit, schreckte ein Reifenquietschen mich aus meiner Lethargie auf. Ich fror überrascht.

Soweit wie Sie fahren, schlug ich vor.

Der im Laternenlicht nur vage zu erkennende Fahrer beugte sich zum heruntergelassenen Seitenfenster und nahm mich in Augenschein. Das sei aber kein bestimmtes Ziel meinerseits, woher ich denn seines vermutete und was ich denn dort zu diesem Zeitpunkt vorhätte?

Auf diese Frage war ich nicht gefaßt, wußte ich es doch selbst nicht, wollte es dem Schicksal überlassen, die Gelegenheit aber jedenfalls ergreifen.

Meinen Sinn suchen, keck, und prompt: ob ich ihn denn bei diesen Lichtverhältnissen auch zu finden hoffte? Aber bis dahin wäre es ja auch schon wieder heller, und nach kurzer Besinnungspause bot er mir an, bei der Suche ein Stückweit behilflich zu sein. Er stieß mir die Seitentür etwas entgegen und dann stülpte Beschleunigung die Nacht über uns und verschob das Bühnenbild abschnittsweise wegen fehlenden Vorhangs in blendungsbedingtem Zwielicht.

Wärme, teilverbrauchte Luft, Dunkelheit und das gleichmäßige Summen des Motors ermüdeten mich zusätzlich zu meinem allerdings zweifelhaftem Gefühl totaler Lösung, auch in Erinnerung an meine zurückliegende Auslandsfahrt, wenn schon die Umstände jetzt freilich völlig differierten: damalig abgesichertem Erleben eines ausgesuchten Zielgebietes entsprach jetzt unsichere Flucht nach irgendwohin. Und ich hatte auch keinerlei Interesse an einer Unterhaltung, die der Fahrer mehrmals aufzunehmen suchte mit gelegentlich prüfendem Seitenblick. So fuhren wir mit zeitweisen Äußerungen mehrheitlich seinerseits durch die Nacht, wobei meine mangelnde Gesprächsbereitschaft offensichtlich eine Mißstimmung hervorrief. Es dämmerte bereits, als er mich an einer Ausfahrt absetzte. Nicht war ich mir sicher ob aus Enttäuschung oder weil er tatsächlich sein Ziel erreicht hatte. Jedenfalls wünschte er mir ein gutes Weiterkommen zu meiner Sinnfindung.

Mittlerweile stellte ich mir eine Großstadt vor, weil dort die Suche nach einer Verdienstmöglichkeit am aussichtsreichsten sein würde. Entsprechend gab ich im weiteren ein solches Ziel an, das ich dann auch nach mehreren Mitfahrgelegenheiten erreichte.

Angekommen kaufte ich eine Zeitung mit Stellenanzeigen, unter denen sich eine für meine Bedingungen geeignete fand, in der Fahrer für ein Großkaufhaus gesucht wurden. Dabei fiel mir deprimierend ein, daß ich außer meinem Abitur und einem Pseudosemester Philosophie nichts vorzuweisen hatte, glücklicherweise wenigstens einen Führerschein. Die persönliche Vorstellung war erfolgreich, die Bezahlung angemessen und nach

Unterzeichnung eines Arbeitsvertrages ging ich schon am nächsten Tag auf innerstädtische Fahrt mit einem Lastkraftwagen, der nebenbei im Führerhaus genügend Platz bot für mein Gepäck. Und als ich den nach Feierabend am Firmenparkplatz abstellte, blieb ich für die Nacht kurzerhand in der Wagenfront, die zwar beengten, aber doch ausreichenden Platz bot für eine Schlafposition. Ich hatte hier also erst einmal eine Stelle gefunden, die mir als Angestelltem sogar Prozente einräumte für Nahrungsmittel, ein ausreichendes Verdienst und eine provisorische, kostenfreie, wenn auch ungewöhnliche Übernachtungsmöglichkeit. Für die Körperhygiene suchte ich öffentliche Bäder auf. Das ging so fort über den Sommer, die Zeit war ausgefüllt mit meiner Fahrtätigkeit im Großstadtverkehr, verbunden mit Ein- und Ausladetätigkeiten. Und nach Arbeitsschluß nahm ich die verbilligt erstandene Nahrung in der Fahrzeugkabine zu mir, las danach in meinem Gedichtsammelband, den ich neben meinem Reisepaß mitgenommen hatte, und der mir über mählich aufkommende Mißstimmungen vorerst hinweghalf. Daß es so nicht lange weitergehen konnte, wurde mir allzubald bewußt. Das war nicht der Sinn, nach dem ich suchte, und meine Unruhe wuchs zunehmend.

Es wurde Herbst und bald fielen die ersten Schneeflocken. Da es jetzt deutlich früher dunkel wurde, mußte ich das Innenlicht einschalten, wenn ich nach Dienstschluß in meinem Gedichtband lesen wollte, und unvermeidlich fiel das der patrouillierenden Wache eines Nachts auf. So klopfte einer von ihnen an mein Führerhaus und wollte schon die Polizei rufen, was ich gerade noch verhindern konnte dadurch, daß ich mich als angestellter Fahrer auswies, was aber meine bisherige Unterkunft auch nach intensiver Verhandlung ein für allemal verschloß. Ich mußte damit meine inzwischen liebgewonnene Heimstätte aufgeben und wanderte nach Beendigung meiner Fahrtätigkeit auf der Suche nach einem geeigneten Schlafplatz in der Stadt umher, wo ich meinen Schlafsack im Trockenen ausbreiten konnte. Das waren Orte wie Unterführungen, Rohbauten, Balkonböden, wo ich vor allem ungestört und schneefrei unterkam.

Es war allerdings eine Frage der Zeit, bis ich so mit dem Gesetz in Konflikt kommen mußte, wenn Landstreicherei glücklicherweise auch nicht mehr die mittelalterliche Todesstrafe nach sich zog. So hatte ich mein Nachtlager unter einem Balkon in einem Schneeloch vorbereitet und war schon eingeschlafen, als ich von einem scharfen Lichtstrahl geweckt und geblendet wurde, sodaß ich zunächst nicht wußte, wie mir geschah. Doch gleich stellte sich ein Polizist heraus, der mich aufforderte, mich auszuweisen, seinen knurrenden Schäferhund hielt er eng bei Fuß, sein Dienstpistolengriff glitzerte in der Peripherie des Taschenlampenscheins. Mein Schreck ließ nach, als sich der Störenfried als Polizist und nicht als Krimineller entpuppte. Ein Hausbewohner mußte mich beobachtet und die Polizei gerufen haben. Ich bat darum, mich anziehen zu dürfen, was mir unter strenger Überwachung erlaubt wurde. Mein geforderter Paß wurde begutachtet und an einen Kollegen weitergereicht, der meine Daten über Funk an eine Zentrale weitergab. Nach quälenden Minuten erhielt ich ihn zurück. So so, ein Student, murmelte der erste Beamte und empfahl mir, mein Studium doch besser an der Universität fortzusetzen, dort sei es gewinnbringender und vor allem wärmer und bequemer. Dann beruhigte er die inzwischen herbeigeeilten Gaffer, die mir aufgeregt allerhand Missetaten zuschrieben, schickte sie enttäuscht nach Hause und ließ mich halb angezogen in Nacht und Schnee stehen. Ich zog mich vollständig an, rollte meinen Schlafsack zusammen, verstaute ihn und nahm meine Nachtwanderung zähneklappernd wieder auf statt zu schlafen.

Am nächsten Tag kündigte er seine Fahrerstellung, was fristlos möglich war, und suchte nach anderen Verdienstmöglichkeiten, freilich ohne baldigen Erfolg. Ein paar Nächte verbrachte er noch unter Brücken, in Parks, Ruinen, jeweils kompromißlos darauf bedacht, allein zu sein, weiterhin um eine Arbeitsstelle bemüht, bis er auf eine Annonce stieß, die junge, zielstrebige, redegewandte reisefreudige Menschen beiderlei Geschlechtes anwarb, die rasch zu großen Reichtümern kommen wollten. Das war eine günstige Alternative zu seinen schneemeidenden Unterschlupfsuchaktionen. Er wandte sich sofort an die angegebene Zentrale und wurde ohne weitere Nachfragen angenommen, was ihm nach der ersten Erleichterung doch etwas seltsam vorkam. Es handele sich um Zeitschriftenwerbung, eine interessante, wenig anstrengende, dafür umso lukrativere Reisetätigkeit, wurde ihm beteuert. Er erinnerte sich nicht, ob ihm tatsächlich das Fahrgeld zu der Kolonne vorgestreckt wurde, der sie ihn zuteilten.

Ohne große Vorbereitung, ich hatte ja mein Zivilisationsminimum stets parat im Rucksack, nahm ich den Zug nach dem mir angegebenen Ort. Dort wurde ich vom Bahnhof abgeholt und gleich in ein Hotel verbracht, die Kommunikation zwischen Zentrale und jeweiligem Rottenführer schien ja ausgezeichnet zu funktionieren. Zum Abendessen traf ich dann mit weiteren Neulingen auf meine künftige Kolonne, die sich aus allen möglichen männ- und weiblichen Gestalten zusammensetzte, die vorwiegend den Eindruck von Glücksrittern oder gestrandeten Existenzen vermittelten, wozu ich mich nach kurzer Überlegung einsichtig auch zählen mußte. Die Ansammlung wurde vom Anführer straff reguliert, was sich auch gleich in der Empfangsrede überdeutlich zeigte. Ohne Umschweife betonte er, daß wir wohl wüßten, wozu wir hier wären, unser Sinn und ausschließlicher Zweck sei die Vermittlung von Zeitschriftenabonnements. Wir bekämen eine größere Zahl von Mustern, mit deren Demonstration wir den Leuten Verträge leichter aufschwatzen sollten. Pro Vertrag und Schein war eine bestimmte Prämie vorgesehen, die jeden Abend ausbezahlt würde. Wie wir sähen, hätten wir unseren Verdienst in unseren eigenen Händen, viele Scheine viel Geld, kein Schein kein Geld, unter Umständen also auch keine Mahlzeit. Das Hotel würde jedenfalls bezahlt. Aber das wäre ja nur Theorie, denn wir würden doch alles dransetzen, möglichst viele Scheine zu schreiben, das sei unser Lebenszweck, alles andere sei nebensächlich. Er lachte hämisch. Also Scheine, Scheine, Scheine. Und jetzt ins Bett, damit wir morgen frisch an unsere Aufgabe herangehen könnten.

Das war dann mal eine klare Aussage und erschien mir als eigentliche Bankrotterklärung. Wo blieben Menschenwürde,

Persönlichkeit, Geist, Sinn, wenn Geld der ausschließende, brodelnde Mittelpunkt war? Sinn doch wohl, aber auf Untergrundebene. Mit ausgeprägtem Zweifel beschloß ich, erst einmal mitzumachen und zeitweise mein Glück zu versuchen, ich vergab ja nichts damit, blieb doch ich selbst. Ich würde sehen, wie erfolgreich ich wäre und aufhören könnte ich doch wohl zu jeder Zeit, glaubte ich blauäugig.

Am nächsten Morgen nach dem Frühstück wurden wir in eine Stadtregion verfrachtet und einzelnen Straßenzügen zugeordnet. Brav klapperte ich dann Haus für Haus und Wohnung für Wohnung ab, sagte meine individuelle Einleitung auf und warb für die eine oder andere Zeitschrift nach vorheriger Auslotung der jeweiligen Interessen. Die Reaktionen der Angesprochenen reichten von aufgebrachter prinzipieller Ablehnung bis zu überzeugter Unterschrift. Es gelang mir gleichwohl, schon am ersten Tag einige Scheine auszufüllen, und die Reaktion des Rottenführers war verhalten optimistisch. Bald fiel mir jedoch auf, daß er mir wie auch den anderen mit seinem Auto folgte und uns aus dem geöffneten Seitenfenster heraus nach Erfolgsnachfrage entsprechende Kommentare lauthals auf offener Straße zurief, Belobigung oder beißende bis ordinäre Kritik. Und am Abend erfolgte dann die Abrechnung, indem wir Schlange standen, der Reihe nach unsere Scheinzahl vorwiesen und die angekündigten Prämien mit wertender Beurteilung erhielten. Vereinzelt kam es vor, daß ich bei totalem Mißerfolg leer ausging und mich hungrig in mein Hotelzimmer verzog.

Nachdem ich die Drückerwelt kurzfrstig kennengelernt hatte, kam ich nicht umhin, mich kritisch mit ihr auseinanderzusetzen. Mir mißfiel die monetäre Ausschließlichkeit, die eklatante Hierarchie, der abwertende Umgangston. Bei Gesprächen unter den Drückern ging es nur um die erworbene Scheinzahl des Tages, wobei die weiblichen in der Regel besser abschnitten. Es war ein ausgesprochener Wettbewerb, einen anderen Kommunikationsinhalt gab es nicht, wir funktionierten wie Marionetten in einem Schmierentheater, jeder auf seine Konkurrenzrolle reduziert.

Ein paar Tage machte ich mit, dann wandte ich mich an den Gruppenführer. Ich hätte mir das Ganze anders vorgestellt und würde daher aufhören wollen. Aufhören? prustete er mit gewaltsam zurückgehaltener Stimme heraus, aufhören wollen Sie? Das käme überhaupt nicht in Frage, das könnte ich mir gleich abschminken. Ich hätte doch ganz gut angefangen, schlechte Tage hätte jeder einmal und vor allem müßte ich noch meine Anfahrt – und Hotelkosten bezahlen. Meinen Saldo müßte ich auf jeden Fall zuerst begleichen, bevor ich ans Aufhören denken könne.

Ich war mir über die finanzielle Situation nicht im klaren, versuchte auch nicht lange, diese abzuklären, hatte aber unabhängig davon das Gefühl, aus dieser Sache nicht so einfach herauskommen zu können. Zusätzlich spürte ich eine sofort gezieltere Überwachung von Seiten des Kolonnenchefs.

Das hiesige Gebiet war abgegrast und wir fuhren in eine benachbarte Stadt. Da ich mich mit dem Gedanken trug, mich abzusetzen, vernachlässigte ich meine Werbetätigkeit, schrieb weniger Scheine und um einigermaßen über die Runden zu kommen, verkaufte ich einige Musterexemplare. Wegen des dadurch auffallenden Mißverhältnisses zwischen den verminderten Mustern und der erzielten Scheinzahl zog ich ein umso schärferes Augenmerk auf mich, und eines folgenden Abends forderte der Rottenführer mich auf, ihm und seinem Schlägertyp zu folgen. Er führte mich zu einem Hotelzimmer, das er unangemeldet betrat, in dem einer der Drücker in seinem Bett lag, gekrümmt, bis zum Hals bedeckt, mit bis zur Unkenntlichkeit geschwollenem, blutunterlaufenem Gesicht, die Augenlider bläulich verquollen, leise vor sich hinwimmernd. So könne es auch gehen, ich solle mir das gut anschauen, betonte er, und erforschte sichtlich meine Reaktion. Wortlos betrachtete ich das armselige Häuflein Mensch vor mir und festigte nun endgültig meinen Entschluß, aus diesem Werbetrupp baldigst wie auch immer auszuscheiden. Vermehrt bemühte ich mich wieder um Scheine und verkaufte zusätzlich viele Muster, um mir ein kleines Reservoir zu schaffen. Von einer Schuldenminderung meinerseits war allerdings nicht die Rede, dafür wurde meine

Drückerleistung immer hämischer bis beleidigend bewertet. Ich befand mich im Spannungsfeld zwischen Fluchtvorbereitung und Demütigungsduldung, die Demonstration vor Augen: das Gesicht war aussagekräftig genug, der bedeckte Körper wahrscheinlich ohnehin nicht sichtbar mißhandelt. Jedenfalls war ich an einem Ende ziviler Verhältnismäßigkeit angelangt, bei dem ausschließenden Wertmaßstab Geld, das hier brodelnden Mittelpunkt in sonst trägstupider Unterwürfigkeit darstellte. Mein Entschluß war unumstößlich.

Im neuen Hotel machte ich mich sofort mit den Räumlichkeiten vertraut und vor allem mit den Schließungszeiten, nachdem es sich eher um eine kleinere Pension handelte, deren Eingang spät verschlossen wurde, gegen Mitternacht, wie ich herausfand. Am Tag meines Fluchtvorhabens, ich hatte fast alle Muster verkauft und auch einige Scheine geschrieben, zeitigte ich ein möglichst unauffälliges Benehmen, ging nach einem dürftigen Abendessen früh in mein Zimmer und lag mit hochgespannten Sinnen auf meinem Bett, nachdem ich meinen Rucksack gepackt und im Schrank verstaut hatte, um bei einem unangemeldeten Kontrollbesuch nicht aufzufallen. Meine Zimmertüre ließ ich angelehnt, um die Geschäftigkeit verfolgen zu können, die mit vorrückender Stunde verebbte. Kurz vor Mitternacht entkleidete ich mich teilweise, lauschte in den Gang hinaus und ging dann, als alles ruhig blieb zur Toilette, weil ich unter dem enormen psychischen Druck einen starken Harndrang verspürte, vor allem aber, um mich der Wegfreiheit zu vergewissern und der noch offenen Eingangstür. Gut vorstellbar, wie sehr ich erschrak, als diese schon verschlossen war, aber mit äußerster Disziplin bezwang ich meinen Schrecken und überlegte, wie sonst ich dieses Gebäude verlassen konnte. Auf dem Weg zu meinem Zimmer kam ich an der Rezeption vorbei, die verlassen war, aber bei dem trüben Ganglicht soweit Einblick gewährte, daß ich schemenhaft ein Fenster gegen die Nacht ausmachen konnte, das Platz genug für einen Ausstieg bot, umso mehr, als die Rezeption sich ja im Erdgeschoß befand. Ich schlich zurück in mein Zimmer, präparierte mein Bett so, daß es den Anschein erweckte, als habe ich es nur eben kurz verlassen, für den durchaus möglichen Fall einer unerwarteten Kontrolle, zog mich vollständig an, schaltete das Licht aus, holte meinen Rucksack aus dem Schrank, lauschte noch einmal bei angelehnter Türe absichernd hinaus, und als über einen ewig erscheinenden Zeitraum völlige Ruhe herrschte, huschte ich zur Rezeption, die jetzt allerdings schummrig erleuchtet und in der eine Person zugange war. Mein Herz schlug so laut, daß ich fürchtete, Aufmerksamkeit zu erregen. Rasch zog ich mich aus dem Sicht – in den Rand des Lichtbereichs zurück. Da stand ich dann, meinen Rucksack in der Hand, wie angefroren, und hoffte sehnlichst, daß die Geschäftigkeit bald ein Ende nahm.

Nach einer erneuten Ewigkeit, in der seine Beine schon zu schmerzen anfingen, fiel die Rezeption endlich in Dunkelheit, aber er mußte zu seinem Entsetzen vernehmen, wie sie abgeschlossen wurde. Er war nahe daran, sein Fluchtvorhaben aufzugeben, doch sein unumstößlicher Entschluß, diese Drückerrotte zu verlassen, ließ ihn alles auf eine Karte setzen. Diebesgleich näherte er sich der Theke, legte seinen Rucksack darauf, nach weitestmöglichem Ausschluß einer Störung, schwang sich dann darüber hinweg, ergriff sein Gepäck und tastete sich zaghaft zu dem Fenster, das sich schimmernd von der Dunkelwand abhob und glücklicherweise nicht abgeschlossen war, was er nach dem bisherigen Verlauf durchaus in Betracht gezogen hatte. Er öffnete es behutsam, ließ den Rucksack an der Außenwand herab, kletterte mühsam über den Sims, wandte sich, in Unkenntnis der Tiefe, mit dem Bauch zur Wand, und glitt an dieser hinunter, um mit lautem Knirschen in einem Kiesbett zu landen. Nur kurz hielt er den Atem an und lauscht angestrengt, dann faßte er nach innen an das Fenster, zog es auf Fingerbreite zu, ergriff den Rucksack und rannte wie gehetzt in die Dunkelheit der Zufahrtsstraße und auf ihr noch so lange, wie Lunge und Beine mitmachten. Nach kurzer Erholungspause, in der sein Herz zum normalen Rhythmus zurückfand, ging er straßenseitig ins Unbekannte, sich immer wieder nach einer möglichen Verfolgung umsehend. Der Verkehr war um diese Nachtzeit erwartbar spärlich, doch nach einigen Fußkilometern hielt ein Auto an. Er vergewisserte sich fluchtbereit der Gefahrlosigkeit, bevor er sich aus dem ungefähren Drückerbereich entführen ließ. Erleichtert sackte er in sich zusammen.

Der Fahrer fragte mich bald, ob es nicht günstiger sei, tagsüber zu trampen und ob ich einen besonderen Grund hätte für die Nacht, mit einem Seitenblick, wie gehabt. Es ginge ihn zwar nichts an, meinte er, als ich nicht reagierte, aber er dürfe sich schon etwas wundern. Ich hätte meine Gründe, aber die seien für ihn irrelevant und er solle mir nicht böse sein, wenn ich sie nicht weiter anführen würde, bekannte ich höflichkeitshalber nach einer Weile des Schweigens. Er schien dies zu akzeptieren und daraufhin fuhren wir wortlos durch die Nacht, mit jedem Kilometer weiter in Sicherheit.

Angstbefreit verfiel er in einen Lösungshalbschlaf, der anhielt, bis der Fahrer an seinem Zielort angekommen war und ihn ansprach. In der mittlerweile anbrechenden Morgendämmerung suchte er sich zu orientieren, wobei die erfragte Ortsangabe eine ungefähre Vorstellung vermittelte. Mit dem räumlichen hatte er auch einen gedanklichen Abstand gewonnen und nachdem er in seinem gegenwärtigen Leben keinen Sinn mehr sah, wollte er es noch einmal mit einem Studium versuchen. Immer noch, beziehungsweise sogar noch weniger war er sich bezüglich der Fachrichtung im klaren, sodaß er zunächst an ein studium generale dachte in der Hoffnung, auf diesem Wege vielleicht eine Motivation zu erfahren. Und in der vorausgesetzten Annahme, daß sein Vater die entsprechenden Mittel vorschießen würde, strebte er baldestmöglich nach Hause.

Meine Heimkehr wurde freudig begrüßt, aber nach den ersten Willkommensäußerungen und der interessierten Nachfrage bezüglich der doch längeren Auszeit, kam unweigerlich die Frage nach der nun hoffentlich gefällten Berufsentscheidung. Die Enttäuschung war nicht zu übersehen, als ich immerhin von einem Studium sprach, aber mich zunächst allgemein informieren wolle. Mein Vater lachte kurz auf, wies erneut auf sein zunehmendes Alter hin und willigte sehr zögerlich auf ein

Probesemester ein. Eins sagte er, dann sei er mit seiner Geduld am Ende und nehme meine Eskapaden nicht länger hin. Irgendwann müsse ich doch auf eigenen Beinen stehen.

Es gehe mir nicht um den Verdienst, warf ich ein, genauer: nicht überwiegend darum, sondern vor allem um den Sinn, ganz allgemein.

Die Reaktion des Vaters war hinhaltend. Ich würde schon ganz schön lange danach suchen, ob ich denn wirklich einen zu finden hoffte? Sei das nicht eher eine Floskel, die herhalten müsse um meine Entscheidungsschwäche zu ummanteln? Wie gesagt: ein Semester noch! Auf meine Erkundigung, ob er denn jemals einen Sinn gesucht und gar gefunden hätte, schwieg er. Ich meinte, Unsicherheit wahrzunehmen.

Neues Spiel, neues Glück, der Spieler allerdings war der alte, nur daß er jetzt unter Druck stand, der ihn unvermittelt an seinen Freund denken ließ, den vertrauten Umgang mit ihm, die Rückversicherung auch ohne Resultat in nächtelangen Unterredungen, und er suchte ihn auf mit gespaltener Voraussicht, da er ihn nun schon längere Zeit nicht gesehen hatte. Eine offensichtliche Verfremdung zeigte sich denn auch wie vermutet, und über die ersten Banalitäten hinaus kam es nur langsam zur zurückliegenden Vertrautheit. Aber auch dann erwies sich, daß die wichtigeren Gesprächsthemen längst abgehakt waren und zwischenzeitliche Neuerkenntnisse sich nicht ergeben hatten. So blieb es bei gegenwärtiger Berichterstattung, nachdem die glorreiche Vergangenheit noch nicht zur Reminiszenz taugte. Und obwohl die gemeinsamen früheren ergebnislosen Problemlösungsversuche sich als noch tragende Basis bestätigten und so letztlich doch wieder ein Verbundenheitsgefühl aufkam, auch wenn es von Erinnerungsscheu ein wenig gedämpft, dann aber deutlich verstärkt wurde, als er davon sprach, daß er seine Freundin verlassen hatte, konnte dieser seine Zweifel nicht beschwichtigen. Verständlicherweise traute er sich nicht, nach den Gründen zu fragen, und so verblieb ihr Abschied ambivalent. Abgesang?

Folgerichtig wechselte er die Universität, um durch grundsätzliche Andersartigkeit, von der eigenen Person abgesehen,

völlig neue Voraussetzungen zu schaffen. Stadt, Leute, Studien-
bedingungen stellten in ihrer Fremdheit gute Konditionen für
seine angestrebte Isolation, um besser arbeiten, vor allem aber
ungestört nachdenken zu können. Auch hatte er seinen Plattenspieler und viele seiner Platten mitgenommen, um zeitweise
Vergangenheit und Zerstreuung bei gegebener Dringlichkeit zu
vergegenwärtigen. Eine Weile war er voll ausgelastet, sein Studium gestaltete er nicht nach den offiziellen Lehrplänen, sondern nach Lust und Wißbegierde, und selbst wenn er gedanklich
aus seiner Wirrnis noch keinen Ausweg fand, war allein sein Bemühen schon eine gewisse Befriedigung, die die Zeit zum Sommer unversehens überging, der das Land in jähem Aufmerken
gleichsam überfuhr und seine Lebensgeister aufschreckte. Die
Sonne erinnerte ihn an seine Jugend, und aus seinem kaltzei-
tigen Einsiedlertum verlangte ihn plötzlich unbändig nach frischer Luft, Sonne, Wärme und auch wieder nach weiblicher Gesellschaft, sodaß er Bücher, Bude und Einsamkeit hintanstellte
und sich zu den Uferwiesen des Flusses begab, der die Unistadt
breitträge durchströmte, zur entschlossenen Suche nach einer
Partnerin. Er mußte nicht lange suchen, die weitläufige Wiese
war zwar wenig bevölkert, aber bald stieß er auf eine einzelne
junge Frau, die sich im Bikini lesenderweise in der Sonne aalte,
so ihren schlanken, wohlgeformten Körper fraglich arglos zur
Schau stellend. Er ließ sich in unmittelbarer Nachbarschaft nieder und wartete erst einmal ab, ob sich nicht doch ein verspäte-
ter Begleiter einfinden würde. Als dies auch über eine längere
Zeit nicht der Fall war, raffte er sich auf und ging zu ihr hin mit
der Frage, ob sie gegen seine Gesellschaft etwas einzuwenden
hätte. Sie sei ja ebenso allein wie er und ließe ihre Lesetätigkeit
sicher durch eine anregende Unterhaltung ergänzen, die Literatur könne sie sich ja für ihr Zuhause aufheben, was sie denn
da lese, irgendwie dergleichen.

Sie musterte ihn abschätzend, wie auch er sie aus nächster
Nähe betrachtete und sie als überaus gutaussehend fand. Als
sie etwas zögerlich verneinte, zog er sein Badehandtuch neben
ihre Decke und stellte sich kurzerhand vor. Sie tat desgleichen,

womit schon eine gewisse Nähe gewonnen war. Im weiteren munteren Gespräch wurden zunehmend Einzelheiten ausgetauscht, und als sie endlich Anstalten machte zu gehen, hatte sie gegen seinen Begleitwunsch nichts einzuwenden. Sie wanderten gemeinsam eifrig plaudernd durch die engen Altstadtgassen, bis sie vor einem Fachwerkbau stehenblieb und angab, hier zu wohnen. Mit einer gewissen Ungeduld deutete sie dann aber ihren Trennungswunsch an, nickte jedoch zustimmend auf seine Frage, ob sie sich wiedersehen könnten und akzeptierte seinen Terminvorschlag.

Er hatte sie während ihres gesamten Zusammenseins fortlaufend betrachtet und seinen ausgesprochen positiven Ersteindruck unvermindert bestätigt. Beschwingt schlenderte er zu seiner Unterkunft und beglückwünschte sich zu dieser Bekanntschaft, aus der allem Anschein nach durchaus mehr werden konnte.

Und es konnte. Nach mehreren Treffen in Form von Spaziergängen zunächst und dann Tanzveranstaltungen standen sie eines frühen Morgens unschlüssig vor ihrer Haustüre. Sie hatten die Nacht ausgelassen durchtanzt und verplaudert, soweit bei herrschender Lautstärke möglich, er hatte auf dem Nachhauseweg mehrmals ihre Hand wie zufällig gestreift, und nachdem sie nicht auswich dieselbe ergriffen, worauf sie mit einem vorsichtigen Gegendruck reagierte. So wanderten sie Hand in Hand zu ihrer Wohnung, und dort angekommen deutete sie durch ihr Zögern an, daß auch sie ihr Zusammensein nicht unbedingt schon beenden wollte. Rasch griff er ein anscheinendes Angebot auf und fragte sie, ob sie noch einen Muntermacher zu sich nehmen könnten, der junge Tag kündigte sich eh aufhellend an. Sie stimmte überraschenderweise ohne Zögern zu, bestand allerdings darauf, leise zu sein, ihre Hauswirtin müsse nicht unbedingt über seinen Besuch zu dieser Stunde informiert werden. So schlichen sie die Treppen hinauf und in ihr Zimmer und sie kochte tatsächlich einen Kaffee, immer wieder den Zeigefinger kichernd auf ihren Mund legend. Dann saßen sie eng auf der altmodischen Couch nebeneinander, er blickte ihr verlangend in die Augen und sachte näherten sich ihre Münder zu einem langen, vielversprechenden Kuss. Doch: noch nicht, flüsterte sie zwischendurch, noch nicht, er müsse jetzt gehen, bevor ihre Wirtin aufwache. Und er schlich widerstandslos wie ein Dieb aus dem Haus, in dessen einem Zimmer sie wohnte.

Was war das? Dieser Kuss war keine sexuelle Einleitung, ich empfand keine geschlechtliche Erregung dabei, vielmehr überschwemmte mich ein warmes Gefühl der Zuneigung, mein Herz klopfte, ein leichter Schwindel überkam mich. Das hatte ich bisher so nicht erlebt, soweit ich zurückdachte, in solchen Situationen hatte ich immer gleich weitergedacht. Jetzt trödelte ich leichtherzig meiner Unterkunft zu, konnte dabei keinen klaren Gedanken fassen und wälzte mich lange in chaotischem Durcheinander in meinem Bett, bevor ich in unruhigen Schlaf fiel. Es war mir einerlei, daß ich die Vorlesungen und Seminare dieses Tages versäumte, mußte ständig an sie denken, versuchte mir ihr Bild vor Augen zu halten, fand mich auf einer völlig andersartigen Verhältnisebene wieder, beschloß schon am kommenden Nachmittag sie aufzusuchen, ihre Adresse hatte ich jetzt ja. Und wenn ich ihrer Hauswirtin über den Weg laufen sollte, so war das zu dieser Tageszeit völlig in Ordnung, das würde sich in Zukunft nicht vermeiden lassen, sie würde mich noch öfter zu sehen bekommen.

Doch da kamen bereits erste Zweifel auf: konnte eine so hübsche charmante junge Frau Single sein? Was hatte der Kuss für sie bedeutet? Was sah sie in mir? Diese Fragen sollten im Laufe der nächsten Treffen unschwer zu beantworten sein. Doch ganz so reibungslos ließ sich das nicht an. Daß sie Studentin war, hatte ich rasch herausgefunden und es war damit klar, daß auch sie ihre Verpflichtungen hatte. So konnte ich sie auch nicht nach meinem Belieben treffen, sah aber wiederum in dem Umstand, daß wir dann unsere Begegnungen gemeinsam terminieren mußten ihre Möglichkeit, ihre freie Zeit nach Gutdünken zu gestalten, so auch andere Verehrer zu beglücken. Bei diesem Gedanken fragte ich mich unwillkürlich, ob ich etwa schon eifersüchtig sei, und daraus schloß ich zwingend auf einen Besitzerwunsch, daß meine Gefühle ihr gegenüber neuartig waren,

profunder, als ich sie jemals dem weiblichen Geschlecht entge-
gengebracht hatte.

Mit den nächsten Treffen lernte ich sie näher kennen und,
wie ich mir nachträglich eingestehen muß, zu lieben. Ich wollte
sie immer öfter sehen, meine Gedanken kreisten fast ausschließlich um sie, ich war im Begriff, mich tatsächlich zu vernarren. So
versuchte ich in unseren teils inquisitorisch anmutenden Gesprächen ihre Denkart und nebenbei die Existenz von Nebenbuhlern
zu erforschen und fühlte mich immer mehr von ihr angezogen.
Sie gab mir eigentlich keinen Grund, an meiner gegenwärtig ausschließenden Partnerschaft zu zweifeln, auch wenn sie mir gelegentlich von einem früheren Verhältnis berichtete, das aber
längst abgeschlossen sei, das ich aber solange hinterfragte, bis
sie mir gestand, daß sie dabei ihre ersten sexuellen Erfahrungen gemacht habe, was mir doch unangenehm aufstieß, mich
aber sogleich mich selbst fragen ließ, ob sie sich für meine früheren Liebschaften interessierte, und ob diese sie auch stören
würden, was sie interessanterweise aber nie tat. War diese meine
Reaktion nicht Zeichen von Besitzdenken, Ausschließlichkeit,
Egozentrik? Doch ließ ich diese Überlegungen nicht wirklich
an mich heran, wobei mir klar wurde, daß es mich ganz schön
erwischt haben mußte und ich zu sachlicher und fairer Denkweise nicht mehr in der Lage war, eine Folge meiner Endokri-
nologie. Und so nahm meine Bereitschaft ab, sexuelle Begehr-
lichkeiten ihrer Zustimmung unterzuordnen. Doch mußte ich
mich nicht allzulange begnügen. Nach einer weiteren Tanzver-
anstaltung, die wieder bis in den frühen Morgen dauerte, erklärte sie sich nach diversen, wohl aufwertungsbezweckenden
Ausflüchten endlich bereit, mit zu mir zu kommen, ich wohnte
ja inzwischen nicht mehr zur Untermiete. Wir genehmigten uns
noch einige Gläser Wein, erotische Hintergedanken nicht ausschließend, und als es dann zu der ersehnten sexuellen Erstbe-
gegnung kam, war es nicht mehr das ekstatische, wilde, nur auf
Befriedigung und persönliche Lust bedachte, sondern ein auf
einander eingehendes, sanftes, liebendes Geschehen, ein vollständig neuartiges Erleben. Ich überdachte kurz meine bisheri-

gen Verhältnisse, ohne ein ähnliches Empfinden zu realisieren, und gerade dadurch drängte sich eine Steigerung geradezu auf: ohne Zweifel liebte ich abgrundtief.

Von ihrer Seite nahm ich jedoch keine entsprechende Intensität wahr. Als ich ihr meine Liebe letztlich offenbarte, umarmte sie mich, hielt aber mit einem Äquivalent zurück. Sie küsste mich, versicherte mich ihrer glücklichen Gefühle, doch das Wort Liebe kam nicht über ihre Lippen. Natürlich momentan enttäuscht, vertröstete ich mich auf die nahe Zukunft in der Hoffnung, daß sie auch noch dazu finden würde.

Die ein Martyrium zu werden schien. Ich dachte an das väterliche Ultimatum, hatte auch selber den festen Vorsatz jetzt, endlich ernsthaft zu studieren, gerade im Hinblick auf meine gegenwärtige Partnerschaft, die aber Zweifel offen – und deshalb nur ein gequältes Glück zuließ. Sie bestand immer wieder auf längeren Intervallen wegen angeblicher Studienzwänge, bat mich öfters, sie nicht aufzusuchen, und in den anbrechenden Semesterferien stellte sie mich vor ihre Entscheidung, diese zum Teil mit ihrer entfernt wohnenden Familie verbringen zu wollen. Notgedrungen willigte ich ein, und als wir uns danach wieder trafen, war jeglicher Verdacht vorübergehend beseitigt, wir kommunizierten in glücklicher Übereinstimmung, und bereitwillig verbrachte sie Nächte bei mir, wobei es nicht routinemäßig zu sexueller Bestätigung kommen mußte.

So neigte sich ein überwiegend glücklicher Sommer dem Ende zu. Mein Studium zeitigte erste Erfolge, die Sinnsuche machte erst einmal Pause. Eines frühen Herbstabends beschloß ich nach langer, ermüdender Lesetätigkeit, sie einmal ohne Voranmeldung aufzusuchen. Es war schon dunkel, und als ich vor ihrem Haus stand, war das Fenster ihres Zimmers, das zur Straßenseite lag, unbeleuchtet. Zunächst erstaunt nahm ich an, daß sie nur kurz aushäusig war, ging erwartungsvoll die Straße in kleinen Abständen hin und her. Doch die Zeit verzog, ohne daß sie auftauchte oder ein Licht in ihrem Zimmer anging. Ich wurde zunehmend unruhig, malte mir allerhand Gründe aus, bekam erst Angst, die dann aber in Verdacht überging. Hellwach war ich wild entschlossen, ihre Rückkehr jedenfalls abzuwarten, auch wenn die Lauferei und das zwischenzeitliche Kontrollstehen anstrengte, die Temperatur abnahm – es war wie gesagt früher Herbst – und ich war in Erwartung ihres warmen Zimmers noch sommerlich gekleidet. Die Zeit wollte nicht vergehen, ich fror und maß meine Gehstrecke zähneknirschend ab.

Endlich, wohl gegen Mitternacht, kam sie – in Begleitung eines jungen Mannes. Die Beiden nahmen mich nicht wahr, gingen Hand in Hand zur Eingangstür ihres Hauses, stoppten kurz, umarmten und küssten sich wie auf dem Präsentierteller. In meiner Eifersucht sah ich nicht mehr, ob es ein Freundschaftskuss auf die Wange, ein Kuss auf den Mund oder gar ein Zungenkuss war, unabhängig davon stürmte ich auf die beiden zu, packte den jungen Mann am Oberarm und riß ihn gewaltsam von meiner angemaßten Freundin weg. In meiner abgrundtiefen Enttäuschung war ich nicht mehr Herr meiner Rede und forderte ihn zu einem scharfen Duell heraus, obwohl ich in keiner Verbindung war und vom Fechten keinerlei Ahnung hatte. Aber diese Herausforderung und meine wohl glutsprühenden Augen erschreckten ihn wohl so sehr, daß er freiwillig das Feld räumte.

Es war dies der erste, womöglich aber schon entscheidende Vertrauensbruch.

Ich drängte sie nach oben in ihr Zimmer, setzte mich ihr gegenüber und wartete auf ihre Erklärung. Hoffte, nach meiner bisherigen Kenntnis, sie würde nicht damit anfangen, daß es nicht so sei wie es vielleicht ausgesehen habe, was sie glücklicherweise auch nicht tat. Nach längerem Schweigen, die Wortsuche war ihr anzusehen, gab sie zu, daß der junge Mann sich schon längere Zeit um sie bemühte, ihr heute zufällig begegnet sei und sie eingeladen habe, aber es sei nichts passiert, worüber ich mir Gedanken machen müsse, ich könne, dürfe ihr glauben, nur ich sei ihr augenblicklicher Freund, freilich aber sei sie nicht mein Eigentum und ich müsse ihr schon etwas Freiraum zugestehen, begehrte sie mit zunehmend nachdrücklicher Stimme auf.

Freiraum wofür? Für andere Liebhaber? Und sei dies der Grund dafür, daß sie mir gegenüber bisher nicht von Liebe gesprochen habe? Immer wieder Beziehungspausen erwirkte? Wie müßte ich das ganze unter diesen Umständen verstehen? Ob meine Zweifel berechtigt gewesen seien? Aber ich liebte sie doch so sehr, möglicherweise also ohne Entsprechung?

Als sie schwieg, und ich meinte, ihrem Gesicht Verlegenheit ablesen zu können, stand ich abrupt auf und verließ sie wortlos, zum ersten Mal kein nächstes Treffen ansetzend.

In der nun eintretenden Pause schwankte er zwischen Kränkung und Sehnsucht, was er durch übereifriges Studieren zu kompensieren suchte, seine Zweifel bekämpfend bezüglich ihres zwischenzeitlichen Verhaltens und was vor allem den Nebenbuhler anging. Würde dieser Abstand genommen, würde sie ihm entsprechenden Bescheid gegeben haben? Wie würde sie den beanspruchten Freiraum nutzen? Trotzreaktion? Zum ersten Mal, und damit eigentlich prinzipiell, hatte sie ihr Verhältnis in Frage gestellt, ihre Beziehung zu ihm bisher nie als authentische Liebe gewertet. Er steigerte sich in solche Zweifel, daß er seine Abstinenz nicht länger ertrug und sie wieder unangemeldet aufsuchte zu einer Zeit, zu der sie mit hoher Wahrscheinlichkeit zu Haus sein mußte. Sie war und nahm ihn zärtlich in Empfang, Erleichterung ausdrückend und die Hoffnung, daß er ihr nicht mehr böse sei.

Ich ging nicht darauf ein und registrierte, daß mein Gefühl ihr gegenüber sich geändert hatte. Meine heiße Liebe hatte Beobachterstatus eingenommen. Ich hielt mich im weiteren zurück mit Liebesbeteuerungen, solche aber von ihr erlauernd. Wir trafen uns wieder öfters, dem Scheine nach war alles beim alten. Allerdings war ich nicht glücklich mit dieser Situation und in schlaflosen Nächten quälte ich mich in Ungewißheit. Um diese zu meistern, und als dubiöser Versuch, sie fest an mich zu binden, schlug ich ihr bei einem nächsten Treffen vor, uns zu verloben. Bei diesem Vorschlag wurde mir heiß und ich wartete äußerst gespannt auf ihre Antwort.

Sie erschrak regelrecht und rutschte auf ihrem Stuhl herum. Ein etwas überraschendes Angebot, meinte sie, ob es nicht ein bißchen früh sei? Ob ich dessen Bedeutung auch reiflich überlegt hätte?

Nach dieser verbalen Reaktion wartete ich noch enttäuschungsbereit ab, doch als sie meinen Zustand erfasste, lächelte sie plötzlich: warum nicht? Sie sei einverstanden, aber nach einer Überlegungspause sah sie von einer Veröffentlichung vorerst ab, es genüge, sagte sie, wenn wir uns diesbezüglich einig seien.

Über dieses Jein war er nicht ausreichend genug begeistert, um seine Enttäuschung zu ummanteln, doch hatte sie im wesentlichen zugestimmt, und das war entscheidend. Einzelheiten würden sich im Laufe der Zeit schon klären, und er redete sich ein, daß die auch inoffizielle Verlobung ihren zugrunde liegenden Zweck erfüllen würde. Ihre Gespräche wurden intimer, sie diskutierten Denkweisen und Anschauungen und so auch die Religion. Und da taten sich unerwartete Probleme auf. In ihrer Religiosität wurde sie umso zurückhaltender, je mehr er seine Zweifel und besonders seinen Antiklerikalismus offenbarte. Eine kritische Diskussion diesbezüglich lehnte sie ab, die Kirche war für sie eine fundamentale Institution, die keinesfalls in Frage gestellt werden konnte. Auf seinen Hinweis, daß interessanterweise gerade Frauen die Mehrheit der Anhänger bildeten, trotz der offensichtlichen frauenhassenden Grundhaltung mit marianischer Exklusivität im Sinne einer listigen Übernahme historischer weiblicher Gottheiten, einer Kirche, die unter anderem nach unvorstellbar grausamen Folterungen im Namen ihres liebenden Gottes mit folgenden Einäscherungen nach qualerzwungenen Falschgeständnissen über Jahrhunderte exerzierte, reagierte sie mit Achselzucken. Das sei Geschichte und mindere ihre gegenwärtig prinzipielle Bedeutung keineswegs, wie sich doch, neben der geistlichen Autorität, in ihren zahlreichen sozialen Tätigkeiten und in ihrer seelischen Fürsorge zeige. Daß die Kirche sich bis heute nicht dem allgemeinen Trend angeschlossen habe, sich für begangene Verbrechen wenigstens zu entschuldigen – die wohlfeilste Übung -, daß sie die weltweit reichste Institution sei, die ihre sozialen Ausgaben größtenteils, wenn nicht ausschließlich mit Steuergeldern finanziere, daß sie ihre häufigen Gewalttaten, auch zölibatär begründete sexuelle Übergriffe gar mit teilweise nachfolgendem Mord vorwiegend an Kindern nur zögerlich eingestehe, wenn der Nachweis nicht mehr zu kaschieren sei, nahm sie kommentarlos hin. Ein kurzer Ausblick auf eine mögliche Heirat zeigte in dieser Hinsicht schwerwiegende Differenzen auf. Doch hartnäckig hielt er daran fest, daß die Zeit vielleicht, wenn nichts anderes, schon irgendwelche Brücken schlagen würde, denn Meinungsunterschiede gab es allenthalben mit individueller Gewichtung. Er liebte sie doch immer noch unklarsichtig.

Die kommenden Festtage trennten die beiden wieder. Sie wollte sie erneut mit ihrer Familie verbringen, aber deutete an, daß sie dann auch über ihr Verhältnis, ihre Verlobung berichten würde. Entsprechend fuhr auch er zu seinen Eltern, berichtete von seinen Studienfortschritten und seiner Freundin, ohne allerdings die Verlobung zu erwähnen. Eigentlich hätte er dies ganz gerne getan, aber im Hinblick auf ihr diesbezügliches Verhalten schrak er davor zurück. Zwar telefonierte er öfters mit ihr, doch die vermeintliche Sicherheit hatte bei stets wachsamen Sinnen, bisher vermißter Liebeserklärung ihrerseits, der Erinnerung an jene Nacht und bestehenden Grunddifferenzen seine Sehnsucht doch merklich reduziert. Seine Eltern waren indes sehr erleichtert und erfreut über seine scheinbar wunschgemäße Entwicklung.

Unser nachfestliches Wiedersehen war scheinfreudig, wie mir schien. Nicht erwartete ich ihr baldiges Liebesgeständnis, aber mir lag doch so viel daran, daß ich sie offen darauf ansprach. Ich wies darauf hin, daß sie mit unserer Verlobung einverstanden war, wenn auch nur unter uns, daß wir Zeit, Alltag und Bett zumindest hin und wieder teilten, konnte mich in diesem Zusammenhang nicht davor zurückhalten, ihr doch noch einmal meine Liebe zu gestehen. Daß die Anfangsblödigkeit mittlerweile Zeit-, Vorkommens- und Religionsbedingt nicht mehr so ausgeprägt war, mußte ich ihr nicht unbedingt unterbreiten, wahrscheinlich merkte sie es ohnehin. Darauf anspielend bat ich sie erneut darum, mir nur ihre Liebe zu bestätigen, wenn sie mich nicht zum sprichwörtlichen liebestollen Esel degradieren wollte.

Hastig fiel sie mir ins Wort, ja doch, sie meine nein, sie müsse sich in diese ihre neue Rolle eben erst eingewöhnen, ich müsse ihr einfach nur Zeit geben, einfach nur Zeit, dann käme schon alles in Ordnung, das sei einfach alles so überraschend.

Wie lange sie mich auf die Folter spannen wolle, fragte ich zurück, noch wären die Qualen in liebender Duldungsbereitschaft erträglich.

Diese Warnattacke erleichterte mich. Ich hatte ihr meine Empfindung geschildert und bestehende Risiken aufgezeigt, jetzt mußte sie eine Entscheidung treffen, von der ich nicht annehmen konnte und wollte, daß sie nicht in meinem Sinne ausfiel. Ich würde ihr die gewünschte Zeit geben, wenn es sein mußte auch längere, aber letztlich doch absehbare. Oder konnte sie ehrlicherweise eine Liebe nicht bestätigen, die sie sie nicht empfand?

Wieder führten sie ihr vorheriges Leben, er vermied Streitthemen, verhielt sich insgesamt liebevoll, betrieb sein Studium mit wechselnder Intensität und wartete vordergründig. Doch dann teilte sie ihm eines Tages mit, daß sie im Rahmen ihres Studiums den Ort im Ausland aufsuchen müsse, in dem ihr erster Partner wohne. Er konnte keine fachlichen Gründe nachvollziehen, hatte aber auch nicht das Recht und keinen Grund, von Eifersucht abgesehen, ihr diese Reise zu untersagen im Bewußtsein, daß er nur in ihren Studiengang eingreifen und womöglich ihre Trotzreaktion provozieren würde. So fragte er nur, wie lange sie dort bleiben würde. Ob sie ihren damaligen Freund sehen würde, verbot er sich zu erkunden, er könnte es ja sowieso nicht kontrollieren, abgesehen davon, daß ihre Antwort nichts besagte, war es doch ganz klar, wie sie ausfallen würde. Sie schätzte eine Woche, vielleicht auch etwas länger, es würde von ihrem Studienerfolg abhängen.

Sie schrieb ihm tatsächlich einige Briefe, in denen sie letzthin über auftretende Schwierigkeiten klagte und die resultierende Notwendigkeit, ihren Aufenthalt etwas zu verlängern. Über das Wetter berichtete sie noch, das Essen, über ihre Müdigkeit nach einem langen Arbeitstag, ihre Sehnsucht nach ihm, von ihrem ersten Partner schrieb sie nichts. Als sie ihre Rückkehr immer weiter hinausschob und zuletzt gar nicht mehr festlegen wollte, telegraphierte er, daß er sie persönlich abholen würde, wenn sie nicht innerhalb der nächsten drei Tage zurückkäme. Und nach drei Tagen kam sie zurück, nicht früher, nicht später, er dachte sich seinen Teil. Zum Schluß habe doch noch alles geklappt, sagte sie dagegen, und sie sei froh, wieder hier zu sein und bei ihm. Froh, erstens hier und zweitens bei ihm zu sein, der Reihenfolge ungeachtet, von Liebe kein Wort.

Ob sie ihre Studienangelegenheiten erledigt habe und ja, nach einer Besinnungspause, Eifersucht gewann die Oberhand, ob sie ihren damaligen Partner getroffen habe? Freilich erwartete ich ein Nein, das ich ihr sowieso nicht abgenommen hätte, war doch die Erstsexualität häufig ein nachhaltiges Ereignis. Umso unerwarteter gestand sie diesen Kontakt, der doch wohl zu verstehen wäre, aber auf ganz neutraler Ebene, in freundschaftlicher Erinnerung, es sei nichts passiert, ihr Freund sei jetzt ich, respektive ihr Verlobter.

In aufwallendem Mißverstehen fragte ich sie rundheraus, ob sie wieder mit ihm geschlafen habe. Sie schwieg. Warum ich das fragen würde, nach einer höllischen Weile, ob ich ihr nicht vertraue? Wie immer ihre Antwort auch ausfiele, sie sei in einer Verdachtsposition, und das aus studienbedingten Zwängen. Sie fing an zu weinen, sei das jetzt die neuzeitliche Inquisition?

Als ich auf einer klaren Antwort bestand, da ihr Verhalten sie umso verdächtiger machte, begehrte sie auf: sie sei doch nicht mein Eigentum, wie sie bereits vormals klargestellt habe, und über ihren Umgang bestimme sie immer noch selbst. Aber abgesehen davon: würde ich ihrer Aussage Glauben schenken? Sei das Ganze nicht eine Sache des Vertrauens?

Ich gab auf, mußte ihre verbale Raffinesse heimlich bewundern, fühlte aber zu gleicher Zeit, wie meine Liebe schwächelte. Auch wenn sie letztlich dann doch bestritt, war mein weiteres Verhältnis zu ihr zunehmend getragen von Gewohnheit und situationsgebunden fehlenden Alternativen. Ich begann, ihre Frage zu fürchten, wie es mit uns weitergehen solle, weil ich vorerst keine Antwort parat hätte, tendierte allgemach zu einer Auflösung unserer Verlobung genau so theoretisch wie wir sie eingegangen waren, konnte mich jedoch nicht endgültig dazu durchringen. Aber mir wurde fortschreitend klarer, daß wir keine gemeinsame Zukunft haben konnten. Ich kämpfte gegen diese Einsicht an, war da doch immer noch der hallende Nachklang einer großen, vermeintlich unsterblichen Liebe.

Mein Studieneifer begann nachzulassen, die Sinnfrage drängte sich wieder in den Vordergrund. Wozu die ganze Mühe, wozu das kurze Glück einer rauschhaften Liebe? Aber war sie das, wenn sie so sang- und klanglos verglimmen konnte? Nicht bloß ein hormonelles Eigenkonstrukt?

Mein Elan verkümmerte zusehends, einerlei ob ich allein oder in ihrer Gesellschaft war, die keine Aufhellung mehr brachte, keine Erfüllung wie vormals, da mir die absehbare Trennung vor Augen stand. Ich zog mich innerlich zurück auf mich selbst und steuerte notgedrungen auf eine letztmögliche Aussprache hin, in der ich illusorischerweise zu retten versuchen wollte, was realistisch erwogen nicht mehr zu retten war.

Auch sie wolle ein ernsthaftes Wort mit mir reden, kam sie mir entgegen, sie bemerke in letzter Zeit eine deutliche Änderung in meinem Verhalten, habe mich ganz anders in Erinnerung, nicht so zurückhaltend, vor mich hinbrütend, was mich denn bedrücke? Vorausgegangenes blendete sie aus, verdrängt? einfach vergessen? oder leichthin übergangen?

War das wieder ihre Raffinesse, mich fürsorglich zur Aussprache des Unaussprechlichen zu animieren? Entging ihr die Brisanz des Gesprächs? War ihr nicht klar, daß es um den Fortbestand unserer Beziehung ging? An Liebe selbst oder auch nur an deren Worthülse zu rühren kam mir momentan nicht in den Sinn.

Sie habe recht, suchte jetzt ich nach Worten, ich hätte mich verändert, so wie sich auch unser Verhältnis verändert habe. Sie wollte protestieren, doch ich bat sie, mich ausreden zu lassen, wo ich nun einmal den Faden aufgenommen hätte: Ich sei es müde geworden, um ihre Liebe zu betteln, was sie mir zugestehe, würde mir nicht mehr genügen, auch sei mein Grundvertrauen in sie zerstört und unsere religiös-klerikalen Standpunkte lägen in diametralem Gegensatz. Wie hätte sie sich unter diesen Umständen eine gemeinsame Zukunft vorgestellt? Welches Zeremoniell einer angedachten Heirat? Wie sollte das überhaupt weitergehen? Schmerzlich erinnerte ich mich an diese Phrase und die damit verbundene Situation.

Diese eigentlich von ihr kommend befürchtete Frage käme jetzt von meiner Seite. Ich sei am Ende!

Was ich damit sagen wolle, wollte sie auffahrend wissen.

Obwohl mir eine Trennung undenkbar erscheine, rücke sie doch in den Bereich des Möglichen. Damit war das ominöse Stichwort gefallen, und die weiteren Folgerungen kamen wie befreit: Sosehr ich sie noch liebte, stünde doch ihr Liebesvorbehalt destruierend zwischen uns, könnte ich mir längere Gemeinsamkeiten nicht mehr vorstellen, nicht dem quälenden Niedergang unserer Beziehung bis zum wohl unausweichlichen bitteren Schluß folgen.

Das bekannte Ende mit Schrecken, warf sie ein, wurde dann aber ganz still, sammelte sich offensichtlich, rang mit sich, und kam dann endlich zögernd zu einem Ergebnis: sollte es zu spät sein, wenn sie jetzt sage, daß sie mich liebe, flüsterte sie, daß sie mich eigentlich fast von Anfang an geliebt, es nur nicht richtig realisiert habe, es entsprechend nicht verbalisieren konnte. Ich würde doch nicht wirklich meinen, was ich da leichtherzig von mir gäbe. Es könne doch nicht einfach aus sein, nein, ich wolle sie nur provozieren, hätte es jetzt ja auch geschafft.

Als ein Schrecken ohne Ende, griff ich ihre Einleitung auf, ungeachtet ihres jetzt wohl berechnenden Liebesgeständnisses, noch sei es nicht soweit, aber es solle auch nicht soweit kommen, das wäre kein angemessener Verlauf unserer Partnerschaft, das Wort Liebe und unsere Verlobung vermied ich ganz bewußt. Dazu sei sie mir immer noch zu wert. Wenn wir uns jetzt trennten, könnten wir uns in liebevoller Erinnerung bewahren, nein, nicht die bekannten guten Freunde bleiben, ein schönes Bild einer abgeschlossenen Vergangenheit statt gegenwärtig nachvollziehbarer banaler Abwertung bis zum womöglich bitteren Schluß.

Es war heraus, was ich bisan mehr oder weniger bewußt mit mir herumtrug. Ich war erleichtert und mir war übel. Versteinert saß sie mir lange gegenüber, setzte einige Male zu einer Rede an, schluckte. Schließlich stand sie auf, ging wortlos auf mich zu und umarmte mich.

Behältst du mich dann in deiner liebevollen Erinnerung, flüsterte sie mit vorstellbar spöttischem Unterton, sie würde mich ja gerne umzustimmen versuchen, wenn sie nur irgendwelche Chancen sähe, vielleicht würde ich es mir noch einmal überlegen. Sie dächte an all die schönen Dinge, die wir zusammen erlebt hätten und die wir gegebenenfalls noch erleben könnten. Aber so einfach vorbei? Sie wandte ihren Kopf beiseite um aufsteigende Tränen zu verbergen. Ich stand etwas verblödet vor ihr, wußte nicht weiter. Als sie dann endlich ging, lehnte sie meine Begleitung kategorisch ab, sie wolle ihr plötzliches Singledasein wenigstens realisieren, wenn schon nicht ihre Liebe. Ich wollte ihr nachlaufen, sie um Verzeihung bitten, Gesagtes zurücknehmen, doch ich stand wie angewurzelt, unfähig jeder Handlung. Zwar hatte ich ganz bewußt gesprochen, ohne jedoch die möglichen Folgen meiner Rede wahrzuhaben, streifte suchend meine getanen Äußerungen, ohne ihre Bedeutung zu ermessen, fühlte mich wie in einem bösen Traum, der mich irgendwann gänzlich vereinnahmte.

Die folgenden Tage lebte er wie in Trance, funktionierte mechanisch, wachte ohne klare Gedanken, aß, trank, schlief, tauchte nur langsam auf in ein Denkchaos, das er mühsam zu ordnen suchte, wobei die Sinnfrage sich immer deutlicher herausschälte. Wozu das Studium? Geldverdienst war auch anderweitig zu bewerkstelligen, Unterhalt auch ohne regelmäßige Arbeit, Besitz nur unnötiger Ballast, Gesellschaft überflüssige Verpflichtung, verbindliche Partnerschaft soziale Last. Er relativierte sein momentanes Dasein bis zur bloßen Existenz. Die war zwar unwillentlich vorgegeben, aber es bestand kein Zwang sie zu bewahren, beziehungsweise dies in einer bestimmten Form zu tun. Und

Betätigung als Zeitfüller war auch nur eine von vielen Möglichkeiten. Statt zu studieren lag er sinnend im Bett, und nur wenn der Hunger zu groß wurde, ging er in die Mensa, liebeskrank.

Mißtrauen begann ihn hurengleich zu umwerben, Apathie schwoll ins Unermeßliche, er tanzte auf fallenden Massen, vermied wankend den drohenden Sturz, wimmerte von Ahnungslosigkeit und Lust, soff um nicht wahrzunehmen, das ständige Knirschen zu überhören, mit dem sich der nächste Brocken aus dem gelockerten Gefüge löste, um nicht zu denken, nicht Schluß zu machen, die Feigheit zu verdecken, die ihn davon abhielt, um sie vielleicht überwinden zu können. Die Erbärmlichkeit war offensichtlich, aber ein bequem gangbarer Umweg.

Der konsequentermaßen zur Aufgabe seines Studiums führte. Ihm war klar geworden, daß diese Situation nicht tragbar war, und so verlebte er den Sommer in Erfüllung physischer Bedürfnisse, umso mehr, als ihm die Folgen seines Entschlusses klar vor Augen standen. Natürlich hatte er Angst davor, fürchtete die Unannehmlichkeiten, die auf ihn zukämen, würde sie aber billigend in Kauf nehmen. Vorerst aber zögerte er den Moment der Wahrheit bis zur Sättigung hinaus. Da ihn an die Unistadt nichts mehr band und seine Ausschweifungen ihn anzuöden begannen, rang er sich letztendlich durch, das Elternhaus aufzusuchen. In der endgültigen Gewißheit der Aufgabe kündigte er sein Mietverhältnis, packte seine gesamte Habe zusammen und machte sich auf den Weg nach Hause, der ihm zu einem letztmaligen Gang nach Canossa geriet und auch auf völliges Unverständnis stieß, womit er freilich gerechnet hatte. Was das denn wieder zu bedeuten hätte, wurde er begrüßt, ob er Schwierigkeiten mit seiner Unterkunft bekommen habe? Gar irgendwelche Unstimmigkeiten? Die sich ja doch wohl beheben lassen sollten, eilfertig soufflierend.

Unstimmigkeiten ja wohl, er müsse sich erst einmal zurechtfinden, werde etwas später alles erklären, wimmelte er den ersten Nachfrageansturm ab. Er fügte sich stillschweigend in den Familienalltag ein, wobei er allerdings kritisch argwöhnisch beobachtet wurde. Bei der tastenden Vorausschau auf seine Zukunft fror er.

In seiner gegenwärtigen Ambivalenz erinnerte er sich seines Freundes. Zwar bezweifelte er dessen Hilfestellung, doch wollte er bei der Dringlichkeit seines Vorhabens nichts unversucht lassen. Er rief sich die gemeinsamen Problemzeiten wach, die Blutsbrüderschaft, die wenn auch vergangenen Sicherheiten, die er in dieser Freundschaft erfahren hatte, und so suchte er das Elternhaus des Freundes auf, um ihn zu treffen oder zumindest zu erfahren, wie er ihn kontaktieren könnte, schließlich war ja auch dieser umtriebig, und sie hatten doch längere Zeit nicht kommuniziert.

Auf sein Klingeln öffnete die Freundesmutter. Sie war schwarz gekleidet und machte einen ausgeprägt vergrämten Eindruck. Etwas erschrocken erkundigte er sich ahnungslos nach dem offensichtlichen Grund ihrer Trauer. Er könne freilich nicht informiert sein, sagte sie mit bebender Stimme, es sei ja alles noch so gegenwärtig und sie hätte auch nicht gewußt, wie und wo sie ihn erreichen könnte, aber er müsse auch ihren Vorbehalt verstehen, er sei nun mal nicht der erste Ansprechpartner. In banger Vorahnung jetzt wartete er weitere Auskunft ab, die dann auch mit einem Tränenausbruch stockend erfolgte: sein Freund habe einen Unfall gehabt und sei seinen Verletzungen kürzlich erlegen.

Ungläubig geschockt griff er mitfühlend nach ihrem Oberarm, drückte ihn sachte, nach Worten suchend, die ihm in dieser Situation einfach fehlten. So standen sie eine Weile voreinander, mieden den direkten Augenkontakt und waren durch diese Tragödie vorübergehend schmerzlich verbunden. Dann löste er sich zunächst zögernd, dann wortlos abrupt von ihr und schlenderte bedrückt zurück zu seinem Elternhaus.

Der Freund tot! Er vermißte ihn plötzlich, konnte und wollte es nicht fassen. In wirrem Gedenken flackerten Jugendbilder auf, glückliche und dramatische Momente, jedenfalls vergewissernde Gemeinsamkeit. Gut, die aktuelle Verbindung war etwas lockerer gewesen – gewesen! Doch sie hatte noch eindeutig bestanden. Und jetzt? Ging mit ihm nicht ein ganzer Lebensabschnitt verloren? Sollte er darin etwa einen Wink des Schicksals sehen? Die Freistellung von jeglicher Verbindlichkeit?

Zuhause angekommen zog er sich sofort in sein ehemaliges Zimmer zurück, jeden Kontakt tunlichst vermeidend, und verweilte in einer Schockstarre, die sich in dürftiger Lösung konzentrierte auf die nun sich endgültig bewahrheitende Entfernung vom hier und jetzt. Kurz entschlossen kramte er seinen Rucksack hervor und fing an, ihn vorsorglich zu bepacken, dachte ernüchtert an Ausweispapiere, Schlafsack, Dolch, erinnerte frühere Reisen und schloß mehrheitlich Mitnahmen aus. Während seiner Packtätigkeit stürmte sein Vater ins Zimmer, sah sich verblüfft um, setzte sich, wohl vorwegnehmend. Was er da denn mache? Ob er sich nicht erklären wolle?

Ich hielt inne. Wonach es denn aussehe? Und ja, auf zu neuen Ufern! Jetzt war der richtige Zeitpunkt, mich zu erklären, aber mir war in diesem Moment nicht ganz klar, wie ich anfangen sollte. Immerhin war er mein Vater und hatte doch ein gewisses Recht darauf. Behutsam wies ich darauf hin, daß es mir leid täte, wenn ich seinen Vorstellungen nicht entsprechen würde oder könnte, aber ich müsse nun einmal meine eigenen Wege gehen.

Was ich denn damit sagen wolle, fragte er nach einer Pause, in der er wohl eine nähere Auskunft meinerseits erwartete, die ich mir erst noch zusammenstellen mußte. Des Freundes Tod mit unvorstellbaren Konsequenzen, die Trennung von meiner Verlobten spielten sicher eine große, letztlich wohl auslösende Rolle, doch die Hauptmotivation war meine lauernde Sinnkrise, mehr noch der gänzlich fehlende, darum zunehmend quälende Aftersinn, und nicht ein spezifischer, sondern der ganz allgemeine, kurz also: der Ohne-oder UnSinn. Wie sollte ich das glaubhaft vortragen, wo ich doch meiner selbst nicht sicher war. Würde er mich verstehen? Aber dann ging mir auf, daß mir sein Verständnis im Grunde mehr oder weniger gleichgültig war, es ging jetzt ausschließlich um meine Problematik. Doch als ich seine Mimik sah, eine Mischung aus Neugier, Zweifel, nicht auszuschließendem Schuldgefühl und Hilfsbereitschaft, fühlte ich mich genötigt, ihn weitgehend von Schuld freizusprechen.

Ich müsse raus aus meinem Denkkäfig, wolle endlich wieder frei atmen, erstmal alle Brücken abbrechen, um neue, tragfähigere zu bauen, versuchte ich schließlich, meinen Vorsatz zu begründen.

Wovon ich reden würde, unterbrach er mich, hätte er mir nicht alle Wege offen gehalten? Großzügig bis zum geht nicht mehr immer neue Zugeständnisse gemacht?

Was ich ihm uneingeschränkt zubilligte. Nein, er habe keinen Anteil an meiner Dekompensation, er habe redlich für mein leibliches Wohl gesorgt, meine Ausbildung soweit finanziert, wie ich sie bisher in Anspruch nahm, hätte er mir aber nicht umständlich einen Sinn vermitteln, oder besser, mir diesbezüglich wegweisend sein können? Aber er habe vielleicht aus eigener Selbstfindung Schwierigkeiten meinerseits nicht vermutet, wenn ihn diese Sachlage überhaupt berühre. Wie gesagt: ich müsse raus, eigene Wege finden, danke ihm für seine bisherigen Bemühungen, von jetzt an aber würde ich versuchen, auf eigenen Beinen zu gehen.

Er nickte sichtlich verwirrt und erschien plötzlich gealtert, die Tränensäcke stachen aus seinem faltigen Gesicht hervor. In einer Art Rückzugsgefecht schlug er mir vor, noch eine oder mehrere Nächte in warmer Geborgenheit darüber zu schlafen, das könnte möglicherweise ...

Laß gut sein, kürzte ich ab, mein Vorhaben sei keine Augenblicksentscheidung, sondern das Ergebnis einer langen Entwicklung.

Er stand auf, kam auf mich zu und umarmte mich erdrükkend, seine Augen glitzerten verräterisch, dann fasste er meine Oberarme, hielt mich auf Armlänge von sich weg und musterte mein Gesicht durchdringend über längere Zeit, als wollte er etwas ihm Gefälliges herauslesen oder es sich gründlich einprägen. Als ich seinen Blick unverwandt erwiderte, ließ er los, zuckte mit den Schultern, wandte sich ab und verließ schweigend das Zimmer.

Ich fuhr mit der Packerei fort, die sich durch meine Abwägungen in die Länge zog, doch endlich zu einem zufriedenstellenden Resultat führte, schaute abschließend kontrollierend und zugleich mich verabschiedend umher, und blieb an meiner

Musikanlage hängen. Ja, das war der richtige Abschluß, auch davon mußte ich mich wohl trennen, für immer? Je näher der Zeitpunkt meines unabänderlich beschlossenen Aufbruchs rückte, desto mehr ergriff mich eine unbestimmte Erregung vor der anstehenden Ungewißheit. Und so kam mir die Musik, meine Musik, in doppelter Hinsicht entgegen: ich würde mich letztmals in ihr vergessen und währenddessen die Zeit einer relativen Geborgenheit verlängern.

Mit zitternden Händen legte ich meine Lieblingsplatte auf, löschte das Licht und legte mich erwartungsvoll, fast manisch zurück, und mit Beginn der Symphonie kehrte unendliche Ruhe in mich ein, lange zurückliegende Reminiszenzen tauchten auf, ich vergaß Entschluß, Gegenwart, Zukunftsangst, und doch war es nicht mehr die ersehnte Vollkommenheit, akustisch und örtlich erklang die Musik wie aus weiter Ferne, und plötzlich flackerten abstrakte Bilder vor meinen Augen, drängten unsinnige Gedankensplitter zunehmend in den Vordergrund, sodaß ich schließlich dem mir ja bekannten, tongewaltigen Finale ungeduldig entgegenfieberte. Und nachdem es in berauschendem Fortissimo erklungen war, gleich einem persönlichen Schlußakkord, lag ich noch in nachhallender Zeitlosigkeit, während der ich versuchte, ein drohend aufscheinendes Ende zu negieren, bis ich endlich in die nüchterne Realität zurückfand. War die sachtfarbige sphärendichte Verdämmerung in warme Geborgenheit, das unmerkliche Versinken in sinnlich faßbare Unendlichkeit vergangen? Hatte die Musik ihre Fluchthilfefunktion eingebüßt?

Es war mittlerweile spät geworden. Den Gedanken, die Platte zu zerstören, verwarf ich nach kurzer Überlegung als albern theatralisch, ordnete sie stattdessen fein säuberlich in ihr Album ein, handelte insgesamt zögerlich wie in zweifelhafter Zurückhaltung, griff indessen dennoch meinen Parka, schulterte den Rucksack und schlich mich, einem Dieb gleich, aus dem Haus, in dem ich aufgewachsen war, eine umsorgte Kindheit, einen Großteil meines bisherigen Lebens verbracht hatte, jetzt jede Begegnung sorgsam meidend. Seine Bewohner, die Familie, der ich mich bisher zugerechnet hatte, lag wohl schon in mehr oder weniger ruhigem Schlaf.

Wieder stand ich dann daumenwinkend in drohend schwarzer Nacht an der Straße, nachdem ich die Stadt hinter mir gelassen hatte. Es war kühl, der Verkehr schwach, die anfängliche Euphorie flaute mit jedem vorbeifahrenden Auto etwas ab, doch die Erinnerung an ähnliche Situationen bei vorangegangenen Fahrten relativierte die Wartezeit. Ohne bestimmtes Ziel stand mir nur die Himmelsrichtung vor Augen. Ich hatte noch etwas Geld übrig von meinem letzten Wechsel und in vernünftiger Voraussicht den Schlafsack mitgenommen, weil mir klar war, daß ich nur gelegentlich die Annehmlichkeiten einer bezahlten Unterkunft genießen, ungleich häufiger aber im Freien schlafen würde, daher die Richtung: Süden. Und die Anzahl der etappenweise zurückgelegten Kilometer spielte nur ganz am Anfang eine Rolle, bis eben die kühlere Zone hinter mir lag. Dann war es einerlei, wo ich mich befand, ich suchte das ultimative Abenteuer, dem ich jederzeit und überall spontan zu begegnen hoffte, ohne großartiges Bemühen meinerseits. Und darüber vergaß ich momentan meine quälende Suche nach dem Welten- und meinem Lebenssinn, der jeweilige Augenblick nahm mich ausschließend gefangen im unmittelbaren Sein.

Das weitere Leben war eine Reihung von unterschiedlichen Empfindungsmodalitäten, doch prinzipiell fühlte er sich ähnlich befreit wie nach seinem Kirchenaustritt. Er lebte in den Tag hinein ohne Plan, ohne Vorausschau, legte sich in die Sonne, wenn sie schien und er Lust darauf hatte, erwanderte Sehenswertes, trampte variable Strecken, stillte seinen Hunger durch Handeln, solange er noch über Geld verfügte, dann durch Flaschensammeln, Gelegenheitsjobs, Früchte an Straßenrändern, Weintrauben, die am Morgen vollreif taubenetzt in der Sonne glänzend, wie im Schlaraffenland ihm entgegenhingen, wenn er eine Nacht am Rande eines Rebenfeldes verbracht hatte, gar nicht so selten auch durch Einladung freundlicher Autofahrer in Restaurants oder sogar deren Zuhause, wenn sie durch sein aufdringliches Magenknurren dazu animiert wurden, so manchesmal aber auch nicht. So gelangte er wie nebenbei in die erstrebten südlichen Gefilde, wonach sein unbedingter Vorwärtsdrang allmählich nachließ. Abhängig von lokalen Begebenheiten, Essensbeschaffung und Schlafmöglichkeiten kam es durchaus vor, daß er über längere Zeit an einem Ort verweilte.

Längere Zeit, aber nicht lange. Ungewißheit und Abenteuerlust trieben ihn fort. Den unvermeidlichen Kontakt mit den verschiedenen Autolenkern gestaltete er nach Sympathie und Verständigungsmöglichkeit. Die Straße eröffnete ihm die Welt, so, wie sie dies auch vielen anderen, natürlich ganz vorwiegend jungen Menschen tat, die er aber als Konkurrenten bezüglich einer Mitfahrgelegenheit eher, denn als Umtriebsgefährten ansah und sie deshalb in aller Regel mied. Mit gefälligen Ausnahmen.

Es dämmerte bereits, als ich an einer Abzweigung abgesetzt wurde, an der bereits ein junges Frauenpaar versuchte, ein Auto anzuhalten. In der Meinung, mit ihm vielleicht bessere Chancen zu haben, gesellte ich mich zwanglos zu ihnen und fragte gestikulierend, indem ich auf mich zeigte, dann auf sie und in die Ferne, ob ich mich ihnen anschließen dürfte. Sie lachten und gingen auf meine Gebärden in einer Sprache ein, die ich bruchstückweise verstand, was immerhin einen Small talk in Aussicht stellte. Freilich könne ich mit ihnen mein Glück versuchen, ein Doppelsinn war sicherlich nicht beabsichtigt, woher ich denn käme und wohin ich wolle. Ich zuckte mit den Schultern und beschrieb mit meiner Rechten einen horizontalen Halbkreis. Wieder lachten sie und imitierten meine Gestik, indem sie auf sich zeigten und heftig nickten, woraus ich auf eine Akzeptanz schloß, umso mehr, als sie mir zu verstehen gaben, daß sie mich als männlichen Schutz begrüßten. Ohne mich nach meinem Namen zu fragen, was ich wohlwollend vermerkte, wandten sie sich wieder der Straße zu mit ausladend hochgestreckten Daumen.

In der einsinkenden Dunkelheit hatte ich gerade noch die Gelegenheit, die beiden zu betrachten: zwei grundverschiedene Typen wohl ähnlichen Alters, aber gegensätzlich von Statur, Haarfarbe, Aussehen und Wesen. Die Blonde vermittelte verbindliche Wärme, während die Dunkle sich mißtrauisch distanzierte. Ich hielt mich bei ihren nachlassenden Autostopversuchen im Hintergrund, trotzdem war ihnen kein Erfolg mehr beschieden. Als es bei Teilmond fast vollständig dunkel war, gaben sie auf und diskutierten in ihrer Muttersprache, wobei ich hoffte, daß es um mich ging. Und tatsächlich fragte mich die Blonde, wo ich denn schlafen würde, indem sie eine Hand an ihre Wange legte, den Kopf schelmisch neigte und die andere Hand offen nach oben bewegte. Und als ich meine Arme ausbreitend auf die Umgebung weisend meine Unbestimmtheit zeigte, lud sie mich nach Rückblick zu ihrer Gefährtin ein, mit ihnen in ihrem Zelt zu schlafen, das sie mit sich führten. Nachdem wir es in einer nahen Wiese zusammen aufgebaut hatten, teilten sie sogar ihr karges Mahl mit mir, wonach wir uns in unsere Schlafsäcke kuschelten ohne große Reden, ich nicht zwischen den beiden, sondern am Rande neben der Blonden.

Es dauerte nicht lange bis ich einschlief. Im Traum lag ich neben meiner Freundin und legte meinen Arm unbewußt über ihre Brust. Im Halbschlaf fühlte ich, wie sie meine Hand ergriff, statt sie von sich zu schieben, sie fest gegen ihre Brüste drückte und diese mit ihr gemächlich umkreiste, wobei ihre Brustwarzen sich fühlbar aufrichteten und ihre Atemfrequenz hörbar zunahm. Jetzt war ich natürlich hellwach und folgte willig ihrer Handführung, die von den Brüsten sanft nach unten lenkte. Fest griff ich zu, schob meine anderen Arm unter ihren Kopf, hob ihn an und wies nach draußen, wobei ich ein verräterisches Glitzern in den Augen der Anderen sah. Dessen ungeachtet öffnete ich meinen Schlafsack, legte ihn transportgerecht zusammen und half ihr aus ihrem.Trotz Glitzern und eindeutig bewußter unwilliger Bewegungen der Zurückbleibenden, schlichen wir aus dem Zelt. Rasch breitete ich meinen Schlafsack aus, ließ sie zuerst Platz darin nehmen und zwängte mich dann behutsam auf sie.

Zugegebenermaßen war es eng, was aber in dieser Situation keineswegs störte. Nach der Penetration nahm ich sie fest in meine Arme, und wir lagen eine ganze Weile gespannt zusammen, in der ich erstaunlicherweise neben meinem körperlichen Hochgefühl eine wachsende Zuneigung zu diesem fremdländischen namenlosen Geschöpf entwickelte. So versprach der rein erotische Akt eine stillschweigende Sympathiebekundung zu werden, die sich in behutsam beginnender Aktivität erging, nicht nur wegen der stark eingeschränkten Mobilitätsfreiheit. Was sie dachte oder fühlte war bei unserer Wortlosigkeit in der Dunkelheit nicht zu erraten, jedenfalls reagierte sie auf mein Vorgehen in ausgesprochen mitfühlender Weise. Mit zunehmender Dauer provozierte ich ihre hörbare Resonanz, die sich in leidenschaftlicher Körperlichkeit und steigender Lautäußerung mitteilte. Um schließlich ihre sich anbahnenden Kulminationsschreie zu dämpfen, legte ich eine Hand sachte auf ihren Mund, befanden wir uns doch unweit vom Zelt und ihrer sicher mit weit offenen Augen und Ohren sich rekelnden Gefährtin. Und daß sie in meine Hand biß, als sie zu ihrem Höhepunkt kam, merkte ich erst später, da auch ich mich nicht mehr zurückhalten konnte und wollte und mich überfallartig in sie vergab. Und damit holte sie mich in die nächtliche Wirklichkeit zurück. Sie stützte mich jäh von sich ab und überschüttete mich mit einem Wortschwall, dem ich einen heftigen Vorwurf entnehmen mußte. Sie nestelte sich rücksichtslos hektisch frei, kroch aus meinem Schlafsack, ging in die Hocke und manipulierte an ihrem Genitale, vor sich hinmurrend. Enttäuscht über das schnöde Ende eines wunderbaren Erlebens beobachtete ich sie irgendwie schuldbewußt – wir hatten uns bezüglich einer Antikonzeption natürlich nicht verständigt – wie sie schließlich abwinkte, sich erhob und zu ihrem Zelt stapfte. Ich drehte mich auf den Rücken, schaute etwas verwirrt in den sternenarmen weiten Nachthimmel und überdachte das eben Erlebte: Sexualität pur mit nachfolgend bösem Erwachen wegen unterbliebener Verhütung? Daran hatte ich bei gegebener Spontaneität wirklich nicht gedacht. War sie sich über ihre Empfängnisbereitschaft denn nicht im klaren? War auch sie diesbezüglich situativ leichtsinnig unbedacht? Oder war ihre Reaktion nur die instinktive Ambivalenz bezüglich einer Schwangerschaft? In wieweit war ihre Bereitwilligkeit in Folgeängste umgeschlagen? Hatte ich aus ihrem Wortschwall etwa richtig die spöttisch ängstliche

Frage herausgehört, ob man in meinem Herkunftsland in vergleichbarer Situation nicht aufpasste? Aber hatte ihr Verhalten an ein Risiko gar nicht denken lassen? Was also? Grübelnderweise glitt ich unversehens ins Schlafdunkel. Als ich erwachte, war es heller Morgen. Mein erster Blick galt dem Zelt, aber ich fand nur ein plattgedrücktes Rasenrechteck, der einzige Hinweis darauf, daß ich nicht geträumt hatte, und glücklicherweise meinen Rucksack, den sie mir fairerweise gelassen hatten.

Er rollte seinen Schlafsack zusammen, vervollständigte sein Gepäck und stellte sich an die Straße. Weiter ging es Richtung Süden, teilweise am Meer entlang, in unterschiedlichen Etappen, ohne besondere Vorkommnisse, sein Vagabundieren war an sich Reiz genug, wie auch die Essensbeschaffung. Nach Belieben und Umständen, er war ja völlig ungebunden, unterbrach er sein Fortkommen, legte sich in die Sonne, nicht selten hungrig, trotz allem guter Dinge, kam bei dem andauernden Erleben nicht in Versuchung, nach einem Sinn zu fragen. Oft wanderte er die Straße entlang, statt sich die Füße in den Bauch zu stehen, bewunderte dabei Natur oder Innerorts Menschenwerk, hatte manchesmal Unterkunft zu suchen, wenn sich Regen ankündigte, was in der Regel keine Schwierigkeit darstellte. Einmal freilich befand er sich gerade in offener Landschaft, ohne irgendeine Deckungsmöglichkeit, als der Himmel rasch zuzog, es wurde dunkel, ein kalter Wind kam auf, und dann prasselte ein Guss auf ihn nieder, wie er ihn bisan noch nicht erlebt hatte. Trotzig stand er mutterseelenallein in weiter Flur, der Regen peitschte in sein Gesicht und durchnässte ihn wie auch sein Gepäck in kürze, ab- und wieder anschwellend, über ungewisse Zeit. Als es endlich heller wurde und nur noch einzelne Tropfen fielen, rann das Wasser an ihm herunter, er fror erbärmlich und überlegte, wie es weitergehen sollte. Klar war ihm, daß er eine Behausung finden mußte, wenn er nicht ernstlich krank werden wollte. Kurzerhand schulterte er seinen Rucksack, der jetzt Tonnen zu wiegen schien und dessen Träger in seine Schultern schnürten, und machte sich auf den Weg zur nahen Küste in nässequietschenden Schuhen, in der Hoffnung, irgend ein Obdach zu finden. Er schlürte wohl ein bis zwei Stunden, er hatte sein Zeitgefühl verloren, bis er dort ankam und glücklicherweise einen Campingplatz vorfand, auf dem einige Wohnwagen und Zelte standen.

Das immanente Krankheitsrisiko war ihm so drängend bewußt, daß er seine Selbstisolierung aufgab und sich hilfesuchend umsah. Unschwer fand er einen Wohnwagen mit einem Kennzeichen seines Heimatlandes, mit einem angelehnten Zelt, aus dem heimatliche Laute drangen. Seine Scheu überwindend streckte er seinen Kopf hinein, grüßte und bat zitternd um Hilfe. Ein älteres Paar musterte ihn mehr erstaunt als erschreckt, aber nach Kenntnisnahme seines Zustandes luden sie ihn ein, hereinzukommen. Sie forderten ihn auf, sich seiner nassen Kleidung zu entledigen, reichten ihm ein Handtuch zum Abtrocknen und sich damit zu bedecken. Dann boten sie ihm etwas zu essen und nach kurzer Rücksprache den Wohnwagen zum Übernachten. Er sollte sein triefendes Eigentum im Vorzelt ausbreiten, sie selbst würden im Zelt schlafen. Anschließend kredenzten sie ihm Wein, wurden zutraulich, erkundigten sich nach Herkunft und Reiseziel, fragten nach seinem Beruf, und als er sich als Student ausgab, rief sie entzückt, daß er dann ja ihren Sohn kennen müsse, weil er an der selben Universität studiere.

Er konnte ein Lachen nicht unterdrücken, wollte die gastfreundliche Frau aber nicht bloßstellen und bedauerte deshalb lediglich. Weil er jedoch keine Lust auf ein ausgedehntes Gespräch auf diesem Niveau hatte, betonte er bald seine glaubhaft ersichtliche Erschöpfung und zog sich aufrichtig dankend in den Wohnwagen zurück.

Am nächsten Morgen erwachte er erfrischt und ohne Erkältung, begab sich zu dem Zelt, das er nach einem deutlichen Morgengruß nach entsprechender Resonanz betrat. Seine Sachen waren mittlerweile weitgehend trocken, und er tauschte das Handtuch gegen seine Kleidung, ließ sich gerne noch einmal verköstigen. Als aber die Angabe der Heimatadresse angesprochen wurde zwecks zumindest schriftlicher Aufrecherhaltung der doch unter etwas ungewöhnlichen Umständen zustande gekommenen Bekanntschaft, verstand er es, diese auf das hier und jetzt zu beschränken, bedankte sich noch einmal und brach zur Straße auf, die ihm inzwischen zum Lebensraum geworden war.

Der Verkehr war reger als zuvor, und es dauerte nicht lange, bis mich ein junges Paar mitnahm. Sie seien auf ihrem Urlaubstrip in eine südliche Großstadt, plapperte die Landsmännin munter darauf los, gab Auskunft über ihr Woher, ihren Beruf, ihren Famiiienstand – mein Freund, deutete sie mit einem Fingerzeig an – und manches mehr, wobei er, der ausländische boyfriend, sich merklich zurückhaltend gab, obwohl er ihren Ausführungen aufmerksam folgte. Unterwegs passierten wir einen kleinen Hafen, es war hochsommerlich warm, eine Erfrischungspause angezeigt. Der Hafen war menschenleer, keck schlug sie ein Bad vor, zog sich ungeniert splitternackt aus, sprang ins Meer. Die kurze Zeit, in der ich sie in Gänze sah genügte, mich voll für sie einzunehmen. Sie war jung, quicklebendig, schlank, hübsch, ein Augenschmaus einfach, dem ich gerne nachschwamm. Ihr Partner bewegte sich im peripheren Blickfeld, war gefühlsmäßig nicht vorhanden. Wir schäkerten, bespritzten uns, kletterten auf etwas weiter draußen vertäute Boote, von denen ich mit kühnem Kopfsprung ihr ich weiß nicht was beweisen wollte. Erfrischt setzten wir die Fahrt fort bis zu ihrem gesteckten Ziel. Dort suchten wir zunächst ein preiswertes Hotel, das wir bald fanden. Zwar vermittelte es den Eindruck eines Stundenhotels, doch die Betten waren akzeptabel sauber, und das war neben dem Preis entscheidendes Kriterium. Wir meldeten uns an, Formulare waren unerwarteterweise nicht auszufüllen, das Paar hinterließ sein Gepäck in seinem Zimmer, während ich meins gewohnheitsmäßig mit mir nahm, nachdem wir uns zu einem gemeinsamen Abendessen entschlossen.

Das Restgeld von meinem letzten Gelegenheitsjob erlaubte mir eine meiner Meinung nach landestypische Mahlzeit in einem hotelnahen Restaurant, das sich als gastreiches, säulenunterteiltes, schummriges, rauchschwangeres, kerzenbeleuchtetes Souterrain erwies. Während des Essens führten wir, das heißt vorwiegend sie und ich, eine sporadische Unterhaltung, die sich hauptsächlich auf das leckere Menu bezog. Der Likörwein lockerte meine Zunge, und nach bekundeter Sättigung fing ich an, von meinen bisherigen Reisen zu berichten, wobei ich meine gegenwärtigen Lebensumstände fein säuberlich verschwieg. Sie konnte ich mit meiner Schilderung zunehmend fesseln, wohingegen er sich merklich immer weiter distanzierte. Und als ich im Eifer meiner Erzählung ihre Hand ergriff, sprang er jählings auf, seinen Stuhl fast umwerfend, wünschte eine weiterhin unterhaltsame Märchenstunde und verließ fluchtartig das Lokal.

Der bisan heitere Abend war schlagartig vorbei, wir saßen uns betroffen, zunächst wortlos, dann einsilbig gegenüber. Schließlich ermannte ich mich zu einer lockernden Bemerkung, indem ich sein Verhalten als Eifersüchtelei abtat, entschuldigte mich aber gleichzeitig dafür, daß ich ihre Rechnung nicht, froh darüber, daß ich meine eigene noch bezahlen konnte. Glücklicherweise hatte sie genügend Geld, um für ihre Kosten aufzukommen, wonach wir in die laue Lampenbesprenkelte Sommernacht traten. Wir schlugen die Richtung zu unserem gebuchten Hotel ein, aber unsere Schritte wurden immer zögerlicher. Schließlich blieben wir stehen und sahen uns lange an. Fieberhaft überlegte ich mein weiteres Verhalten, spielte kurzfristig sogar mit dem Gedanken, sie aufzufordern, mit mir weiterzureisen, aber ich war noch nüchtern genug, um davon rasch Abstand zu nehmen. Bei meinem Vagabundenleben hatte ich kaum ausreichende Mittel für mich selbst, könnte ihr keinen angemessenen Standard bieten, ihr kaum zumuten, in einem, meinem Schlafsack im Freien zu schlafen. Sie hatte ihr Gepäck und möglicherweise ihre Papiere im Hotel, ihr Partner war kurzschlußartig eifersüchtig kopflos, würde inzwischen sicherlich reumütig auf sie warten, meine Zukunft war ungewiß offen, ihre gewiß vorgebahnt.

Auch sie machte ganz den Eindruck, als ob sie vor einer essentiellen Entscheidung stand und sich nicht entschließen konnte. Aber nachdem ich klar voraussah, daß ich sie langfristig in ein wahrscheinlich namenloses Unglück stürzen würde, wenn ich mich ihr anbot, und dafür bedeutete sie mir schon zu viel, raffte ich mich unvermutet auf, umarmte, küßte sie auf die Wange und wandte mich ab, sie die letzten Meter zu ihrem Hotel schikkend, ohne mich ihrer Ankunft dort zu vergewissern. Das großstädtische Nachtzwielicht nahm mich auf.

Gleichsam fliehend bezweifelte ich mein Vorgehen, sie allein nachts in einer Großstadt zu verlassen, sie überhaupt zu verlassen, malte mir kurzlebig eine wunderschöne Gemeinsamkeit aus, sah aber schnell widerwillig ein, daß es diese nicht geben durfte. Vorübergehend hinterfragte ich mein gegenwärtiges Leben. Ich hatte mich ihm verschrieben und mußte mich zwangsläufig darin einrichten. Erfolgreich immerhin versuchte ich, mich dahingehend zu überzeugen, daß ich wenigstens konsequent gehandelt hatte und brachte es tatsächlich fertig, dieses Kapitel abzuschließen gegen hartnäckig widerstrebende Einwände.

Glücklicherweise hatte er im Hotel noch nichts bezahlt und dort auch nichts von sich hinterlassen. Daß er ihr kurzfristig nachtrauerte, war zu erwarten, hielt ihn aber nicht davon ab, das Weite zu suchen, im Gegenteil: es trieb ihn regelrecht dazu, sie so mit ihrer Präsenz auch aus dem Gedächtnis zu streichen. Er suchte die nächste Ausfallstrasse, stellte sich mit erhobenem Daumen in den nächtlich reduzierten Verkehr und mußte gar nicht lange warten, bis er trotz später Stunde mitgenommen wurde.

Ohne bestimmtes Ziel und auch ohne besondere Vorkommnisse ging es weiter nach Süden, wieder Richtung Meer. Er passierte etliche Ortschaften mit mehr oder weniger betrachtenswerten Gegebenheiten, und als er nach einem längeren Stadtbummel sich müde gelaufen hatte und einfach kein Auto mehr anhalten wollte, verlor er die Lust am weiteren Gestikulieren und ließ sich in ihrem Außenbezirk bei schon anbrechender Dunkelheit in einem parkähnlichen Baumbestand nieder, breitete seinen Schlafsack aus, aß ein Stück Brot zu einem Konserveninhalt und kuschelte sich in seine tragbare Schlafgelegenheit, seinen Dolch, wie meistens, mit blanker Klinge neben sich, innerhalb der wasserdichten Außenhülle.

Es war stockfinstere Nacht, als ich von einem Rascheln erwachte. Schlaftrunken nahm ich zunächst nur eine Bewegung neben mir wahr, die sich mit zunehmender Wachheit rings um mich vervollständigte. Und dann erkannte ich schemenhaft, daß ich von einer Schar unterschiedlich großer Hunde schnüffelnd und hechelnd umkreist wurde. Ich hatte eine Todesangst. Hellwach rechnete ich meine Chancen aus, allein, in meinem Schlafsack quasi gefesselt, fernab von möglicher Hilfe: vollkommen gleich null. Sie würden mich schon zerfleischt haben, weil sie sich aufgrund meiner verzweifelt hektischen Aktivität sicherlich angegriffen gefühlt hätten, bevor ich meinen Dolch zur Verteidigung von meiner Seite aus der einschnürenden Hülle hervorgenestelt hätte. Also ergab ich mich stocksteif, vor Angst schwitzend, in mein ungewisses Schicksal, der Meute mit meinen Augen folgend, mit eingefrorener Denkstarre. Es dauerte eine Ewigkeit, in der sie mich mehrfach umrundete, bis sie ebenso geisterhaft verschwand wie sie gekommen war. Schweißnass befreite ich meine rechte Hand und legte sie mit dem Dolch außerhalb des Schlafsackes auf meine Brust in abschätzender Erwartung ihrer Rückkehr. Erst am frühen Morgen nickte ich noch einmal kurz ein. Als ich dann nach mehreren Albträumen aufschreckte, machte ich mich eilig zur Weiterfahrt fertig, der Gedanke an Essen kam gar nicht erst auf, was gut zu meiner Ernährungslage paßte. Angstbefreit stellte ich mich erwartungsfroh wieder an die Straße.

Nach wenigen Tagen kam er wieder ans Meer. Der letzte Fahrer hatte ihn bis ein kleines Dorf mitgenommen und dort abgesetzt. Es handelte sich um eine Anhäufung banaler Bauten ohne irgendwelche Besonderheiten. Er war des ständigen Ortswechsels und Erkundens müde, ersehnte eine Pause und brauchte auch etwas Geld, hatte zuletzt von trockenem Brot gelebt und war entsprechend hungrig, was ihn dazu motivierte, das wohl einzige Gasthaus des Ortes aufzusuchen. Der Wirt taxierte seine Herkunft ohne Umschweife und erzählte in seiner Herkunftssprache leutselig von seinem dortigen Arbeitsaufenthalt und seinen positiven Erfahrungen. Unter diesen Umständen fiel es leicht, Hunger und Geldlosigkeit zu erwähnen. Daraufhin wurde der Wirt erst einmal ernst. Er würde, sagte er nach einer Überlegungspause, ihm etwas zu essen geben, auf eine Bezahlung verzichten und dann sehen. Weiteres erfragte er nicht, wohl um mehr Entgegenkommen vorerst vermeiden zu können.

Nach Beendigung der Mahlzeit, die ich heißhungrig verschlang, auch wenn ich mich dabei beobachtet fühlte, kam der Wirt zu meinem Tisch mit zwei Gläsern Wein und setzte sich zu mir. Wir waren zu dieser Zeit allein. Er hätte da was, berichtete er leise ohne große Umschweife, er sei dabei, dieses sein Haus zu renovieren und könnte dabei ein paar zusätzliche Hände gut gebrauchen. Ob ich Lust hätte, mir so etwas Geld zu verdienen? Natürlich könne er nicht die Reichtümer bezahlen, wie sie in meiner Heimat üblich wären, aber es wäre jedenfalls mehr, als ich verspeisen könne, und – er näherte sich meinem Ohr – ich würde ja auch keine Steuern zahlen und keine Sozialabgaben wie in meinem Land.

Willig ging ich darauf ein. Schon morgen würde ich anfangen müssen, können, wollen, bis dahin suchte ich eine Schlafgelegenheit. Ich ging hinunter ans Meer, spähend den Strand entlang, bis ich auf eine Mulde stieß, die gegen das Landesinnere von ein paar zerzausten Büschen fast halbkreisförmig abgeschirmt war. Weit und breit war niemand zu sehen, und so schlug ich mein Nachtlager auf und schlief mit dem Meeresrauschen unter einem blinzelndem Mond gesättigt und zufrieden ein.

Die Sonne weckte mich zeitig. Nach ihrem Stand schätzte ich die Tageszeit ein, die See war friedlich, und so schwamm ich nach Gewöhnung an die Kühle ein Stück weit hinaus, anfangs mein Hab und Gut im Auge behaltend, aber bei anhaltender Menschenabwesenheit mich ganz den Wellen hingebend, die mir gleichsam wollüstig entgegenschlugen, sich schmeichelnd andrängten wie die verheiratete Frau. Erfrischt und zwar etwas klebrig vom Salz, aber wieder einmal in Gänze mit Wasser in Berührung gekommen, meldete ich mich bei dem Wirt. Er fragte ob ich schon gegessen hätte, räusperte sich sogleich und schalt sich einen Dummkopf. Wie sollte ich über Nacht zu etwas Eßbarem gekommen sein? Er bereitete mir ein Frühstück nach Landesart und schrieb mir während dessen meine auszuübende Tätigkeit zu. Meinen Rucksack ließ ich hinter der Theke ohne Befürchtung, daß etwas gestohlen werden könnte, es war nichts Stehlenswertes in ihm, nur um meinen Schlafsack hätte ich vielleicht Angst haben können, wenn überhaupt, weil der mir doch Geborgenheit war, was aber völlig verfehlt gewesen wäre bei dem Besuchermangel tagsüber. Dann machte ich mich an die Arbeit. Sie war nicht schwer, dafür reichlich, aber sie machte mir Spaß und brachte mir vor allem Geld ein, wobei meine Zeit so ausgefüllt war, daß ich mir keine großen Gedanken machte. Ich hatte den Wirt darum gebeten, mich täglich auszuzahlen abzüglich der Mahlzeiten, und so kam innerhalb der Tage, die ich in diesem armseligen Dorf verbrachte, doch ein hübsches Sümmchen zusammen. Schon am zweiten Tag kaufte ich mir nach Arbeitschluß eine Flasche Wein, die ich am Abend, nachdem ich mich im Meer gereinigt hatte, am einsamen Strand meistens zu einem Sonnenuntergang leerte, der mich unterschiedlich in seinen Bann zog. Das Wetter spielte im Großen und Ganzen mit, während meines dortigen Aufenthaltes mußte ich kein Obdach im Dorf suchen, seltene Wolken malten lediglich die verschiedensten Farben und Strukturen in den abendlichen Himmel.

Trotz mäßiger körperlicher Beanspruchung und einem relativ geregelten Tagesablauf empfand ich gerade wegen meiner anschließenden Einsamkeit diese Spanne als regelrechte Erholung. Ich verdiente Geld ohne näheren Kontakt, hatte regelmäßige Mahlzeiten, meinen festen Schlafplatz am Meer, ließ mich jeden Abend nach einem reinigenden und erfrischenden Bad bei einer Flasche Wein von seinem Rauschen und einer streichelnden Brise in den Schlaf wiegen. Meine Gedanken kreisten eigentlich nur um mein momentanes Wohlergehen, Vergangenheit und Zukunft ließ ich außer Acht, ich lebte ganz im Jetzt, war fraglos. War ich das? Bis zu dem Moment, den ich negierte aber doch insgeheim in irgendeiner ungewissen Form erwartete.

Ich hatte mein übliches Bad hinter mir, überließ die Trocknung der angenehm lauen Brise, nestelte mich in meinem Schlafplatz zurecht und war dabei, meine Weinflasche zu öffnen, als in der Dämmerung zwei uniformierte Gestalten auftauchten. Es war nicht klar ersichtlich, ob es sich um Polizisten oder Soldaten handelte, die ihre Pistolen und Gewehre demonstrativ zur Schau stellten, jedenfalls waren es Ordungskräfte, die mich mit einem Wortschwall überschütteten. Natürlich verstand ich kein Wort, aber mir war klar, daß sie wissen wollten, was ich hier täte – und daß es mit meiner Beschaulichkeit hier vorbei war.

Ich stand langsam auf, bewußt, daß sie jede meiner Regungen argwöhnisch verfolgten, deutete auf mich, dann aufs Meer, vollführte Trockenschwimmbewegungen und öffnete meine Hände himmelwärts, Verständnis erheischend, mit unterstützender Mimik. Sie gaben sich damit nicht ganz zufrieden, forderten noch umständlich meinen Paß, den ich ihnen bereitwillig aushändigte. Ihre Erwartungen schienen nicht ganz erfüllt, was daraus zu ersehen war, daß sie ihren Rundgang nur zögerlich fortsetzten, nachdem sie einen Zeigefinger vor meinen Augen schwenkten. Damit war klar, daß ich mein Refugium verloren hatte. Der folgende Schlaf war unruhig, nächsttäglich teilte ich dem Wirt zu dessen Enttäuschung mit, daß ich weiterreisen würde, bat ihn um Endauszahlung nach der letzten gesicherten Mahlzeit und machte mich auf den Weg.

Es paßte soweit: meine Kasse war wieder etwas bestückt, die Reiselust hatte mich nach dem Verlust meines Ruheplatzes erneut gepackt. Weiterhin bestimmungslos ließ ich mich von den jeweiligen Fahrern über kürzere oder längere Strecken nach deren jeweiligem Ziel chauffieren.

Ich winkte garnicht erst, als ein Sportwagen an mir vorbeibrauste mit einer einzelnen Person am Steuer, und zwar einer weiblichen, soweit ich in kürze wahrnehmen konnte. Aber dann sah ich die Bremslichter aufleuchten und anschließend den Rückfahrscheinwerfer, und tatsächlich kam der Wagen rückwärts auf mich zu und hielt neben mir. Ich hatte mich nicht getäuscht, was den Fahrer anging. Die augenscheinlich im Vergleich zu mir wenig ältere Frau musterte mich aufmerksam durch das geschlossene Seitenfenster und gab mir Gelegenheit, es ihr gleichzutun. Nach dieser gegenseitigen visuellen Kontaktaufnahme ließ sie das Seitenfenster herunter und fragte mich in einer mir verständlichen Sprache nach meinem Ziel, worauf ich eilfertig äußerte, daß mein Ziel womöglich mit dem ihren identisch sei. In diesem Moment wirbelten meine Gedanken wild durcheinander: ihre Autonummer wies sie als Touristin aus, im Wageninneren lagen etliche Koffer, sie war sprachlich zugänglich und entsprach nach näherer Betrachtung vielleicht nicht ganz meinem Schönheitsideal, machte jedoch einen durchaus sympathischen Eindruck. Und so folgte ich bereitwillig ihrer einladenden Geste, verstaute meinen Rucksack im Hintersitz und nahm neben ihr Platz.

Während meiner mittlerweile doch häufigen Tramperfahrten hatten sich bestimmte Unterhaltungsmuster und Gesprächsthemen herauskristallisiert, verständlich bei all diesen sich doch stark ähnelnden Situationen und Gegebenheiten: läßt doch immer ein beliebiger Fahrer zu, daß eine oft abenteuerlich anmutende und meistens nicht gerade wie aus dem Ei gepellte wildfremde Person in seine Intimzone eindringt, in einem abgeschlossenen Raum ohne bedarfs- oder fallweise Eingreifmöglichkeit von außerhalb, motiviert dazu wohl durch Gefälligkeit, Risikobereitschaft, Neugier, Gesellschaftswunsch, eventuell einen Schuß Mitleid bei zum Beispiel widriger Witterung, während von Seiten des Anhalters neben dem kostenlosen Transportwunsch ebenfalls eine vielleicht noch größere Risikobereitschaft – deutlich ausgeprägter beim weiblichen Geschlecht – Erwartung und Abenteuerlust vorausgesetzt werden können. Und diese Konstellationen trafen wie so oft glücklicherweise auch hier zusammen in zunächst scheuen Annäherungsversuchen. Woher ich denn käme, wohin ich wirklich wolle, was ich von Beruf sei. Bedenkenlos gab ich Auskunft; daß ich mein Studium abgebrochen hatte, stellte ich nicht zur Debatte, forderte sie stattdessen auf, von sich zu erzählen. Was sie auch tat, zurückhaltend, was ihre Person anging, ausführlich ihre Reise betreffend. Sie käme von einem anderen Kontinent, wolle den hiesigen kennenlernen und habe im Grunde unbegrenzt Zeit. Ich beglückwünschte mich, gab identische Intentionen an und sah keck die Möglich-

keit zumindest einer zeitweisen Gemeinsamkeit. Sie warf mir
wiederholt Blicke zu und lächelte still vor sich hin. Eine Reaktion auf meine Mutmaßung? Oder wie sollte ich ihr Verhalten
sonst interpretieren?

Als es zu dämmern anfing und sie in einen größeren Ort ein-
fuhren suchte sie nach einem Hotel und fragte dann nach zwei
Einzelzimmern ohne Preiserkundung und ohne Ermittlung seiner finanziellen Möglichkeiten. Sie ließ sich einen ihrer Koffer in
ihr seinem benachbartes Zimmer nachtragen, winkte ihm schelmisch zu und stellte ein gemeinsames Abendessen nach einer
körperlichen Auffrischung in Aussicht. Er hoffte brennend, daß
seine Mittel noch ausreichen würden, war aber sehr froh über
die Möglichkeit einer gründlichen Reinigung. Nach einer aus-
führlichen Dusche klopfte er an ihre Tür, die sie in einen hoch-
geschlossenen Bademantel gehüllt und mit Handtuchturban auf
ihrem gewaschenen Haar öffnete. Er könne reinkommen, meinte
sie, wenn es ihm nichts ausmachte, daß sie noch nicht ganz fertig sei, er werde sie ja doch dabei nicht stören, soweit vertraue
sie ihm. Erwartungsvoll trat er ein, sie aber verschwand in ihre
Nasszelle, er hörte einen Fön, wie sie dann weiter darin rumor-
te und schließlich angekleidet und adrett zurechtgemacht her-
auskam. Ob er zum Essen bereit sei, fragte sie mit abschätzen-
dem Blick auf seine Tramperkleidung.

Ich hielt mich mit meiner Bestellung preislich zurück, weil
ich mir nicht sicher war, ob sie erwartete, daß ich sie als Ge-
genleistung für meine Mitnahme einladen würde. Sie wählte
beliebig aus, genoß ihre Wahl und beglich dann zu meinem Erstaunen die gesamte Rechnung. Hätte ich noch Lust auf einen
Gutenachttrunk, wollte sie wissen, und als ich freudig bejahte,
bestellte sie noch eine Flasche Wein und nahm diese mit mir
in ihr Zimmer.

Nein, meine vagen Vorstellungen wurden in keiner Weise erfüllt. Wir unterhielten uns über unsere Reiseerfahrungen, und
es stellte sich heraus, daß sie schon eine ganze Anzahl von Ländern aufgesucht hatte. Vorsichtig fragte ich nach, wie sie das
mit ihrer Familie und mit ihren Finanzen arrangieren konnte.

Das ginge voll in Ordnung, winkte sie ab, sie sei das Kind reicher Eltern und beruflich nicht gebunden. Aus dieser pauschalen Antwort schloß ich, daß sie mir einiges mehr vorenthielt. Sie verriet mir noch, daß auch sie kein bestimmtes Ziel im Auge hatte, und daß wir, wenn ich wollte, eine beliebige Zeit miteinander verbringen könnten. Meine Hoffnung! Ich traute meinen Ohren nicht.

Natürlich würde ich wollen, ich schien das große Los ziehen zu können, wenn da nicht der schnöde Mammon im Wege stünde. Es half nichts, ich mußte ihr meine Situation offenbaren. Ich erzählte, daß ich auf meinem Selbstfindungstrip war ohne finanzielle Unterstützung, weitgehend mittellos also, aber nichts von meiner vorläufigen Endgültigkeit.

Sie schwieg lange, während sie mich aufmerksam betrachtete, und gab schließlich aufseufzend an, müde zu sein und schlafen zu müssen. Über ihre vorgeschlagene Gemeinschaftsfahrt verlor sie kein Wort mehr. Ich akzeptierte ihren Ruhewunsch anstandslos und zog mich in mein Zimmer zurück mit wirren Gedanken.

Nach einem reichhaltigen Frühstück und Begleichung der Rechnungen, die auch wieder von ihrer Seite erfolgte, was er nicht erwartet hatte, aber ohne Skrupel dankbar annahm, setzten sie ihre Reise fort. Er merkte, daß sie über irgendetwas nachdachte, und unvermittelt platzte sie mit der Frage heraus, ob er eine Fahrerlaubnis hätte. Er hatte nicht nur eine, sondern sie sogar vorsorglich mitgenommen, nicht ausschließend, daß er damit auch Geld verdienen könnte. Während er dabei war, ihrer Frage eine Erwägung zu unterstellen, trat sie überraschend auf die Bremse, sodaß ihn nur der Sicherheitsgurt vor einer Kollision mit der Windschutzscheibe bewahrte. Dann dürfte es ihm ja nicht schwerfallen, ihr Auto zu lenken, bot sie ihm an, vom Prinzip her unterscheide sich ihres wohl kaum von anderen. Sie fahre selber recht gerne, betonte sie, aber sie habe das Gefühl, daß sie ihm das Lenkrad getrost anvertrauen, und sich damit wechselweise eine Erholungspause gönnen könne, ohne ihre Weiterfahrt zu unterbrechen. Bereitwillig nahm er den Fahrersitz ein und hatte sich rasch auf ihren Wagen eingestellt.

Es machte mir Spaß, diesen Sportwagen zu lenken, umso mehr, als sie damit doch ihre Bereitschaft signalisierte, diese gemeinsame Ziellosigkeit fortzusetzen. Ich variierte die Geschwindigkeit, eine gemütliche im allgemeinen, wir hatten ja beide unbegrenzt Zeit und konnten so die Gegend genauer betrachten, die wir durchfuhren, wenn es aber wenig zu sehen gab und die Straßenverhältnisse es zuließen, drückte ich tüchtig aufs Gaspedal, worauf sie anfänglich erschrocken reagierte, bald aber ausgesprochenes Vergnügen dabei fand.

Mit zunehmender Dauer unseres Zusammenseins wurden die Gespräche persönlicher. Wir suchten uns gegenseitig näher kennenzulernen, erfragten neben Herkunfts- und Persönlichkeitsdaten auch den jeweiligen Familienstand, wobei sie letzteren etwas zögerlich angab. Sie sei momentan Single, sagte sie, und das solle mir vorerst genügen, wie es aber mit mir stünde? Ich fühlte mich wenig gehemmt, gab zu, jetzt ebenfalls Single zu sein, und berichtete frei über meine große Liebe und deren prosaisches Ende. Ich redete mich richtig in einen Schwall hinein und merkte dabei, daß mir das Ganze doch recht nahegegangen war, hiermit aber eine große Erleichterung erfuhr. In diesem Zusammenhang erwähnte ich auch den Tod meines Freundes, den sie mit Einzelheiten schweigend aufnahm, eine Hand erst auf meine Schulter, dann auf meinen Oberschenkel legte. Das tat mir in doppelter Hinsicht gut, und ich umfaßte ihre Hand mit der meinen. So verblieben wir eine Weile, und ich spürte, wie mich eine wachsende Sympathie überkam.

Wir trödelten ziellos durch die Gegend, machten uns gegenseitig auf Sehenswürdigkeiten aufmerksam, fühlten uns unternehmungslustig, frei und jung, zumindest was mich anging. Der nächste Abend kam rasch, wieder suchte sie ein Hotel, und bevor ich auf meine finanzielle Situation verweisen konnte, legte sie einen Finger auf meinen Mund und stellte apodiktisch fest, daß ich von nun an ihr Gast sei, und fügte nach einer längeren Pause hinzu, daß es bei Einzelzimmern bleibe, zumindest vorerst, sie wisse noch nicht, ob oder wann sie mir den Grund dafür erklären würde. Das vorerst ließ immerhin Folgerungen offen.

Wieder speisten sie zusammen, nahmen einen Absacker in ihrem Zimmer zu sich, redeten über dies und das, wobei er vorsichtig versuchte, sie zu ihrer Erklärung zu lotsen, was sie jedoch raffiniert umging, absichtlich, oder weil er nicht das Schlüsselwort beibrachte? Daß sie etwas bei sich behielt, war offensichtlich, aber er wollte sie nicht direkt darauf ansprechen, sie nicht drängen. Wenn sie darüber sprechen wollte, dann würde sie es schon von sich aus tun, sie hatte dies ja angedeutet: ob oder wann. Vielleicht war es objektiv nur für sie wichtig, was wahrscheinlich der Fall war, aber warum verweigerte sie sich? Oder war es in Wirklichkeit völlig nebensächlich und von ihr nur überbewertet? Wie auch immer, er ging auf ihren scherzhaften Ton ein, der ihrem Verhältnis im gegenwärtigen Stadium am ehesten entsprach. Und nach Leerung der Weinflasche kehrte er widerspruchslos in sein Zimmer zurück, im Unklaren allerdings über seine Vorstellung.

So spielte sich das über etliche Tage ab. Sie fuhren abwechselnd, wanderten, begutachteten und beendeten den jeweiligen Tag in der bisherigen Weise. Er begnügte sich mit der Rolle eines teilaktiven Beifahrers, genoß unreflektiert das Erleben und die zufällige, willkommene Zweisamkeit, rechnete schon gar nicht mehr mit irgendwelchen Änderungen, obwohl er insgeheim immer noch unbestimmte Erwartungen hegte.

Der Tag neigte sich seinem Ende zu, und wir waren auf offener Strecke ohne Aussicht auf eine häusliche Übernachtungsmöglichkeit. Nachdem wir uns einig darüber waren, unsere Fahrt für heute abzubrechen, bogen wir von der Straße ab und suchten einen einigermaßen geschützten Platz. Ich würde wieder mit meinem Schlafsack vorliebnehmen nach Genuß des Obstes, das wir unterwegs gekauft hatten, das heißt, daß ich darauf bestanden hatte, mit meiner Zahlung wenigstens einen symbolischen Beitrag zu unsrer Gemeinschaft zu leisten. Sie würde in ihrem Wagen übernachten, den sie dafür herrichten konnte. Aber während ich noch meinen Schlafsack ausbreitete, hielt sie in ihrer Tätigkeit inne und räusperte sich. Nach Absicherung meiner Aufmerksamkeit verkündigte sie, daß sie auch ein Zelt dabei habe und daß darin genug Platz für zwei wäre, vorausgesetzt, daß sie sich mir anvertrauen könne. Was immer sie damit sagen wollte, ich war bereit, ihrer Vorgabe zu genügen.

Wir bauten das Zelt auf, aßen das Obst und richteten unsere Schlafsäcke her. Bei der anschließenden Entkleidung bis auf die Unterwäsche war ihre Verlegenheit trotz der dämmerigen Lichtverhältnisse deutlich wahrnehmbar, obwohl ich mich wohlweislich absolut zurückhielt. Als es dann zwischenzeitlich ganz dunkel geworden war und wir schweigend nebeneinander lagen, hellwach, ich bis zur Unerträglichkeit gespannt, brach sie endlich unser Schweigen. Sie legte einen ihrer Arme tastend auf mich und begann, zögerlich zu erzählen. Sie sei eigentlich kein herkömmliches Single sondern Witwe, ihr Mann sei erst vor kurzem gestorben, sie habe ihn sehr geliebt, ihn bei seinem Sterbevorgang mitleidend begleitet, Krebs, noch müsse sie sich damit auseinandersetzen, habe deswegen diese Reise unternommen – und dabei mich getroffen. Sie sei mir so dankbar, daß ich sie nicht bedrängt hätte, obwohl sie aus ihrer Sicht bald nach unserer Begegnung dazu bereit gewesen sei. Sie habe das Gefühl, sie pausierte kurz, daß ihr Mann nichts dagegen hätte, daß sie ihrer Jugend Genüge täte, wenn auch unter passenden Umständen. Die ihrer Meinung nach gegeben seien, nur bäte sie mich um Rücksicht, weil sie noch nicht ganz bereit dafür sei und erst wieder dafür erweckt werden müsse.

Ihre Verlegenheit zeigte sich auch in ihrer Wortwahl, mit der sie die Benennung unserer beiderseitigen Wünsche umging. Statt zu reden nahm ich sie in meine Arme, liebkoste, küßte sie sanft und streifte ihre Kleidungsreste streichelnd ab, nachdem ich meinen Schlafsack ausgebreitet hatte. Und erst, als sie sich mir willig darbot, kam ich behutsam zu ihr und wurde aufatmend aufgenommen.

Und dann warf sie ihren Traueranflug weit von sich, blühte regelrecht auf, äußerte ihre Unersättlichkeit bei fehlender Zuhörerschaft hemmungslos, vibrierte am ganzen Körper, keuchte, kratzte, biß mich, wobei ich im Zustand meiner Erregung diese Äußerung der ihren masochistisch genoß. Sie konnte tatsächlich nicht genug kriegen, hechelte ihre Verwunderung über ihre so lange Abstinenz, beteuerte, daß sie ihren Mann ja garnicht betrügen könne, weil der doch nicht mehr existierte und an irgendeine Form seiner Anwesenheit glaube sie nicht mehr, zu meiner Überraschung, sie könnte ihn mit ihren Gedanken vielleicht vergeistigen, sehe aber in diesem Augenblick darin keinen Sinn. Sagte es und umschlang mich fiebernd. Erschöpft verharrten wir endlich in dieser Position und versanken gemeinsam befriedigt in wohliges Dunkel.

Am kommenden Morgen erwachte ich anscheinend vor ihr. Im Verlauf des Schlafes hatten wir uns soweit voneinander entfernt, daß ich jetzt ihr Gesicht mit ausreichendem Abstand im Dämmerlicht des Zeltinneren betrachten konnte: ihr sympathisches, und plötzlich hübsches Gesicht, das Zufriedenheit, wenn nicht gar Befriedigung, in gleichsam kindlich unschuldiger Miene ausdrückte. Sie schien meine Betrachtung instinktiv zu registrieren, schlug jedenfalls die Augen auf, sah sich verwundert um und blieb mit ihrem Blick an mir hängen. Es dauerte etwas, bis sie ihre Gedanken soweit geordnet hatte, daß sie sich sinnvoll äußern konnte. Ob wir tatsächlich? Und es sei nicht nur ein fast unglaublich schöner Traum?

Ich war mir einen Moment lang selbst nicht ganz sicher, umarmte sie dann aber in nachmaliger Gewißheit und drückte sie fest an mich. Und als sie den Druck kräftig erwiderte, lief die gestrige Nacht wie ein Kurzfilm vor mir ab, und ich wurde mir erst jetzt meines Glückes voll bewußt. Nein, flüsterte ich, und es soll auch weiterhin keiner sein. Ihre geweiteten Augen schimmerten im Zeltzwielicht.

Sie hatte Spaß an der Zeltenge gefunden, und wir übernachteten in Hotels nur noch aus Hygienegründen, dann aber selbstverständlich in einem Doppelzimmer, und konnten das, ohne nach unseren Papieren gefragt zu werden. Die weitere Fahrt erschien mir wie eine Hochzeitsreise und ich hatte ganz denselben Eindruck bei ihr.

Obwohl wir uns im Laufe der Zeit stetig näher kamen, stellte sich andererseits eine zunehmende Skepsis bei mir ein. Unsere Unternehmungen gerieten als solche mehr und mehr zur Nebensache, und meine Gefährtin band sich merklich immer enger an mich. Meine anfänglichen Skrupel wuchsen sich aus zur Angst vor denkbaren Konsequenzen, und wieder einmal kam die Frage auf, wie das Ganze enden sollte. Und daß es irgendwie enden mußte, war für mich unvermeidlich. Ich begann vorsichtig, mich zurückzuziehen, verlor mein Interesse an Reiseerlebnissen, besann mich meiner grundlegenden Ausgangsproblematik.

Natürlich merkte sie bald die Veränderung in meinem Verhalten, und es dauerte erwartungsgemäß nicht lange, bis sie mich geradeheraus darauf ansprach. Sie erkundigte sich nach meinem Wohlbefinden, irgendwelchen Gesundheitsstörungen, nach Reiseüberdruß oder gar nach Heimweh, die eigene Person blendete sie gedanklich aus der anstehenden Querele aus. Ich war mir noch nicht schlüssig über mein weiteres procedere, befand mich in einem absoluten Zwiespalt: einerseits fühlte ich mich ausgesprochen wohl in ihrer Gesellschaft, konnte ein angenehmes, interessantes Leben führen ohne große Eigenleistung, wir hatten reichlich hochbefriedigenden Sex, bewegten uns in einer Scheinwelt, die allerdings so oder so eines Tages einer ungewissen Realität weichen mußte. Mußte! Und je länger wir darin verweilten, umso mehr klammerte sie sich an mich. Bezüglich meines eigenen Seins aber verweigerte ich mir die Zukunft und schloß sie damit folgerichtig aus, war ihr jetzt vielleicht ein willkommener, enttrauernder, im Grunde jedoch parasitärer Partner, unsere Denkweisen waren wieder größerenteils konträr, sodaß ich ihr nach Abklingen ihrer Anfangseuphorie nur noch zur Last fallen würde. Aber mußte ich das wirklich? In unserem bisherigen Geplänkel hatten wir diese Thematik weitgehend außer Acht gelassen, und auch wenn sich unsere Lebensphilosophie nicht diametral gegenüberstehen sollte, wären die Ausnahmen wohl kaum eine Basis für künftige Gemeinsamkeiten. Es mußte also auf eine absehbare Trennung hinauslaufen, die Frage war nur, wann und in welcher Form.

Worin sie eigentlich den Sinn ihres Lebens sehe, überraschte ich sie eines Tages unmittelbar nach einem gemeinsam erlebten voll befriedigendem Orgasmus. Sie wackelte mit ihrem Kopf, sah mich erstaunt an und fragte dagegen, wieso ich gerade jetzt auf so etwas käme. Ich ging nicht darauf ein und bestand vielmehr auf einer Antwort. Was denn mit mir los sei, ob ich unbefriedigt sei oder sie etwas falsch gemacht habe? Ich wehrte beschwichtigend ab. Es würde mich einfach interessieren, wo wir uns doch inzwischen so nahe gekommen seien.

Sie dachte kurz nach, vermittelte zumindest den Anschein. Im Moment, dehnte sie ihre Antwort, sei ich ihr Sinn, sie habe sich im übrigen ehrlichkeitshalber keine großen Gedanken darüber gemacht.

Im Moment, akzeptierte ich, und meine Angst wuchs, im Moment, und sonst? Sie lächelte plötzlich befreit und strich mit ihrem Mittelfinger über meinen Nasenrücken. Ich stelle aber auch Fragen, scherzte sie, hätte ich nicht eher Lust auf Wiederholung des eben vergangenen Moments? Ich hatte nicht, und sie schmollte halbernst.

Seine Überlegungen hielten an und bestimmten seinen Gemützzustand, was ihrer beider Erlebnisneugier nicht gerade zuträglich war. Er zumindest wechselte Landschaften und Orte sensorisch, ohne psychische Anteilnahme, der abendliche Sex verlor seine Kompensationsfähigkeit, und sie steuerten unaufhaltsam auf eine klärende Aussprache zu.

Irgend ein nichtiger Anlaß provozierte das längst fällige Geständnis. Von Nebensächlichkeiten ausgehend kamen sie gesprächsweise auf das Wesentliche. Er bedankte sich beiläufig für ihre bisherige Förderleistung und traumhafte Gesellschaft, worauf sie unterbrechend leichtherzig bekannte, daß es ihr nicht nur bisher Spaß gemacht habe, sondern dies selbstverständlich mit Sicherheit auch weiterhin tun würde, damit aufzeigend, daß sie die Zielrichtung seiner Einleitung entweder nicht aufgriff oder es einfach nicht wollte, weshalb er vorsichtig nachlegte: sie hätten eine wunderbare Zeit miteinander verbracht, die er nie vergessen würde, aber damit es dabei bleiben könne ...

Sie merkte auf: Was er damit sagen wolle? Wovon er jetzt spräche? Wollte er etwa? Aber das könne keinesfalls sein. Ob er denn nicht auch realisiert habe, daß sie zusammengehören? Wie leicht es ihr fiele, ihm ihre Liebe zu gestehen, hauchte sie zunächst, und mit jedem weiteren Wort wurde ihre Stimme kräftiger, bestimmter. Soweit sie seinen bisherigen Enthüllungen entnehmen konnte, sei er noch zu haben, aber einerlei, fiel sie ihm ins Wort, bevor er sich noch in die Ausrede verflüchtigen konnte, er sei fest liiert, jetzt gehöre er ihr, sie sei nicht bereit, sich ihn mit irgendeinem anderen Weibe zu teilen.

Ihre Heftigkeit erschreckte ihn und bestärkte ihn in seinem Trennungsvorsatz. Das Thema war verbalisiert, aber dem Scheine nach ohne Konsequenzen. Im Gegenteil, sie demonstrierte jetzt umso offensichtlicher, bald unerträglich ihre Liebe, und je distanzierter er sich verhielt, umso dringlicher krallte sie. Er hatte es noch nicht differenziert auszusprechen vermocht, wußte nicht genau, worauf er wartete, ließ Tage und Umstände wie hinter einem Vorhang an sich vorüberziehen, eigentlich gespannt die Entwicklung verfolgend.

Die abzusehen war. Sie halte meine Stimmung nicht mehr aus, dabei habe sie eine große Überraschung für mich: sie sei schwanger! Triumphierte sie und breitete in der Folge ihre Pläne vor mir aus: wir würden in ihr Land fahren, heiraten und eine glückliche Familie gründen, so einfach. Schwanger!

Ich war schockiert, an diese Möglichkeit hatte ich überhaupt nicht gedacht, war nicht bereit, mich darein zu finden. Warum sollte ich ihr glauben? War es nicht einfach nur Bauernfängerei, gerade weil sie meinen zunehmenden Rückzug verspürt hatte? Der Hochzeitsplan aber war das Stichwort, auf das ich unbewußt gewartet hatte. Ich wollte reinen Tisch machen, legte meine Argumente im stillen zurecht und äußerte sie dann ruhig und überlegt: unabhängig davon, daß ich ihr eine Schwangerschaft nicht abnehmen würde, die Wahrscheinlichkeit tendiere gegen null, wäre ich ein denkbar schlechter Ehepartner. Ich sei ohne Einkommen und bettelarm, ohne Beruf, dementsprechend nicht in der Lage, ihr ein adäquates Leben zu gewährleisten und darüber hinaus Nihilist, im philosophischen Ausklang ohne denkbare Rückkehr zu Konstruktivem, unsere Denkarten seien somit grundverschieden und unser wundergleicher Sex wäre kein alle Negativa kompensierendes Bindemittel. Ob sie denn meine Hoffnungslosigkeit nicht realisiert habe? Sie aber sei jung, attraktiv und wohlhabend, in der Blüte ihres aussichtsreichen Lebens, eine rechte Superbraut, und würde mit Sicherheit bald einen passenden Partner finden, am besten sogar einen Landsmann.

Immerhin ließ sie mich ausreden, wenn auch mit sichtbar steigender Erregung, und als ich erwartungsvoll schwieg, füllte sie die Stille mit hysterischen Ausrufen, die endlich gar in Kreischen übergingen. Sie glaube es einfach nicht, sich so getäuscht zu haben, ich sei ein erbärmlicher Feigling, verantwortungs- und gefühllos, sie frage sich, wie sie sich so weit mit mir einlassen konnte, ihre Stimme überschlug sich. Aber so einfach würde ich nicht davonkommen, ihr erst eine perfekte Partnerschaft vorgaukeln und sie dann herzlos versetzen, sie würde, ach was! Und plötzlich zaghaft: sie liebe mich doch so sehr, ob ich denn garnichts für sie empfinde? Damit drückte sie ihren Kopf schluchzend an meine Brust und schaute mit tränenverschleierten Augen raffiniert flehentlich heischend zu mir auf. Ich schwieg und streichelte besänftigend ihre Haarpracht. Und dachte an das Boot meiner ersten Reise und an die Studentin.

Jetzt war es endlich glücklich heraus, die Fronten sollten soweit geklärt sein, aber erstaunlicherweise führten wir unsere gemeinsame Reise fort, als ob sich inzwischen nichts geändert hätte, obwohl ich sie verdächtigte, daß sie womöglich einem Besitzeranspruch nachhing und die unvermeidliche Trennung unnötig erschweren würde. Wir durchmaßen weitere Landschaften und Ansiedlungen, bis wir an eine Küste kamen und kurzerhand zu einem anderen Kontinent übersetzten.

Es war aber doch nicht so, als ob sich nichts geändert hätte. Sie versteifte sich unter meinen Liebkosungen, die vielleicht auch nicht mehr ganz ehrlich gemeint waren, der Sex geriet gleichsam zur Ausrede, unsere Gemeinsamkeit wurde fadenscheinig. Die durchfahrene Gegend wurde eintöniger und sandiger, Ortschaften seltener und desaströser, der Autoverkehr spärlich. Stumm waren wir auf dem holprigen Weg zur nächsten, auf einem verwitterten Schild angezeigten Besiedelung, wobei sie mir immer wieder einen mehrdeutigen Blick zuwarf.

Unvermutet trat sie hart auf die Bremse, sodaß ich bei der relativ geringen Geschwindigkeit trotzdem unsanft gegen meinen Sicherheitsgurt spannte, überhaupt war mir aufgefallen, daß sie mich in letzter Zeit gar nicht mehr ans Steuer gelassen hatte. Sie lachte kurz auf und meinte dann in gehässigem Ton, daß es das dann wohl war. Ich hätte unserer Beziehung ein zeitliches Ende gesetzt, und nun sei es an ihr, im Zuge der Gleichberechtigung das örtliche zu bestimmen, stieg aus, entnahm mein Gepäck dankenswerterweise in Gänze ihrem Wagen, setzte es straßenseitig betont vorsichtig in den Sand und forderte mich eiskalt auf, ihr Gefährt zu verlassen. Ich hielt das Ganze kurzfristig für einen üblen Scherz, wurde aber durch ihre unerbittliche Miene mit zusammengekniffenen glitzernden Augen und sichtbar gespannten Kaumuskeln eines Besseren belehrt. Lauernd verfolgte sie meinen umständlichen Ausstieg, mit blankem Hass in ihren jetzt schmalen Augen, setzte sich dann eilig an das Steuer, ließ den Motor aufheulen und entschwand mit jaulenden Rädern, wobei sie mich mit Sand besprühte. Der Mohr kann gehen? rief ich ihr nach.

Da stand er dann wie betäubt in glühender Sonne, verlassen, der Situation nicht angepaßt. Aber bald regten sich die Lebensgeister wieder, er überdachte das Geschehen und kam zu dem optimistischen Schluß, daß sie entweder im Kurzschluß oder nur als Drohung gehandelt hatte und sicherlich zurückkommen würde, sie konnte ihn nicht einfach abgestellt haben wie ausgedientes Mobiliar. Mit dieser naiven Vorstellung blieb er neben seinem Rucksack stehen, damit sie ihn leichter wieder auffinden könnte und schaute wiederholt angestrengt in die Richtung, in der sie fortgefahren war. Als sich jedoch innerhalb angemessener Zeit nichts ereignete, seine Uhr hatte er ja gelegentlich versetzt, nur ein sachter Wind ihm feine Sandkörner in Mund, Nase und Augen trieb, die Luft über der löchrigen Teerdecke flimmerte und kein menschliches Wesen in welchem Fortbewegungsmittel auch immer sich zeigte, mußte er sich langsam zu der Gewißheit durchringen, daß sie es bitterernst gemeint hatte.

Und daß es kein Zufall gewesen sein dürfte, daß sie in diese verlassene Gegend gefahren war, denn hier gab es absolut nichts Sehens- oder Erfahrenswertes. Die erste der Reaktionen auf seine finale Verlautbarung: Leugnung, hatte sie bereits gezeigt, das der dann folgende Aufbegehren bisher ganz gut kaschiert, ihren Rachegedanken nun aber Ausdruck verliehen bis zur körperlichen Konsequenz. War dieser Rauswurf in einem trostlosen Niemandsland nicht eine indirekte Tötungsabsicht? Der verabschiedende Haßblick ließ durchaus daran denken. Blieben zur Katastrophenreaktion noch die resignierende Einsicht und die letztliche Akzeptanz. Also vielleicht doch noch eine Versöhnung?

Nachdem die pralle Sonne unerträglich wurde und ich keine Chance auf eine baldige Mitfahrgelegenheit sah, machte ich mich auf den Weg, in der Gewißheit, daß Straßen normalerweise Siedlungen verbinden, und wir hatten ja ein entsprechendes Schild gesehen, allerdings ohne lesbare Entfernungsangabe. Zumindest mußte ich irgendwie einen Schatten aufsuchen und so marschierte ich denn motiviert die Straße entlang.

Das an und für sich leichte Gepäck scheuerte ganz schön gegen meinen Rücken, salziger Schweiß lief bald brennend in meine Augen. Mein Gang verlangsamte sich, meine Rückblicke wurden häufiger in der abnehmenden Hoffnung auf ein beliebiges Gefährt. Meine Gedanken kreisten nur noch um Schatten, ergänzend um Wasser, um erhoffte Mitnahme oder vielleicht endlich zivilisatorische Anzeichen irgendwo am Horizont. Aber nichts von all dem, die sandige Leere erstreckte sich bis in weite Ferne und dehnte sich mit jedem Schritt weiter aus. Ich hatte das Gefühl, schon etliche Stunden gewandert sein, die Sonne hatte ein wenig ihre Strahlkraft verloren, als sich endlich buschartige Strukturen vor mir abzuzeichnen schienen, was meinen inzwischen verlangsamten Gang wieder beschleunigte und meiner Befürchtung einer Fata Morgana glücklich widersprach.Tatsächlich standen da einige verdorrte, nicht näher bestimmbare Sträucher, die bei dem jetzigen Schiefstand der Sonne wenigstens halbwegs einen löchrigen Schatten boten. Daß sie sich auf der gegenüberliegenden Straßenseite befanden, war kein Problem, die uneingeschränkte Übersicht würde mich ein Fahrzeug schon von weitem sehen lassen. Ich lagerte mich in den Halbschatten, erschöpft nach dem langen Fußmarsch bei südlich prallem Sonnenschein, nachdem ich den Rucksack von mir geworfen hatte, dessen Rückenseite völlig durchnäßt war, und döste, jetzt gedankenlos, in den Abend, der dann vergleichsweise kühl, aber nach der vorangegangenen Schwitztour direkt angenehm temperiert war. Im Alleingefühl in einer fremden Welt gab ich die Hoffnung auf ein Weiterkommen an diesem Tag auf und bereitete meinen Schlafsack zur Nachtruhe vor, bedenkenlos bei absoluter Leere von Landschaft und Psyche.

Die erste Wüstennacht entließ ihn nach einem traumlosen Erschöpfungsschlaf nunmehr fröstelnd in einen klarblauen Morgen. Im fernen Osten färbte sich der Horizont zart rötlich. In Erinnerung an ähnliche Szenerien auf früheren Reisen blieb er, halbnackt wie er war, in seinem Schlafsack liegen und folgte dem Farbzauber, der sich aus einer schmalen Wolkenwand zu einem stechenden Feuerball konkretisierte. Sich abwendend überkam ihn aus Gewohnheit die Erinnerung an ein Frühstück, aber nur ganz kurz, da er weder über Eß – noch Trinkbares verfügte. Obschon er seit einem Tag nichts zu sich genommen hatte, verspürte er keinen Hunger, und ein Flüssigkeitsmangel machte sich auch noch nicht ausgeprägt bemerkbar, wohl als Selbsttäuschung in seiner prekären Lage. Er hatte nicht gut geschlafen, war einige Male aufgewacht, nicht wegen einer denkbar unbequemen Unterlage – der feinkörnige Sand paßte sich geschmeidig seiner Körperform durch den Schlafsack hindurch an – sondern weil er öfters ein Fahrzeug zu vernehmen meinte. Der wiederholte Trugschluß ließ ihn entmutigt immer wieder in oberflächlichen Schlummer zurückfallen, immerhin aber war er letztlich von diesem nach wie vor bewundernswerten Farbspiel geweckt worden.

Die ausfallende Mahlzeit verlängerte den ohnehin zeitlosen Morgen. Seine Gedanken sammelten sich zaghaft, indem er sich einen Überblick verschaffte über die monotonfremde Umgebung, die sich langsam aus der Dämmerung herausschälte, und er rekapitulierte, wie er hierher gekommen war. Die Sonnenstrahlen drangen zunehmend heiß durch das Gestrüpp, sodaß er seinen Schlafsack entsprechend verlagerte, nachdem er sich angezogen hatte. Die Trennung war vorauszusehen, ja erwünscht gewesen und ebenso, daß sie nicht gerade glücklich verlaufen würde. Aber daß er rachsüchtig in dieser Trostlosigkeit ausgesetzt würde, hatte er nicht erwartet. Er fragte sich, warum er auf die Vorstellungen dieser Frau nicht eingegangen war, wo sie doch eine zumindest passable Partnerin gewesen wäre. Aber sofort ging ihm auf, daß sie in kürzester Zeit zur Fessel geworden wäre, sie hätte ihn örtlich und psychisch in eine Zivilisationszelle gesperrt zu einem ihm undenkbaren Zeitpunkt. Ihre Schwangerschaft redete er sich als Druckmittel ein und schloß sie aus seinen weiteren Überlegungen aus. Und jetzt begriff er seine Reiseunternehmung auch als nötige Ablenkung, als die erstrebte Zerstreuung seiner Grübeleien, die ihn jetzt wieder unweigerlich überraschten.

Nicht aus Scheu vor einem möglichen Ende in dieser Verlassenheit fing er an, sich summarisch systematisch zurückzuerinnern, die Gegend war tatsächlich desolat, die unbarmherzige Sonne glitzerte feinkörnig auf dem grenzenlosen Sand, den eine leichte Brise allenthalben aufwirbelte, das einzige Zivilisationszeichen war die behelfsmäßige Straße, die sich flimmernd in der leeren Ferne verlor. Wenn auch sehr selten, so kam doch ein Auto vorbei, in der Regel ein Kombi, der ausnahmslos hoch bestückt war mit Menschen oder Gegenständen. Aber trotzdem hielt er an der Hoffnung auf eine gelegentliche Mitnahme in absehbarer Zeit fest, während er bis dahin ungestört nachdenken konnte, ja fast erschien ihm diese Situation als Vorsehung, seine Isolation als Aufwertung vom Gefühl der Ohnmacht zur Gelegenheit konzentrierter gedanklicher Aktivität. Der Frau nachgerade dankbar, zwängte er sich zwischenzeitlich unter das Gestrüpp und schloß die Augen gegen die monoton gleißende Sonne.

Seine ersten kindlichen Begründungsversuche kamen ihm in den Sinn, die mehrheitlich erfolgreich waren, weil sie sich im alltäglichen Rahmen hielten, wobei er im Aufblick zu der körperlichen Höhe seiner Eltern die sichernde Autorität sah, die ihn ernährte, der himmlische Vater?, umsorgte und im übrigen allwissend erschien. Der Blick nach oben zu einer Autorität! Der menschheitskindliche Ursprung der Religiosität? Und die anfänglichen Erfolge förderten seine spielerische Neugier, die aus der Evolution heraus nachvollziehbar war wie beispielsweise ein Hund, der sich suchend voranschnüffelt. Das begründungsfolgende Abstrahieren aber geriet über die Überlebenshilfe hinaus zur kritischen Überheblichkeit, die bei ungewissen Fähigkeiten eine Zielsetzung ins Unendliche vornahm, da bei zunehmender Entfernung auch der Ehrgeiz wuchs, sich dieser weitestmöglich zu nähern.

Das anfänglich mangelnde Eigentum unterstand dem sich entwickelnden Geist, der aber mit anreicherndem Besitz seine Vormachtstellung dahingab und sich, materiell weitgehend befriedet, umso leichter gängeln ließ.

Das Verständnis nahm zu, stieß aber gleichermaßen auf Unverständnis, das die Abstraktionsfähigkeit zunächst dem kindlichen Aufblick als Götterblick unterordnete, und in jener Unkenntnis zwar der Evolution, aber doch in deren instinktiver Fortsetzung, wurden die menschlichen Fähigkeiten vervollkommnend personifiziert. Und diese Lückenbüßer eröffneten jeden Freiraum, verzögerten aber auch die Ausschöpfung der immanenten Möglichkeiten des Menschen, da die Götterkrükke die Neugierde nicht unwesentlich dämmte. Da war die erdachte Vaterfigur, der man sich willig unterordnete als Alibi, alter ego, alias Allmächtiger, mit willfähriger Überschreibung der Eigenverantwortung: macht euch die Erde untertan. Und die anfänglich bewußt werdende vergleichsweise körperliche

Schwäche ging auf in Gesellschaft und Sozialität, während die psychische Schwäche und jegliche Problematik der Eigenschöpfung zugeordnet werden konnte, die selbst Anachoreten, Asketen beiderlei Geschlechtes, kurz gläubigen Einzelgängern ersatzweise als Gesellschaft diente.

Verständlich, daß sich die Götter mehrheitlich unterschieden, gemeinsam aber war ihnen allen die auffällige Menschlichkeit. Einfach mangelnde Konsequenz? Welch absolut menschliches Gebaren einer vage definierten Vorstellung: physische Person, Geist, Un-Wesen? Das, wo immer, zwischen den Milliarden Sonnen befindlich, seine Aufmerksamkeit ausgerechnet dem relativen Staubkorn Erde, und auf dieser dem Winzling Mensch zuwenden und sich diesem in seiner milliardenfachen Einzahl als ausschließende Instanz offenbaren sollte: Ich, der Herr, dein Gott, bin ein eifriger Gott, du sollst keine anderen Götter neben mir haben. Das wäre freilich eine Bestätigung von Konkurrenz, denn ohne diese wäre ein solches Verbot ja substanzlos. So aber erschiene diese Forderung als autokratische Überhöhung des einen oder anderen, und hatten sie es überdies nötig, geliebt, beachtet, verehrt und angebetet zu werden? Aber das wäre Theorie, dieser Gott ist nicht einmal tot, nie existent in seiner erdachten Figuration kann er auch nicht gestorben, fraglos aber dennoch gewärtig sein denen, die ihn imaginieren. Sei er ihnen bei Bedarf doch belassen, das Religionsmärchen den Glaubenskindern mit Einzelzuwendung göttlicher Liebe, guten und schlechten Engeln, allmächtig erlaubten satanischen Umtrieben. Wie überaus anschaulich und einbildungskreativ die menschliche Phantasie!

Aber könnte alternativ nicht zum Beispiel die Existenzgesamtheit als göttlich genommen werden, solange ein vielleicht nur vorläufiger Überbegriff nötigt? Zwar müßte der Mensch als deren bisher prominentester Entwicklungsabschnitt in seinem Wirkbereich Verantwortung übernehmen, doch daß die menschliche Welt eine reine Lüge sei, wie sogenannte große Denker nachdrücklich postulieren, ist eine reine Lüge, die maßlose Leere bezüglich des wie immer gewillten Geistes, des Weltenlenkers ausgenommen. Und ich hatte nach etwas Nichtexistentem gesucht und war letztlich fündig geworden.

Wieder Abend, hatte die Sonnenglut nachgelassen, ich hatte mich um das Gesträuch herumbewegt, um mich der direkten Bestrahlung einigermaßen zu entziehen. Der undramatische Sonnenuntergang paßte zum vorläufigen Ergebnis meiner Überlegungen, kein Fahrzeug hatte sich gezeigt, sodaß ich ungestört zu einem immerhin akzeptablen Ergebnis kommen konnte. Wohl spürte ich noch erträglichen Durst und Hunger, aber meine Auseinandersetzungen ließen mich diese leichthin verschmerzen. Ein grundlegendes Thema konnte ich bestätigend abtun und erschöpft, aber erleichtert, überließ ich mich einem erneut traumlosen Schlaf in einem unermeßlichen Sternenall.

Der nächste Morgen weckte ihn mit steigender Wärme. Zwar hatte er noch das fahle Farbspiel registriert, aber es hatte doch deutlich an Eindruck verloren, denn das körperliche Befinden rückte nachhaltig in den Vordergrund. Durst und Hunger machten sich mittlerweile unabweislich bemerkbar, und zusätzlich wurde die sich verstärkende Sonnenstrahlung von der Sandoberfläche reflektiert, sodaß er der Hitze von oben und unten ausgesetzt war. Er zog sich nur notdürftig an und bedeckte seinen Kopf mit einem Turban, den er aus seinem Hemd fertigte. Dann fing er an, mit bloßen Händen ein größeres Loch zu graben und den Aushub zum Ringwall aufzutürmen, was sich leicht anließ, solange der Sand locker war, mit zunehmender Tiefe aber schwieriger wurde bei größerer Dichte. Dabei vergaß er seine körperlichen Bedürfnisse und schuf sich einen gewissen Sonnenschutz. Nach Beendigung seiner Grabungstätigkeit rekelte er sich in die Vertiefung und hatte jetzt wieder zumindest eine Zeitlang Muße, seinen Gedanken weiter nachzuspinnen. Er dachte erleichtert an den Fund des Nichtexistenten, dessen Bedeutung für ihn als Individuum und die sich daraus ergebenden möglichen theoretischen Konsequenzen.

Und waren individuelle Interessensunterschiede nicht zu erwarten, als die Menschenzahl allein schon in der einzelnen Familie und umso mehr über diese hinausging? Sich stetig eif-

rig weiter vermehrte? Differenzen, die auszugleichen findige
Köpfe Regularien aufstellten, die sich als kompromißfördernd
erwiesen. Und um ihnen mehr Gewicht zu verleihen, wurden
sie von einer Stimme unbestimmter Provenienz in der entsprechenden Volkssprache diktiert – DIKTIERT – und hinter einem
brennenden Dornbusch – es spielte sich in der Wüste ab – von
einem auserwählten, seines Tuns wohl kundigen Schreiber-
ling unter gegebenen Umständen wie auch immer auf jedenfalls glücklicherweise vorhandenen Tontafeln niedergeschrie-
ben. Dann wurden sie – die Tafeln – theatralisch bombastisch
dem auf der Flucht befindlichen Volk im Namen einer postulierten Autorität zugeeignet, einem interstellarischen Un-Wesen, das überdies noch sein Bündnis in Aussicht stellte und in
seiner drittvereinzelten Egozentrik neben seiner ausschließlich
zu verehrenden Einzigartigkeit gesellschaftskonforme Verhal-
tensvorschriften oktroyierte wie Elternverehrung, Tötungs-,
Ehebrechungs-, Diebstahls-, Verleumdungs-, Begehrungsver-
und Besitzwahrungsgebot. Gemeinschaftsdringliche Umgangs-
formen also, allerdings eigentlich ohne erforderlichen Gottes-
oder Religionshintergrund, mit diesem aber unumgänglicher,
seinsbestimmender und damit wohl überlegt illustriert, und
trotzdem nicht allgemein befolgt. Welch eindrucksvolle Dra-
matik jedoch! Die der Unbedarfte gläubig zur Kenntnis nehme,
aber doch nicht der gesunde Menschenverstand! Zugegeben jedoch die priesterliche Raffinesse, Querelen hoheitlich zu be-
frieden und Gemeinsamkeit zumindest theoretisch zu ermög-
lichen unter der Ägide eines postmortalen extraterrestrischen
jüngsten Gerichts, das zeitweise freilich vorsorglich von dieser
Clique selbstherrlich auch mit wunschgeständniserpressender
Folter und anschließender Einäscherung hinieden angesetzt
wurde, unabhängig von behauptetem geliebäugeltem Fortleben
nach dem Tod. Mit dann allerdings erfolgendem Aufrechnen
von Wohltat und Sünde, sprich gut und böse, listig großzügig
aber auch angebliche geistliche Wiedergutmachung bezüglich
erlittenen Unrechts und körperlichen Elends. Phoenix aus der
Asche? Welch einseitiges Handelsgebaren: Fremdbestimmung

bis zum exekutiven oder natürlichen Tod gegen darauf erfolgende illusorische Abschätzung. Zwei Fliegen jedenfalls mit einer Klappe: machtzementierende Obrigkeit und ein verbalisierter Einzelgott nach einleitendem Vorstellungs – oder Phantasiepolytheismus. In der Realität aber lebt sich nach und mit diesen Geboten in vernünftiger Einsicht auch ohne einen Gott oder Religionszugehörigkeit.

Und die Sonderstellung wuchs sich aus zur Allumfassung im unmittelbaren Einflußbereich und dehnte sich aus mittels vielfältiger Gängelung bis zur Drohung, häufig aber Gewalt bis zum Mord von Alt und Indoktrination von Jung: lasset die – unbedarften – Kindlein zu mir kommen, mit hochfeierlichen, atavistischen, fremdsprachlich verbrämten Zeremonien, die kritische Überlegung erst gar nicht aufkommen lassen sollten, wie überhaupt der kindlich naive Horizont unrealistisch mit märchenhaften Prognosen kaum überschritten wurde. Daher der Fisch, als Gleichnis: stumm, friedlich, manipulierbar, uneigennützig. Und das Kreuz, eine damals zwar alltägliche, aber unfaßlich grausame, langwierige Tötungsart, die vereinzelnd beschlagnahmt wurde als Symbol der generellen Leidensbereitschaft für eine Idee, wobei die heutigen Selbstmordattentäter für ihre allerdings mitmenschlich verderbliche und damit kriminelle Ideologie jedoch eine ultrakurze, vergleichsweise feige Todesvariante vorziehen. Jedenfalls aber immer ein himmlisches Danach in variabler Konstruktion.

Dabei wäre den erklärten Grundsätzen vollumfänglich zuzustimmen, in gleichgültiger Reihenfolge: Friede, Gerechtigkeit, Liebe vor allem, Duld-, Genüg- und Enthaltsamkeit; nur zeichneten die Hierarchievorstände sich über lange Zeitabschnitte aber aus durch genauen Gegensatz: Kriegstreiberei, Ungerechtigkeit, Hass, Sadismus, Machtgelüste, Prunk, Völlerei, Hurerei, kurz: Praxis gegen Theorie, Obrigkeit gegen Basis, Liebe vielfach praktiziert als Pädophilie. Er empfand es nachträglich als ausgesprochene Notwendigkeit, sich von dieser Institution losgesagt zu haben, selbst wenn die Verhältnisse sich in jüngster Zeit geringfügig geändert hatten durch den normativen Zwang von Aufklärung, Wissenschaft und Rationalismus, aber nicht vom Prinzip her, zu dem beispielhaft das Vertuschen gegensätzlicher Wahrheiten gehört bis zum unwiderlegbaren Beweis.

Er war sosehr mit seinen Erinnerungen beschäftigt, daß er das herannahende Auto erst wahrnahm, als es schon vorbei gefahren war. Es hätte aber sowieso nicht gehalten, weil, wie üblich volldränglich besetzt, war es jedoch ein erneut aufglimmender Hoffnungsschimmer auf ein mögliches Weiterkommen. Immerhin jedoch wurde er kurzfristig aus seiner Vergangenheit und den sie betreffenden Überlegungen geschreckt. Er rückte seine Schlafunterlage ein wenig näher dem gegenseitigen Sandwall, wobei ihm der schlechte Geschmack seines trockenen Mundes aufstieß, und sein Magen deutlich hörbar gegen die leise Brise rebellierte. Die Sonne hatte eine tiefere Position, schien aber noch mitleidlos, eine deprimierend leere Sandebene umgab ihn rings, nur die flimmernde Straße, als menschenspezifische, verbindende Konstruktion zwischen Behausungen, vermittelte Zivilisationsnähe ohne Entfernungsvorgabe. Geblendet schloß er die Augen, und nachdem er wiederholte mentale Aussetzer registrieren mußte und mit seinen Gedanken durcheinander kam, gab er schließlich auf und fiel in einen Dämmerzustand, aus dem ihn erst die relative Abendkühle weckte. Er löste seinen provisorischen Turban, zog das dadurch verfügbare Hemd an und kauerte sich in die Mulde. Nach der zwischenzeitlichen Denkpause stieß er jetzt wieder auf das bisherige Ende seiner Erinnerungen.

Ja, ja, und nochmal ja, ich hatte mich damals folgerichtig befreit, als ich meine oktroyierte Mitgliedschaft selbstbestimmt aufgekündigt hatte, mochte die zahllose, zum Teil gar fanatische Anhängerschaft auch auf die Unbedingtheit einer Kirche oder auch nur Religion hinweisen, gänzlich unabhängig vom Verhalten der autokratischen Führungsschicht, die damit auch nur ihr simples Menschentum verrät. Woher aber diese eindrucksvolle Bedeutung? Was war die Quintessenz jeder Religion? Pseudoverständnis? Zugehörigkeitsgefühl? Geborgenheit? mentale Sicherheit? Bestimmung? Erleichterung? Rückhalt?

Verantwortungslosigkeit? Verhaltensweise? Trost? dergleichen
mehr noch, kurz: Verlagerung von Kindesbedürfnissen, besser
Kindesessentialen ins Erwachsenenalter? Ausdruck menschlicher Schwachpunkte? Deus vult! Allumfassend! Aber wird der
Gläubige damit nicht seiner Spontaneität beraubt? Doch listig
wieder: hilf dir selbst, dann hilft dir Gott.

Und wenn es nun keinen der angenommenen Götter gibt?
Greift dann nicht jede Religion mit ihren Kindesbegehrlichkeiten
ins Leere, geht sie damit nicht ihrer Grundidee verlustig? Mich
fröstelte, und ich fühlte wie ein Rutengänger auf einem schmalen Hochgebirgspfad, zu beiden Seiten schauerlicher Abgrund.

Doch waren die Umstände optimal. Ich lag allein, ohne stö-
rende Ablenkung, in lauer Wüstennacht unter einem klaren
Sternenhimmel, der mit seiner Ruhe die schweifenden Gedanken ausrichtete, die elementaren Bedürfnisse hielten sich gegenwärtig zurück, ich war hellwach nach dem vorangegangenen Schlummer, und mit aller Macht drängten meine Zweifel
endlich zu einer Lösung, hatten sie mich doch lange genug be-
lästigt und war jetzt nicht die günstige Gelegenheit?

Und so setzte ich nach menschlichem Vorstellungsvermögen
einen theoretischen Anfang mit einer unergründlichen, höchst-
konzentrierten omnipotenten Energiekompaktheit, die bei aller
Fraglichkeit, wohl kaum je nachvollziehbarer Herkunft das ima-
ginäre Substrat für einen bisher postulierten Urknall hergab –
und bei allem Unverständnis auch zum Gott personifiziert werden kann, wenn denn ein beliebiger Name zwingend zugeteilt
werden mußte – wobei der Mensch dann allerdings als Teilgott
gelten würde. Danach sei sie in ein Myriadenchaos geborsten, das
sich in vorexistentiellem Irrlichtern der allseitigen Verbreitung
nach Zufallsgesetzlichkeit mittels unvermeidbaren Überschnei-
dungen verstärkt und weitergehend materialisiert haben könnte,
und die ihr innewohnende Triebkraft in an- und organischer, ungerichteter Evolution verwesentlichte bis zum homo. Wohin aber
müßte eine planende Personifizierung menschlicher Vorstellung
plaziert werden, die in sieben Zeiträumen diese wohl immer unermeßliche Endlosigkeit geschaffen haben soll? Waren die vor-

väterlichen Gottheiten etwa einfach nur Ausdruck des menschlichen Unverständnisses für dieses empathielose Konzentrat? Dreieinigkeit ja: Energie, Materie, Evolution.

Und in vergleichsweise stetig rascherem Fortschritt also von Atomen, Molekülen bis zum vorläufigen Endprodukt Mensch auf dem mikroskopischen Staubkornbruchteil Erde, wäre dieser ein homöopathischer Anteil immerhin, der sich dann aber verselbständigte, im Nachvollzug der Eigenentwicklung diese im Zuge der allgegenwärtigen Triebkraft abstrahierend hinterfragte und daraus eine Fragestellung konstruierte, die er zum Sinn stilisierte. Was war das?

Drängte er wieder in den Vordergrund, der Sinn? Frage nach einer Ursache? Zweckgerichteter Bedeutung? Bewertung? Einschätzung? Motivation? Rechtfertigung? Dergleichen mehr, jedenfalls doch nichts Vorgegebenes, Vormenschliches, unbedingt aber humane Kreation! Und damit Personengebunden, Resultat einer Triebkraftneugier, Übersetzung der Wahrnehmung in jedwede schöpferische Interpretation. Kein Sinn an sich, eine wertneutrale Existenz, und erst der Mensch legt Wertmaßstäbe an, entsprechend positiver oder negativer Rückwirkung, unterscheidet demnach auch gut und böse nach eigenem Dafürhalten. Mein also war die Unterstellung eines allgemeinen Sinns! Mein damit aber auch dessen Beinhaltung! Und das machte auch Sinn, aber zunächst erschrak ich. Zwar hatte ich bisher mit unterschiedlichem Elan danach gesucht, aber in der Rolle des Bittstellers, und jetzt auf einmal sollte ich der Geber sein? Vom Schüler zum Lehrer? Die klerikal programmierte Passivität hatte mich soweit gezügelt, daß ich mich noch eben aufbegehrend lossagen gekonnt hatte, weitere Konsequenzen blieben mir damals unerschlossen, stürmten dafür jetzt umso dringlicher auf mich ein: war mein bisheriges Leben, meine Ablenkungssucht, die stetige Neugier, auch meine Musik nichts weiter, als der Ausdruck meiner Scheu, die aus dieser vorgeahnten Entdeckung resultierende Verantwortung zu übernehmen? Persönliche Wertschöpfung? Meine Daseinsbewertung? Mir stieß plötzlich auf, wie weit ich mich in Unsinnigkeit schon verrannt

hatte, jetzt endlich sah ich klar die Möglichkeit und ihre Notwendigkeit eines neuen Anfangs, der sich jedoch zunächst einmal überrascht verweigerte. Und konnte ich mich dann auch
nicht mehr wegschenken an eine mentale Geborgenheit, an die
unbegreifliche Musik, mich nicht mehr in eine Ersatzwelt ver-
führen lassen wie ein Kind, das grundvertraulich die elterliche
Hand ergreift.

Wehmütig ging ich im folgenden daran, reinen Tisch zu machen, mich von all dem Ballast zu befreien, der mich bisher be-
schwerte, und dabei wurde mir aber auch schmerzlich bewußt,
mit welchen Lappalien ich ganze Lebensabschnitte verplempert
hatte, wie sehr ich in meine Vergangenheit eingebunden war, die
natürlich nicht geändert werden, aber als Ausgangs- oder Ver-
gleichsbasis herhalten konnte. Hier bot sich die willkommene
Gelegenheit, mich von Hergebrachtem zu trennen, einschließ-
lich unnötigem Besitz, der ja nur Fessel war und Bewahrungs-
ängste provozierte. Das hieß verzichten, mich gedanklich materiell zurücknehmen, wie ich es ja schon religiös geschafft hatte,
wozu sich die gegenwärtige Situation geradezu anbot. Und vorsichtig ausgehend von dieser Freiheit, die ich lebhaft verspürte
in dem Moment, in dem mir das aufging, konnte ich mich an
die Bestimmung meines Sinnes machen.

Es war unterdessen sehr spät und damit kühl geworden, was
er in seiner aufgewühlten Stimmung kaum wahrnahm. Er hatte
sich soweit in Gedanken verstrickt, daß er Äußerlichkeiten gar
nicht mehr an sich heranließ. So verspürte er auch weder Hunger noch Durst und starrte sinnend in die funkelnde Dunkelheit,
die sich nun vielgestaltig öffnete. In erster Überlegung wurde
er von einer Mannigfaltigkeit überrascht, die ihn außerstand
setzte, eine Auswahl zu treffen. Verwirrt fragte er sich schließlich, ob er sich bei dieser Vielzahl denn nur für einen einzelnen
Sinn entscheiden mußte, oder ob ein Sinn überhaupt so unbedingt notwendig war.Und sich seiner Urheberschaft erinnernd,
zog er auch die Zeit in Betracht. Ein einzelner Sinn für immer?
Bei den so unterschiedlichen Zeitläuften? Seiner Individualität brennend bewußt, der damit notwendig individuellen Ziel-

setzung, rang er sich in Ausreizung seiner Möglichkeiten nach längerem Zögern zu einem gegenwärtigen Sinn zu dessen Zeit durch, was hieß, daß er jedem Moment seinen eigenen Sinn zumessen würde als Variable des Lebens, ein aufregendes Spiel, selbstherrliche Schöpferlaune, die der Verantwortung um eine überraschungskurze Spanne vorausgriff und ihr werkesfroh in Abstandsgefallen enteilte. Er schritt gleichsam einen imaginären Raum wie nach langer Abwesenheit aus und versank dann im Traumdunkel des Unbeladenen, in der Erschöpfungspause nach beendetem Befreiungskampf, mit dem augenblicklichen Entschluß zu leben, einfach nur dem EigenSinn zu leben, wie auch immer: er hatte sich gefunden. Und sein Wille würde sein Himmelreich sein.

An diesem Morgen, dem dritten, nachdem er ausgesetzt worden war, erwachte er mit schwerem Kopf, als hätte er die Nacht durchgezecht. Er trat gleichsam in grelles Tageslicht aus einer Höhle, die allerdings literarisch schon besetzt war von Zarathustra, der seine gewonnenen Weisheiten gegen die Sonne deklamierte. Er aber hatte nur wenig geschlafen, und trotz seines triumphalen Gefühls waren Durst und Hunger nicht mehr länger zu verleugnen. Obwohl er geradezu dankbar war für die aufgezwungene Isolation und die damit gewährte Gelegenheit, endlich mit seiner Sinnsuche zurande zu kommen, überwogen gegenwärtig doch die körperlichen Bedürfnisse. Ihm drängte sich die unmittelbare Notwendigkeit auf, diese zu stillen, nur fiel ihm nicht ein, wie er dies in der gegebenen Situation anstellen sollte. Die Idee, sich einfach aufs Geratewohl auf den Weg zu machen, verwarf er bald, weil die Sonne inzwischen doch schon recht hoch stand, er unterwegs ohne Schutz wäre und überdies seine verbliebenen Kräfte möglicherweise chancenlos aufs Spiel setzen würde in Anbetracht der unbekannten Entfernung zur nächsten Ansiedlung. Im Bereich des verdorrten Gesträuchs und in seiner Grube hatte er wenigstens einen Teilsonnenschutz, auch wenn seine Haut schon ausgetrocknet und angebrannt war, und ganz mußte er seine Hoffnung ja auch nicht aufgeben, denn wenn auch sehr selten, so kam doch ein Auto vorbei.

Er kauerte sich also unter das Gestrüpp, flocht sich wieder einen Turban aus seinem Hemd und versuchte zu dösen, indem er unter seinen Schlafsack kroch, doch behielt er die Straße im peripheren Blickfeld.

Dann wieder folgte er dem bisherigen Verlauf: sein animalisches Leben kam ihm gegenwärtig wie die letale Krankheit vor, deren Diagnose er zuallererst einmal negierte, dann dagegen ankämpfte und letztlich resignierend in Kauf nehmen könnte, aber soweit war er noch lange nicht. Was bedeutete, daß er seine Situation richtig einschätzte, aber keineswegs aufgeben wollte. Zeitweise trat er kurz ab, schrak dann aber auf und sah sich hoffnungsheischend um. Doch außer der flimmernden Wüste und dem grauen leeren Straßenband war nichts zu sehen. Er schloß die brennenden Augen und verlor sich in unterschiedlichen Phantasmen.

Plätschernde Quelle aus dichtsattem Grün, zum Trunke ladend, hämisch versiegend bei seinem Näherungsversuch, doch weiterhin belebendes Bildnis, anregend zur differenzierenden Begutachtung, zur Kunstansicht weiter, deren Verständnis, jetzt freilich Ergebnis nur des naheliegenden Schöpfungsdranges, aufwertende Schönheit erst aus Bedürfnis der aufnahmewilligen Seinsumstände bis zur totalen Hingabe mit zwanghafter Tendenz zur Zeugung, gleich Eros. Wesensgleicher Hintergrund religiösen und sexuellen Bedürfnisses? Individuell unterschiedlich allerdings, nicht existenziell vorgegeben und dazu wirkungsdifferent, ursprüngliche Existenz als neutraler Selbstzweck, wertfrei in sich. Auch Wahrheit erst als Gegenpart der menschlichen Lüge, und die Seele als Eine Großhirnfunktion, menschlich wie tierisch, sterblich mit diesem, ein Jenseits als zweites bei Erkenntnisunwillen. Und klerikal geschlechtsspezifisch, wobei eine Seele der Frau erst im siebenten Jahrhundert unserer Zeitrechnung zuerkannt wurde, immerhin schon, bis dahin also kein Fühlen, Empfinden, keine Empathie oder sinngleiche Eignung ohne christliche Duldung, wobei doch gerade diese Fähigkeiten vermehrt der Frau zugeschrieben werden. Aber ein Anti-Modernismus-Eid für Kirchenangestellte.

Folglich allmähliches Wankeln der Relationen, drohender Kollaps der zivilen Ordnung, passives Treiben, Entfernung von Assoziierbarem, Auslauf in Unverbindlichkeit, doch gemächlicher Übergang vom Negieren zum Abwehrkampf, zur Wut.

Die Sonne hatte mittlerweile den Zenit überschritten, schmerzhaft inzwischen, verlor sie an Einschätzung, er wandte sich lageändernd wieder der Straße zu, als er schemenhaft einen dunklen Punkt gegen das Gelbgrau verifizierte, der sich zu bewegen schien. Er wischte sich mehrmals über seine brennenden Augen, wobei sich der Punkt jedesmal nicht nur weiterbewegte sondern auch nähernd vergrößerte und sich bald zu einer menschlichen Gestalt konkretisierte. Aus seiner Sandkuhle heraus konnte er liegend beobachten, ohne selbst gesehen zu werden. Und die Gestalt entpuppte sich als bis auf die Augen schwarz verhüllte Person, die aufgrund ihrer Statur und Kleidung nur weiblich sein konnte. Er ließ sie nahe herankommen, sprang dann auf und eilte auf sie zu.

Als sie ihn, einen sandigen, bärtigen, hohlwangigen, halbnackten, wirrhaarigen, glutäugigen Geist urplötzlich gleichsam aus dem Nichts auf sich zukommen sah, prallte sie kurz zurück, um dann ihre Gangart zu beschleunigen, was infolge ihrer Vermummung nur wenig Erfolg zeitigte. Schnell war er auf ihrer Höhe und griff nach ihrem Arm, um sie aufzuhalten und zu befragen, vielleicht ein wenig zu rau bei seiner inzwischen angestauten Verzweiflungswut. Doch bevor er sie noch ansprechen konnte, überschüttete sie ihn mit einem unverständlichen Redeschwall, der zwischen Angst und Protest lavierte. Er versuchte, sie mit dämpfender Bewegung seiner Rechten zu beruhigen, was von ihr dem Anschein nach mißverstanden wurde. Sie steigerte ihre Äußerungen bis zum Kreischen und wehrte sich hektisch gegen seinen Griff, worauf er ihr mit der freien Hand den Mund zuhielt und sie zugleich gegen seinen Körper drückte, wobei er ihre jugendlich festen Brüste spürte. Bis dahin hatte er eigentlich nur Auskunft über die Entfernung bis zur nächsten Ortschaft erkunden wollen, aber seine zwischenzeitliche Kampfstimmung, ihr heftiges Gebaren und nun ihre Brüste ließen völlig unerwartete Gedanken aufkommen. Getrieben von quälendem Durst vor allem, Hunger, resultierender Übellaune, der gegenwärtigen Situation, der gegebenen zeugenlosen Zweisamkeit und der sexuellen Inaktivität der letzten Tage, erwachte in ihm ein Verlangen, das durch ihre plötzliche, unerwartete Passivität verstärkt wurde, die ihm eine mögliche Dreingabe suggerierte. Er drehte sie sich frontal zu und hielt sie musternd, soweit möglich, ein wenig von sich ab, um sich einer Tatgelegenheit zu vergewissern. Die Umstände insgesamt liefen auf eine sexuelle Abreaktion hinaus, und er war entschlossen, diese keimende Intuition zu verwirklichen. Doch als er ihre, durch die Niqab hervorgehobenen, ängstlich flehenden Augen sah, überschwemmte ihn eine abgrundtiefe Scham, und schlagartig verebbte sein Begehren. Wieso sollte dieser außenständige, hilflose Mummenschanz als unbeteiligtes Racheobjekt herhalten, was hatte sie mit seiner desolaten Situation zu tun? Er ließ sie los und breitete sein Arme aus, die offenen Hände nach oben gedreht, den Kopf in Fragestellung. Nüchterne Überlegung stellte sich jetzt ein: eine Vergewaltigung wäre kompliziert bei der Verkleidung, zumal erstmalig ungeübt, wohl auch kein Vergnügen, sondern im Gegenteil gefährlich, denn die Reaktion der männlichen Bevölkerung dieses Landes in so einem Fall lag auf der Hand. Und seine mögliche Schandtat würde fraglos unmittelbar bekannt, und er würde mit Sicherheit die schrecklichen Folgen zu tragen haben. Um das zu vermeiden, müßte er sie irgendwie mundtot machen, und diese Konsequenz weiter zu verfolgen weigerte er sich.

Bot sie aber nicht eher Aussicht auf Erlösung aus seiner momentanen Zwangslage? Sie mußte aus relativer Nähe kommen und ein erreichbares Ziel vor ihren umgrenzten Augen haben, Lustwandeln in dieser Umgebung war eher auszuschließen. Sie konnte ihn also wieder einer wie immer gearteten Zivilisation zuführen mit deren diversen Vorteilen. Sein ihm mittlerweile unverständliches Vorhaben erklärte er sich aus der Situation heraus und scheute er nicht vor dem geheimnisvollen Wesen Frau zurück? Zerknirscht versuchte er, ihr seine umgeschlagene Gesinnung verbal zu vermitteln. Aber er hatte seit seiner Schuldigkeit des Mohren von seiner Stimme keinen Gebrauch mehr gemacht, sein Mund war infolge des Flüssigkeitsmangels ausgetrocknet, sein Zunge klebte am Gaumen, sodaß seine spröden Lippen nur unverständliches Krächzen hervorbrachten, das sie nur weiter ängstigte. Nun fürchtete er gar, sie könne sein Gebaren falsch interpretieren, und er kreuzte sein Arme entschuldigend vor seiner Brust und verbeugte sich angelegentlich. Dann deutete er auf sie, auf sich und schließlich in die Richtung, die sie ursprünglich eingeschlagen hatte, ihr Verständnis erwartend. Und als sie erleichtert nickte, was mehr zu vermuten als zu sehen war bei ihrer Vermummung, eilte er zu seiner Kuhle, packte sein weniges Haben zusammen unter wiederholter Absicherung ihres Verbleibs, löste den Behelfsturban, zog sein Hemd vorsichtig über seinen verbrannten Oberkörper und gesellte sich ihr aufbruchsbereit zu.

Wortlos bewegten sich beide, sie mit wohl gewohnt forschen, zielbewußt ausgreifenden, er mit zunehmend müden, schleppenden Schritten hinter ihr her in die heraufziehende Dämmerung, wobei er keinerlei spezifische Gedanken mehr hegte, nur noch inständig ein baldiges Ende ersehnte und angestrengt seinen Blick vor sich hin schweifen ließ, bis er in der Ferne endlich erste Gebäudekonturen ausmachen konnte.

So könnte es durchaus gewesen sein, und analog weiter bis zur Begegnung.

Der Autor

Hendrik Senner wurde in Reval geboren und gelangte im Zuge des Kriegsgeschehens nach Bayern,
wo er nach dem Abitur das Studium der Medizin
in Heidelberg und München absolvierte. In dieser
Zeit unternahm er auch ausgedehnte Reisen. Bis
zu seiner Facharztanerkennung und Niederlassung
war er in verschiedenen Krankenhäusern tätig.
Mit dem Eintritt in das Rentenalter begann er,
seine Erlebnisse niederzuschreiben, insbesondere
seine Begegnung mit dem Clochard. Der Autor ist
verheiratet und Vater eines Sohnes. Zu seinen Lieb-
lingsaktivitäten gehören in beliebiger Reihenfolge
Reisen, Lesen und Musikhören neben Joggen und
Gartenarbeit.

novum VERLAG FÜR NEUAUTOREN

Der Verlag

*Wer aufhört
besser zu werden,
hat aufgehört
gut zu sein!*

Basierend auf diesem Motto ist es dem novum Verlag
ein Anliegen, neue Manuskripte aufzuspüren, zu ver-
öffentlichen und deren Autoren langfristig zu fördern.
Mittlerweile gilt der 1997 gegründete und mehrfach
prämierte Verlag als Spezialist für Neuautoren in
Deutschland, Österreich und der Schweiz.

**Für jedes neue Manuskript wird innerhalb we-
niger Wochen eine kostenfreie, unverbindliche
Lektorats-Prüfung erstellt.**

Weitere Informationen zum Verlag und
seinen Büchern finden Sie im Internet unter:

w w w . n o v u m v e r l a g . c o m